W0366408

Das Hochzeitszimmer

Bibliografische Information Der Deutschen Nationalbibliothek
Die Deutsche Nationalbibliothek verzeichnet diese Publikation in der Deutschen Nationalbibliothek; detaillierte bibliografische Daten sind im Internet über http://dnb-nb.de abrufbar.

Lektorat, Cover-Fotomontage: Christine Schäffer, BA BA
Typografisches Konzept: Stephan Pfeffer
Druck: Schmidbauer

© 2021 Edition MoKKa
Lacknergasse 63/1, A-1180 Wien
TEL.: 0043 660 490 55 61
E-MAIL: office@edition-mokka.eu
Besuchen Sie uns im Internet: www.edition-mokka.eu

ISBN 978-3-902693-82-2

Das Hochzeits zimmer

Rüdiger und Sonja Lehmann

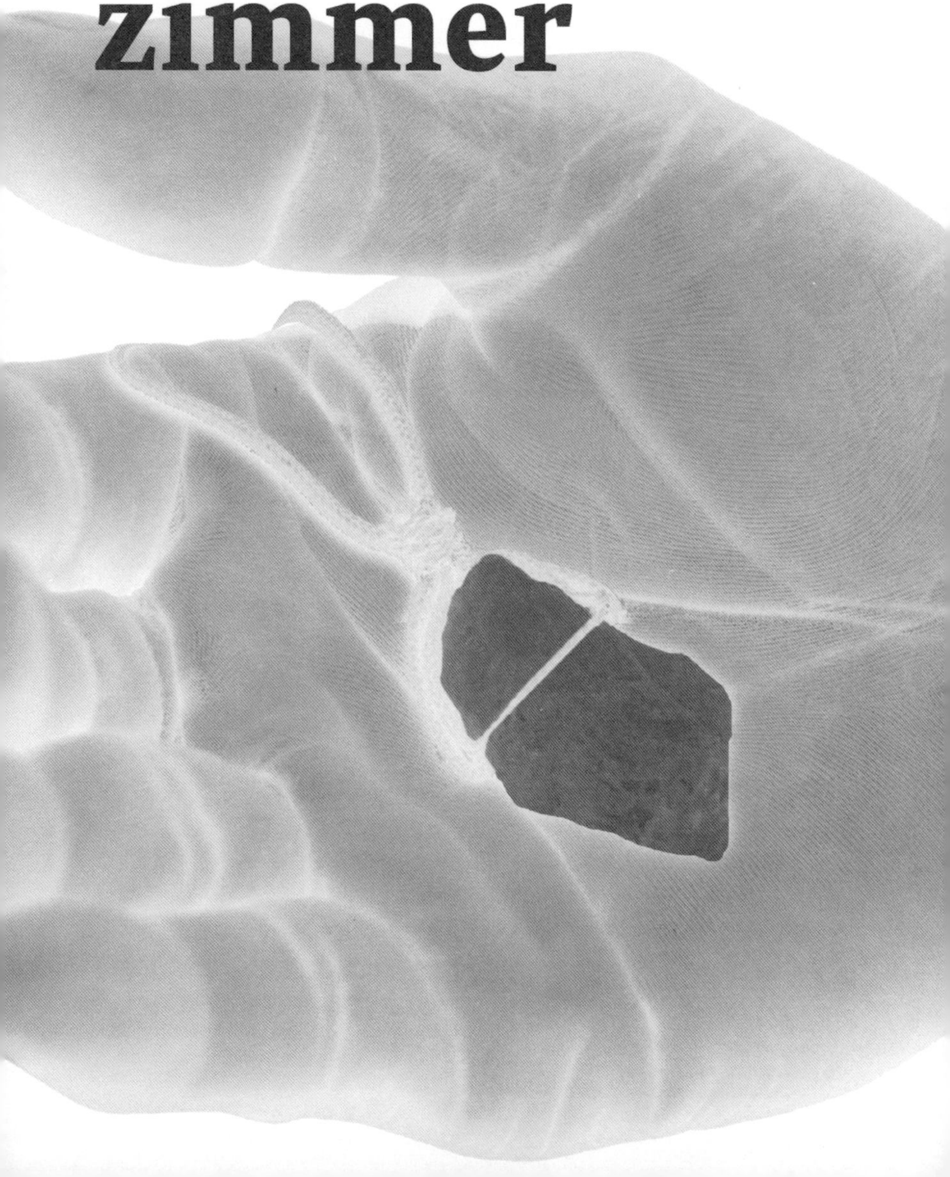

Prolog

Kapstadt, September 1967

Kerzengerade steigt die Rauchsäule von dem aus dünnem Reisig aufgeschichteten Feuer hinauf in den Himmel. Mit Steinen und Geröll hat sie die Feuerstelle eingefasst. Sie streut farbiges Pulver darin, begleitet von dahingemurmelten Worten, um funkelnde Stichflammen emporlodern zu lassen. Dabei dienen ihr zu Büscheln gebundene Kräuter als Fächer, mit denen sie den Rauch in spiralförmige Schwaden verwandelt. Der Duft von Traumwurzel, Bulbine und Salbei verbreitet sich so bis hinauf zu den Sphären der geistigen Welt. Mit Asche hat Youma Ornamente auf die dunkle Haut ihrer Arme, auf Stirn und Wangen gezeichnet. So zart und filigran, dass sie kleinen Kunstwerken ähneln. Während sie mit nach oben gereckten Fäusten, zurückgebeugt und den Kopf in den Nacken gebogen, zum Firmament schaut, versinkt die Sonne im Meer. So gemächlich und stoisch wie seit ewigen Zeiten zeichnet sie dabei blutrote Muster in das sanft gekräuselte Wasser. Ein Schwarm Vögel segelt über Youma hinweg, hinauf in luftige Höhen, elegant wie ein Ballett. Mit beiden Händen zieht Youma die Kette mit dem Medaillon über ihren Kopf und hebt sie in die Höhe. Ein hell schimmernder Rohdiamant auf einem silbernen Amulett glitzert im Abendlicht.

»Wie der Zyklus der Stunden, der Tage, der Jahre und Epochen einem immerwährenden Rhythmus folgt, rufe ich hier und heute die Ausgewogenheit der Tugenden an«, schallt ihre Stimme in die nur vom gelegentlichen Rauschen des Windes und dem Singen der Zikaden unterbrochene Stille.

»Mein Ruf gilt den Elementen der Geister und der Dämonen, den Mächten jenseits von Gut und Böse und den Offenbarungen zwischen Himmel und Erde, Wasser und Luft. Lasst jene, die sich aufmachten, unsere Völker zu missbrauchen, auszubluten und zu vernichten, von nun an wanken. Lasst die, die mein Kind in Schande zeugten, jenes Glück entbehren, das sie uns geraubt haben. Lasst ihre faulen Fundamente einbrechen, auf denen sie ihre Macht Schicht um Schicht aufstocken. Und lasst die Generationen, die ihnen folgen, das spüren, was sie uns antaten.«

Teil 1

Oben

Oben wurde gedacht, geredet, diskutiert und entschieden.
Über das, was unten zu geschehen hatte.
Es wurde durchgesetzt.
Ohne, zwischen Gut und Böse zu entscheiden,
ohne Recht und Unrecht zu empfinden.
Oben schien unerschütterlich ...

1

Sally, London, März 2010

Wie oft mag ich in den vergangenen drei Jahren am Buckingham Palace vorbeigelaufen sein? An jenem Hauptanziehungspunkt der Stadt, dessen Symbolik in den Fesseln bedeutungsvoller Historie, festen Traditionen und märchenhaften Realitäten liegt? Zweimal, fünfmal, öfter? Ich schätze, dass es höchstens dreimal der Fall war, Vorbeifahrten in Bus, Taxi oder Auto nicht mitgerechnet. Meine Lebensmittelpunkte liegen eher in jenen Stadtteilen, in die sich die Royal Family nur äußerst selten verirrt. Und falls doch, dann aus purer Abenteuerlust. Oder dem Bedürfnis folgend, sich von Zeit zu Zeit ihres Standes bewusster zu werden. Weshalb sich mein Interesse an ihnen mehr als geringhält.

Schon bald nach dem Umzug war es mir möglich, mein Londoner Hotelzimmer gegen eine kleine Wohnung nahe der Brick Lane zu tauschen. Natürlich über den Kontakt eines Kollegen, der jemanden kannte, der von irgendeinem Freund wusste, dass dieser erfahren habe, sie sei angeblich frei. Wie sonst sollte man in dieser Gegend zu einer Wohnung kommen? Nach einem Pfad durch kleine graue Behausungen mit desolaten Fenstern und brüchigen Fronten steht meine Wohnstatt dort, wo sich diese Bauwerke wie von Zauberhand in farbige Häuschen verwandeln. Durchsetzt von kleinen Läden, globalen Imbissen, Galerien und Teestuben. Mit oder ohne Shisha. Zeitweilig hip, ab und zu kitschig, aber fast immer mit einem bunten Gemisch von Menschen, die irgendwo zwischen intellektuell verträumt, larmoyant in Wolken schwebend oder proaktiv handelnd angelegt sind. So wohne ich hier in einer sentimentalen Postkartenwelt, die man sich für eine Schmonzette nicht besser ausdenken könnte. Mit stylischen vintage-retro Geschöpfen, Street Art an den Betonwänden und Musikern am Straßenrand. Doch dreht man die Postkarte um und liest, was darauf geschrieben steht, wird man schnell aus seinen Illusionen gerissen. Hineingestoßen in Sepiatöne mit Staubschichten, die, bläst man sie weg, unliebsame Wahrheiten offenbaren.

Heute präsentiert sich ganz London als ausnahmsweise eher sonniges Idyll mit mildem Klima, satten Grünflächen und abertausenden bunten Blumen in akkuraten Rabatten. Speziell hier, vor dem großen Palasttor, wo Menschengruppen darauf warten, hindurchzugehen.

Mich zurzeit gelassen zu nennen wäre genauso widersinnig, wie die Behauptung, irgendein Royal hinter den dicken Palastmauern plane in diesen Minuten eine islamistische Revolution. Aber wer weiß? Wobei es weniger ein Umsturz ist, der meine momentane Lage definiert, sondern vielmehr der Wunsch nach Gewissheit. Ob dieser Wunsch in absehbarer Zeit erfüllt werden kann, scheint jedoch eher fraglich. Langsamen Schrittes durchquere ich den Green Park, um mich nach etlichen Straßen und Querstraßen dem wuchtigen Gebäude zu nähern, das mit seiner schlohweißen Jugendstilfassade Schatten auf den Fußgängerüberweg wirft. Menschen laufen durch die Drehtür hinein und heraus, derweil die beiden Doormen bereitstehen, Gästen beim Ein- oder Aussteigen aus den Limousinen zu helfen, bevor sie den Hotelpagen Anweisungen mit den Gepäckstücken geben. Ich verharre eine Weile, schaue hinauf in Richtung Dach und lese die großen goldenen Buchstaben: *Van der Meer Minotaurus Resort.*

Nachdem Ben und ich lange in Liverpool, der Geburtsort des Britpop und der Beatles gelebt hatten, war ich dem journalistischen Ruf der Stadt an der Themse gefolgt. London versprach mir doch einiges mehr, als Liverpools Docks, Museen und das Anfield Stadium. John, Paul, George und Ringo und der Cavern-Club hin oder her. Ich ging einfach. Ohne Ben, der zu dieser Zeit von dort nicht wegwollte. Never ever. Oder nicht wegkonnte, wie er stets betonte, da er als Leiter der Central Library diese ja schlecht nach London mitnehmen könne. Anders als ich meinen Laptop. Ha, ha, ha.

Die seitdem geführte Fernbeziehung funktionierte zunächst, mal war ich am Wochenende bei ihm, mal er bei mir. Dabei entwich der Sache mit der Zeit dennoch die Luft. Bald begann der Name Abigail im Raum zu schweben. Abigail Presley, zehn Jahre jünger als Ben, leicht pummelig, mit Tweedkostüm, Vintagebrille und verunfalltem Haardutt, war mir ein paarmal begegnet. Das hatte meiner Person keine größeren Sorgen bereitet, obwohl sie einen gewichtigeren Busen vor sich hertrug als ich. Dafür hegte Ben seit jeher eine Vorliebe, woraus er nie ein Geheimnis gemacht hatte. Zum Beispiel indem er annahm, es in dem von mir belächelten aber akzeptierten Abonnement des Playboys ausleben zu müssen. Von mir aus. Immerhin hatte ich vor Jahren einmal einen Artikel für dieses Magazin geschrieben. Gegen Abigail sprach aber meiner Meinung nach ihr Nachname. Denn Ben, als eingefleischter Jazzfan, hasste schließlich Elvis Presley, die »unsägliche Heulboje«, wie er ihn nannte. Furchtbarer Nachname gegen großen Busen war da wohl die Frage – bei Ben hatte anscheinend der Busen gewonnen.

An einem Nachmittag hatte er mir einen Zeitungsausschnitt in die Hand gegeben, in dem berichtet wurde, dass ein Preis an Abigail Presley verliehen werde. Für die Analyse einer bis dato verschwunden geglaubten Schriftenreihe über Ägypten aus dem 16. Jahrhundert. Doch da mich das so viel interessierte wie die aktuelle Körpertemperatur der Königin von Thailand, steckte ich ihn in meine Handtasche, mit dem Versprechen, mich in Ruhe damit zu befassen, sobald ich zuhause sei.

»Wann wirst du denn nach London zurückfahren?«, hatte er gefragt, sich dabei zurückgelehnt und die Brille abgenommen, um sich einen der Bügel in den Mund zu stecken.

»Morgen Früh. Warum? Das weißt du doch.«

»Weil ich etwas ... nennen wir es ... Elementares mit dir zu besprechen hätte.«

»Hmhm ... gleich etwas Elementares. Hat es mit dem King of Rock 'n' Roll zu tun?«

Als hätte ich etwas vollkommen Kryptisches gesagt, hatte er mich verstört angesehen.

»Was?«

»Schnelle Wortspiele waren ja noch nie dein Ding ...«, hatte ich ihn umgehend erlöst. »Ich könnte auch nach der Ägyptenforscherin fragen.«

Noch immer spürbar verunsichert, hatte er seine Brille aufgesetzt, um dann langsam zu nicken.

»Also ... ich denke ... ja, wenn du Abigail meinst, damit hat es zu tun.«

*

Am nächsten Morgen eröffnete mir Ben, dass er die Scheidung wünschte, da er von nun an seinen Hüftschwung mit Miss Presley üben wollte. Ich stimmte betont gelassen zu, da mein Leben ja auch sehr erfolgreich und zufrieden ohne ihn stattfinden konnte. Den für mich belanglosen Artikel über die Preisvergabe an Miss Presley hatte ich im Zug auf der Rückfahrt nach London teilnahmslos überflogen. Nachdem ein Bahnbegleiter mir einen Becher Kaffee und einen Bagel gebracht hatte, benutzte ich die Zeitung als Unterlage. Und bevor ich wie beabsichtigt meinen Laptop öffnete, ließ mir das monotone Geräusch der Schienenschwellen die Augen zufallen. Es war ein flüchtiger Tiefschlaf, aus dem mich der Kellner beim Abräumen des leeren Bechers mit einem »Excuse me, Ma'am« auf Anhieb weckte. Die Zeitung war auf den Boden gerutscht und ließ meinen Blick auf einen anderen Artikel fallen, der eine Erinnerung in mir wach rief:

Liverpool Chronicle, 29. Januar 2010

Andenken an dunkle Kapitel

Die 1960 stillgelegte Diamantenmine der Van der Meer Diamond Mining Corp. in Namibia soll Museum werden

VON ROMAN LEMANSKI

Es war eine Zeit, auf die niemand heute mehr stolz ist: der Wettlauf der Herrschaftshäuser Europas um die besten Plätze im weltweiten Kolonialgeschehen. Viele Länder hatten ihre Claims längst abgesteckt, als das Deutsche Kaiserreich mit der Kolonialisierung der Bucht von Angara Pequena, der »Lüderitzbucht« und dem angrenzenden Hinterland, dem »Lüderitzland«, im April 1884 das damalige Deutsch-Südwestafrika unter seinen »Schutz« stellte. Eine Fürsorge, die wohlgemerkt nicht der dortigen Bevölkerung galt, sondern vor allem dem teutonischen Handel. Dieser Schutz dauerte so lange, bis das Reich die Kolonien nach dem Ersten Weltkrieg gemäß dem Versailler Vertrag wieder verlor. Begründet mit »Deutschlands Versagen auf dem Gebiete der kolonialen Zivilisation«. Ein Vorwurf, der vor allem auf der Gewalt gründete, die deutsche Akteure durch Kriege und Zwangsarbeit gegen Einwohner der Kolonien verübt hatten. Dass dieser Bann von Mächten ausgesprochen wurde, die den germanischen Verbrechen in nichts nachstanden, werden wir an dieser Stelle nicht vertiefen. Eine in dieser Zeit besonders heikle Facette imperialistischer Geschichte begann 1908, als Kolmanskop im Süden von Namibia durch Diamantenfunde quasi über Nacht zur reichsten Gemeinde Afrikas avancierte. Dieser Aufstieg baute auf der Misshandlung der Arbeiter auf, die in menschenunwürdigen, gefängnisähnlichen Lagern hausten, kaum entlohnt oder medizinisch versorgt wurden und in Scharen den Tod fanden.

Eine Mine mit ähnlicher Geschichte, die der niederländischen »Van der Meer Diamond Mining Corp.« gehört, soll nun als Museum restauriert und wiedereröffnet werden. Hauptsächlich finanziert durch die zur Familiendynastie gehörende »Van der Meer Minotaurus Hotelkette«, steht das Projekt allerdings schon jetzt unter heftigem Beschuss. Anstatt sich kritisch mit der einstmaligen Zeit, den Mitteln der menschlichen Ausbeutung und dem Thema Kolonien allgemein auseinanderzusetzen, werde hier ein Denkmal errichtet, das die damaligen Ausplünderer verharmlose und zum Teil sogar heroisiere, so Philippe Montreux von der Bewegung »Victims of Imperialism« in Kapstadt. Man werde alles daransetzen, das Projekt nicht nur zu verhindern, sondern auch darauf zu verweisen, wie viel Blut bis heute an einer beachtlichen Anzahl von auf den ersten Blick solide daherkommenden internationalen Großunternehmen klebe, so der Aktivist.

2

Eric, London, März 2010

»Mr. von Odenfeldt, Ihr Besuch ist da«, flötet es aus der kleinen Box neben meinem Laptop, von der ich noch immer nicht weiß, wie man sie lauter oder leiser stellt.

»Danke, Jessica«, erwidere ich, unsicher darüber, ob ich auf der anderen Seite aus ihrem Lautsprecher zu verstehen bin.

»Jessica, hören Sie mich?«

»Ja, Mr. von Odenfeldt«, kommt nach kurzer Pause ihre Antwort. »Warum sollte ich Sie nicht hören?«

»Sagen Sie Mrs. Wheeler, es dauert noch ein paar Minuten. Bieten Sie ihr Tee an.«

»Mache ich, Sir.«

Ich stehe auf und gehe hinüber zu den großen Fenstern, von denen aus ich auf der einen Seite zum Hyde Park und auf der anderen zur Deanery Street hinabschaue. Da die Rushhour naht, sind zahlreiche Autos eifrig damit beschäftigt, die Straßen zu verstopfen. Nach einem Marathon aus vier Konferenzen wollen meine Gedanken nicht zur Ruhe kommen. Auch wenn unsere Häuser zu den renommierten Resorts der Welt zählen, ist nicht zu leugnen, dass sie allesamt in die Jahre gekommen sind. Was insbesondere an den Plänen des New Yorker Neubaus deutlich wird, der im kommenden Frühjahr fertig werden soll. Dort ist alles auf neuestem Stand, was die Schwächen der anderen Hotels noch deutlicher macht. Das 1966 von meiner Tante Frederike und ihrem Ehemann Christos Nikolaidis auf Korfu gegründete Stammhaus der Van der Meer Minotaurus Resort Gruppe einmal ausgenommen. Es wurde 1995 komplett renoviert, nachdem ihre Tochter und meine Cousine Eleni mit ihrem Mann Manolis die Leitung übernommen hatte. Für mich bedeutet das, in den kommenden Monaten hauptsächlich zwischen Berlin, London und New York hin und her zu düsen. Je nachdem, was wo gerade ansteht. Rund um die Uhr im Businessmodus, in zähen Verhandlungen mit Baufirmen, stets getrieben von unserem Vorstandsvorsitzenden Fritjof van der Meer und seinem Damoklesschwert der schwankenden Buchungszahlen. Dazu kommt die juste Trennung von meiner Lebensgefährtin Christa. Wenigstens muss ich meine lange Beziehung mit Marlene nicht mehr heimlich in Berlin ausleben ...

Natürlich habe ich mich im Vorfeld über Sally Wheeler informiert, und dass ich sie warten lasse, ist ein übliches Spiel, von dem keiner weiß, wer es warum erfunden hat. Obwohl es manchmal ganz vernünftig ist, sich vorab ein wenig zu zentrieren. Sie sagte, sie interessiert sich für das Museumsprojekt in Lüderitz, das von unserer Hotelkette gesponsert wird. In der Kürze der Zeit ist es mir weiterhin gelungen, herauszufinden, dass sie 1978 zehnjährig mit ihrer Mutter von Namibia nach Liverpool gekommen ist. Vor einigen Jahren wechselte sie als freie Journalistin an die Themse, wo sie seither recht kompetent und offenbar erfolgreich für verschiedene englische Magazine und Zeitschriften arbeitet. Dabei ragt ihr Engagement für in Not geratene Künstler heraus, was ihr in jüngerer Vergangenheit diverse Auftritte in Talkshows sowie die Produktion einer Dokumentation des europäischen Kultursenders ARTE beschert hat. Interessant ist, dass wir dieselbe Geburtsstadt – Windhoek – im Pass stehen haben und mit zwei Jahren Unterschied fast der gleiche Jahrgang sind. Nach etlichen ihrer Anrufe in der PR-Abteilung habe ich ihrem Drängen nachgegeben. Warum? Ich weiß es nicht. Vielleicht aufgrund unserer gemeinsamen Herkunft? Wir werden sehen, was sie aus den vereinbarten fünfzehn Minuten macht.

»Ich bin nun bereit für Mrs. Wheeler«, sage ich in die Gegensprechanlage. Jessica öffnet Mrs. Wheeler die Tür und begleitet sie an meinen Tisch, um den Tee neben ihr abzustellen.

Ihr Teint sowie ihre ebenmäßig geschnittenen Gesichtszüge zeigen Sally Wheelers gemischte Abstammung. Ihre drahtige Gestalt und die festen Schritte, mit denen sie auf mich zukommt, zeugen auf den ersten Blick von Stabilität und einer gewissen Intensität. Ihre punkig kurzgeschnittenen und an den Spitzen blond gefärbten Haare ergeben einen interessanten Kontrast zu ihrer sandfarbenen Haut.

»Sally Wheeler«, sagt sie mit ausgestreckter Hand und lächelt mich mit strahlend weißen Zähnen an.

»Eric von Odenfeldt«, versuche ich mit durchgedrückter Wirbelsäule und lächelnd meinem Eindruck von ihr etwas entgegenzusetzen. »Nehmen Sie Platz.«

Mit einer eleganten Bewegung lässt sie sich auf dem vis-à-vis stehenden Stuhl nieder, während Jessica den Raum verlässt. Die kleine, unter ihrem Arm befindliche Mappe, die vermutlich ihren Laptop enthält, legt sie auf ihren Schoß. Für einige Sekunden bleibt mein Blick auf dem Amulett haften, das aus dem V-Ausschnitt ihrer Bluse herausblitzt.

»Die PR-Abteilung hat mir mitgeteilt, dass Sie sich für das Museumsprojekt in Namibia interessieren, Mrs. Wheeler?«, frage ich, nachdem meine Augen zu ihrem Gesicht zurückgekehrt sind, um dort für weitere Nanosekunden auf dezent rot geschminkten Lippen zu verweilen. »Sie waren ja äußerst hartnäckig. Normalerweise sprechen wir vom Vorstand nicht mit Journalisten. Dafür haben wir schließlich die Presseabteilung.«

»Danke, dass Sie mir dennoch Zeit einräumen, Mr. von Odenfeldt«, erwidert sie und lässt dabei ihren Blick kurz und dezent durch das Büro schweifen, soweit ihre Sitzposition es erlaubt.

»Wir können auch Deutsch sprechen, Sir. Habe ich als Kind gelernt.«

»Gerne«, nicke ich.

»Ich war nicht grundlos so hartnäckig, Sir. Das Museumsprojekt hat mich sofort interessiert, nachdem ich in der Zeitung davon gelesen hatte. Es wurde berichtet, dass Ihr Hotelkonzern das Ganze sponsert. Ich habe ein wenig recherchiert und bin dabei auf Ihre Familien van der Meer und von Odenfeldt gestoßen, auf die Kolonialzeit und deren Auswirkungen auf das heutige Namibia. Seitdem beschäftigt mich die Idee einer Familienchronik, für die Ihre PR-Abteilung sicherlich nicht das nötige Wissen hat. Und deshalb bin ich hier bei Ihnen, Sir. Ich möchte mehr über Sie und Ihre Familie erfahren.«

Jessica kommt noch einmal herein und stellt diskret einen Teller mit Petit Fours vor uns ab. Ich warte, bis sie die Tür hinter sich geschlossen hat.

»Über unsere Familien und Namibia also ... mein Heimatland. Spannend«, greife ich den Faden wieder auf. Graziös schlägt sie ihre Beine übereinander und sieht mich an.

»Ja, und auch dem meinen«, sagt sie, wobei ich ein Funkeln in ihren braunen Augen wahrnehme. »Obwohl ich bereits als Kind von dort wegziehen musste.«

»Und Sie sind nie mehr dort gewesen?«

»Nein, leider nicht.«

Für ein paar Sekunden schweigen wir.

»Soweit ich weiß, war Ihre Familie nicht unbedeutend im

damaligen Südwestafrika, Mr. von Odenfeldt«, fährt sie fort und ich wiege abwägend meinen Kopf.

»Nun ja, wie man es nimmt ...«

»Zumindest wenn man sich anschaut, welche Bedeutung Ihre Hotelkette seit der Gründung in Windhoek bis heute innehat.«

»Wenn Sie das meinen, dann ja ...«, nicke ich. »Aber von unserer gemeinsamen Heimat ist in den weltweiten Häusern heute kaum noch etwas spürbar. Und zur Richtigstellung – Windhoek ist nicht das Gründungshaus unserer Hotelkette. Das war unser Haus auf Korfu.«

Sally Wheeler sticht mit der Gabel ein Stück von ihrem Petit Four ab, um es dann zum Mund zu führen.

»Oh, verstehe«, antwortet sie und ein Lächeln huscht über ihr Gesicht.

»Wobei die Gründerin, meine Tante, es anfangs gern als Filiale des Windhoeker Resorts gesehen hätte. Aber das wollten ihre Eltern nicht.«

In kleinen Schlucken trinkt Sally Wheeler von ihrem Tee.

»Entscheidend ist doch die ursprüngliche Idee, die hinter etwas steckt, oder?«

Da ich nicht genau erkenne, worauf sie hinauswill, schweige ich mit fragender Miene, woraufhin sie weiterspricht: »Nachdem ich einiges über Ihre Familie und die der van der Meers nachgelesen habe, bin ich überzeugt, dass Sie die Entwicklung Namibias in den letzten hundert Jahren stark mitgeprägt haben. Wären Sie bereit, mir als quasi lebendiger Teil dieser Geschichte zur Verfügung zu stehen?«

Da ich nur mit dem Museumsprojekt gerechnet habe, lasse ich mir erneut mit einer Antwort Zeit. Stattdessen lehne ich mich zurück und schaue sie an, während sie, sanft ihr Petit Four kauend, meinem Blick standhält. Ist es ihre zielgerichtete Selbstsicherheit, die mich gerade für sie einnimmt, oder ihre kecke Miene, die sie an den Tag legt?

»Und wie haben Sie sich das praktisch vorgestellt?«, erkundige ich mich.

Sie kaut zu Ende und leert ihre Teetasse.

»Ich will Ihre Zeit nicht überstrapazieren, Sir, deshalb würde ich mich nach Ihnen richten. Meinen Sie, wir können uns demnächst einmal für ein ... sagen wir es nüchtern ... Startgespräch treffen?«

»Warum wollen Sie das tun, Sally? Was haben Sie davon?«, frage ich.

»Ich bin Journalistin und Autorin, Sir«, antwortet sie lächelnd. »Haben Sie Paul Auster schon mal gefragt, warum er Bücher schreibt und was er davon hat?«

»Haben wir das Startgespräch nicht gerade hinter uns?«, frage ich herausfordernd.

»Ich würde es eher als Warmup bezeichnen. Schließlich hatten Sie keine Möglichkeit, sich auf mich vorzubereiten.«

Ich beuge mich nach vorne und blättere im Kalender.

»Also gut. Lassen wir es auf einen Versuch ankommen, Mrs. Wheeler. Danach entscheide ich, ob wir weitermachen oder nicht. Kommendes Wochenende?«

Das Lächeln von unserer Begrüßung kehrt in vollem Umfang in Sally Wheelers Gesicht zurück.

»Das würde gehen, wo und um welche Uhrzeit?«

3

Sally, London, März 2010

Der Tag, an dem meine Mutter für immer von mir ging, ereignet sich in unzähligen Träumen stets aufs Neue. In vielfältigen Varianten, wie dieser, in der sie die Augen noch einmal aufschlägt, sich aufsetzt und mit dem Finger auf ihr Gesicht deutet. Das unvermittelt das Antlitz ihrer Jugend annimmt. Oder jener Moment, in der wir in der Wüste stehen, in den blutroten Himmel der untergegangenen Sonne schauen und ich neben mir plötzlich ein frisch aufgeschüttetes Grab bemerke. Mit einem silbernen Kreuz, auf dem nicht ihr, sondern Sally, mein Name, eingraviert ist. Einmal träumte ich, dass ich selbst auf dem Sterbebett liege, und meine Mutter anflehe, mich nicht allein fortgehen zu lassen, da ich weiß, welche Erscheinungen auf der anderen Seite warten. Mit Asche und Farben bemalte Priester und Medizinmänner, die, nach ekstatischen Tänzen in Zwischenwelten angelangt, Kräfte formen, die ihnen Macht über Leben und Tod verleihen. Eine Gewalt, derer sich schon unsere Vorfahren bedienten, um das zu vergelten, was ihre Knechtschaft ihnen auferlegt hatte. Niemals habe ich so etwas persönlich gesehen oder erlebt. Ich kenne all das nur aus den Geschichten meiner Mutter. Interessiert hat mich die okkulte Mystik meines afrikanischen Herkunftslands aber nie. Bis Mama sie mit ihren letzten Atemzügen real machte: »... gehe zu den Altären der Gerechtigkeit ... folge dem Geschehenen. Richte nicht, sondern reinige. Räche nicht, sondern erfülle. Sei stets im Fokus, nie im Abseits.«

Schwer atmend hatte sie auf die Schublade ihres Nachttischs gedeutet. Ich zog sie auf, sah ein weißes Päckchen. Als ich es aufmachte, zog ich eine Silberkette hervor, an der ein Amulett mit einem Rohdiamanten pendelte.

»Hüte sie, bis du am Ziel bist«, hatte Mama geflüstert, bevor sie mich für immer verließ. »Sie wird dich auf deinem Weg beschützen ...«

Meine Mutter Malu gebar mich 1968 in einem englischen Krankenhaus in Windhoek. Kurz nachdem mein Vater Stanley Brooks, ein Mitarbeiter der britischen Gesandtschaft, sie geheiratet hatte. Er verließ uns, noch bevor ich das Licht der Welt erblickte, um weiter in die Kronkolonie Hongkong zu reisen. Er wollte uns nachholen, doch er starb im Jahr 1970 bei einem Schiffsunglück im südchinesischen Meer. Das Schicksal, meinen Vater nicht kennengelernt zu haben, teilte ich von da an mit Mama und Großmutter Youma. Youma starb im Jahr meiner Geburt, ich lernte sie nie kennen. Aus Erzählungen weiß ich, dass Grandma offenbar hohe spirituelle Kräfte hatte. Sie sprach mit Geistern und blickte durch die Zeiten. Meine Mutter war überzeugt, dass Youma ihr einen unsichtbaren Kokon der Unverletzbarkeit verliehen hatte. Wie sie das getan hatte, blieb ein Geheimnis. Auch Youma bewahrte alle ihre Geheimnisse bis zum Ende, genauso wie ihre Narben. Sowohl die körperlichen als auch die seelischen ...

Wie gesagt bin ich all diesen aus Mystik und Rätseln bestehenden Geschichten bis zum Tod meiner Mutter so weit wie möglich aus dem Weg gegangen. Ich wollte auch nichts von den Sklaven in den namibischen Diamantenminen wissen. Das war lange, bevor es mich gab und zu Zeiten, als es überall auf der Welt grausam war. Sobald ich nach London gezogen war, wurden die Besuche bei ihr in Liverpool zunehmend weniger. Die Entfernung und mein Arbeitsstress waren meine Ausreden. Bitte vergib mir, Mama ... Was sollte ich mit diesen ganzen pseudomysteriösen Geschichten aus vergangenen Tagen auch anfangen? Ich lebte im Hier und Jetzt. Im hektischen Tempo meiner journalistischen Recherchen, im Flackern der Diskothekenlichter und im Klirren aneinanderstoßender Champagnergläser.

Doch nun hatte ich eine neue Herausforderung von meiner toten Mutter erhalten, die es verlangte, dass ich mich mit der Vergangenheit auseinandersetzte. Ich versuchte, mich an irgendwelche Anhaltspunkte zu erinnern, die mir meine Mutter als Kind gegeben hatte. Doch sie blieben mir verborgen. Bis zu dem Tag, an dem ich durch den Zeitungsartikel im Zug auf einen Erinnerungssplitter stieß: die Familie van der Meer und ihre Diamantmine in Namibia. Meine Mutter hatte von ihnen gesprochen, als ich klein war und dabei auch die von Odenfeldts erwähnt. Damit konnte ich etwas anfangen. Ich begann, zu recherchieren und meine Fühler auszustrecken. Mein Ziel war es, unbedingt mit einem Spross der von Odenfeldts oder van der Meers zu reden. Was gar nicht so einfach war, da sie allesamt entweder im Ausland oder jetsettende Hoteliers wie Eric sind. Doch meine Hartnäckigkeit hat sich ausgezahlt. Ich habe ein persönliches Gespräch führen können, mit Aussicht auf mehr.

An die ersten zehn Jahre meines Lebens habe ich nicht viele Erinnerungen. Außer, dass das Dasein in Windhoek für Einheimische weder luxuriös noch sonderlich sicher war. Wie ich in einer kürzlich durchgeführten Recherche für einen TV-Beitrag erfahren durfte, wüteten damals die Folgen der unbarmherzigen Kolonialzeit nach wie vor im Land. Nachdem im Februar 1915 südafrikanische Truppen Teile des Gebiets von Deutsch-Südwestafrika besetzt hatten, stellte der Völkerbund das Land nach Kriegsende unter deren Mandatsverwaltung. Indem das dortige Apartheid-Regime sofort südafrikanische Siedler mit Subventionen lockte, wies sie in den 60er Jahren im Rahmen des sogenannten Homeland-Systems jeder heimischen Bevölkerungsgruppe ein festes Territorium zu. Und damit in gewohnt teuflischer Manier ein erneutes Gefängnis, denn es war den Menschen im Herero- oder Nama-Land verboten, es dauerhaft zu verlassen. Den darauffolgenden Widerruf der Mandatsverwaltung durch die Vereinten Nationen ignorierten die Regierenden in der Hauptstadt Pretoria hemmungslos. Was den seit den 50ern stetig gewachsenen Widerstand gegen Südafrika neu befeuerte.

1966 eröffnete die sechs Jahre zuvor gegründete South West Africa People's Organisation (SWAPO) ihren militärischen Kampf für die Unabhängigkeit. Dies führte in den 70ern und 80ern immer wieder zu blutigen Zusammenstößen zwischen südafrikanischen Truppen und den mehrheitlich von der Ethnie der Ovambo gestellten SWAPO-Kämpfern. 1973 erklärte die UN diese zur rechtmäßigen Vertretung der Bewohner Südwestafrikas und forderte freie und faire Wahlen unter UN-Aufsicht. Aber die Regierung in Pretoria trickste die UN dadurch aus, dass sie die Bedingung stellte, die Stimmabgaben von ihrer Polizei zu beaufsichtigen, wohlwissend, dass die SWAPO die Wahl dann boykottieren würde. Das zu erwartende Ergebnis, ein Sieg der weißen Minderheit, wurde international nicht anerkannt. Erst am 21. März 1990 sollte es Namibia vergönnt sein, sich einen selbständigen Staat zu nennen.

Indem wir viele dieser Ereignisse in Windhoek mehr oder weniger hautnah miterlebten, führte meine Mutter einen weiteren Kampf an ganz anderer Front. In seinem Testament hatte ihr Mann Stanley Brooks ihr eine beträchtliche Summe hinterlassen, was von seiner in London lebenden Schwester angefochten wurde. Mit dem Argument, die 1968 in Windhoek geschlossene Ehe mit meiner Mutter sei international unwirksam, entwickelte sich ein mehrjähriger Streit. Erst Mitte der 70er Jahre gelang es unserem Anwalt, einen Vergleich zu erzielen. Mit der Folge, dass wir mit einem Schlag wohlhabend waren, selbst nach Abzug der bis dahin aufgelaufenen Anwaltskosten. Nun war es uns möglich, das unsichere Land unserer Geburt zu verlassen, und woanders neu anzufangen. Das wurde 1978 in Liverpool Wirklichkeit.

4

Sally, London, März 2010

»Sally? Hier ist Ben ...«

»Hallo, Ben. Lange nichts von dir gehört. Wie geht es der jungen Liebe? Schon neue Möbel für Graceland gekauft?«

Auch wenn ich es mir tausendmal vornehme, sind alle Vorsätze, ernst und sachlich zu sein in dem Moment dahin, in dem ich Bens Stimme höre.

»Hahaha ...«, ätzt er, ebenfalls wie gewohnt. »Du kannst es nicht lassen, oder?«

»Spaß muss sein, Ben ... was liegt an?«

»Also zunächst ... nein, Graceland bleibt nach wie vor das Museum von Elvis. Und der jungen Liebe geht es so gut wie nie,« entgegnet er und versucht, dem Wort ›jungen‹ einen ironischen Klang zu verleihen.

Auf jeden Fall hat er erkannt, dass es entspannter ist, auf meine Versuche, ihn zu ärgern, humorvoll einzugehen. Obwohl ich immer noch nicht verstanden habe, was er an Miss Langweil findet. Er, der einst mit mir die Liverpooler Club- und Kunstszene belagerte, in der wir meine Arbeit für das Kulturmagazin »Art and Politics« dazu nutzten, kein Event auszulassen. Menschen aller Couleur und Neigungen liefen uns dabei über den Weg. Und wäre er hier oder da bei der ein oder anderen Püppi schwach geworden, hätte ich es sogar verstanden. Aber nein, er verliebt sich in Miss Presley im Tweedkostüm. Die sich mit dem Zeigefinger die Brille zurück zur Nasenwurzel schiebt, wenn sie von ihrer Lektüre aufblickt. Um nachzufragen, wie er dies oder das gerade gemeint habe, während sie mit gerümpfter Nase versucht, ein erneutes Abrutschen ihrer Sehhilfe zu verhindern.

»Hauptsache, du bist glücklich, Ben«, versuche ich das Gespräch in die Richtung zu lenken, in die es gehört.

»Danke, Sally ...«

»Keine Ursache. Also sag mir, was gibt es?«

»Eigentlich eine erfreuliche Nachricht, Sally.«

»Und die wäre?«

»Ich habe mit Dr. Watson gesprochen, dem Koordinator des namibischen Museumsprojektes, das mit der Van der Meer-Diamantenmine, du weißt schon.«

»Mann, Ben ... Presley, Dr. Watson ... wen bringst du als Nächstes? Sherlock Holmes? Huckleberry Finn?«

»Gute Idee«, lacht mein Noch-Ehemann zurück. »Die Welt ist voller Fabeln.«

»Aber ... jetzt im Ernst, das ist natürlich toll. Was ist bei dem Gespräch rausgekommen?«

»Nun ja, nicht sehr viel. Ich kenne ihn schon lange, von dem ein oder anderen Kongress her. Hier in unserer Bibliothek gibt es außerdem ein Buch von ihm. Er findet die Idee, dass du das Projekt ein wenig journalistisch begleiten willst, gut. Bisher habe er viel Kritik einstecken müssen.«

»Und nun nimmt er an, bei mir wäre das nicht der Fall?«

Für einen Moment bleibt es still.

»Keine Ahnung was er annimmt, Sally. Du hast mich gefragt und ich habe ihn angerufen. Mach was draus.«

»Okay, okay«, beschwichtige ich. »Danke dafür, Ben. Hat er gesagt, wie und wo ich ihn am besten erreiche?«

»Ich maile dir seine Handynummer. Zurzeit ist er in Lüderitz und gegen Abend meist gut erreichbar, sagt er zumindest.«

»Ben, du bist ein Schatz.«

Ich lege mein Handy auf den Tisch und gehe hinaus auf den Balkon, von wo aus ich weit hinter den mannigfach geformten Dächern und Schornsteinen in der Ferne die Spitze von The Shard an der Themse erblicke. Was bei dem häufig diesigen Himmel über London nicht oft der Fall ist. Ich setze mich an den aufgeklappten Laptop, an dem ich just dabei war, nach weiteren Informationen über die Familien von Odenfeldt und van der Meer zu suchen. Auch wenn ich Eric von Odenfeldts Bild bereits auf der Londoner Homepage des Van der Meer Minotaurus Resorts gesehen habe, überraschte mich seine Erscheinung bei unserem Treffen dennoch. Meine Vorurteile über alte deutsche Adelsgeschlechter waren ein wenig dahin, als mir ein jugendlich wirkender Mann gegenüberstand. Freundlich, angenehm und modisch und kein bisschen aus der Zeit gefallen. Fast erinnerte er mich ein wenig an den jungen Al Pacino, als er mir in knappen Sätzen einige Infos zum Hotelkonzern gab, die ich weitestgehend schon kannte.

Eric von Odenfeldt ist der Urenkel des deutschen Kolonialoffiziers Berthold von Odenfeldt, dessen Sohn Alexander 1929 gemeinsam mit seiner Frau Lydia, einer geborenen van der Meer, das Windhoeker Waterberg-Hotel erwarb und zu einem

Luxushotel umbaute. Lydia, eine Miterbin der Van der Meer-Diamantenmine, verfügte im Gegensatz zu ihm vermutlich über das dafür notwendige Kapital. Jedenfalls erregte das Hotel im Rahmen der damals üblichen Standards eine gewisse Aufmerksamkeit. Nicht nur wegen seiner gepflegt luxuriösen Leistungen, sondern mit etwas, das wir heute Bewusstheit und Nachhaltigkeit nennen. Bei allem, was mich im Moment umtreibt, empfinde ich eine Anspannung, die irgendwo zwischen Neugier und Widerstreben liegt, sobald ich an die bevorstehende Verabredung mit Eric am kommenden Samstag denke.

5

Alexander, Berlin, Juni 1920

Die Nacht in der Zelle war kalt und feucht. Auch wenn draußen die warme Jahreszeit regierte, merkten die Häftlinge hinter den meterdicken Wänden nichts davon. Tagsüber gab es kurze Verhöre, und wer auch nur ein paar Minuten schwieg, wurde kommentarlos zurückgebracht. In den winzigen Kerker, in dem es nichts anderes zu tun gab, als auf die nächste eisige Nacht zu warten. Auf eine Dunkelheit voller schrecklicher Visionen, in der Schlaf unmöglich war. Vier Tage und Nächte lagen hinter Alexander von Odenfeldt, und sein Vorsatz, so wenig wie möglich zu sagen, war am Morgen schließlich ins Gegenteil gewechselt. Heute hatte er sich geäußert, um seinen Verhörer davon zu überzeugen, dass ihm nichts vorzuwerfen sei. Dass er sich niemals strafbar gemacht, stets treu dem Reich gedient und mit seinen Untersuchungen und Prognosen sogar förderliche Erkenntnisse für eine neue, nachkoloniale Zeit geliefert hatte. Eine Epoche, die Räume öffnen sollte für Eingeständnisse und Vergebung. Hin zu ungewohnten Ufern, die Altes nie wieder zulassen dürften. Buchstäblich taub und blind dafür warf man ihm stattdessen vor, als »Freund Afrikas«, die von ihm mit »selbst ernannte deutsche Herrenmenschen« bezeichneten Vaterlandsverteidiger feige angeprangert und »durch den Dreck gezogen« zu haben.

»Was glauben Sie, Herr von Odenfeldt, wird das künftige Deutschland mit Menschen wie Ihnen anfangen können?«, herrschte ihn der ihm gegenübersitzende Mann mit der schwarzen Augenklappe an. »Wen soll in Zeiten von Not und Entbehrung ihr Geschwafel von der Einheit von Mensch, Tier und Natur erwärmen oder sättigen? Wer soll Verständnis haben für die primitiven Kreaturen in Afrika im Angesicht des geschundenen Deutschen Reiches? Wie ehrlos kann ein Mann edler Rasse eigentlich sein?«

Gekleidet in eine Uniform ohne militärische Abzeichen, war der ihn vernehmende Kriegsinvalide für Alexander der lebende Beweis für ein gescheiteres Land. Das zwar noch nicht im Bilde war, in welche Richtung es sich bewegen würde, seine Feinde aber wieder einmal frühzeitig zu kennen glaubte.

»Wir können auf Sie verzichten, Alexander von Odenfeldt«, kläffte sein Gegenüber. »Gehen Sie dorthin zurück, wo die Schutzpräsenz des Deutschen Reiches aus Ihrer Sicht so sehr versagt hat. Zu ihren Negerfreunden, die Sie mit offenen Armen in ihre armseligen Hütten einladen werden. Gehen Sie dorthin, wo Sie hingehören.«

Mit versteinertem Gesichtsausdruck sah Alexander ihn an und erkannte, dass sein Gegenüber diesem Blick nicht standhielt. Mit zusammengekniffenen Lippen raffte der Uniformierte die Papiere zusammen, stockte sie mehrmals auf der Tischplatte auf und legte sie zurück in die braune, mit Daten und Zeichen versehene Mappe. Ohne Alexander anzuschauen, fuhr er fort.

»Schätzen Sie sich glücklich, aus einer Familie zu stammen, deren Werte die richtigen sind. Wo Obrigkeiten noch geschätzt werden. Danken Sie Gott für Ihren Vater, einem verdienten Offizier der Kolonialtruppe. Soll er zusehen, was aus Ihnen noch zu machen ist. Wir werden Sie in den nächsten Tagen einem Abgesandten Ihres Vaters übergeben und hoffen, Sie nie wieder in Deutschland anzutreffen. Es wäre Ihr unvermeidliches Ende. Wegtreten.«

Ohne den Mann eines weiteren Blickes zu würdigen, ließ Alexander von Odenfeldt sich zurück in seine Zelle führen. In der er, glücklich darüber, freizukommen, mehrmals tief ein- und ausatmete. Welche Zeiten mochten dem deutschen Volk noch bevorstehen, wenn schon wieder die Würde der Menschen auf der Liste der unnötigen Werte stand? Wenn nach Kolonialismus und Krieg nun ein neuer, die Individuen verachtender Nationalismus drohte?

Dabei hatte es bei seiner Rückkehr nach Berlin durchaus so etwas wie Hoffnung gegeben. Nachdem sich der sinnlose Krieg mehr und mehr in die Länge gezogen hatte, war Deutschland gezwungen gewesen, sein bisheriges liberales Wirtschaftssystem komplett auf Kriegsplanwirtschaft umzustellen. Das hatte in Berlin seit 1915 zu einer immer stärker sinkenden Produktivität der Landwirtschaft mit riesigen Versorgungsengpässen bei Grundnahrungsmitteln geführt. Einhergehend mit Kriegsmüdigkeit, dem Auseinanderbrechen der bestehenden Familien- und Gesellschaftsstrukturen sowie Armut und Hunger wuchs der Unwillen der Bevölkerung von Tag zu Tag.

Schließlich mündete die im Frühjahr 1918 in Berlin mit über 400.000 Menschen stattgefundene Demonstration des Spartakusbundes gegen Krieg und für Frieden und Brot, in jene Revolution, anlässlich der Philipp Scheidemann am 9. November vom Balkon des Reichstags die Republik ausrief. Später wurde die Kommunistische Partei Deutschlands (KPD) durch Rosa Luxemburg, Karl Liebknecht und Wilhelm Pieck gegründet, die eine sozialistische Räterepublik durchsetzen wollte. Der von ihnen mitinitiierte Spartakusaufstand vom 5. bis 12. Januar 1919 wurde von regierungstreuen Freikorps-Einheiten blutig niedergeschlagen. Rosa Luxemburg und Karl Liebknecht wurden ermordet.

*

Erst nach Tagen verließ Alexander von Odenfeldt die deutsche Hauptstadt. Eine Cousine seiner Mutter nahm ihn, wenn auch widerwillig, vorübergehend bei sich auf, bis zu dem Tag, an dem er den entsprechenden Marschbefehl erhalten würde. Zwar war der germanische Kolonialismus mit seinen Polizei- und Militärstrukturen in Afrika und Asien offiziell beendet, doch was blieb, war ein weltweit fortgesetztes koloniales Denken mit damit verbundenen Fremdherrschaften. Wenngleich unter verklausulierten und oft mehrdeutigen Definitionen. Mit durchaus positivem Willen hatte US-Präsident Woodrow Wilson im Januar 1918 das Selbstbestimmungsrecht der Völker als Voraussetzung für eine dauerhafte Weltfriedensordnung gefordert. Womit er das Recht, Gebiete zu kolonisieren, infrage stellte. Doch da die Imperialstaaten auf ihre alten Machtstrukturen pochten, suchten sie nach neuen Legitimationsmustern. Was dazu führte, dass die Delegierten der Pariser Friedenskonferenzen nicht den liberalen Forderungen Wilsons folgten, sondern für den Kompromiss des Mandatssystems stimmten. Sie unterstellten, die Gesellschaften der ehemaligen deutschen Kolonien seien unverändert nicht zur Selbstverwaltung fähig und verschoben deren Selbstbestimmungsrecht damit auf unbestimmte Zeit.

Das unter südafrikanischem Mandat stehende bisherige Deutsch-Südwestafrika, das nun bloß Südwestafrika hieß, tat sich schwer damit, Menschen, die einmal nach Deutschland ausgereist waren, zurückkehren zu lassen. Rund die Hälfte der deutschen Bevölkerung war von der nunmehr zuständigen Verwaltung durch das südafrikanische Militär bis Mitte 1919 abgeschoben worden. Vorübergehend geduldet waren Menschen mit beidseitiger Abstammung sowie jene, die schon zuvor für nützliche Beziehungen entweder zu den Behörden in Pretoria, zu wichtigen Unternehmen oder anderen Instanzen gesorgt hatten. Auch Alexanders Familie gehörte dazu, nach wie vor residierten sie auf ihrem Landsitz nahe Windhoek. Die Beibehaltung ihrer Landnutzungsrechte, die sie unter deutscher Kolonialverwaltung genossen hatten, war aus unerfindlichen Gründen bis auf weiteres akzeptiert worden. Berthold von Odenfeldt war 1890 in den Kolonialdienst in Deutsch-Südwestafrika eingetreten und mit seiner Frau Ilse sowie dem damals dreijährigen Alexander im gleichen Jahr von Berlin nach Windhoek gezogen.

»Du wirst unserer Familie mit dem, was du ihr von dir und deinen Ideen zurücklässt, großen Schaden zufügen«, hatte Alexanders Vater ihm mit auf den Weg gegeben, als er sich im Sommer 1919 auf den Weg nach Berlin begeben hatte. Voller Hoffnung auf eine neue Welt, in der das möglich schien, wofür er die hinter ihm liegenden Jahre gelebt und gelitten hatte. Aufgewachsen in einer konservativ-großbürgerlichen Familie, war Alexander 1910 zunächst ebenfalls dem Kolonialdienst beigetreten und zwei Jahre später Offizier geworden. Es hätte der Beginn einer standesgemäßen Karriere sein sollen, wäre nicht eine bittere Erkenntnis in sein Leben getreten: Die heroisierte Welt der deutschen Schutzmacht erwies sich ihm als blutiges koloniales Schlachtfeld. Weit weg von Menschlichkeit, globalem Verantwortungsbewusstsein und jeglichem Empfinden für Frieden und Verständigung. Mit blutbefleckten Ereignissen, die im Aufstand der Herero 1904 in einen Völkermord mündeten. Die Gewalt der selbst ernannten deutschen Herrenmenschen öffnete Alexander die Augen und ließ ihn zu einem entschiedenen Kritiker des Kolonialismus werden. In seinem Denken und Handeln gedieh er zu einem vielgeschmähten »Freund Afrikas«, dessen anerzogenes Wertgefüge durch Begegnungen mit den vermeintlich »primitiven« Afrikanern radikal infrage gestellt wurde.

»Das, was ihr der Welt hinterlasst«, hatte er seinem Vater beim Abschied geantwortet, »wird ein großer Scherbenhaufen sein. Wenn nicht heute, so doch irgendwann, vielleicht in Jahrzehnten, wird die humanitäre Zerstörung, die überall auf der Welt angerichtet wurde, eure Persönlichkeiten und Familien für alle Zeiten beschädigen. Was soll der Name von Odenfeldt dann noch wert sein?«

Sie hatten auf der mit Kies bedeckten Vorfahrt gestanden, von wo aus Alexander beabsichtigte, in das wartende Fahrzeug zu steigen. Mit wütend blitzenden Augen war sein Vater ein paar Schritte zurückgetreten, so dass ein Händedruck nicht mehr möglich war.

»Und was soll in dieser Welt stattdessen herrschen, wenn nicht die intelligenten Rassen, die weiter für den Fortbestand der Menschheit sorgen?«, zischte Berthold von Odenfeld, während seine Mundwinkel nervös zuckten. »Wenn die niederen Rassen nicht mehr auf den Plätzen bleiben, die ihnen von Gott gegeben und eigen sind?«

So besonnen es ihm in diesem Moment möglich war, hatte Alexander geantwortet: »Vielleicht wieder das, was ihr und eure Mordbuben mit aller Macht versucht habt zu zerstören – eine wahrhaftig von Gott gegebene, unberührte Welt in einer Natürlichkeit, die den angeblichen Herrenrassen längst abhandengekommen ist. Eine Welt, in der Mensch, Tier und Natur in Ehrfurcht miteinander leben.«

6

Alexander, Windhoek, November 1923

Unerbittlich brannte die Sonne auf den Leutwein-Friedhof, der letzten Ruhestätte deutscher Soldaten, der kaiserlichen Schutztruppe, der Beamten der Kolonialverwaltung sowie frühen Siedlern und anderen Zivilisten. Der Trauerzug bewegte sich gemessenen Schrittes in Richtung der westlichen Erweiterung des Kirchhofs. Hier lagen die Angehörigen der südafrikanischen Unionstruppen, die im Ersten Weltkrieg in Südwestafrika gefallen waren, und hier sollte auch Berthold von Odenfeldt seine letzte Ruhe finden. In einem Grabmal aus weißem Sandstein. Unweit vom Grabhügel des Oberstleutnants und vorletzten Kommandeurs der Kaiserlichen Schutztruppe, Joachim von Heydebreck, der 1914 seinen schweren Verletzungen nach einem Schießunfall erlegen war. Die wenigen Familienangehörigen, die von Zeit zu Zeit in Windhoek geweilt hatten, hatten das Land längst verlassen. Und da Alexander der einzige Sohn war, bestand die Trauergemeinde neben ihm und seiner Mutter hauptsächlich aus alten Kameraden und dem ein oder anderen Nachbarn. Der Pastor sprach von Ehre, Vaterlandsliebe und Stolz. Von Sorge, Schutz und einem Himmel, der vergibt. Alexander, der die Hand seiner abwesend wirkenden Mutter hielt, hatte irgendwann aufgehört, jedes Wort infrage zu stellen. Was war von einer Trauerfeier anderes zu erwarten?

Für Ilse von Odenfeldt war das zweite Teilstück der Gruft bereits vorgesehen, der in Ungnade gefallene Sohn war nicht berücksichtigt worden. Genaugenommen hatte der alte Odenfeldt ihm sogar untersagt, zu seiner Beerdigung zu erscheinen. Wovon Alexander sich niemals hätte abhalten lassen. Ehrgefühl hat viele Facetten.

Es war das erste Mal, dass er nach seiner Rückkehr aus Berlin vor über zwei Jahren das Haus seiner Eltern betrat. Lange schauten Alexander und seine Mutter, nachdem die Sonne untergegangen war, in den blutroten Himmel am weit entfernten Horizont.

»Wie waren seine letzten Tage?«, fragte Alexander seine Mutter, die unablässig damit beschäftigt war, sich Tränen mit einem kleinen Taschentuch aus den Augen zu wischen.

»Er hat so viel durcheinandergebracht«, antwortete sie

schniefend. »Einzig was dich betraf, da war er seltsam klar.« Bedächtig nickte Alexander, während er träge Rauchschwaden aus seiner Zigarre aufsteigen ließ.

»Er hat mich also bis zuletzt nicht verstanden.«

Für einen Moment blieb es still, bis seine Mutter antwortete.

»Für ihn war es eine Tragödie, dass du seine Ehre beschmutzt hast.«

»Und für dich?«

»Du bist mein Sohn, mein einziges Kind. Ich habe nie begriffen, wie er so hartherzig sein konnte, bei allem Verständnis für seine Ansprüche an Ehre und Vaterland. Aber ich war ihm immer eine loyale Frau ...«

Dunkelheit legte sich über die Terrasse und jedes Mal, wenn er an seiner Zigarre zog, glich sie einer Warnlampe an Bahngleisen. Im Mondlicht warfen die Bäume gespenstische Schatten auf den Weg von der Veranda zu den Stallungen.

»Als Offizier in der Führungsgruppe von Generalleutnant von Trotha hat er eine große Mitschuld am Völkermord an den Hereros auf sich geladen«, sagte Alexander in bitterem Tonfall.

»Die Hereros waren Terroristen, die aufgehalten werden mussten«, antwortete seine Mutter mit einer wegwerfenden Handbewegung. Tief atmete ihr Sohn ein und aus.

»Ein annektiertes, ausgebeutetes und geschundenes Volk, das sich gegen Landräuber wehrt, ist keine Terroristengruppe, Mama.«

»Wir wollten ihnen Kultur beibringen.«

»Welche Kultur? Die einer Zivilisation, die schwarze Frauen als Freiwild betrachtet, nachdem sie ihre Männer totgeschossen hat? Die einem Schrei nach Freiheit die totale Vernichtung entgegenhält?«

Ilse von Odenfeldt blieb stumm und wischte die erneuten Tränen von ihrer Wange.

»Papa wäre mit seinen 64 Jahren noch jung genug gewesen,

die Zeichen der Zeit zu erkennen«, fuhr ihr Sohn fort. »Es hätte noch ein anderes, neues Leben geben können, wenn er ein bisschen Reue gezeigt hätte.«

»Der Kolonialdienst war sein Leben.«

Joseph, der Hausdiener, hatte Gläser mit Kerzen auf dem Tisch verteilt, die der ausladenden Terrasse eine schummerige Atmosphäre bescherten. Unaufgefordert füllte der alte schwarze Mann ihre Wassergläser auf.

»Was wirst du tun, Mama? Willst du hier in dem großen Haus alleine wohnen?«

Ihr vergrämtes Gesicht zeigte keine Regung. Stumm trank sie aus ihrem Glas.

»Wo soll ich denn hin?«

»Was ist mit deiner Schwester in Leipzig?«

Unmissverständlich schüttelte sie den Kopf.

»Ich gehe nicht nach Deutschland, wo Sodom und Gomorra herrschen.«

Ihr Sohn nahm sich von den Früchten, die Joseph ihm auf einem Teller anbot.

»Du musst wissen, was du tust.«

»Was ist mit dir, Alexander? Willst du weiter in der kleinen Hütte in Dorado Park leben?«

»Ich bin zufrieden dort. Habe alle Ruhe, die ich brauche, um meine Schriften zu verfassen.«

Ilse von Odenfeldt schüttelte mehrmals den Kopf.

»Für wen sollen diese Schriften gut sein? Du änderst doch die Welt genauso wenig, wie dein Vater es mit dem, was du Reue nennst, getan hätte.«

»Vielleicht doch, Mama.«

Bei allem, was seinen Vater und ihn trennte, war es nie zur Enterbung gekommen, auch wenn Berthold von Odenfeldt das sicher einmal vorgehabt hatte. Aufgrund seiner zunehmenden Gedächtnislücken und Orientierungslosigkeit erledigte zuletzt seine Frau sämtliche finanziellen Angelegenheiten. Was eine Sperre von Alexanders monatlichen Zuwendungen genauso verhindert hatte, wie die Änderung des Testaments.

»Kannst du das Anwesen mit allem Drum und Dran denn überhaupt weiter finanzieren?«, fragte er und seine Mutter antwortete nicht sofort.

»Eine Zeitlang wird es gehen ...«

»Wieviel Rente bekommst du?«

»Berlin ist geizig geworden.«

»Was ist mit eurem Vermögen? Den Ersparnissen?«

Unermüdlich rannen ihre Tränen.

»Aus Pretoria kam vor einiger Zeit die Nachricht, dass wir jetzt doch zu gewissen Reparationen herangezogen werden.«

Alexander lehnte sich zurück und verschränkte die Arme hinter dem Kopf. Geräuschlos räumte der Diener den vollen Aschenbecher ab und reichte ihm stumm eine neu vorbereitete Zigarre.

»Danke, Joseph, im Moment nicht. Vielleicht später noch einmal.«

Ilse von Odenfeldts stilles Weinen ging in leises Schluchzen über.

»Heißt das ... ihr ... du ... seid pleite?«

Mit Nachdruck schüttelte seine Mutter den Kopf.

»Nein, wir sind nicht pleite. Das heißt, nicht ganz ...«

Fragend sah Alexander sie an und sie sprach weiter.

»Also ja, wenn wir es denn so nennen wollen. Ich denke, in ein paar Wochen muss ich das Haus hier verlassen. Am besten wird sein, wenn es mir gelingt, es vorher noch zu verkaufen. Damit ich nicht verhungere ...«

*

Von den wenigen Freunden, die Alexander geblieben waren, hielt sein ehemaliger Adjutant Richard Köhler die Korrespondenz mit ihm am beständigsten aufrecht. Infolge ähnlicher

Sichtweisen auf das Kolonialwesen war rasch Vertrautheit zwischen den beiden Männern entstanden. Mit Ende des Krieges war Richard nach Berlin zurückgekehrt, wo er sich bemühte, seinen Beruf als Weinhändler wieder aufzunehmen, was in den Wirren der Nachkriegsjahre zunächst nicht das einfachste war. Aufgrund seines niedrigeren Ranges in der Armee war er, anders als Alexander, relativ unbehelligt geblieben, was seine kritische Haltung zu den Geschehnissen in den ehemaligen deutschen Kolonien betraf. Als Mitglied des »Afrikanischen Hilfsvereins« hatte er schon bald damit angefangen, seine skeptischen Auffassungen in tätiges Handeln umzuändern. Ähnlich engagierte Vereinigungen sowie einzelne schwarze Aktivisten, Pazifisten und Kommunisten wandten sich auf offener Bühne gegen einen Wiedererwerb der Kolonien. Sie veranstalteten Aktivitäten wie Demonstrationen, Eingaben und Petitionen, gaben Reden auf internationalen Konferenzen, schrieben Artikel in Publikationen, und betätigten sich künstlerisch bei Straßentheateraufführungen und Ausstellungen. Eine wahre Überraschung war es aber für Alexander, als Richard es schaffte, nach Südwestafrika zurückzukehren. Der unangekündigte Besuch war Richards Kontakten zu Aktivisten vor Ort zu verdanken.

»Du traust dich was, hierherzukommen«, sagte er, nachdem sie das Wichtigste ausgetauscht hatten. »Wie hast du das angestellt?«

»Ein paar Kontakte unserer Organisation haben das geregelt ... aber frag mich nicht, wie das genau gegangen ist. Plötzlich hatte ich eine Einreisegenehmigung und nun bin ich hier.« Kurz umriss Richard die aktuelle Situation in Deutschland, fünf Jahre nach Kriegsende.

»Heißt das, wir können Hoffnungen schöpfen?«, fragte Alexander, worauf sein Freund einen skeptischen Gesichtsausdruck zeigte.

»Der Einfluss der Kolonialisten ist unverändert hoch, aber wenn wir jetzt nichts tun, wird es sich niemals ändern. Auch wenn der Weg weit sein dürfte. Besonders in Zeiten, in denen versucht wird, das Rad zurückzudrehen, ist internationales Aufbegehren wichtiger denn je.«

»Was genau unternehmen die Einsichtslosen denn gerade?«

»Es ist bei den Verfechtern der Kolonien im Moment sehr populär, ›kulturelle‹ Aspekte als Feigenblatt zu benutzen«, erklärte Richard. »Sie fabulieren von der angeblichen Treue und Güte der Schwarzen. So wollen sie den Mythos der guten, schutzbringenden und willkommenen Macht der Deutschen aufrechterhalten. Es gibt Memoiren und Erzählungen ehemaliger Offiziere und Plantagenbesitzer. Und mit Völkerschauen, exotischen Aufführungen und Filmproduktionen wollen sie die Sehnsucht der Menschen nach dem Paradies unter Palmen ansprechen.«

Fast die ganze Nacht saßen sie beisammen und tauschten sich darüber aus, mit welchen Vorhaben und Ideen dem gegenzusteuern wäre. Für Richard Köhler stellte Alexanders schriftstellerische Arbeit hier an den Schauplätzen der Geschichte offenbar einen außergewöhnlichen Wert dar.

»Wir brauchen Artikel, Publikationen und Bücher, die die Wahrheit sagen. Als Gegengewicht zu den versteckten revisionistischen Forderungen der alten Eliten. Da gibt die deutsche literarische Welt noch nicht besonders viel her.«

Alexander stand auf und ging in Richtung seines Arbeitszimmers, von wo aus er mit einem Packen dichtbeschriebenem Papier zurückkehrte.

»Möchtest du noch Wein?«, fragte er seinen Freund, der dankend ablehnte. Nachdem er sein eigenes Weinglas gefüllt hatte, legte Alexander das Manuskript auf seinen Schoss.

»Ich bin gespannt …«, sagte Richard. »›Konflikte. Ketten. Kolonien. Die leidvolle Geschichte des internationalen Kolonialismus‹ … eine provokative Arbeit.«

»Die humanitäre Katastrophe der kolonialen Unterdrückung begann richtig Fahrt aufzunehmen, als Bismarck 1884, also vor rund vierzig Jahren, Vertreter konkurrierender Staaten nach Berlin lud, um die Verteilung Afrikas festzulegen«, sagte Alexander und blätterte wahllos durch die einzelnen Seiten.

»Zu einer Zeit, in der alles ja schon verteilt war.«

»Genau, Richard. Ganz Afrika wurde zum Teil bereits jahrhundertelang in allem, was Wert haben könnte, brutal ausgebeutet. Von Frankreich, England, Portugal, Spanien, Italien, Holland und vielen anderen.«

Richard beugte sich vor, um sich nun doch an der Weinflasche zu bedienen.

»Aber machte das Ganze für Bismarck überhaupt noch Sinn?«, fragte er.

»Sein Ziel war eine gegenseitige Anerkennung der Einflussgebiete. Quasi als Friedensgarantie.«

»Damit jeder in Ruhe seinen Ausplünderungen folgen konnte, ohne Angst vor Auseinandersetzungen haben zu müssen.«

»Richtig. Und nachdem die deutschen Bemühungen um Kolonialbesitz so oft gescheitert waren, erwartete Bismarck nebenbei die nötige Garantie auch für Deutschland.«

»Was ja auch geschah.«

Alexander nickte und erhob sich, um das Fenster zu öffnen. Für einen Moment sah er zu, wie die dicken Zigarrenschwaden hinaus in die sternenklare Nacht dampften. Dann drehte er sich um und lehnte sich mit verschränkten Armen an die Fensterbank.

»Drei Monate dauerten die Verhandlungen im Berliner Reichskanzlerpalais, dann einigte man sich auf Kriterien, die den Besitz von Kolonien ab sofort völkerrechtlich regelten. Deutschland erhielt so das Land, in dem wir uns gerade befinden, zuzüglich Kamerun, Togo, Teile Ghanas, Tansania, Ruanda und Burundi. Afrika war und ist seitdem ein Niemandsland, ein subjektivloses Objekt der Begierde in dem auf nichts Rücksicht zu nehmen ist.«

Für einige Minuten herrschte Schweigen, in denen Alexander sich wieder zurück zum Fenster drehte. Am Himmel sah er eine Sternschnuppe, ein Hund bellte in der Nachbarschaft. Richard erhob sich ebenfalls und trat neben ihn.

»Wünsch dir was«, sagte Alexander und deutete auf den nächsten Meteor.

»Ich denke, wir wünschen uns dieselben Dinge.«

»Ja, eine gleichberechtigtere Welt.«

»Einen Wunsch hätte ich noch zusätzlich«, ergänzte Richard das Gesagte. »Morgen Abend besuche ich eine Versammlung mit einigen kompetenten Menschen, die unsere Ansichten teilen. Magst du mich begleiten?«

Für einen Augenblick zögerte Alexander.

»Ist das was Offizielles?«

»Im Prinzip schon. Es geht darum, wie wir Südwestafrika entgermanisieren und dem Land einen Neubeginn ermöglichen können. Sowohl für die Opfer als auch für die Täter.«

»Ein ganz schön hehrer Wunsch. Und wo findet das statt?«

»Im allseits bekannten Waterberg-Hotel«, lächelte Alexanders Freund.

7

Lydia, Windhoek, November 1923

Das Waterberg-Hotel war nach dem imposanten Tafelberg östlich von Otjiwarongo benannt. Es war eine im Stil eines Bush Camps erstellte Ansammlung von Gästehäusern. Im Zentrum der Anlage, hinter dem kreisrunden, mit Stroh bedeckten Empfangsgebäude und neben den beiden Restaurants, reihten sich unterschiedlich große Holzbauten für Konferenzen und Versammlungen. Bis 1916 von einer deutschen Familie geführt, stand das Hotel jetzt unter holländischer Leitung. Weiterhin oblagen die niederen Arbeiten in den Zimmern, der Küche und im Gartenbereich dem schwarzen Personal. Doch gab es nicht mehr so viel zu tun wie früher, da die Räumlichkeiten seit dem Ende der deutschen Herrschaft längst nicht mehr so begehrt waren. Auf den ersten Blick wirkte das Resort nach wie vor sauber und einladend, doch erkannte man bei genauerem Hinsehen rasch, dass es an vielem fehlte, was für die Inhaber zurzeit unleistbar war. Richard, der in der Lounge vor der Rezeption wartete, erhob sich, nachdem er seinen Freund erblickt hatte. Vor dem Durchgang zum Sitzungszimmer hatten sich einige Personen versammelt, die offenbar darauf harrten, hineingebeten zu werden.

»Alexander, schön, dass du kommen konntest«, begrüßte Richard ihn mit einem Händedruck.

»Wenn so etwas hier vor meiner Tür stattfindet, kann ich es nicht ohne weiteres ignorieren«, entgegnete Alexander. Gemeinsam steuerten sie auf die Wartenden zu, wo Richard einen dunkelhäutigen, graubärtigen Mann mit einer angedeuteten Verbeugung begrüßte, um sich dann an seinen Begleiter zu wenden.

»Alexander, ich möchte dir gerne Dr. Hawkins vorstellen. Dr. Hawkins, das ist Alexander von Odenfeldt.«

Beide Männer reichten sich die Hand.

»Dr. Hawkins ist Mitinitiator des vor einigen Wochen getroffenen Londoner Abkommens.«

»Ich habe darüber gelesen, Sir«, antwortete Alexander in Richtung des Doktors. »Ich denke, es könnte eine interessante Lösung sein.«

Mit einem Ausdruck, der Genugtuung und Skepsis gleichermaßen zeigte, nickte Hawkins mit dem Kopf: »Wir werden sehen, was daraus wird.«

Nachdem man fast die Hälfte der 15.000 Deutschen, die zum kolonialen Ende noch in Südwestafrika gelebt hatten, ausgewiesen hatte, wurde im Londoner Abkommen vom 23. Oktober 1923 der Beschluss gefasst, den im Lande Verbliebenen die britische Staatsbürgerschaft anzubieten.

»Ich habe ebenfalls schon von Ihnen gehört, Mr. von Odenfeldt«, sprach Dr. Hawkins weiter. »Ihre antikolonialistischen Veröffentlichungen kurz nach dem Krieg lassen auf eine faszinierende Entwicklung Ihrer Person schließen. Obwohl Sie sich damit in Deutschland auf einem Minenfeld bewegen dürften.«

»Dort wird er im Moment auch nicht hingehen. Aber wir haben Hoffnung, Dr. Hawkins«, antwortete Richard an Alexanders Stelle. »Obwohl die junge Demokratie in Berlin in der Tat eher wenig Anlass dazu gibt. Dennoch wird das Werk, woran Mr. von Odenfeldt zurzeit arbeitet, richtungsweisend für eine neue Zeit sein. Das Londoner Abkommen könnte ein erster wichtiger Schritt auf dieser Strecke sein.«

»Und um was geht es in Ihrer Schrift, Mr. von Odenfeldt?« Alexander nahm sich ein Glas Orangensaft, das ihm auf einem Tablett gereicht wurde und trank davon.

»Nun, wir werden nicht damit auskommen, immer wieder nur die Gräuel der Kolonialstaaten anzuprangern, so schlimm sie auch sind«, antwortete er. »Wir müssen nach vorne schauen, und dazu gehört vor allem die rigorose Infragestellung von Militarismus und Nationalismus. Ich sehe immer öfter die Vergötzung von Macht, Großmannssucht und Wachstumsfetischismus, Antisemitismus, Rüstungswahn und Gewaltdenken. Wir benötigen Alternativen dazu, die in einer gesunden Lebensweise genauso liegen, wie in einem umsichtigen Welthandel, wohlüberlegten Produktionsmethoden, dem Schutz der Natur sowie in der Gleichheit aller Völker und Rassen mit den gleichen Rechten für Männer und Frauen.«

Während Dr. Hawkins für einige Sekunden gespannt schwieg, fiel Alexanders Blick zum wiederholten Mal auf die junge Dame, die im Verlauf des Gesprächs schweigend neben dem Doktor gestanden hatte. In ihrem schlichten, dunkelblauen Gabardinekleid, das von nichts weiter als einer cremefarbenen Brosche verziert wurde, wirkte sie bescheiden und souverän zugleich. Dieser Eindruck wurde von ihrem beigen Topf-Hut, der an den herausschauenden blonden Haaren einen zeitgemäßen frechen Bubikopf vermuten ließ, ein kleinwenig konterkariert.

»Entschuldigung, Lydia«, erkannte Richard Köhler im gleichen Moment sein Versäumnis. »Natürlich möchte ich auch dich mit Alexander von Odenfeldt bekannt machen. Alexander, das ist Fräulein Lydia van der Meer.«

Wie zu einem Handkuss streckte sie Alexander den rechten Arm hin, den dieser mit einem solchen entgegennahm.

»Angenehm, Fräulein van der Meer«, sagte er mit weicher, tiefer Stimme, was sie mit einem Lächeln quittierte. Eine Holländerin? Er wartete gespannt darauf, ihre Sprachmelodie zu hören.

»Da hast du gerade noch die Kurve gekriegt, lieber Richard«, sagte sie an diesen gewandt. Eindeutig Holländerin! »Aber vermutlich nur, weil Mr. von Odenfeldt die Gleichberechtigung der Geschlechter angemahnt hat.«

Alle lachten und Richard vollführte eine entschuldigende Handbewegung. Ein älterer Herr mit Kniebundhose und Tweedjackett trat hinzu.

»Ich wäre so weit, die Herrschaften«, sagte er ernst und alle begaben sich an die Tische. Ob zufällig oder nicht, saßen Lydia und Alexander nebeneinander. Dass offenbar auch Richard auf einen Platz neben Lydia gehofft hatte, sah Alexander aus dem Augenwinkel an dessen enttäuschtem Blick.

»Darf ich Sie fragen, wer das ist, Fräulein van der Meer?«, fragte er seine Nachbarin.

»Sie dürfen«, entgegnete diese.

Sie hatte ihren Hut abgenommen und mit leichtem Kopfschütteln den vermuteten blonden Bubikopf freigelegt. Ihre helle Haut schimmerte wie eine Sanddüne inmitten von Gräsern.

»Das ist Dr. Fritz Brenner, Arzt und Vorsitzender des Deutschen Vereins in Windhoek. Er wird über seine Absicht sprechen, Anfang kommenden Jahres alle deutschen Vereinigungen, Organisationen und Kirchen zu einem Treffen einzuladen. Zur Gründung eines Deutschen Bundes.«

»Interessant. Wird so etwas überhaupt möglich sein?« Lydia van der Meer zuckte mit den Schultern: »Es ist wie mit dem Angebot der britischen Staatsbürgerschaft an die Hiergebliebenen. Irgendwie muss es weitergehen.«

Fritz Brenner stand mit beiden Händen aufgestützt am Pult und schaute wortlos in die Runde. Nachdem die letzten Gespräche der Anwesenden verstummt waren, eröffnete er seine Rede mit einem Appell an die Notwendigkeit deutscher Interessen in Südwestafrika. Er lehnte sich dabei an die von Stresemann ausgehandelten Anlege- und Niederlassungsrechte für deutsche Unternehmen und Staatsbürger in allen Mandatsgebieten an. Darauf folgte die Forderung einer Anerkennung von Deutsch als dritte Amtssprache nach Englisch und Afrikaans und dem Weiterbestehen der deutschen Schulen. Dabei sah der Education Act von 1919 vor, dass Deutsch nur noch bis 1927 übergangsweise als Schulsprache genutzt werden durfte. Viele weitere Punkte wirtschaftlicher und staatsbürgerlicher Natur standen auf Brenners Liste, die alle zu diesem Zeitpunkt rein spekulativ waren. So, wie es völlig offen war, inwieweit das Wahren deutscher Interessen überhaupt irgendeine Zukunft in Südwestafrika hatte.

Alles in allem sprach Brenner fast nur von Möglichkeiten, die Alexanders Sicht in keiner Weise entsprachen. Wie stand es um Wiedergutmachung? Um eine Gesellschaft ohne Rassengrenzen? Stattdessen wollte Brenner ein Festhalten an alten Strukturen? Er würde den Doktor später darauf ansprechen. In der Hoffnung, eine Diskussion aller Anwesenden damit auszulösen.

»Haben Sie schon darüber nachgedacht, ob Sie das Angebot der britischen Staatsbürgerschaft annehmen werden?«, fragte Lydia van der Meer, nachdem sie am Buffet angelangt waren, das im Gartenbereich des Waterberg-Hotels aufgebaut war. Sie sah ihn mit warmem, tiefem Blick an.

»Wie kommen Sie darauf, dass ich das tun sollte?«

»Weil Sie Deutscher sind und mit ziemlicher Sicherheit nicht zurück in Ihre Heimat wollen. Und weil auch hier niemand weiß, wie sich die Lage völkerrechtlich entwickeln wird.«

Da er noch selbst unschlüssig war, stellte er stattdessen eine Gegenfrage: »Was halten Sie von dem, was Dr. Brenner gerade erzählt hat, Fräulein van der Meer?«

»Nun, es ist nicht nur Unsinn, sondern hochgradig gefährlich. Ich habe zu diesem Thema einen Artikel für die KPD Zeitung ›Tribüne‹ verfasst. Wenn Sie mögen, dürfen Sie ihn lesen.«

»Unbedingt.«

Sie schöpfte sich Kartoffeln, Fleisch und Gemüse auf den Teller, was Alexander ihr bis auf die Erdäpfel gleichtat.

»Woher wissen Sie, wie ich denke?«, fragte er beim Zurückgehen an den Tisch.

»Ich bin ein wenig im Bilde über Sie, Herr von Odenfeldt. Unser gemeinsamer Freund Richard Köhler war so freundlich, mich auf Sie vorzubereiten. Und ich muss gestehen, Sie sind eine interessante Persönlichkeit.«

»Dann darf ich also hoffen?«

»Worauf?«

»Sie wiederzusehen ...?«

8

Sally, London, April 2010

»Und? Haben Sie sich wiedergesehen?«

Belustigt sieht Eric von Odenfeldt mich an.

»Was glauben Sie denn, wenn Sie mich hier vor sich sitzen sehen?«

»Dass Alexander von Odenfeldt Ihr Großvater ist. Was aber nicht zwangsläufig heißen muss, dass Lydia auch Ihre Großmutter ist.«

Eric lehnt sich in seinem Sessel zurück und schaut aus dem großen Panoramafenster. Als Ort für unser Treffen hatte er das rundum verglaste Penthouse des Hotels vorgeschlagen, von dem aus wir einen weiten Blick über London haben. Das strahlende Wetter der vergangenen Tage hat sich verzogen und dunklen Wolken Platz gemacht. Jederzeit dürfte es zu regnen anfangen.

»Warum sollte unser Hotel wohl nach Lydias Mädchennamen benannt sein, wenn sie nicht meine Großmutter war?«, fragt er scharfzüngig, um sogleich wieder zu lächeln.

»Vielleicht verliebte sich Alexander ja in eine andere van der Meer«, entgegne ich grinsend, froh darüber, ihn ein wenig herausgefordert zu haben. Die bisherigen Schilderungen waren doch eher von sachlichem Ernst mit einem Hang zur geschichtlichen Eintönigkeit geprägt gewesen. Ausgenommen natürlich seines offenbar revolutionär und fortschrittlich denkenden Großvaters. Ist es ihm nicht bewusst, von welcher Außergewöhnlichkeit das Leben seines Opas war, oder erwähnt er es gewollt eher beiläufig? Sich damals mit dem herrschenden Nationalismus und Kolonialismus anzulegen, war für einen Offizier erstaunlich mutig. Ich beschließe, es von meiner Seite zunächst nicht zu vertiefen.

»Was war Ihre Großmutter für eine Frau? Haben Sie sie noch gekannt?«, frage ich stattdessen.

»Aber ja, meine Großeltern lebten in einem separaten Haus auf dem Waterberg-Hotelgelände. Wenn auch sehr zurückgezogen. Als Alexander 1971 starb, war ich fünf. Ich kenne ihn nur gedankenversunken und mürrisch hinter seinem Schreibtisch. Lydia starb sechs Jahre später. Ich habe sie stets als gepflegte Dame erlebt. Sie hatte etwas Gütiges. Mir gegenüber zumindest.«

»Was heißt das? War diese Güte fragwürdig?«

»Ich weiß es nicht. Sie hatte es trotz ihrer Herkunft nicht leicht gehabt. Oder sagen wir, sie hat es sich nicht leicht gemacht.«

»Und wieso?«

»Nun ja, genau wie mein Großvater hat sie sich ebenfalls gegen die Tradition ihrer Familie gestellt, in welcher dank der Diamantenmine Reichtum und eine elitäre Gesinnung oberste Priorität hatten. Sie hat genauso erkannt, dass die trügerisch-heile Welt des kolonialen Denkens bald zusammenbrechen wird.«

Ich lege meinen Stift auf den mit Notizen versehenen Block, stehe auf und gehe zu den Fenstern. Ein Stockwerk tiefer schmust ein junges Pärchen selbstvergessen miteinander im Swimmingpool. Als ich mich umdrehe, bemerke ich, wie mein Gesprächspartner nervös auf seine Uhr schaut.

»Erklären Sie mir noch, wie das ›Gegen-die-Familie-Stellen‹ bei Lydia ausgesehen hat?«

»1912, da war sie 20, ist sie nach Amsterdam gegangen, wo sie bis Ende des Ersten Weltkriegs blieb. Ihre Eltern entstammten dort einer wohlhabenden Kaufmannsfamilie. Lydia schloss sich antikapitalistischen Bewegungen an und arbeitete als Journalistin. Dabei sprach sie sich vehement gegen die Kolonialpolitik sowie für die Abschaffung der Todesstrafe und das Frauenwahlrecht aus. Sowohl ihr Vater Frans van der Meer als auch ihr Bruder Carlo wendeten sich daraufhin von ihr ab. Vielleicht hat ihre Mutter sie heimlich ein wenig unterstützt, ich habe keine Ahnung. Soweit ich weiß, musste sie sich auf jeden Fall mit verschiedensten Arbeiten über Wasser halten. Kinderfräulein, Dienstmädchen und so weiter. Obwohl es familiäre Anknüpfungsmöglichkeiten gab, die es ihr hätten leichter machen können. Doch das lehnte sie ab. 1922 reiste sie mit einer Gruppe Pazifisten zur Wiedergutmachung der deutschen Gräueltaten nach Windhoek, wo sie Alexander von Odenfeldt begegnete.«

Eric steht auf und kommt zu mir herüber, von wo aus wir für einige Sekunden gemeinsam auf den Pool und das Pärchen schauen, das nun nebeneinander schwimmt.

»Es ist heute um vieles müheloser für junge Leute, die ihr Leben noch vor sich haben, als damals«, sagt er fast ein wenig wehmütig.

»Finden Sie? Ich denke, jede Generation hat ihre Päckchen zu tragen.«

Mehrmals nickt er mit dem Kopf.

»Ja, Sie haben recht. Schließlich haben auch Alexander und Lydia einen Weg gefunden, ihrem Leben einen Sinn zu geben, nachdem sich die Welt nicht nach ihren Wünschen veränderte.«

Ich drehe mich zu ihm und lächele ihn an, derweil ich mit der rechten Hand einen Bogen entlang der Glasfassade in die Luft male: »Tada, das Hotel. Wie man es bis heute äußerst eindrucksvoll sehen kann.«

»Ja«, lächelt er zustimmend. »Wenngleich das Hotel meiner Großeltern in Windhoek nichts mit der van der Meer Group zu tun hat, sondern allein den von Odenfeldts gehört.«

»Gibt es irgendetwas, was aus den Grundideen Ihrer Großeltern bis heute in Ihrem Konzern übriggeblieben ist? Etwas Besonderes, Ausgefallenes?«, will ich wissen.

»Es gibt in der Tat etwas, was damals nicht unbedingt gang und gäbe war. Vom Gründungshaus in Windhoek angefangen haben alle unsere Häuser bis heute ein Hochzeitszimmer, beziehungsweise eine Suite.«

»Okay,«, lache ich. »Ein ›Love-In‹, aber das ist ja nun wirklich nichts Ausgefallenes mehr.«

»Heute vielleicht, aber es haben sich von Anbeginn an Geschichten in diesen Zimmern ereignet, die zum Teil aufgeschrieben wurden. Einige sind sehr persönlich.«

Hellhörig ziehe ich die Augenbrauen hoch.

»Und das gilt für alle Hotels?«

»Mittlerweile ja. Auch wenn es immer wieder mal Unstimmigkeiten darüber gab.«

»Was genau meinen Sie mit ›sehr persönlich‹?«

Als wolle er etwas abwehren, hebt Eric von Odenfeldt beide Hände.

»Ich kenne gar nicht alle. Auch weil es mich nie wirklich interessiert hat, muss ich zugeben. Eine originelle Nebensächlichkeit unserer Hotels, mehr nicht. Da haben Sie völlig recht mit Ihrer Einschätzung.«

Ich gehe zurück zum Tisch und trinke an meiner Cola, die abgestanden schmeckt.

»Diese Geschichten, bei denen ich davon ausgehe, dass sie nicht immer nur erotischer Natur sind, würden mich sehr interessieren. Genauso wie natürlich die Unstimmigkeiten in ihren Hotels«, lächele ich.

»Sind Sie der Ansicht, wir haben irgendwann Gelegenheit, noch weiter miteinander zu sprechen?«, frage ich.

Eric von Odenfeldt, der nach wie vor hinab in die Pool-Area schaut, antwortet nicht sofort. Indem er die halb aufgekrempelten Ärmel seines Oberhemds zurückrollt und über dem Handgelenk zuknöpft, kommt er zurück an den Tisch, wo er sich in seinen Stuhl fallen lässt.

»Ich überlege es mir, Sally. Ich darf doch Sally sagen?«

Stumm nicke ich mit dem Kopf.

»Ich habe heute ein Abendessen mit Kunden, die eventuell ein Van der Meer-Resort in Dubai bauen wollen. Dann bin ich Montag für ein paar Tage in Berlin und anschließend in Paris. Ich bin ein Businessrunner, voller Termine und genaugenommen komplett ungeeignet für das Erzählen von Geschichten.«

Da ich im Moment keine weiterführende Entgegnung auf seine hektisch vorgebrachten Worte habe, stehe ich auf und packe still meine Unterlagen in die Tasche.

»Außerdem ist unsere Familie so vielschichtig, viele Dinge aus unserer Historie weiß ich schlichtweg überhaupt nicht«, fährt er in zunehmend schuldbewussterem Ton fort. »Ich glaube nicht, dass ich Ihnen da noch viel mehr erzählen kann.« Ich stelle meine Tasche auf den Stuhl und schaue ihn einige Sekunden lang an.

»Was mag er für ein Mensch sein, wenn er die Tür hinter sich schließt?«, denke ich. »Wenn er zuhause die Klamotten wechselt und in die Küche schlurft. Wartet dort jemand auf ihn? Eine Frau? Kinder? Ein Mann?«

Letzteres schließe ich fast aus, da ich seine Blicke auf meinen Ausschnitt und meine Beine registriert habe, jedes Mal, wenn ich sie übereinanderschlage, aufstehe oder mich bewege.

»Wer kann mir denn sonst etwas über Ihre Familie erzählen?«, frage ich und beobachte sein nachdenkliches Gesicht.

Diese Miene legt er sicherlich nicht deshalb an den Tag, weil ihm niemand einfällt, sondern eher, weil er überlegt, ob er den Kreis überhaupt weiter für mich öffnen soll. Misstraut er mir aufgrund einer Befürchtung, ich könnte auf Begebenheiten stoßen, die das Image seiner Hotelkette ankratzen? Dass ich Sachverhalte aufdecke, die vielleicht sogar das Andenken des um Achtsamkeit und Menschenrechte bemühten Hotelgründers Alexander und seiner Frau Lydia zerstören? Als wäre ihm eine spontane Idee gekommen, sieht er mich an.

»Wenn jemand etwas aus erster Hand erzählen kann, ist es Tante Frederike, die Schwester meines Vaters«, sagt er nachdenklich. »Das Problem ist nur, dass sie nicht kurzentschlossen mit der U-Bahn zu erreichen ist. Aber vielleicht telefonisch. Obwohl ... sie ist nicht ganz einfach.«

»Wo lebt sie, noch immer auf Korfu?«

»Oh ja«, lächelt er. »Sie ging Mitte der 60er Jahre dorthin, um dort mit ihrem griechischen Mann das Van der Meer Minotaurus Resort zu gründen. Das Stammhaus der heutigen Minotaurus Group.«

»Ist Ihre Tante noch im Hotel tätig?«, frage ich.

»Ja, Geschäftsführer sind mittlerweile jedoch ihre Tochter und deren Mann. Aber mit ihren 73 Jahren ist Frederike noch voll im Business. Bis vor fünf Jahren war sie Vorstandsvorsitzende unserer Hotelgruppe.«

Abwartend schaue ich ihn an, während es in meinem Kopf zu rattern beginnt.

»Würden Sie sich bei ihr erkundigen, ob ich sie aufsuchen darf?«

Für einen Moment wirkt Eric irritiert. Sein »Hä?« springt mich förmlich an. Wollte er bloß herausfinden, ob ich tatsächlich irgendeiner Sache auf der Spur bin, und erteilt mir nun aufgrund meiner spontanen Bereitschaft, sogar bis nach Korfu zu fahren, eine rigide Absage? Oder bewundert er eventuell meine Hartnäckigkeit?

Dann nickt er mehrmals mit dem Kopf: »Okay, ich werde versuchen, einen Kontakt zu ihr herzustellen. Telefonieren Sie mit ihr. Sie werden rasch erfahren, ob dort eine Tür für Sie offensteht oder nicht.«

*

Auch wenn ich der Entwicklung meiner Ehe in letzter Zeit mit Heiterkeit begegnet bin, sorgen Briefe wie dieser dennoch für Ernüchterung. Ein Anwaltsschreiben für meine Scheidung. Das hat eine andere Dimension, als der bisher eher spielerische Umgang mit all den Selbsttäuschungen, in denen lockere Treue und das Gönnen der ein oder anderen Affäre zu einem praktikablen Alltag gehörten. Ich dachte, niemand könne mir das Wasser reichen. Ich fragte nie, wie Ben damit umging, wenn ich Wochenenden in Südengland verbrachte. Zu Recherchezwecken, die hin und wieder auch ein gemeinsames Hotelzimmer mit dem männlichen Objekt meiner Informationsbeschaffungen beinhalteten. Oder Affären, wie die mit Steven, dem Rockmusiker aus Belfast, die mich, was die Ehe mit Ben betraf, das ein oder andere Mal ernsthaft hatten wanken lassen. Aber bei allen Ungleichheiten, die uns von Zeit zu Zeit im Wege standen, haben wir dennoch immerfort auf Stabilitäten vertraut, die uns weitertrugen, zum Teil inspirierten und stets aufs Neue den ersehnten Halt gaben. Dass diese Zeit jetzt vorüber sein soll, erkenne ich schmerzlich an und stecke das Anwaltsschreiben zurück ins Kuvert.

»Vielleicht ist es der Plan des großen Ganzen?«, versuche ich mir Mut zuzusprechen. Auf einem Weg, dessen Ende weder absehbar noch in seinem Verlauf kalkulierbar ist? Inwieweit würde ich Ben schaden, mit dem, was ich unter dem Zurechtrücken von Raum und Zeit verstehe, beziehungsweise zu verstehen versuche. Somit stehe ich nun wohl endgültig parat, eine weitere Tür meiner Existenz zu durchschreiten. Bye, bye, Ben. Möge der Rest deines Lebens geruhsam und beseelt sein. Aufregend und inspiriert. Du hast es verdient.

9

Eric, Berlin, April 2010

»Wie geht es dir, Eric«, höre ich die Stimme meiner Tante am anderen Ende der Leitung. »Lange nicht gesehen, wann war das zuletzt nochmal?«

»Auf unserer Vorstandssitzung hier in Berlin, vor fast genau fünf Jahren, liebe Frederike. Und ja, es geht mir gut, ich hoffe dir auch?«

»Ja, ja, ich kann nicht klagen. Dann ist ja schon bald wieder das nächste Meeting, oder? Was bin ich froh, dass ich nicht mehr den Vorsitz innehabe. Wurde höchste Zeit. Auch wenn ich nie sehr viel von Fritjof gehalten habe, wie du weißt. Aber was soll's.«

Nach der Übergabe des Vorsitzes war Frederike uns als Vorstands-Beisitzerin erhalten geblieben. Ohne Vertretungsrechte, aber mit ihrem Wissen und als Mediatorin. Das entsprach ihrem Wunsch, weiterhin über alles im Bilde zu sein, natürlich sehr.

Ich lockere meine Krawatte, knöpfe mir den oberen Hemdkragen auf und schaue hinaus in den trüben Himmel über Berlin-Moabit. Obwohl das Wetter in den vergangenen Tagen sonnig war, hängen die Wolken heute tief, mit einer für April erstaunlich schwülen Luft.

»Typisch Tante Frederike«, sinniere ich. »Anstatt abzuwarten, plappert sie drauf los, als wäre sie es, die mich anruft.«

»Ich denke, vor August werden wir nicht alle Mitglieder zusammenkriegen«, beantworte ich ihre Frage.

»In Berlin?«

»Im Moment sieht es noch so aus.«

Ich halte das Handy ein Stück vom Ohr weg, da meine Tante mehrmals heftig niest.

»Gesundheit«, sage ich.

»Entschuldigung«, schnieft sie. »Der Wind ist um diese Zeit so zudringlich hier, da hole ich mir jedes Frühjahr etwas weg.«

»Dafür regnet es in Berlin gleich wieder.«

Bevor sie etwas entgegnet, schnäuzt sie mehrmals kräftig in ihr Taschentuch.

»Also treffen wir uns im Herbst im Deutschen Falken. Und da rufst du mich heute schon an?«

Meine Bürotür öffnet sich und die Direktorin des Van der Meer Berlin, Marlene Haussmann, kommt herein. Stumm legt sie mir eine Mappe auf den Tisch, tippt sich mit ihrem Zeigefinger auf den Kussmund, um ihn mir dann auf meine Lippen zu drücken. Dabei lächelt sie das Lächeln, das es mir jedes Mal erleichtert, hierher zu kommen, gleich, welche Probleme und

Sorgen mich erwarten. Leise verlässt sie das Büro und ich wende mich wieder Frederike zu.

»Nein, liebe Tante. Ich rufe aus einem anderen Grund an.«

»Und der wäre?«

Um nicht zu weit auszuholen, und weil ich ihre nicht vorhandene Geduld kenne, habe ich mir ein paar Worte zurechtgelegt.

»Ich hatte in London vor einigen Tagen Besuch von einer Journalistin. Sally Wheeler, sie stammt wie wir aus Windhoek, ist aber in England aufgewachsen. Sie interessiert sich für unsere Familie.«

»Weshalb?«

»Sie arbeitet an irgendeinem Artikel über Namibia, sagt sie, und will ein paar Abschnitte unserem Hotelkonzern widmen.«

Dass sie über eine Familienchronik nachdenkt, erwähne ich vorsichtshalber erst einmal nicht und für eine Weile bleibt es still.

»So, so, darüber ist doch fast alles schon mal aufgeschrieben worden.«

»Ob es wirklich alles ist, bin ich mir nicht sicher.«

Beim Gespräch mit Sally Wheeler war mir gegenwärtig geworden, wie wenig Aufmerksamkeit ich bisher auf die Besonderheiten meiner Großeltern gelegt habe. Auf ihr Engagement, das heute aktueller denn je ist, während es damals völlig absurd erschien.

»Und worum meinst du geht es ihr wirklich?«, stört Frederike meinen kurzzeitigen Gedankenflug. Verdammt, ihr Instinkt ist phänomenal.

»Keine Ahnung. Im Moment denke ich, dass sie vorrangig wegen des Museumsprojekts der alten Van der Meer-Diamantenmine unterwegs ist.«

»Hat sie das gesagt?«

»Ja, sie hat in einer Zeitung darüber gelesen.«

»Und was soll ich da machen? Mit der ganzen Diamantengeschichte hatte ich nie etwas zu tun.«

Ich atme tief ein und aus, da ich eine gewisse Habachtstellung bei ihr bemerke. Die nimmt sie stets ein, wenn sie befürchtet, in irgendeiner Form zu etwas herangezogen zu werden. Schon immer lag ihr das Delegieren weitaus mehr.

»Ich auch nicht, liebe Tante. Aber mit unserem Vorstandsbeschluss, das Museum zu sponsern, hat sich das geändert.«

»Was sagt denn Fritjof dazu?«

»Er meinte, wir sollten uns diese Frau genauer ansehen.«

»Aha. Als ob er jemals etwas in dieser Richtung getan hätte.«

Ich beiße die Zähne zusammen, um auch den tausendsten ihrer Witze über Fritjofs Neigung zu Männern auszuhalten. Doch nahtlos spricht sie weiter.

»Was hast du ihr denn alles verraten?«

»Ich habe ihr nur erzählt, was ich für vertretbar hielt. Das reichte ihr aber offenbar nicht. Ich vermute, sie will tiefer eintauchen bei uns und ich weiß nicht, wie weit wir das zulassen sollten. Ich bin in den kommenden Wochen überall, nur nicht in London ...«

Ich bemerke, wie auch sie durchatmet.

»Mein lieber Eric, bring doch einfach auf den Punkt, was du von mir willst.«

»Ich habe ihr gesagt, dass du noch am meisten über unsere Geschichte weißt.«

»Erteile ihr eine Absage und gut ist es.«

Draußen hat strömender Regen eingesetzt und ich trinke am Kaffee, den Marlene mir zwischenzeitlich gebracht hat.

»Ich denke, sie wird sich nicht bremsen lassen, Frederike, das spüre ich. Sie ist keine Wald- und Wiesenjournalistin, die nette Sachen übers Stadtviertel schreibt. Sie kann schon einiges vorweisen. Ich habe mich über sie erkundigt. Wenn sie sich an uns wendet, haben wir es immerhin in der Hand. Von der Gründung angefangen bis heute ist die von Odenfeldt-Geschichte doch die gute Seite der Medaille.«

»Na ja, auch nicht immer.«

»Eben. Du weißt ja, was im Laufe der Jahrzehnte über unsere Familien schon verbreitet wurde.«

»Viel Unsinn, aber nichts, wofür wir uns schämen müssten. Die schlechte Seite der Medaille sind wir bei weitem nicht, da hast du recht.«

»Vielleicht hat man noch nicht tief genug gebuddelt. Und genau deswegen könnte das mit Sally Wheeler für uns sogar nützlich sein. Dein Vater und deine Mutter waren besondere Persönlichkeiten, die bisher noch nicht groß im Fokus standen.«

»Denkst du also. Och, Junge, mach es doch nicht wichtiger als es ist. Wir schauen auf über hundert Jahre Familiengeschichte zurück. Auf Zeiten, in denen wir die Dinge nicht immer selbst in der Hand hatten. Und da standen meine Eltern sehr wohl im Fokus. Aber wen soll das denn heute noch interessieren? Wir haben doch genug Ärger mit der Gegenwart. Ich bleibe dabei, wimmel die Kleine ab.«

»Die Kleine ist ziemlich genau mein Jahrgang, liebe Tante, erfahrene vierzig demzufolge. Wir wissen ja gar nicht, ob sie überhaupt auf der Suche nach vergangenen Konflikten ist. Womöglich befürchten wir das ja nur.«

»Du vielleicht. Was ich denke, habe ich dir gerade gesagt.« Nervosität steigt in mir auf, auch wenn ich weiß, dass das bei ihr nicht helfen wird.

»Okay«, sage ich und versuche, meiner Stimme etwas Gleichgültiges zu geben. »Wenn das alles so einfach ist, können wir ihr ja freien Lauf lassen. Sie wird schon das erfahren, was sie will, auch ohne uns.«

Erneut bleibt es eine Zeitlang still, in der ich nur ihren Atem höre. Dann spricht sie weiter.

»Ich bin in absehbarer Zeit ebenfalls nicht in London, Neffenkind. Also, selbst wenn ich wollte, könnte ich nicht mit ihr sprechen. Und per Telefon geht bei mir in dieser Hinsicht gar nichts, das weißt du ja. Mir ist unser jetziges Gespräch schon zu viel.«

Theatralisch seufzt sie auf.

»Sie würde zu dir nach Korfu kommen, Tante Frederike.«

»Was? Deswegen? Das glaubst du doch selbst nicht.«

»Ich habe dir gerade erzählt, wie ich sie einschätze.«

»Die scheint es ja tatsächlich ernst zu meinen.«

Ich schließe die Augen und sehe Frederike vor mir. Ihr hübsches Gesicht, mit leichten Fältchen, das so ausdrucksstark ist und alle Gefühlsregungen von gütiger Sanftheit bis tödlicher Eiseskälte beherrscht. So hat sie im Vorstand 35 Jahre lang die Geschicke unserer Resorts geprägt. Teils mit Empathie, teils mit Rücksichtslosigkeit. So, wie sie schon Mitte der 60er, als das von ihr miterbaute Hotel auf Korfu vergrößert werden sollte, nicht zögerte, ihren Onkel Carlo van der Meer um das nötige Kapital zu bitten. Einen Mann, den, außer einem gigantischen Millionenvermögen, vor allem Machtgier und Skrupellosigkeit auszeichnete. Und das Berliner Haus Deutscher Falke, das er mit in den Konzern brachte. Später hatte Frederike die Unmöglichkeit gemeistert, der Familie meiner Mutter, den Fergussons, 1973 das britische Traditionshotel The Wingfield abzukaufen. Was mir den Weg an die Stelle ebnete, an der ich mich heute befinde: Direktor des Londoner Hauses und Mitglied im Vorstand der Van der Meer Minotaurus Group.

»Du bist doch sehr geschickt in diffizilen Angelegenheiten, Frederike«, sage ich in verträglichem Ton. »Wenn ich bedenke, was du in der Vergangenheit im Konzern schon alles gerissen hast. Ich gebe der Kleinen, wie du sie nennst, deine Kontaktdaten und sie soll sich bei dir melden. Natürlich ganz unverbindlich für dich und du entscheidest dann, wie es weitergeht. Was meinst du?«

»In Gottes Namen, soll sie mich eben anrufen.«

10

Alexander und Lydia, Lüderitz, Januar 1924

Der Klimawechsel, den Lydia bei ihrer Ankunft in Windhoek erlebte, hätte drastischer kaum sein können. Noch wenige Tage vor ihrer Abreise waren erste Schneeflocken vom Amsterdamer Himmel gerieselt, was alle in freudiger Erwartung auf die bevorstehende Schlittschuhsaison blicken ließ. Sie und ihre Freunde hatten verabredet, sich in den Tagen vor Weihnachten an den zugefrorenen Grachten zu treffen. Dort, wo die festlich geschmückten Buden standen, mit Christbaumschmuck, Gebäck und dem Dampf der heißen Getränke. Inmitten unbeschwerter Menschen, die in den Tag lebten, nach Jahren voller Not und Entbehrung. Die nicht fragten, was bevorsteht, zwischen sozialistischer Revolution und den konfessionellen Mehrheiten ihres holländischen Parlaments. Und nicht nach der Gewissheit trachteten, welche Rolle das Nachbarland Deutschland künftig einnehmen würde. Bevor sie in den Zug stieg, hatte sie kurz an der Richtigkeit einer so langen Reise nach Südwestafrika gezweifelt. Gab es hier nicht genug zu tun? In dem Land, das zwar dem deutschen Kaiser Exil gewährte, andererseits aber Hort für jene war, die gegen die Verhältnisse in Deutschland nach dem Krieg aufbegehrten? Es war die Hoffnung auf ein Treffen mit Verantwortlichen aus dem Umfeld Stresemanns gewesen, die sie der Einladung ihres Berliner Kampfgefährten Richard Köhler nach Windhoek hatte folgen lassen. Richard verehrte sie heimlich und schien zu hoffen, fernab von Europa eine Chance bei ihr zu bekommen. Das sollte sich jedoch genauso wenig erfüllen, wie Lydias Hoffnungen auf eine Einflussnahme in Stresemanns Wirken. Denn statt Entschärfungen auf den Weg zu bringen, war es dem Außenminister gelungen, weitere Schritte auf dem Weg zu mehr Einfluss in den ehemaligen Kolonien auszuhandeln, wie Anlege- und Niederlassungsrechte in den Mandatsgebieten. Dass dies ein Festhalten an bisherigen kolonialistischen Positionen bedeuten würde, hatte sie kurz zuvor in einem Artikel für die KPD-Zeitung »Tribüne« zum Ausdruck gebracht. Kolonialismus, so ihre Definition, sei nach wie vor eine wirkmächtige Denkstruktur der Ungleichheit. Um ihre Herrschaft zu legitimieren, müssen Kolonialisten Menschen in Kategorien und Hierarchien einteilen, in Hierarchien, an deren Spitze natürlich weiße Deutsche stehen. Die revisionistischen Argumente der Deutschen Kolonialgesellschaft fanden in der Öffentlichkeit Anklang, vor allem nach dem Versailler Vertrag, der als peinliche Niederlage empfunden wurde. Die Deutsche Kolonialgesellschaft, oder DKG, bildete zurzeit den mitgliederstärksten Verein der Kolonialbewegung, die intensive Propaganda zum Recht Deutschlands auf Kolonien betrieb. Die DKG organisierte deutschlandweit öffentliche Vorträge, Lichtbildvorführungen, Kolonialkundgebungen, Tagungen und Ausstellungen sowie die Herausgabe von Zeitschriften. Sie errichtete Kolonialdenkmäler in vielen Städten und verbreitete massiv Kriegsmemoiren, Reiseerzählungen und Abenteuerromane durch ehemalige Kolonialbeamte, Plantagenmanager und -offiziere. So wurde die Idee eines rechtmäßigen deutschen Anspruchs auf Kolonien in Afrika propagiert. Lydia erklärte in ihrem Artikel, dass so die »teutonische koloniale Vergangenheit« rehabilitiert werden sollte.

Der holländischen Familie Verhoeven, in deren Haushalt sie arbeitete, wenn sie gerade keine Texte gegen die politischen Entwicklungen in Berlin verfasste, hatte sie fest versprechen müssen, zum Weihnachtsfest zurück zu sein. Nun war es Januar und sie saß bei 34 Grad mit Alexander von Odenfeldt unter einem Strohdach am Strand von Lüderitz, nur zehn Kilometer von Kolmanskop entfernt. Alles war anders gekommen, ohne winterliche Weihnacht in Amsterdam mit ihren politischen Mitstreitern und der Familie Verhoeven. Ohne Schlittschuhlaufen auf frostigen Grachten und wärmendem Genever an knackenden

Holzöfen. Schon am Tag nach ihrem ersten Zusammentreffen mit Alexander im Waterberg-Hotel hatten sie sich wiedergesehen und augenblicklich festgestellt, welche gemeinsame Kraft ihnen innewohnte. Sie trugen dieselben Ideale in sich, für die sie brannten, leben und notfalls sogar sterben würden. Das wurde Alexander durch Lydias Artikel für die »Tribüne« bestätigt.

So wie er hatte auch Lydia sich über das hinweggesetzt, was familiär von ihr erwartet wurde. Von ihren Eltern dafür verstoßen, hatte sie sich 1916 in Amsterdam, dem Ursprungsort ihrer Familie, diversen antikapitalistischen und humanitären Bewegungen angeschlossen. Sie begann, Artikel zu schreiben und die aus den Fugen geratene Welt anzuprangern. Das machte sie so populär, dass sie in Berlin auf diversen Fahndungslisten landete. Sie war zwar nur unter ihrem Pseudonym bekannt, doch das konnte sie auf lange Sicht nur bedingt vor den deutschen Behörden schützen.

Alexander und Lydia schauten an diesem hitzeflirrenden Nachmittag zum Atlantik hinaus. Von dort waren vor langer Zeit die Schiffe gekommen, um Afrika euphorisch in das zu verwandeln, was heute davon übrig war. Ein Trümmerhaufen humanitärer Missstände, beladen mit einer Schuld, die noch viele Generationen prägen würde.

Kolmanskop war 1905 gegründet worden. Als 1908 zwei Eisenbahnarbeiter die ersten Diamanten gefunden hatten, stieg die Siedlung rasch zur reichsten Gemeinde Afrikas auf. Trotz der widrigen Lebensbedingungen einer Sandwüste mit wenig Regen, kaum fruchtbarer Erde und ständigen Sandstürmen in fürchterlicher Hitze, kamen viele hoffnungsvolle Edelstein-Sucher aus der gesamten Umgebung. Um den Abbau zu kontrollieren, erklärte das Deutsche Reich die Region rund um Lüderitz zum Diamantensperrgebiet, an dessen Nordgrenze sich Kolmanskop in kurzer Zeit zu einem riesigen Camp für Diamantensucher entfaltete. Eine Entwicklung, die Lydias Vater Frans van der Meer mit der Gründung der Van der Meer

Diamond Mining Corp. im Jahr 1910 beschleunigte, um damit die Familie zum Synonym für einen der größten Diamantenförderer Afrikas werden zu lassen.

Zirka 400 Menschen lebten zu diesem Zeitpunkt in Kolmanskop. Beinahe alles musste importiert werden, angefangen beim Trinkwasser, das vom 1.000 Kilometer entfernten Kapstadt bezogen wurde. Über den Lüderitzer Hafen kamen gigantische Mengen an Baumaterialien und Luxusgütern direkt aus Deutschland, sodass in kurzer Zeit eine intakte Infrastruktur erwuchs. Es gab ein Elektrizitätswerk, ein Krankenhaus, Geschäfte, ein Theater und eine Schule. Eine Schmalspurbahn transportierte Waren und Personen innerhalb Kolmanskop hin und her. Zu Beginn des Ersten Weltkriegs 1914 waren Diamanten im Wert von 150 Millionen Reichsmark gefördert worden. Bis zum Herbst des gleichen Jahres Truppen der mit England alliierten südafrikanischen Union die Lüderitzbucht besetzten. Was im darauffolgenden Sommer zur Kapitulation des deutschen Militärs in Südwestafrika führte.

Die Weihnachtstage 1923 verbrachten Alexander und Lydia im Waterberg-Hotel. Aus zufälligen Berührungen im Verlauf ihrer Gespräche wurden Annäherungen, die zu fortgeschrittener Stunde in hingebungsvolle Umarmungen und zärtliche Küsse mündeten. Erwartungsgemäß war jeder von beiden schließlich in sein Zimmer entschwunden, wenngleich erst nach einer längeren Gute-Nacht-Verabschiedung vor der Zimmertür. Es sollte der Beginn einer Liebe sein, die den Grundstein für eine Familie legte, die über Jahrzehnte Anteil an vielen gesellschaftlichen Abläufen haben würde. Im Guten wie im Schlechten.

*

»Hattest du wirklich gehofft, er würde dich vorlassen?«, fragte Alexander, und schaute auf die Silhouette von Lüderitz. Der Wind wehte hier, auf der Landzunge Diaz-Spitze, schärfer. Im Licht der untergehenden Sonne gewahrte er, dass die Böen ihre Tränen schneller trockneten, als dass neue hinzukamen.

»Er hätte mich wenigstens empfangen können, um es mir ins Gesicht zu sagen«, schnaubte sie. »Stattdessen schickt er mir meinen Bruder.«

Carlo van der Meer erlangte, nachdem seine Schwester in Richtung Amsterdam abgereist war, eine gefestigtere Position in der Familie und war im Begriff, die Leitung der Van der Meer Diamond Mining Corp. zu übernehmen. Als Lydia vor der Tür ihres Elternhauses stand, hatte er geöffnet und war herausgekommen, indem er sie von sich schob und den Eingang hinter sich zuzog. Alexander, der im Wagen sitzen geblieben war, beobachtete, wie beide aufgebracht gestikulierend miteinander sprachen. Carlo, von kräftiger Gestalt, mit bulligem, fast kahlem Haupt und randloser Brille, ähnelte seinem Vater Frans, den Alexander von einem Bild her kannte. Somit konnte Lydia von Glück sagen, dass sie ihrer zierlichen und grazilen Mutter ähnelte. Besonders überzeugend hatte er Lydias Idee nicht gefunden, unangemeldet vor dem Haus ihrer Eltern zu erscheinen und diese um eine vorzeitige Auszahlung eines Teils ihres Erbes zu bitten. Doch waren sie erst zu kurz ein Paar, als dass er das Recht gehabt hätte, sich einzumischen. Langsam schritten sie über den staubtrockenen Sandboden in Richtung des Ford T, den sein Vater ihm hinterlassen hatte.

»Was wirst du nun tun?«, fragte er und öffnete die Wagentüren, um das überhitzte Innere durch den böigen Wind ein wenig abzukühlen. Im Gegenzug hinterließ der Wind einen feinen Film aus Sand auf dem Armaturenbrett und Sitzen. Lydia zuckte mit den Schultern.

»Carlo hat mir erklärt, dass unser Vater das Testament mich betreffend zwar noch nicht geändert hat, ich aber davon ausgehen kann, dass er es in absehbarer Zeit tun wird.«

»Mit welcher Begründung?«

»Ich hätte das Ansehen der Familie für alle Zeiten geschändet«, antwortete sie und erneut wurden ihre Augen feucht. »Wie ich überhaupt darauf komme, mit meiner kommunistischen Weltanschauung um Geld zu bitten, das aus einer hochkapitalistischen Familie stammt.«

Alexander legte seinen Arm um ihre Schulter und zog sie an sich. »Du bist auf dem richtigen Weg, auch wenn nur wenige das erkennen. Glaube mir, ich spreche da aus Erfahrung. Was erwartest du von ihnen? Lass uns zurückfahren und in den nächsten Tagen über alles nachdenken«, sagte er und spürte ihr sanftes Nicken an seiner Schulter. »Vielleicht schaffst du deine Vorhaben ja auch so.«

Geplant war, die Zeit bis zum Jahreswechsel in Lüderitz zu verbringen, wofür sie sich im Atlantic View Hotel eingemietet hatten. Hier wurde nicht nur ein schöner Ausblick auf die Bucht geboten, sondern auch ein Restaurant, das weithin für sein Essen geschätzt war. Lüderitz war 1883 vom gleichnamigen Bremer Kaufmann Adolf Lüderitz gegründet worden und bestand mittlerweile aus verspielten Gründerzeitvillen in deutschem Stil und breiten, laternenbeschienenen Straßen. Der unwirtlichen Natur ringsum wurde so die zivilisierte Stirn geboten. Eine kleine teutonische Stadt inmitten gigantischer Dünen, wo kein Baum ohne Hilfe wachsen konnte, und der eiskalte Atlantik ans Ufer schlug. Die einzige Abwechslung, die es hier gab, waren die Austern, Langusten und Garnelen, mit denen man sich verwöhnen lassen konnte. Oder wenn man sich ins legendäre Kapps Hotel aufmachte, in dessen Ballsaal der Champagner floss und Glücksritter mit Edelsteinen um sich warfen.

Alexander und Lydia verbrachten eine leidenschaftliche Nacht im besten Zimmer des Atlantic View, das liebevoll im Landesstil, mit authentischen Accessoires dekoriert war. Umhüllt von paradiesischer Ruhe lagen sie beieinander, bis die sonst so gnadenlose Sonne sie am nächsten Morgen sanft weckte. Noch immer hielten sie einander eng umschlungen, so wie sie eingeschlafen waren, um ihre Körper sogleich ein weiteres Mal innig zueinanderfinden zu lassen.

»Ich liebe dich, Alexander«, hauchte Lydia und schloss die Augen, während seine Hand zärtlich durch ihr Haar fuhr und sein Mund sich ihrem Ohr näherte.

»Heirate mich, Lydia ...«

Ein Lächeln überzog ihr Gesicht: »Wir kennen uns kaum zwei Monate.«

»Was macht das aus? Liebe kennt keine Zeit.«

Langsam drehte sie sich auf den Rücken und sah mit verträumtem Blick hinauf zur Zimmerdecke, die mit blütenweißem Stuck verziert war.

»Was ist, wenn ich ja sage?«

Für einen Moment blieb es still, derweil der Wind die Gardine bewegte, als wolle er ihnen damit zuwinken.

»Das hoffe ich doch«, antwortete er und beide lachten.

»Was mag dieses Zimmer schon gesehen und gehört haben?«, flüsterte sie und legte ihren Kopf zurück auf Alexanders Brust.

»Will man das wirklich wissen?«

»Kommt darauf an ..., wenn es Dinge sind, wie die von uns gerade ...«

Tief ein- und ausatmend schob er den rechten Arm unter seinen Kopf.

»Ob es auch Hochzeitsnächte hier gab?«, sprach sie weiter und für einen Moment überlegte er.

»Ganz bestimmt. Wenn ich ein Hotel besäße, würde ich ein Zimmer speziell für frische Ehepaare einrichten.«

»Ein Hochzeitszimmer?«

»Ja, das wäre doch ein Anreiz, diese bedeutsame Nacht dort und nicht woanders zu verbringen.«

»Das klingt nach einer richtig guten Idee, Alexander.«

11

Alexander und Lydia, Windhoek, Juni 1926

Vieles war geschehen. Nach Friedrich Ebert hieß der neue Reichspräsident nun Paul von Hindenburg. Die letzten belgischen und französischen Truppen hatten das Ruhrgebiet verlassen und mit der Gründung der Deutschen Lufthansa war die Republik mit der Flugverbindung zwischen Berlin und Königsberg dabei, sich den Luftraum zu erschließen. Während Deutschland die Aufnahme in den Völkerbund beantragte, setzte sich Adolf Hitler in der Nationalsozialistischen Deutschen Arbeiterpartei durch. Parallel dazu schloss die faschistische Partei Italiens unter Benito Mussolini alle anderen politischen Gruppen von der Macht aus.

Der Präsident der Reichsbank, Hjalmar Schacht, hatte sich für eine erneute Kolonialpolitik ausgesprochen. Denn Kolonien, so seine Argumentation, würden eine Währungsstabilisierung und einen Wirtschaftsaufschwung einleiten. Es könnten neue Rohstoffquellen erschlossen und das Problem der Überbevölkerung in Deutschland gelöst werden. Für Alexander, Lydia und alle, die seit Ende des Krieges versucht hatten, diesbezügliche Veränderungen im Denken und Handeln der Menschen zu erreichen, waren das traurige Nachrichten. Von der Erstarkung nationalistischer Strömungen einmal ganz abgesehen. Denn als das 1920 aufgelöste Reichskolonialamt mit der Einrichtung einer Kolonialabteilung im Auswärtigen Amt bereits im Jahr 1924 im Prinzip seine Wiederauferstehung feierte, gab dies den Fantasien nationalsozialistischer Propheten nach weltweitem Einfluss willkommene Nahrung. In seinem Roman »Volk ohne Raum« verstärkte der Schriftsteller Hans Grimm diese Tendenzen mit dem Argument, es sei ungerecht, dass eine solch große Volksmasse wie die deutsche nur so wenig Land besitze.

Andere Positionen zu vertreten, wurde in Deutschland zunehmend gefährlicher. Viele Gegner der politischen Entwicklungen zogen es vor, ins benachbarte Ausland auszuweichen. Diejenigen, die blieben, waren mehr und mehr Verfolgung und Repressalien ausgesetzt. Einer von ihnen sollte tragischerweise Richard sein, der schon seit einem Jahr wegen staatsfeindlicher Aktivitäten in Berliner Haft saß. Alexander und Lydia bemühten sich, ihm juristische Hilfe zukommen zu lassen, jedoch mit wenig Erfolg.

Auch in Südwestafrika war die politische Lage alles andere als rosig. Alexander hatte schließlich die Möglichkeit ergriffen, die britische Staatsbürgerschaft anzunehmen. Obwohl er immer noch nicht unbeschadet nach Berlin zurückzukehren konnte, erleichterte die neue Staatsbürgerschaft ihm zumindest den weiteren Aufenthalt in Südwestafrika. Mit der Hilfe eines südafrikanischen Freundes war es ihm außerdem gelungen, das Haus seiner Eltern zu verkaufen. Seine Mutter zog daraufhin »vorübergehend«, und darauf legte sie größten Wert, bei ihm ein, nachdem er für sie gebürgt hatte.

Im Sommer 1924 heirateten Alexander und Lydia in aller Stille in Anwesenheit seiner Mutter und einiger enger Freunde. Von der Familie van der Meer war niemand erschienen, auch sonstige Reaktionen waren ausgeblieben. Erst im Frühjahr des Folgejahrs sollte sich dies durch eine traurige Nachricht ändern. Lydias Vater Frans van der Meer war in seiner Mine von einer Transportlore angefahren worden und an der Unfallstelle verstorben. Im Anschluss an die Beisetzung, deren Teilnahme sich Lydia und Alexander nicht nehmen ließen, bat Carlo seine Schwester um eine Unterredung. Darin teilte er ihr mit, dass ihr Vater auf eine Testamentsänderung verzichtet hatte und sie mit einer einmaligen Erbauszahlung in beträchtlicher Höhe rechnen konnte. Die genaue Testamentsverlesung sollte in Kürze bei einem Notar in Lüderitz stattfinden. Dabei stellte er die Bedingung, seinerseits auf eine Anfechtung des Testaments zu verzichten, wenn sie sich ihrerseits bereiterklärte, alle weiteren Ansprüche an die Familie van der Meer zeitlebens aufzugeben. Dass er im Gegenzug ebenfalls keine Rechte auf Einmischung in Lydias Leben mehr haben sollte, hatte er kategorisch abgelehnt. Ein van der Meer gibt niemals etwas von seiner Macht ab.

*

»Ich denke nicht, dass wir noch einmal eine ähnliche Chance bekommen«, sagte Alexander und breitete die Pläne auf dem großen Tisch aus. »Wir können hier einiges mehr bewirken als mit unseren schriftlichen Abhandlungen.«

Mit leuchtenden Augen folgte Lydia dem wandernden Finger ihres Mannes über den Grundriss.

»Das eine schließt das andere nicht aus«, antwortete sie.

»Das Waterberg hatte eben von Anfang an eine besondere Bedeutung für uns.«

Stumm nickte er.

»Größere Umbauten sehe ich keine. Vielleicht hier bei den Ställen. Da sollten wir einen Teil als Garagen für Automobile herrichten. Ansonsten werden in erster Linie Renovierungen der Pavillons auf uns zukommen.«

Wie von unsichtbarer Hand gesteuert hatte sich ihnen kurz nach der Testamentseröffnung des verstorbenen Frans van der Meer die Chance geboten, das Waterberg-Hotel zu erwerben. Die Inhaberfamilie wollte nach Holland zurückkehren, da sie die Kosten für das Hotel nicht mehr erwirtschaften konnte. Sowohl das Geld, das nach Abzug aller Ansprüche Südwestafrikas am Verkauf von Alexanders Elternhaus geblieben war, als auch die Aussicht, seiner Mutter einen neuen Lebens- und Tätigkeitsbereich zu geben, hatten die Kaufentscheidung begünstigt. Dennoch war der finanzielle Löwenanteil von Lydias Erbe gekommen. Ihr war es nicht schwergefallen, auf die Bedingungen ihres Bruders einzugehen. Obwohl der unermessliche

Reichtum der Familie ihren Anteil an Grundstücken in Südwestafrika in und um Kapstadt, aus Aktien- und Barvermögen, Gold und Silber immer noch bescheiden aussehen ließ. Endlich frei von den Zwängen der Sippe zu sein, war Lydia wichtiger gewesen. Auch wenn sie nicht sicher sein konnte, ob dies tatsächlich jemals möglich sein würde.

Ihrem Vater Frans war es in den zurückliegenden Jahren gelungen, den Diamantenhandel im südlichen Afrika unauflöslich mit dem Imperium der van der Meers zu verzahnen. Neben der Edelsteinförderung schlug das Unternehmen einen erheblichen Anteil aller weltweit gehandelten Diamanten um, was zwangsläufig zu engen Verbindungen mit Politik und fragwürdigen Machtstrukturen führte. Ein Umstand, der das Gewissen Lydias bei der Annahme des Nachlasses zunächst in erhebliche Bedrängnis gebracht hatte.

Dass das Abbaugebiet in Kolmanskop ein Schlaraffenland auf Zeit sein würde, hatten Frans und Carlo frühzeitig erkannt. Bereits vor einigen Jahren waren erste Maßnahmen ergriffen worden, die Diamantenförderung weiter gen Süden in Richtung Elisabethbucht, Pomona, Charlottenthal und dem Bogenfelsen zu verlagern. Hinzu kam, dass nach der Entdeckung riesiger Diamantenfelder bei Johannesburg 1926 längst über 50.000 Menschen in ein Gebiet geströmt waren, in dem die Familie van der Meer ebenfalls rechtzeitig ihre Pflöcke abgesteckt hatte. Die Weitsicht der Familie sollte sich wenige Jahre später bestätigen, als die Felder um Kolmanskop als abgebaut galten und die Bewohner nach und nach den Ort verließen, um ihn der Wüste zurückzugeben.

»Sieh es mal so, Lydia«, hatte Alexander gesagt, als ihre Gewissensbisse wieder einmal erdrückend erschienen. »Du verwandelst das Kapital, das mit fragwürdigen Methoden angehäuft wurde, in Projekte, die der Menschlichkeit, der Vorurteilsfreiheit und den Unterdrückten dienen. Wenn das keine Wiedergutmachung ist.«

Und genau dies sollte hinter der Idee stecken, das Waterberg-Hotel in einen Hort des achtsamen Umgangs zu verwandeln. Im Verlauf ihrer Zeit in Amsterdam hatte Lydia den Begründer der Anthroposophie, Rudolf Steiner, kennengelernt. Im Rahmen weiterer Treffen in den Folgejahren hatte sich ein reger Briefwechsel zwischen ihnen ergeben, der vor einem Jahr mit dem Tod Steiners endete. Neben vielen anderen Dingen hatte Lydia vor allem seine Gründung der Waldorfschule 1919 beeindruckt. Als neuartige Lehranstalt der Zigarettenfabrik Waldorf-Astoria für Jungen und Mädchen der Arbeiterklasse verzichtete man dort auf Noten und Lehrbücher, um vorrangig Gartenarbeit, Theaterspiel und den sogenannten Eurythmie-Unterricht in den Mittelpunkt zu stellen. In einer Zeit des künstlerischen Umbruchs und auf der Suche nach neuen zeitgemäßen Ausdrucksformen, strebte Steiner danach, durch Sprache, Musik und Bewegung Gefühle und Gedanken zu vermitteln. Im Rahmen der Anthroposophie, einem ganzheitlichen Weltverständnis, glaubte er nicht nur an die materielle, die dingliche Welt, die man sehen, betreten, begreifen und vermessen kann, sondern auch an eine geistige Dimension. Eine höhere, übersinnliche Entität – in die Eingeweihte mit außerordentlichen Fähigkeiten Einsicht erlangen könnten.

Auch wenn das Waterberg-Hotel künftig keine Schule sein würde, planten Lydia und Alexander einen Ort mit ebendieser anthroposophischen Lebensauffassung, wo es Chancengleichheit der Rassen, der Geschlechter und aller Vertreter friedlicher Weltanschauungen geben sollte. Belegschaft und Dienstpersonal würden genauso behandelt werden wie die Hotelinhaber und ihre leitenden Angestellten. Seminare, Versammlungen und Kongresse sollten das Haus zu einem über die Grenzen Südwestafrikas hinausgehenden Treffpunkt für Visionäre, Idealisten und Utopisten machen.

»Lass uns schauen, welches der Zimmer wir zum Hochzeitszimmer machen«, sagte Lydia bei der ersten Bestandsaufnahme der Hotelanlage. Da das Haus hauptsächlich aus einzelnen Bungalows bestand, kam dafür fast nur die große Suite infrage, die im Obergeschoss des Empfangsgebäudes lag.

»Das war bisher aber die Präsidentensuite«, warf Alexanders Mutter ein, die sie bei der Begehung begleitete.

»Ich glaube nicht, dass wir mit unserem Vorhaben in Zukunft prominente Menschen wie Präsidenten anziehen werden«, erwiderte ihr Sohn.

»Das ist doch eine gute Aura für ein solches Zimmer. Was gibt es Prominenteres bei einer Heirat, als das Brautpaar?«, ergänzte Lydia ihn.

Mit betont langsamem Augenaufschlag sah Ilse von Odenfeldt die beiden an: »Wenn das Paar die Mittel hat, es zu bezahlen, von mir aus. Ich denke nur, dass die Suite bisher eine nicht unerhebliche Quelle für einen höheren Umsatz als die anderen Zimmer war.«

»Mag sein«, wandte Alexander ein. »Aber in nächster Zeit wird schlichtweg niemand mehr aus diesen Kreisen herkommen. Die Weltlage ist sehr instabil momentan.«

»Auch in instabilen Zeiten wollen die Menschen es schön haben. Alles wird wieder in die richtigen Bahnen kommen, mein Sohn. Warte es ab.«

»Du wirst sehen, Mama, welche Bahnen und Gäste für uns die richtigen sein werden. Politiker, Großkapitalisten und irgendwelche Glücksritter werden jedenfalls nicht dazugehören.«

»Und wer bleibt dann übrig? Die sind es doch, die das Geld haben.«

»Warten wir es einfach ab«, ergriff Lydia das Wort, um die Spannung aus dem Gespräch zu nehmen. »Jetzt haben wir erst einmal genug mit dem Umbau zu tun. Wer weiß, welche Ideen und Pläne noch entstehen werden.«

Mit kurzem Kopfnicken gingen Mutter und Sohn auf Lydias Schlichtung ein und alle gingen langsamen Schrittes weiter.

Keiner von ihnen ahnte in diesem Moment, wie vollkommen anders es kommen würde.

12
Carlo, Johannesburg, Oktober 1930

»Hast du gelesen, welchen Unsinn meine Schwester mit unserem Geld anstellt?«, fragte Carlo seine Mutter, und warf wütend die Zeitung auf den Tisch. »Chancengleichheit der Rassen und Geschlechter in einer höheren übersinnlichen Welt. Ist sie noch ganz normal? Ich hätte ihr Erbe von Anfang an anfechten sollen. Alles, weil Papa sich nicht durchringen konnte, das Testament so zu ändern, dass sie leer ausgeht. Verdammt nochmal.«

»Auf jeden Fall ist es nicht mehr unser Geld, was sie einsetzt, lieber Sohn«, antwortete Hendrikje van der Meer, womit sie sich zornige Blicke einfing.

»Aber unser Name. Wir müssen es aufhalten, dass sie und ihr bekloppter Ehemann zahlende Gäste in ihre Irrenanstalt locken.«

Seine Mutter nahm die Zeitung und machte Anstalten, den Artikel ebenfalls zu lesen.

»Erstens heißt deine Schwester jetzt nicht mehr van der Meer, sondern von Odenfeldt. Und zweitens hört es sich nicht verboten an, was die beiden da vorhaben«, sagte sie, nachdem sie die Postille wieder zur Seite gelegt hatte. »Auch wenn es nicht dem entspricht, wofür unsere Familie steht. Aber ich denke, dass es sich sowieso erledigen wird. Wer soll denn dort hingehen? Südwestafrika wird mehr und mehr zu einem weißen Fleck auf der Landkarte. Hier in Johannesburg spielt die Musik.«

»Dein Wort in Gottes Ohr, Mama«, erwiderte Carlo mit etwas friedlicherer Stimme.

Seit dem Tod seines Vaters führte er die Geschäfte der Van der Meer Diamond Mining Corp. von Johannesburg aus. Das plötzliche Ableben Frans van der Meers hatte Carlo quasi ins eiskalte Wasser geworfen. Zwar blickte er trotz seiner nur 25 Lebensjahre schon auf eine gewisse Erfahrung zurück, doch war er niemals auf die komplette Verantwortung vorbereitet worden, die er von nun an zu tragen hatte. Sein Vater war davon ausgegangen, unsterblich zu sein und zusätzlich von einem steten Misstrauen in die Fähigkeiten seines Sohnes beseelt gewesen. Carlos Vorteil war, dass er von einem Konsortium aus Bankiers, Minenfachleuten und Interessenvertretern umgeben war. Wenngleich er anfangs nicht genau erkannte, welche Interessen von wem gerade bei was vertreten wurden. Sein größter Halt in dieser stürmischen Anfangszeit war Josef von Albersheim, der mit Frans 1920 die Londoner Firma International Diamond Organisation gegründet hatte. Josef entstammte einem renommierten Bremer Geldhaus, das schon 1883, also mehr als zwanzig Jahre vor den aufsehenerregenden Diamantfunden in Kolmanskop, ins Diamantgeschäft eingestiegen war.

Allen Prognosen zum Trotz war es Carlo so gelungen, schnell in seine neue Position hineinzuwachsen, Zusammenhänge und Hintergründe zu erkennen und geschickt Intrige zu spinnen.

»Ich weiß auch überhaupt nicht, was dieses Tamtam um das Hochzeitszimmer soll«, giftete Carlo, nachdem sie eine Weile schweigend in das Kaminfeuer gestarrt hatten, das von Zeit zu Zeit knisternd aufloderte.

»Ein gutes Stichwort, lieber Sohn«, hakte seine Mutter ein.

»Wie schaut es zwischen dir und Eleonore aus? Sie war lange nicht mehr hier.«

»Sie wird auch nicht mehr kommen.«

»Aha, schön, dass ich das auch mal erfahre. Ist ihr eine deiner schwarzen Liebesdamen in die Quere gekommen?«

»Niemand kommt hier irgendjemandem in die Quere, Mama. Wir haben einfach nicht zusammengepasst.«

Eleonore de Kamp und Carlo van der Meer waren als Paar aufgetreten, da er häufig eine offizielle Begleiterin zu seinen Gesellschaftsterminen benötigte. Liebe war zwischen der Tochter eines Ministerialbeamten und ihm niemals ein Thema gewesen, obwohl Eleonore ihm an manchen Abenden eindeutige Avancen gemacht hatte. Doch es war die ebenholzfarbene Haut afrikanischer Frauen, ihre animalischen Bewegungen in zärtlichen Momenten, die Carlos Lust mehr zum Brennen brachten, als es eine Weiße jemals hätte vollbringen können. Er war von den willigen Offenbarungen schwarzer Frauen ebenso fasziniert, wie von ihrem wildkatzenartigen Widerstreben, wenn er sie gegen ihren Willen nahm. In unzähligen schlaflosen Nächten trieb ihn die Gier nach schwarzen Rundungen und vor Angst geweiteten weißen Augäpfeln durch die Wohnbaracken der Mine. Hier traf er seine Wahl unter den Mädchen, die ihm zuerst noch widerstrebten, beim nächsten Mal aber schon folgten. So, wie es ihnen ihre Eltern geraten hatten, denn es hatte keinen Sinn, sich zu wehren. Vor allem nicht gegen ihn, den Mann mit der Macht über Leben und Tod. Carlo van der Meer trat auch in dieser Hinsicht das Erbe seines Vaters an, von dem gesagt wurde, dass er nicht nur eigenhändig den Reichtum seiner Familie gesteigert hatte, sondern auch die Bevölkerungszahlen Afrikas.

Hendrikje van der Meer sorgte sich in erster Linie um die Erbfolge und wollte Carlo deshalb vermählt sehen. Die Machenschaften ihres Sohnes waren ihr ebenso wenig ein Geheimnis, wie das Treiben ihres Mannes. Jegliches eheliche Zusammensein mit Frans zu Anfang ihrer Ehe hatte einer einzigen Gewaltorgie geglichen. Sie war froh gewesen, als er sich anderweitig befriedigt hatte und sie endlich in Ruhe ließ. Dass einer künftigen Frau von Carlo das gleiche Schicksal drohen würde, war ihr zwar bewusst, doch empfand sie es nicht als ihre Aufgabe, die offenbar gottgegebenen Schicksalswege der Ehefrauen dieser Welt in Frage zu stellen. Die Fortführung der Familie war wichtiger.

Carlo erhob sich schwerfällig und lief nervös im Zimmer auf und ab. Auf seiner Stirn und dem fast komplett kahlen Kopf glänzten dicke Schweißperlen. Sein für sein Alter etwas zu stattlich geratener Leibesumfang ließ befürchten, dass sämtliche Knöpfe seiner Weste im nächsten Augenblick abspringen würden.

»Was ist los? Warum bist du so aufgeregt?«, fragte seine Mutter. »Du hast doch nun wirklich genug Probleme mit unseren Geschäften. Lass Lydia doch machen, was sie will.«

Carlo nahm seine randlose Brille ab und tupfte sich mit einem Taschentuch zunächst die Stirn und dann seinen ebenfalls mit Schweißperlen behafteten Schnurrbart ab.

»Das werde ich nicht tun«, antwortete er seiner Mutter. »Ich werde da einschreiten.«

Seine Augen hatten sich zu kleinen Schlitzen verengt und von seinen ohnehin schmalen Lippen war nichts mehr zu sehen.

»Wie er mich an Frans erinnert«, schoss es Hendrikje angstvoll durch den Kopf. »Gleich wird er auf mich einschlagen ...«

13

Alexander und Lydia, Windhoek, Oktober 1930

Nach vier Jahren Umbau hatte die Eröffnung des Waterberg-Hotels unterschiedliche Aufmerksamkeit auf sich gezogen. Neben Vertreten der örtlichen Presse waren im Vorfeld Journalisten aus London, Amsterdam und sogar New York gekommen, um sich über das kühne Konzept des Hauses zu informieren: die liberale Idee einer Destination, in der es keine religiösen, rassischen und kulturellen Grenzen gibt. Mit fairen Arbeits- und Lebensbedingungen in achtsamen und rücksichtsvollen Strukturen. Fast allen war bekannt, dass Alexander und Lydia auf persönliche politische Konflikte zurückblickten, die es ihnen im Moment verbaten, in ihre Geburtsländer zurückzukehren. Schon Tage vor der Eröffnung waren in diversen Berliner Zeitungen Berichte erschienen, die kein gutes Haar am Waterberg-Hotel ließen, obwohl nicht einer der Redakteure sich jemals dort gezeigt hatte. Von Vaterlandsfeinden war die Rede, von Leugnern gottgewollter Rassenschranken. Und von einer großen Gefahr, die von Windhoek ausginge. Genauso wie für Deutschland und das, was seine künftigen Pläne betraf. Das Jahr 1930 markierte in Berlin den Anfang vom Ende der Weimarer Republik.

Straßenschlachten zwischen links- und rechtsgerichteten Organisationen prägten den Alltag. Im Herbst 1929 hatte der Kurssturz an der New Yorker Wallstreet die Weltwirtschaftskrise eingeläutet, mit gravierenden Folgen für die deutsche Wirtschaft. Kurzfristige Auslandskredite wurden aus Deutschland zurückgezogen, die Konkurse häuften sich und die Arbeitslosenzahl sowie die Kurzarbeit stiegen sprunghaft an. Die koloniale Frage war in der Öffentlichkeit allmählich in den Hintergrund getreten, da sie weder in den linksgerichteten noch in den nationalsozialistischen Programmen eine maß-gebende Rolle spielte. Besonders schmerzte es Alexander und Lydia, dass Südwestafrika immer noch unter Fremdherrschaft stand. Nachdem der Völkerbund 1921 das Mandat über die ehemalige Kolonie an Südafrika übertragen hatte, wurde es von dort wie eine fünfte Provinz verwaltet. Auch die Homeland-Politik wurde durchgesetzt, die jeder Bevölkerungsgruppe ein festes Territorium zuteilte, einschließlich restriktiver Pass- und Arbeitsgesetze. Dass diese Entwicklungen in ein Hotelprojekt wie das Waterberg kaum hineinpasste, zeichnete sich schon bald ab. Zunächst schleppte sich die

Bearbeitung der Bauanträge dahin, dann gab es Probleme bei der Erteilung von Arbeitserlaubnissen für Mitarbeiter, deren Territorium zu weit entfernt lag. Auch eine Erlaubnis zur Durchführung von Veranstaltungen und Seminaren war in die Länge gezogen worden. Erst Alexanders Kontakt zu einem Mitarbeiter an maßgeblicher Stelle sorgte für eine entsprechende Genehmigung, wenngleich mit der Warnung, dass alle im Waterberg-Hotel stattfindenden Ereignisse künftig unter Beobachtung stünden. So war es nicht verwunderlich, dass Alexander den in der Lobby wartenden Herrn zunächst für einen weiteren Verwaltungsbeamten mit neuen Auflagen hielt. Erst als er sich ihm näherte, erkannte er den Mann, den er bisher nur auf Fotografien gesehen hatte.

»Wo ist meine Schwester«, polterte der in einen weißen Anzug mit passendem Hut gekleidete Besucher.

»Wenn Sie mir sagen, wer Ihre Schwester ist, kann ich überlegen, ob sie hier ist«, entgegnete Alexander mit ruhiger, tiefer Stimme.

Carlo van der Meer, der wortgewandte Erwiderungen offenbar nicht gewohnt war, lief rot an. »Tun Sie nicht so, als wüssten Sie nicht, wer ich bin«, rumpelte er weiter und kam näher, bis seine verkniffene Visage nur wenige Zentimeter von Alexander entfernt war. Dabei fielen Alexander die weißlichen Speichelflecken in Carlos Mundwinkel auf, die in ihrer Ekelhaftigkeit nur von seinem übelriechenden Atem und penetranten Schweißgeruch übertroffen wurden. Mit vorgehaltenen Händen trat Alexander zwei Schritte zurück.

»Mit Verlaub, mein Herr. Bei uns ist es üblich, sich vorzustellen. Wenn Sie dies nicht für nötig halten, wird Sie mein Mitarbeiter gerne hinausbegleiten.«

Dabei deutete er auf Batou, einen kräftigen, großgewachsenen, schwarzen Mann vom Sicherheitspersonal. Mit halb geöffnetem Mund sah Carlo mit glasigen Augen zwischen ihm und Alexander hin und her. Von hinten erklang eine Stimme.

»Carlo? Was willst du hier?«

»Na also, da bist du ja«, kam Lydias Bruder zurück in den Augenblick. »Ich muss mit dir reden.«

Lydia war neben ihren Mann getreten und sah Carlo mit hochgezogenen Augenbrauen an.

»Und über was?«

»Können wir uns irgendwohin zurückziehen? Muss ja nicht jeder mitbekommen, was ich dir zu sagen habe.«

Dabei schaute er missbilligend auf Alexander.

»Wir können hier ins Taifun gehen«, erwiderte Lydia und zeigte auf einen Nebenraum. Sie machte eine einladende Handbewegung an die drei Männer.

»Den will ich nicht dabeihaben«, raunzte Carlo mit einer Kopfbewegung zu Alexander und zog ein silbernes Zigarettenetui aus seiner Hosentasche.

»Ohne meinen Mann spreche ich nicht mit dir«, gab Lydia knapp zurück. »Und hier drinnen wird nicht geraucht.«

Als hätte sie etwas gesagt, das an Unverschämtheit nicht zu überbieten war, ließ Carlo mit ungläubigem Gesicht die Hand mit dem Etui nach unten sinken. Stumm trottete er seiner Schwester und ihrem Ehemann hinterher. In dem mit einem Tisch und sechs Stühlen ausstaffierten Zimmer ließ Carlo sich schwer atmend in eines der Sitzmöbel fallen.

»Ich will es kurz machen«, keuchte er. »Deshalb ist es wohl doch ganz gut, dass der da gleich dabei ist.«

Mit unbewegter Miene sahen Lydia und »der da« ihn an.

»Das hier muss aufhören.«

Da keiner antwortete, fuhr er, leicht verunsichert, an seine Schwester gewandt fort.

»Willst du nicht wissen, was ich meine?«

»Du wirst es mir gleich sagen.«

»Das hier mit der Rassengleichheit und allem anderen Trara ist gegen das Gesetz.«

»Welches Gesetz? Und was meinst du mit ›allem anderen‹?«

»Ich meine das Gesetz unserer Familie, gegen das ihr mit so absurden Begriffen wie Naturschutz, Gleichberechtigung und ständigen Imperialismusvorwürfen massiv verstoßt.«

Lydia und Alexander schauten sich an. Wäre die Situation nicht so ernst, hätten sie beim armseligen Anblick Carlos laut auflachen mögen. Stattdessen beugte Alexander sich nach vorn und legte mit strengem Gesichtsausdruck beide Unterarme auf die Tischplatte.

»Mein lieber Carlo van der Meer«, begann er in einem schneidenden Tonfall, der diesen zu überraschen schien. »Wir haben nicht die Absicht, mit Ihnen über wahllos hingeworfene Begriffe zu diskutieren. Sparen Sie sich Ihren Atem. Wenn Sie etwas Profundes zu sagen haben, schreiben sie es auf und schicken Sie es uns. Wir haben viel zu tun. Und nun bitte ich Sie zu gehen.«

Als hätten sie es vorher abgesprochen, erhoben sich beide gleichzeitig und verließen langsamen Schrittes den Raum, in dem sie Carlo van der Meer zurückließen.

»Ich werde dafür sorgen, dass man euch das Hotel schließt«, rief er ihnen hinterher. »Ihr wisst nicht, mit wem ihr es zu tun habt.«

Für einige Sekunden blieb es still, dann drehte sich Lydia im Türrahmen um: »Das wissen wir sehr wohl. Mit einer Familie, die durch Ausbeutung von Menschen in sklavenähnlichen Verhältnissen zu unermesslichem Reichtum gekommen ist. Mit skrupellosen Vergewaltigern an der Spitze, denen hunderte Menschenleben nichts bedeuten, wenn sie nur ihre Gier nach immer mehr befriedigen können. Was willst ausgerechnet du uns von Gesetzen erzählen?«

Carlo war aufgestanden und kam langsam auf sie zu: »Wenn ihr mich gelassen hättet, wäre ich noch auf einen Vorschlag zu sprechen gekommen.«

Mit in den Nacken gelegtem Kopf sah Lydia ihn an, wie eine Lehrerin, die streng auf die nächste Ausrede wartet: »Ach was. Ein Vorschlag. Und der wäre?«

»Ändert euer Konzept und macht ein normales Luxushotel aus dem Waterberg. Ich habe einen großen Kundenkreis und kenne viele Menschen. Ich garantiere euch eine gute Belegung und damit ein Auskommen.«

Mit angehaltenem Atem stand Lydia reglos in der Tür, während Carlo sie zur Seite schob und sich an ihr vorbeidrückte: »Überlegt es euch. Ich werde euch dieses Angebot kein zweites Mal machen.«

*

»Was denkt er sich eigentlich?«, rief Alexander empört aus, nachdem Carlo gegangen war. »Dass sich mit Geld alles machen lässt?«

Tief atmete seine Frau ein und aus.

»Ja. Und in unserer Familie ist das auch so. Dort löst man alles mit Geld. Als Kind glaubte ich sogar, mein Vater sei so allmächtig, dass er sich ein ewiges Leben kaufen kann.«

»Was dann von einer Transportlore als Irrtum entlarvt wurde.«

»Finde ich nicht sehr witzig, Alexander. Auch wenn es leider stimmt.«

»Wir lassen uns nicht beirren. Lydia. Und schon gar nicht kaufen. Ich habe heute mehrere Schreiben bekommen, die uns zur Eröffnung gratulieren und uns Mut machen. Wir werden es schaffen, die Leute hierher zu bekommen, die wir haben möchten. Es gibt sie und sie werden mehr.«

»Ich hoffe du hast recht«, sagte sie und strich sich über ihren gewölbten Bauch. »Unsere Kinder sollen doch eine Zukunft haben.«

Behutsam nahm Alexander sie in den Arm und drückte sie an sich: »Das werden sie. Eines der Schreiben stammt von Dr. Haberland, einem Mann aus dem Umfeld von Rudolf Steiner.«

»Und was möchte dieser Dr. Haberland von uns?«

»Er ist Spezialist für die Traditionen und das System des

Hinduismus. Er hat angeboten, Yoga-Wochen bei uns zu veranstalten.«

Die Tür öffnete sich und ein kleines schwarzes Mädchen mit langen schwarzen Zöpfen trat ein.

»Ich bin mit meinem Bild fertig«, sagte sie und Lydia strich ihr lächelnd über den Kopf.

»Fein, Youma, doch du weißt ja, es kommt nicht auf die Geschwindigkeit an, sondern auf das Ergebnis.«

»Ich finde 20 Minuten eine sehr lange Zeit für ein Bild«, erwiderte das Mädchen und Lydia und Alexander lachten.

»Ich komme gleich und schaue es mir an«, sagte Lydia, worauf die Kleine kopfnickend wieder hinausging.

»Sie ist sehr aufgeweckt für ihre acht Jahre«, sagte Alexander.

»Werden sie und ihr Bruder denn nun hierbleiben können?«

Seine Frau zuckte mit den Schultern.

»Ich hoffe es. Ihre Eltern leiden mit den anderen beiden gesunden Kindern und der harten Arbeit in der Mine schon genug.«

»Und worauf kommt es jetzt noch an?«

»Dass wir die Adoption genehmigt bekommen. Zuletzt sah es zumindest danach aus.«

Die Familie der kleinen Youma stand seit der Gründung der Diamantenmine im Jahr 1910 im Dienst der van der Meers. Ihr Vater Jaboah Okoye war Minenarbeiter, ihre Mutter Kimara hatte nach ihrer Heirat als Hausmagd begonnen. Ab einem gewissen Alter, meist um die zwölf Jahre, wurden auch die Kinder der Arbeiter in die Minen oder in den Dienstbotenbereich geschickt. Youma sollte das als letztes von vier Kindern erspart bleiben, da sowohl sie als auch ihr fünf Jahre älterer Bruder Fela an Asthma litten.

Nachdem Carlo van der Meer zugestimmt hatte, die Kinder fortzugeben, hatte ihre Mutter sich vor einigen Monaten heimlich an Lydia gewandt. Lydia hatte sich in den letzten beiden Jahren, die sie in ihrem Elternhaus verbracht hatte, mehrere Male für Jaboah eingesetzt. Da Carlo van der Meer froh war, zwei

Krankheitsfälle weniger zu haben, war er nicht auf den Gedanken gekommen zu fragen, wohin die Kinder gehen würden.

Alexander hatte den Brief von Dr. Haberland wieder aufgenommen und wedelte damit: »Hier werden wir einsteigen. Und auch hier.« Er nahm einen anderen Brief und entfaltete ihn: »Erinnerst du dich an Dr. Hawkins, den Mitinitiator des Londoner Abkommens? Er war an unserem ersten Abend hier im Waterberg ...«

»Wie könnte ich das vergessen«, sagte sie und strich ihm zärtlich über die Wange. »Was schreibt er?«

»Er steht in Kontakt mit Leuten in England, die ähnliche Ziele wie wir verfolgen, und bietet an, hier im Waterberg ein Symposium abzuhalten. Er schreibt, dass wir alle hier ja Engländer sind und wir uns emotional endlich von Deutschland lösen müssen. Was für dich als Holländerin ja sowieso gilt. Aber so habe ich es bisher noch nicht gesehen. Weißt du, was das bedeutet?«

»Sag es mir.«

»Wir können selbstbewusster auftreten, weil man uns als Nichtdeutsche nicht so einfach an den Karren fahren kann. Auch und besonders hier im Mandatsgebiet der Südafrikaner. Die überlegen es sich doch, ob sie sich mit Engländern anlegen.«

Lydia nickte nachdenklich.

»Dann wundert mich aber, dass man uns bisher so viele Steine in den Weg gelegt hat. Die kennen doch unsere Staatsangehörigkeiten.«

»Vielleicht haben wir die Karte des britischen Weltreichs nur noch nicht selbstsicher genug gespielt.«

»Oder der englische Joker ist hier doch nicht so viel wert.«

Irritiert sah Alexander sie an: »Überall auf der Welt sticht der englische Joker. Warum so pessimistisch?«

»Weil ich mir schwer damit tue, den einen Imperialismus hinter mir zu lassen, um dann zu einem anderen überzulaufen. Als ob die Briten Heilige wären.«

»Aber welche Wahl haben wir denn, Lydia?«

»Das weiß ich im Moment nicht. Doch feststeht, dass man immer eine Wahl hat im Leben.«

14

Sally, Korfu, Mai 2010

»Auf jeden Fall war das Projekt Waterberg ein großes Risiko für meine Eltern«, erklärt Frederike, nachdem die Lampen auf der Terrasse den nahenden Abend begrüßen. Der warme Wind, der vom Meer heraufweht, verspricht Abkühlung. Als ich gestern mein Zimmer bezog, war von Frederike Nikolaidis nichts zu sehen gewesen. Stattdessen hatte ihre Tochter Eleni mich empfangen, eine attraktive Frau, vermutlich in meinem Alter, die mich im Gegensatz zu ihrer Mutter herzlich begrüßte. Schon bei unserem Telefonat vor rund drei Wochen hatte Frederike mir einen eher ernüchternden Eindruck gegeben.

»Ich habe nur meinem Neffen Eric zuliebe zugestimmt, dass Sie mich anrufen dürfen«, wiederholte sie am nächsten Tag knapp und kratzbürstig das, was sie mir schon am Telefon gesagt hatte. »Sie wollen also etwas über ein Museumsprojekt in Namibia schreiben?«

»Ja, im Prinzip stimmt das«, antworte ich.

»Im Prinzip also. Und was habe ich damit zu tun? Hier am anderen Ende des Planeten?«

Für einen Moment muss ich mich sammeln.

»Sie kannten die Menschen, die damals die Diamantmine gegründet haben, persönlich.«

»Ja, es ist in Familien nicht unüblich, sich zu kennen. Aber müssen Sie sich deshalb auf Weltreise begeben? Alles dazu kann Ihnen der Projektleiter des Museums doch viel besser beantworten.«

»Ich weiß nicht, ob er das kann. Doch werde ich diese Möglichkeit, die ja ebenfalls nicht vor meiner Haustür liegt, natürlich genauso nutzen, danke. Aber warum bin ich hier? Ich verbringe sehr gerne meine Ferien in Griechenland und dachte mir, das Angenehme mit dem Nützlichen zu verbinden. Eigentlich ganz einfach.«

Nach unserem Gespräch der vergangenen zwei Stunden sitze ich einer Frau gegenüber, die sich erfreulicherweise ein wenig entspannt hat. Ihre spröde Miene ist allmählich einem Antlitz gewichen, das eine durchaus anziehende Reife ausstrahlt.

»Ich bin 1966 mit Anfang dreißig nach Griechenland gekommen«, fährt Frederike fort, als hätte sie die Begründung für meine Anwesenheit mittlerweile akzeptiert. Was ich allerdings nicht so ganz glaube. »Nachdem mein Bruder Reinhard ein paar Jahre zuvor die Leitung des Waterberg-Hotels in Windhoek übernommen und geheiratet hatte, fühlte ich mich unnütz. Ich wollte etwas Eigenes machen. »

»Eine internationale Hotelkette gründen, zum Beispiel ...«, sage ich und strahle sie an. Zum ersten Mal zeigt sich, dass sie lächeln kann, wenn auch nur zurückhaltend.

»Natürlich nicht von Anfang an. Ich hatte das Glück, mit Christos, meinem Mann, einen Menschen zu treffen, der ebenfalls aus der Hotelbranche stammte.«

»Und wieso der Name The Van der Meer? Das ist doch die Familie Ihrer Mutter.«

»Nun ja, da weder mein Bruder noch meine Eltern zum damaligen Zeitpunkt Interesse an einer Hotelkette zeigten, mussten wir uns andere Geldgeber suchen. Mein Onkel Carlo van der Meer war dem Gedanken gegenüber sehr aufgeschlossen. Außerdem klingt ›The Van der Meer‹ einfach besser für eine Hotelkette als ›The von Odenfeldt‹.«

»Da haben Sie recht«, stimme ich ihr lächelnd zu.

Ich überlege, wie weit ich mit meinen Fragen gehen kann, ohne erneut ihr Misstrauen zu wecken.

»Mit Carlo van der Meer hatten Sie einen Teilhaber, der damals zu den reichsten Familien der Welt zählte«, sage ich und sie überlegt einen Moment.

»Das ist ja kein Geheimnis«, antwortet sie schließlich. »Aber das Diamantenschürfen war Anfang der 60er Jahre nicht mehr das große Spektakel. Man suchte nach anderen Geldquellen und vor allem Anlagemöglichkeiten. Da kam ein Familienprojekt wie das mit unserem Hotel gerade recht.«

Eleni kommt die Wendeltreppe herauf und bleibt mit einem Tablett mit Pistazien, Süßigkeiten und drei Tassen griechischem Kaffee vor uns stehen.

»Darf ich mich dazugesellen?«, fragt sie und ihre Mutter und ich nicken gleichzeitig.

Sie stellt vor jeden von uns eine Kaffeetasse und den Rest in die Mitte des Tischs, bevor sie neben mir Platz nimmt.

»Haben Sie die Infos, die Sie haben wollten?«

»Zumindest habe ich einen Anfang«, antworte ich und rieche dabei den zitronigen Duft ihres Parfums. Ihre fragenden Augen suchen die meinen.

»Und was fehlt Ihnen noch?«

Ich puste am Kaffee und nehme einen ersten Schluck, der das wohlig-sandige Gefühl vom Kaffeepulver auf meinen Lippen zurücklässt.

»Nun, Ihre Familiengeschichte ist ja sehr komplex. Ich denke, da ist unendliches Potential vorhanden.«

»Und zu welchem Zweck?«

»Es wäre der Stoff für eine tolle Familienchronik ...«, antworte ich und beobachte dabei Frederikes Gesichtszüge.

»Was wissen Sie über die Familie van der Meer?«, fragt sie weiter und pustet ebenfalls in ihre dampfende Kaffeetasse.

»Wie schon angedeutet noch nicht sehr viel«, erwidere ich und nehme mir eine Handvoll Pistazien.

»Vielleicht solltest du ihr in den nächsten Tagen mehr darüber erzählen, Mama«, sagt sie in leicht provokantem Tonfall doch Frederikes zuletzt recht milde gewordenen Augen haben etwas Kaltes bekommen.

»Wieso denn? Ich habe eh schon zu viel geredet. Meine Eltern waren meine Eltern und die van der Meers waren die van der Meers.«

»Wenn es so einfach wäre«, erwidert Eleni und das Gesicht ihrer Mutter wird noch ablehnender.

»Es ist so einfach, meine Liebe. Und wenn es das nicht wäre, ist Mrs. Wheeler hier bestimmt die Letzte, vor der ich dies ausbreiten würde. Schreiben Sie Ihr kleines Feuilleton über ein Museum, das sowieso niemanden interessieren wird und gut ist es. Und lassen Sie die Finger von irgendwelchem Potential, oder wie immer Sie es nennen. Das geht Sie alles überhaupt nichts an.«

Abrupt erhebt Frederike Nikolaidis sich und geht schnurstracks zur Treppe. Verdutzt schauen Eleni und ich ihr hinterher.

15

Sally, Korfu, Mai 2010

»Warum bist du wirklich hier?«, fragt Eleni mich unvermittelt, nachdem wir unser Smalltalk-Frühstück beendet haben. Mit aufgestützten Ellbogen und meine Cappuccino-Tasse beidhändig vor den Mund haltend, schaue ich sie von unten herauf an. Ihr wildes schwarzes Haar trägt sie offen, was die herbe Schönheit ihres ungeschminkten Gesichts hervorhebt. Gestern habe ich mit ihr und ihrem ausgesprochen attraktiven Mann Manolis bis spät in die Nacht geredet, während wir auf die Lichter der Stadt hinabschauten. Ich erzählte von meinem Leben in London, sie holte Erinnerungen an ihre Familie hervor und er sprach von seinen Eltern, die aus bäuerlichen Verhältnissen ein lukratives Exportgeschäft mit griechischen Lebensmitteln aufgebaut hatten. Nachdem der Weinpegel gestiegen war, hatten wir, mit ausgezogenen Schuhen und hochgelegten Füßen, zum Du gefunden. Unsere Fragen und Antworten wurden zunehmend vertrauter.

Ich beschließe, auf Zeit zu spielen, und antworte knapp zwischen zwei Schluck Cappuccino: »Die Familien van der Meer und von Odenfeldt faszinieren mich.«

Eleni nimmt eine Zigarette aus der vor ihr liegenden Schachtel, steckt sie sich zwischen die Lippen und zündet sie an. Sie lächelt, als sie das dampfende Streichholz wedelnd in den Aschenbecher legt.

»Ich weiß nicht wieso, aber irgendwie kommt es mir dennoch merkwürdig vor.«

»Jetzt klingst du wie deine Mutter«, erwidere ich frech grinsend, damit sie es nicht ganz so ernst nimmt.

»Meine Mutter liegt nicht immer falsch.«

»Das heißt, manchmal schon?«

»Kennst du jemanden, der stets richtig liegt?«

Ich stelle die Tasse auf den Unterteller und deute fragend auf die Assos-Packung. Eleni hält sie mir hin und ich entnehme eine der extrem dünnen, weißen Zigaretten mit dem rosafarbenen Filter.

»Seltsame Glimmstängel habt ihr hier«, sage ich und halte die Flamme meines Feuerzeugs daran. Langsam lasse ich den Rauch des ersten Zugs nach oben steigen.

»Okay, zuerst war da ein Zeitungsartikel über das geplante Museum in Lüderitz, du weißt sicher davon«, gehe ich auf Elenis Frage ein und sie nickt. »Aber je mehr ich von den Familien dahinter herausfand, desto mehr wollte ich über sie erfahren.«

»Wäre es nicht trotzdem logischer gewesen, erst mit den Museumsleuten zu sprechen?«

»Nein. Ich finde, Angehörige haben immer die besseren

Geschichten auf Lager. Außerdem ließ mich meine Intuition hierher kommen, Eleni«, spreche ich weiter. »Ich liebe Griechenland und als dein Cousin Eric sagte, dass sich das Gründungshaus der Hotelkette auf Korfu befindet, habe ich auf meinen Bauch gehört. Das hat mir schon oft den richtigen Weg gewiesen.«

Eleni nickt und gibt dem zwischenzeitlich an den Tisch getretenen Kellner ein Zeichen zum Abräumen.

»Nun gut, so sei es«, zieht sie einen Strich unter unser Gespräch. »Wollen wir uns ein bisschen was von der Insel angucken?«, fragt sie unternehmungslustig und ich nicke begeistert.

»Gerne, aber hast du denn Zeit dafür?

»Ich kann sie mir nehmen.«

Der Panoramablick auf die unberührte Landschaft Korfus verursachte mir schon den gesamten Vormittag Gänsehaut. Von der Terrasse aus habe ich eine Aussicht, die von den steilen Bergen Südalbaniens bis zur Stadt Korfu reicht. Umgeben von einer reichen Flora und Fauna, strahlt das Resort die Idylle eines kleinen korfiotischen Dorfs aus. In den makellos angelegten Gärten findet man Bougainvillea, Hibiskus, Mandelbäume und Olivenhaine. Innerhalb kürzester Zeit kann man in Korfu-Stadt oder an den weithin berühmten Stränden sein. Einen davon erreichen wir am frühen Nachmittag in Elenis Landrover, nachdem wir durch typische Ortschaften mit weiß getünchten Häusern, schmalen Straßen und versteckten Innenhöfen gefahren sind. Hier sitzen wir zwischen Liegestühlen, Sonnenschirmen und Strandbars, um beim Klang griechischer Popmusik an alkoholfreien Cocktails zu schlürfen. Stumm erbauen wir uns, die Füße im warmen Sand steckend, am sanften Rauschen der im Sonnenlicht schillernden Wellen. Als Eleni für einige Minuten die Augen schließt, bestaune ich ihre Sommersprossen an den Armen und an ihrem großzügig freigelassenen Dekolleté. Schon immer konnte ich dem Anblick schöner Frauen eine gewisse erotische Faszination abgewinnen, und habe sie auch in einigen genussvollen körperlichen Begegnungen ausgelebt. Als Eleni ihre Augen wieder öffnet, schauen wir gemeinsam, die Hände als Sonnenblende an unsere Stirn haltend, lächelnd hinüber zu einem FKK-Areal.

»Magst du mir noch ein wenig über das faszinierende Hotelprojekt deiner Großeltern erzählen?«, frage ich und Eleni nickt.

»Was möchtest du wissen?«

»Wie ist es weitergegangen, haben sie ihre Ideen umsetzen können?«

»Nach den schleppenden Anfängen konnten sie tatsächlich Interesse an ihrer Philosophie aus Achtsamkeit, Humanität und Gleichheit gewinnen ... auch wenn es bald Rückschläge gab. 1931 brachte Lydia ihren Sohn – meinen Onkel – Reinhard zur Welt. Meine Mutter wurde im Jahr 1937 geboren. Reinhard führte das Waterberg-Hotel von 1957 bis ... ich glaube 2000, dann übernahm sein Sohn Eric die Leitung. Und den kennst du ja bereits.«

Ein junger Grieche bringt uns zwei weitere Cocktails und fragt nach zusätzlichen Wünschen, die wir dankend verneinen.

»Welche Rückschläge gab es?«, frage ich, nachdem wir kräftig an unseren Strohhalmen gesogen haben.

»Nun ja, in den damaligen Strukturen Südwestafrikas erwies es sich offenbar als unmöglich, schwarzen Mitarbeitern plötzlich höhere Löhne zu zahlen. Angeblich waren sie im Alltag damit überfordert. Sich selbst und ihren Mitmenschen gegenüber.«

»Das heißt, sie wollten nicht mehr Geld haben?«

»Doch. Aber unter den Weißen herrschte die Meinung, dass sie damit nicht umgehen können. Meine Großeltern waren natürlich anderer Meinung – sie hatten die Vision einer gerechten Welt, und in die gehörte eben auch, dass man für seine Arbeit gerecht entlohnt wurde. Sie haben sicher einiges getan, um ihren Angestellten erstens einen fairen Lohn zu zahlen und zweitens einen gesunden Umgang mit ihrem Geld zu zeigen. Es schien aber nicht immer zu funktionieren. Die Löhne wurden in manchen Jahren gedrückt, weil das Hotel nicht genug abwarf. Mitarbeiter, die mit ihrem Geld so gar nicht umgehen konnten, wurden fristlos gekündigt. Meine Mutter hat ihnen das oft vorgeworfen, als Doppelmoral, in der man sofort aufgibt, wenn es schwierig wird.«

Mehrmals nicke ich bestätigend mit dem Kopf: »Mit Recht hat sie das, würde ich sagen. Wenn man bedenkt, mit welchen Visionen sie unterwegs waren – und dann lassen sie sich von diesem ›Geht nicht, war schon immer so‹ blockieren? Das ist aber heute ja leider nicht viel anders.«

»Genau, und aus heutiger Sicht würde ich ihnen diesen Vorwurf ebenfalls machen. Ihr Problem war einfach, dass sie nicht genug Geld und zeitliche Ressourcen hatten, um sich um alle fair zu kümmern. Ihre Themen Spiritualität, Achtsamkeit, Yoga und Gleichberechtigung waren damals nicht so allgegenwärtig wie heute. Obwohl meine Großeltern vieles probierten und auch gewisse Anerkennung bekamen, trug sich das Ganze auf Dauer finanziell einfach nicht.«

»Aber irgendwie muss es ja weitergegangen sein. Ist man doch noch auf Carlo van der Meers Offerte eingegangen?«

»Nein, das ist man zunächst nicht. Das wäre von beiden Seiten aus nicht mehr möglich gewesen. Dazu mussten erst andere Dinge geschehen, was aber noch viele Jahre gedauert hat.«

Stumm beobachten wir, wie ein junges, nacktes Paar lässig Hand in Hand an die Theke der Strandbar kommt, um kurz darauf mit einem Tablett Colaflaschen und Gläsern voller Eiswürfel wieder zurück zum FKK-Bereich zu trotten.

»Was hat man also gemacht, bis diese ›anderen Dinge‹, wie du sie nennst, geschehen sind?«, frage ich und überlege, ob es für heute nicht besser wäre, es mit Nachfragen gut sein zu lassen.

»Man ist Kompromisse eingegangen und hat sich für mehr Gäste aus der Privat- und Geschäftswelt geöffnet. Auch was die Veranstaltungen betraf, wurde man aufgeschlossener. Aber alles, was Pro-Kolonien war, oder national-reaktionäre Aspekte hatte, oder gar Pro-Kriege war, blieb tabu.«

»Und die ›anderen Dinge‹, um was ging es da?«

Eleni saugt an ihrem Strohhalm, bis das glucksende Geräusch des leeren Glases zu hören ist. Dabei schüttelt sie kaum merklich den Kopf: »Ich denke, hier sollte deine Hartnäckigkeit im Augenblick enden, liebe Sally. Das ist eine eigene und sehr heikle Geschichte, von der ich im Moment nicht weiß, ob ich sie erzählen will. Ich denke eher nicht.«

16

Eric, Berlin, Mai 2010

»Wie stehen die Dinge in New York?«, fragt Fritjof und ich merke, dass es eine Standard-Einstiegsfrage ist, bevor wir uns den Seiten mit den Zahlenreihen widmen, die wir vor uns liegen haben.

»Alles im Plan«, antworte ich und erkenne an seinem gedankenverlorenen Nicken, dass er bereits in die Zahlenwelt eingetaucht ist. Er schaut auf und sein Blick schweift zu Robert Crane, dem Finanzchef der Van der Meer Minotaurus Group.

»Gut, Eric. Robert, du hast das Wort«, sagt er, damit dieser mit seiner Analyse loslegt. Ich kenne sie bereits und passe deshalb nicht hundertprozentig auf.

Ich denke an gestern und an den Abend mit Marlene, nachdem wir uns hier im Hotel den ganzen Tag mit Umbaumaßnahmen beschäftigt haben. Von 1968 an war das Berliner Haus in kleinen Schritten renoviert worden. Ohne, dass ein durchgängiges Konzept erkennbar war. Fritjofs Vater Carlo van der Meer hatte es 1937 kurz vor dem Krieg gekauft. Als »Haus Deutscher Falke« stiegen hier bis Kriegsende hochkarätige Gäste, vorwiegend aus Regierungs- und Militärkreisen, ab. 1945 wurde das Hotel von den Amerikanern requiriert, die Beweise dafür fanden, dass es der Schauplatz zahlreicher düsterer Entscheidungen der Nationalsozialisten gewesen war. Gegen Carlo van der Meer wurde ermittelt, was letzten Endes in einem Freispruch endete, da er zwar Inhaber des Hotels war, die Führung aber von Afrika aus angestellten Direktoren überlassen hatte. Nach Rückzug der Amerikaner aus dem Gebäude veräußerte Carlo es an eine englische Company, von der er es 1966 nach seiner Beteiligung an Frederikes Hotel in Korfu wieder zurückkaufen konnte.

Hatte man in den zurückliegenden Jahrzehnten noch versucht, das Gesicht eines Berliner Hotels so modern wie möglich zu gestalten, liegen die Bestrebungen der Planer heute eher in retroorientierten Ausbauten. Die gute alte Zeit der 20er und 30er Jahre soll wiedererweckt werden, mit dem Flair berühmter Varietés, mit Jugendstilelementen und Erinnerungen an Ufa-Helden. Der Stil des Ellington Hotels in der Nürnberger Straße war uns bei der gestrigen Architektenpräsentation als gelungenes Beispiel demonstriert worden. Ich bin mir darüber noch nicht sicher.

Den Abend verbrachten Marlene und ich in ihrer Wohnung am Stuttgarter Platz, nachdem wir noch eine Kleinigkeit im »Charlottchen« gegessen hatten. Ein Paar im eigentlichen Sinne sind wir nicht, zu viele Tage und Wochen trennen uns das Jahr über. Wir kennen uns schon seit einer gefühlten Ewigkeit, die 1989 mit ihrem Volontariat im Waterberg-Hotel in Windhoek begonnen hat. Ich war damals der Juniorchef, der kurz davor stand, für drei Monate ins Korfu-Resort meiner Tante zu wechseln, was wegen Marlene Gott sei Dank nicht geschah. Falls es so etwas wie Unschuld gibt, dann verloren wir sie beide an einem Nachmittag im nicht vergebenen Hochzeitszimmer des Waterberg. Wir waren voller romantischer Ehrfurcht vor den Momenten, die dieses Zimmer schon gesehen hat. Marlene erwähnte von da an gelegentlich, dass wir wegen dieser Begegnung aber nicht verheiratet seien. Mal sagte sie es augenzwinkernd, mal eindringlich aus ernst gemeinten Beweggründen. Als sie uns nach drei Jahren in Richtung Wien verließ, hatte ich meine Korfupläne fürs Erste gegen das Versprechen eingetauscht, doch die Leitung des elterlichen Waterberg-Hotels zu übernehmen. Heute mutet es wie eine kleine Ironie des Schicksals an, dass unsere Wege über die Van der Meer Group schließlich doch wieder zueinanderfanden. Wenngleich heimlich, denn ich war mit meiner Lebensgefährtin Christa so gut wie verheiratet.

*

»Sally Wheeler« leuchtet es auf meinem Handy, während ich mich durch den Berliner Abendverkehr quäle. Eine Schlacht aus Zahlenchaos, Verwirrspielen und Anschuldigungen liegt hinter mir, die alle Anwesenden des Meetings vor gut einer Stunde genervt auseinanderlaufen ließ. Morgen wollen wir es nochmal versuchen, mit klarem Kopf und, wie Fritjof es ausdrückte, mehr Einfühlungsvermögen für die Ideen des anderen. Womit er in erste Linie seine Ideen gemeint haben dürfte.

Bevor ich morgen Nachmittag nach London zurückfliege, möchte ich den Abend wieder mit Marlene verbringen, obwohl mir stets ein Zimmer im Berliner Hotel zur Verfügung steht. Der Gedanke daran lässt mich etwas entspannter werden. Nach dem Schlussstrich mit Christa wird mir in Marlenes Armen stets aufs Neue bewusst, wie hinreißend erotische Begegnungen eigentlich sein können. Zwischen Christa und mir hatten sie zum Schluss nur noch mechanischen Fitnessübungen geglichen.

Es irritiert mich, wie sehr mir Sally Wheeler seit unseren Treffen im Kopf herumgeht. Immer wieder taucht ihr Gesicht vor meinen Augen auf. Ich sehe, wie sie sich bewegt, spricht und mich ansieht. Sogar letzte Nacht, als Marlene und ich uns liebten, wurde Marlenes Gesicht von Sallys für Sekundenbruchteile überstrahlt. Fritjof hat mich nicht mehr nach Sally gefragt. Und ganz gewiss hätte ich die Treffen mit ihr längst abgehakt, wäre da nicht diese geheimnisvolle Komponente im Spiel, die mein Herz schneller schlagen lässt als jemals zuvor ... Da ich während dem Fahren nicht ans Handy gehen kann, beschließe ich, sie später zurückzurufen. Plötzlich sind auch die Themen wieder da, die sie interessieren. Für die sie so hartnäckig um einen Termin gekämpft hat und sogar nach Griechenland geflogen ist.

Das Treffen mit unserem Architekten Dr. Richard Wohlrabe findet im vielzitierten Ellington Hotel statt und es nieselt, als ich den Ku'damm aus dem Europacenter kommend überquere. Im einbrechenden Abend verwandelt der Regen den Asphalt in eine Spiegelfläche, die die Lichter um mich herum wie in einem Prisma reflektiert. Dr. Wohlrabe sitzt in der Smokers-Lounge. Als er mich entdeckt, legt er seine Zigarre in den Aschenbecher und erhebt sich, um mir die Hand zu geben.

»Guten Abend, Herr von Odenfeldt«, begrüßt er mich und deutet auf einen Cocktailsessel, in den ich mich dankend setze.

»Ich dachte, es ist etwas anderes, das hier live zu erleben, als nur auf einer Powerpoint-Folie«, sagt er.

»Das stimmt«, antworte ich und klappe die Getränkekarte auf. »Aber ich kenne das Ellington.«

Der Architekt nickt mehrmals: »Ich weiß, das sagten Sie gestern bereits. Dennoch kann es helfen, wenn man sich von allem noch einmal real umgeben sieht.«

»Und wobei?«

»Bei der Entscheidungsfindung. Ich könnte mir vorstellen, dem Van der Meer Resort eine ähnliche Richtung zu geben.«

Der Kellner kommt und ich bestelle ein Bitterlemon auf Eis,

bevor ich mich zurücklehne und leicht den Kopf schüttele: »Ich weiß nicht, ob das machbar ist. Das Ellington hat eine ins Hier und Jetzt passende Vergangenheit. Hier leben nach wie vor die Geister von Louis Armstrong, Ella Fitzgerald und Duke Ellington. Weil sie alle wirklich einmal hier waren. Und Sie wissen, wer alles in unserem Hotel war?«

Abwehrend hebt Dr. Wohlrabe die Hände.

»Aber natürlich, das weiß ich. An diese Herrschaften können und wollen wir natürlich keine Erinnerungen richten. Oder glauben Sie, ich schlage Ihnen vor, Devotionalien der NS-Zeit in Ihrem Hotel aufzustellen?«

Lachend verneine ich seine Worte.

»Müssen wir überhaupt gezielte Erinnerungen vermitteln?«, frage ich und bemerke das begeisterte Blitzen in den Augen meines Gegenübers.

»Es geht nicht nur um Personen und deren Überbleibsel, Herr von Odenfeldt. Schauen Sie sich um. Die Zeit und ihr Geist sind es, die wir hier wiedererkennen. Gleich beim Eintreten ins Ellington spüren wir den Charme der späten 20er und frühen 30er Jahre. Im Foyer, in den Treppenhäusern und in den Zimmern. Schon die Außenfassade werden wir niemals vergessen können, als die längste, auffälligste und für viele Menschen schönste Fassade Berlins. Das begeistert die Menschen, auch wenn sie noch nie im Leben die Namen irgendwelcher Jazzgrößen gehört haben. Einfach, weil alles hier ein unbeschreibliches Empfinden auslöst. Wie aus einem genetischen Code heraus, den wir nicht steuern können.«

Das gefällt mir. Mein Großvater Alexander und seine Zeit in Berlin während der Weimarer Republik fallen mir ein. Ob er jemals hier im Ellington war? Oder gar dort, wo jetzt unser Hotelname an der Hauswand steht? Ob meine Großmutter jemals den Boden betreten hat, über den wir heute laufen? Eine aufregende Idee ... Mit dem Auslösen von Gefühlen liegt Wohlrabe gar nicht so falsch.

»Nun gut«, sage ich. »Machen Sie Entwürfe. Aber ich will keine Ellington-Kopie.«

»Ich bitte Sie, Herr von Odenfeldt«, entgegnet Dr. Wohlrabe mitleidig lächelnd. »Das geht schon aus Gründen des äußeren Baustils gar nicht. Auch innen findet sich nichts, was mit hier vergleichbar wäre. Aber Sie werden sehen, was wir alles im Van der Meer Resort triggern können. Wie ich in der Chronik gelesen habe, waren damals nicht nur Nazigrößen Gäste. Auch viele, die hier im Ellington verkehrten, waren dort. Vielleicht sogar Duke Ellington selbst, wer weiß? Und weil diese Persönlichkeiten für Kunst und Musik oder liberale politische Ideen standen, die wir heute für selbstverständlich halten, wollen wir genau an diese Menschen und ihre Zeit erinnern. So wie es Ihnen ja bereits auf Korfu äußerst beeindruckend gelungen ist. Allerdings finde ich, dass ›Van der Meer Resort‹ als Name nicht mehr passend sein wird. Wenn wir den zurückblickenden Weg einschlagen, wäre zu überlegen, ob der alte Name ›Haus Deutscher Falke‹ nicht angebrachter ist.«

*

Nachdem Dr. Wohlrabe sich verabschiedet hat, sitze ich in der Lobby und beobachte die Kabine, aus der heraus das Jazzradio seine tägliche Sendung produziert. Eine junge Dame legt Platten für die Jazzliebhaber in aller Welt auf. Für einige Sekunden überlege ich, ob ich es tun soll, dann rufe ich Sally Wheeler zurück. Einige Male höre ich das Freizeichen, dann ihre Stimme.

»Hallo, Mr. von Odenfeldt ... Eric.«

»Hallo, Sally«, antworte ich betont frisch. »Ich habe gesehen, dass Sie mich angerufen haben. Wie geht es Ihnen?«

»Danke, gut. Ich wollte mich melden und dafür bedanken, dass Sie mir den Kontakt zu Mrs. Nikolaidis hergestellt haben.«

»Schön, dann hat es offenbar etwas genützt?«

»Ja, im Prinzip schon. Allerdings konnte ich bisher nicht viel mit Ihrer Tante sprechen. Sie ist ... sagen wir mal ... etwas eigen. Aber Eleni hat sich meiner angenommen.«

Ich rutsche nach vorne und lege den Kopf auf die Rückenlehne der ausladenden Couch, strecke meine Beine aus. Ein Kellner stellt mir unaufgefordert eine Flasche Mineralwasser mit einem Schälchen Erdnüsse auf den Tisch. Ich nicke ihm zu.

»Oh ja, meine Cousine ist eine wunderbare Person. Etwas Besseres hätte dem Van der Meer Minotaurus nicht passieren können.«

»So wie ich sie wahrnehme, kann ich das nur bestätigen. Und das Hotel ist ein Traum, genau wie die ganze Insel. Eleni hat mir einiges Neues gezeigt, obwohl ich schon auf Korfu war.«

»Konnten Sie denn alles erfahren, was Sie brauchen?«, sage ich, wohlwissend, dass es nicht so sein wird.

»Nein«, erwidert sie entsprechend. »Ich werde übermorgen zurück nach London fliegen. Mit einer Menge Fragen. Würden Sie mir dafür zur Verfügung stehen, Eric?«

Ich merke, wie mein Herz schneller schlägt, und zögere die Antwort einen Moment hinaus. Das Ganze hört sich nach viel mehr an, als das, was sie zu Anfang über ihr Vorhaben formuliert hat. Sie will ans Eingemachte. Dorthin, wo es weh tun könnte. Und genau deshalb sollte ich sie abblitzen lassen. Jetzt, bevor es zu spät ist. Doch ich bringe es nicht fertig. Nicht in dem Moment, in dem ich sie so klar vor mir sehe, wie nie zuvor. Wie sie sich zu ihrer Handtasche hinunterbeugt, wie ihre Bluse nur wenige Millimeter ihres Brustansatzes erkennen lässt und der Saum ihres Rocks ebenso minimal nach oben rutscht. Alles in Dimensionen, wie man sie am Tag tausendfach zu sehen bekommt. Auf der Straße, in der U-Bahn, im Restaurant oder im Kollegenkreis. Ohne es besonders zu registrieren und ohne, dass es einen aufregt. Nur mit dem Unterschied, dass all diese Frauen nicht Sally Wheeler heißen.

»Eric? Sind Sie noch dran?«, holt sie mich aus meinen Gedanken.

»Äh ... ja. Also ... ich könnte es einrichten. Rufen Sie mich an, wenn sie zurück sind. Dann machen wir etwas aus«, antworte ich wie fremdgesteuert.

»Fein, da freue ich mich sehr. Übrigens hat Eleni mir einiges über die Hochzeitszimmer erzählt, die es überall in Ihren Hotels gibt. Ich habe mich daran erinnert, dass Sie auch kurz davon sprachen, Eric.«

»Ja, das ist prima ...«, antworte ich stockend und spüre, dass ich dabei bin, mich einigermaßen wieder zu fangen. »Eleni hat sich um diese Tradition des Hochzeitszimmers recht verdient gemacht, wenn man es so nennen will. Meine Großeltern haben damit in Windhoek angefangen und obwohl meine Tante es nicht wollte, hat sie die Idee ... sagen wir fast gegen ihren eigenen Willen, doch mit nach Korfu mitgenommen. Später sorgte meine Cousine dafür, dass es in den anderen Häusern auch Hochzeitszimmer gibt.«

»Das Besondere ist ja, dass tatsächlich einige der Hochzeitszimmer-Erlebnisse aufgeschrieben wurden«, sagt Sally.

Ich atme tief ein und aus.

»Ja, das ist richtig. Obwohl das anfangs fragwürdig erschien. Immerhin ist das, was normalerweise in Hochzeitszimmern passiert, ja eher intimer Natur«, sage ich lächelnd und bemerke, wie auch Sally am anderen Ende schmunzelt.

»Genau das habe ich Eleni auch als erstes gefragt.«

»Und was hat sie gesagt?«

»Dass dies oft gar nicht das Hauptthema ist. Es sind ein paar tiefgreifende Geschichten darunter, die weit über den Sex in Hochzeitsstrapsen und hauchdünnen Dessous hinausgehen.«

Ich spüre, wie ihre letzten, mit einem Mal in sehr weichen Tönen gesprochenen Worte mich derart elektrisieren, dass ich Sally in genau dieser Situation sehe. Was beabsichtigt sie damit? Alles, was mir an Erklärungen kommt, versuche ich hektisch abzublocken. Verdammt nochmal, Sally will gar nichts. Es ist nur meine Vorstellung, die mich in Erregung versetzt. Die Auslegung von ein paar harmlosen Begriffen, die, von einer anderen Frau gesprochen, nicht die geringste Spur eines weitergehenden Gedankens in mir ausgelöst hätte. Aber auch diese Frauen würden wieder einmal alle nicht Sally Wheeler heißen.

»Eleni hat mir für heute Abend eine Geschichte aus dem Hochzeitszimmer in Korfu zum Lesen gegeben«, spricht Sally weiter. »Sie sagt, sie sei irgendwie beeindruckend. Wissen Sie, um welche Geschichte es geht, Eric?«

»Ja, Sally, ich denke ich weiß, um welche Geschichte es geht.«

17

Yannis Floros, Juni 1892

Ich verfasse diese Zeilen, obwohl das Schreiben nicht so sehr meine Begabung ist wie das Führen von Säge und Hobel. Derjenige, der es liest, wird unter Umständen zwei Fragen haben. Ist es die Wahrheit? Ja. Wie habe ich es geschrieben? Mir wurde Hilfe zuteil.

Meine Geschichte beginnt im Regen. Endlich. Nach Tagen ungewöhnlich brütender Hitze war es so weit. Mächtige schwarzgraue Gewitterwolken türmten sich auf, und zogen, von grellen Blitzen und heftigem Donnergrollen begleitet, von der Küste in Richtung Hinterland.

»Herrje, es geht los«, rief ich Niki zu. »Hilf mir, das Werkzeug und die Holzbretter in Sicherheit zu bringen!«

Mit aller Kraft versuchte ich, gegen das Tosen des Sturms anzubrüllen, und gleichzeitig in Windeseile die Sachen vom Holzkarren zusammenzusuchen, um sie im Laufschritt in die Werkstatt zu tragen.

»Beeil dich, Niki. Das ist das Material für jemanden, an den du im Traum nicht denken würdest. Ach, lass es, ich habe es fast schon. Nimm wenigstens den Esel und bring ihn mitsamt dem Hänger in den Schuppen«, schrie ich quer über den Platz. Der Sechzigjährige tat, was ich sagte, dann zogen wir uns schnell in die Werkstatt zurück.

»Puh, schau diese riesigen Tropfen an«, schmetterte Niki mit tiefer, dröhnender Stimme. Der alte Schreiner rubbelte sich das nasse Haar mit der linken Hand und einem karierten Handtuch ab, dann warf er es zielsicher mir zu. Niki gewöhnte sich langsam daran, nur mehr eine Hand zu haben, nachdem er die rechte bei einem Arbeitsunfall verloren hatte. Eine wahre Tragödie, nachdem sein bemerkenswert kunstvoller Umgang mit Holz ihn im Laufe seines Lebens weit über die Grenzen der Insel Korfu hinaus bekannt gemacht hatte. Ich hatte ihn nach dem Unfall bei mir angestellt, wenn auch für kleines Geld, da er nur mehr Hilfsarbeiten ausführen konnte. Er bereicherte meine Werkstätte mit seiner jahrzehntelangen Erfahrung, von der ich mir nicht nur lohnende Aufträge für Spezialanfertigungen, sondern auch Perfektion und Kreativität erhoffte.

»Hier, mein Freund«, lachte er. »Ein paar trockene Ecken gibt es noch! Nicht, dass du dich erkältest!«

Im gemauerten und daher immer kühlen Anbau lag alles bereit, was ich für den spannendsten Auftrag, den ich je hatte, brauchen würde. Neben Brettern, Sägen, Feilen und Nägeln hatten sich in den letzten Wochen zusätzliche Utensilien dazu gesellt, deren kunstvolle Anwendung die fertigen Objekte in wahre Schätze verwandeln sollte. Für besonders regelmäßig gewachsene Hölzer hatte ich außerordentlich dünne Bohrer und weitere Spezialwerkzeuge ausgewählt. Ich hatte mich nicht gescheut, für die Beschaffung der Materialien hohe Ankaufs- und Schiffstransportkosten zu leisten. Mein bis dato prallgefüllter Sparstrumpf war danach geschrumpft, doch war ich für das große Ziel, das bald in greifbarer Nähe liegen würde, bereit, den höchsten Einsatz zu leisten.

»Der Esel braucht noch Futter«, bemerkte Niki kauend, während er mit den Fingern ein paar vom Frühstück übrig gebliebene Käsestücke aus der blau-weißen Keramikschüssel fischte, die wir uns täglich gut gefüllt mit Leckereien in die Werkstatt mitnahmen.

»Ja, ich weiß. Das arme Tier ist schon den ganzen Morgen völlig verstört«, antwortete ich. »Er hat bisher noch nichts gefressen. Wahrscheinlich hat er gespürt, dass ein Unwetter aufzieht und wollte einfach nur in den sicheren Stall. Ich schaue gleich nach ihm.«

Da meine Auftraggeberin das Probestück zu sehen wünschte, das ich ihr schon letzte Woche versprochen hatte, würde ich mich sputen müssen.

»Ich kann es immer noch nicht glauben, dass ich derjenige bin, der diese Arbeiten ausführen darf«, dachte ich vor mich hin, während ich die Sachen, die wir so überstürzt vor dem Regen gerettet hatten, sorgfältig sortierte. Ein Donnerkrachen ließ uns zusammenzucken. Als der Fensterladen zum Hof lautstark an die Hausmauer schlug, fiel die Amphore davor mit lautem Krachen zu Boden und einer der seitlich angebrachten Henkel wurde in viele kleine Einzelteile zerlegt.

»Der Esel hatte Recht, sich vor dem Unwetter zu fürchten«, sagte ich kopfschüttelnd. »Hoffentlich ist das kein schlechtes Omen!«

»Hauptsache, der Sturm lässt noch genügend Oliven an deinen Bäumen«, ergänzte Niki und ich stimmte ihm zu. Schließlich hatte Helenas Vater mich mit deren Pflege betraut. Wohl um zu sehen, wie verlässlich sein zukünftiger Schwiegersohn auf kostbare Dinge achtet. Und inwieweit er gegebene Versprechen hielt. Dass ich unbedingt eine gute Ernte haben wollte, verstand sich also von selbst.

Die anhaltend dicken Regentropfen hatten mittlerweile die

Größe erntereifer Oliven angenommen. Mit ihrem Aufprall schlugen sie lustige, halbrunde Kuhlen in den sandigen Boden. Wo sonst an heißen Tagen zwischen Holz und Hammer angenehme, trockene Kühle herrschte, fühlte sich in diesem Augenblick alles etwas klamm an. Fröstelnd stützte ich mich auf die Fensterbank, um dem nassen Treiben noch einige Momente zu folgen. Sägespäne rieselten durch irgendeine Zugluft von der Arbeitsbank und bildeten kunstvoll schiefe Türmchen auf meinen schwarzen Stiefeln, bis ich sie mit einer lockeren Drehung in die Ecke schleuderte.

»Jetzt aber wieder zu den wichtigen Dingen,« gab ich mir selbst einen Ruck und wandte entschlossen meinen Blick vom Fenster ab. Vorsichtig schlug ich das vor mir liegende beige Leinentuch zurück, unter dem glänzende, dunkelbraune Holzplatten zum Vorschein kamen.

»Na, ihr Schönheiten«, flüsterte ich und wischte zärtlich über die Oberfläche. »Ein bisschen Abkühlung schadet nicht. Wir sind danach noch besser gerüstet für den nächsten Schritt. Unsere Kundin wird begeistert sein, wenn sie die Fortschritte sieht.«

»Nun sag bloß, du sprichst mit den Holzlatten?«, polterte Niki quer durch den Raum. »Langsam wirst du ein bisschen seltsam. Kann das sein? Es wird Zeit, dass Helena und du endlich heiraten. Nur als Holzwurm unterwegs zu sein, tut auf Dauer nicht gut. Sonst stehst du, wenn du mal so alt bist wie ich, plötzlich alleine da.«

Schwerfällig setzte mein Mitstreiter sich auf die schmale, an der Wand stehende Bank, die wir gemeinsam aus einem ausrangierten Holztrog gezimmert hatten: »Ich habe mich damals viel zu wenig um meine Xenia gekümmert. Und was ist passiert? Sie nahm meinen besten Freund zum Mann und bereitet jetzt für Giorgos das leckere Moussaka, das ich immer so geliebt habe.«

Sein Blick entrückte sehnsüchtig in weite Ferne.

»Vermutlich habe ich mir vor lauter Hunger und nicht aus Unachtsamkeit die Hand verstümmelt«, spottete er, um mich dann sofort ernst anzuschauen. »Yannis, Helena ist ein sehr liebes Mädchen. Und ihr habt schon viel erreicht, um in diesen Zeiten ein Paar sein zu dürfen. Ich weiß ja nicht, was sie sagen wird, wenn du auch die nächste Zeit wieder fast täglich in Sachen ›große Villa am Kap‹ unterwegs bist. Nachdem du ja so ein Geheimniskrämer bist, könnte man fast falsche Schlüsse ziehen.«

Verlegen zupfte ich an meinem Ohr. Eine Angewohnheit, für die mich Helena regelmäßig neckte. Sie wusste, dass ich damit stets unangenehmen Fragen auszuweichen versuchte.

»Niki, ich kann dir auch jetzt nicht alles erklären«, antwortete ich, und fuhr mit meinen Händen an den von Leim bekleckerten Arbeitshosen herunter. Mit einem Fuß schob ich den vor der Arbeitsplatte stehenden Holzschemel unter den Tisch, krempelte meine Hemdsärmel hoch und ging in Richtung Tür, um den letzten Auftrag des Tages auszuführen.

»Du hast ja Recht mit dem, was du sagst. Aber vertrau mir, wenn es so weit ist, werde ich euch alles erzählen. Versprochen«, sagte ich im Hinausgehen.

Die Luft war nach dem Regen unverbraucht und rein, was alles wie frisch geputzt aussehen ließ. Mit den Musterstücken unter dem Arm öffnete ich die Stalltür und führte den Esel hinaus auf den kleinen Vorplatz. Erste Sonnenstrahlen trauten sich hinter den Wolken hervor und trockneten mit der sanften Strahlkraft des Spätnachmittags in Windeseile die nassen Flecken auf dem Boden.

»Wie mag das wohl im fernen Österreich sein? Kann der Kaiser die Fenster des Schlosses problemlos öffnen und zusehen, wie es draußen regnet?«, ging es mir durch den Kopf. »Ist es wirklich so schlimm, in einem prächtigen Gebäude zu leben, wo Dienstboten einem alle Wünsche erfüllen, die man nur haben kann?«

Seit ich in die große Villa oben am Kap gerufen wurde, stellte ich mir diese Fragen. Sie lag zwischen Olivenhainen, aromatisch duftenden Kräutern und blühenden Blumenbeeten. Es war ein paradiesischer Ort, der der Besitzerfamilie Angersbach, ihren Freunden und wichtigen Geschäftspartnern vorbehalten war. Auch Helenas Vater Spiros gehörte als Bürgermeister unseres Ortes zu den Auserwählten, die hin und wieder zu Gast sein durften. Der Zutritt zum Anwesen war ausschließlich über eine lange Auffahrt möglich, aber nur dann, wenn zuvor das große schmiedeeiserne Tor geöffnet wurde. Dazu war eine offizielle Einladung notwendig, außer es handelte sich um einfache Handwerker wie mich. Deshalb hatte ich die Depesche, die mir vor zwei Monaten ein Bote in schmucker Dienstkleidung überbracht hatte, zunächst für einen Irrtum gehalten. Sie beinhaltete den Bescheid, ein besonderer Gast würde meine Profession benötigen. Ich sei vom Bürgermeister empfohlen worden, was mir schnell klar machte, dass ich dieses Gesuch, was immer es konkret bedeutete, nicht ablehnen durfte. Ich stimmte dem angegebenen Datum für ein Treffen zu. Gleichzeitig beschloss ich, so weit wie möglich Erkundigungen darüber einzuziehen, was mich unter Umständen erwarten könnte. Eine Gelegenheit dazu sollte sich schon am kommenden Tag ergeben, als ich die Reife der Oliven auf Spiros Landbesitz kontrollierte und er zufällig vorbeischlenderte.

»Yasuo, Spiros! Wie ich sehe, geht es dir heute blendend?«

»Yasuo, Yannis! Na klar, es geht mir immer gut, wenn ich erkenne, dass die Ernte gut ausfallen wird«, hatte der Bürgermeister geantwortet und sich mit einem Stofftaschentuch die Schweißperlen von der Stirn getupft.

»Puh, es wird wirklich Zeit, dass es mal wieder regnet«, hatte er gestöhnt und sich ohne einen Gedanken an seine gute Hose auf den staubtrockenen Sandboden gesetzt. Wie er so dasaß, hätte man ihn nicht für den Bürgermeister gehalten.

»Schau, Yannis, der Baum hat noch ein paar Furchen mehr in der Rinde als ich«, hatte er gegrinst. »Aber so alt wie das Gewächs hier will ich gar nicht werden. Meine Enkel sollen mich ja schließlich erkennen, wenn ich sie besuchen komme. Und ich sie auch.«

Möglichst geschickt wollte ich schnell von diesem heiklen Thema ablenken.

»Na, dann wirst du ja doch bald das Angebot der Angersbachs annehmen und ihre Olivenbäume dazu kaufen? Bei einem guten Ertrag in diesem Jahr sollte der Kaufpreis für dich keine Hürde sein, oder?«, hatte ich nachgehakt, im Bewusstsein dessen, dass er in einigen Wochen mein Schwiegervater sein würde. Eine Tatsache, von der Helena und ich nie angenommen hatten, dass sie eintreten würde. Dass die Liebe, die uns seit Jugendjahren verband, tatsächlich eine Chance für unser ganzes Leben haben würde. Der Wunsch, Helena nach Kindertagen in einer unschuldigen Freundschaft aus ihrem gesellschaftlich deutlich höher gestellten Rang irgendwann einfach zu entführen, hatte sich zu einer wahren Herausforderung entpuppt, die um uns herum für viel Gesprächs- und Diskussionsstoff sorgen sollte. Nicht selten waren plötzlich Aufträge, die mir schon zugesagt waren, ins Nachbardorf abgewandert. Wohl nur um mir deutlich zu machen, dass einigen Dorfbewohnern unser revolutionäres Lebensmodell gründlich missfiel. Auch Helena sollte es zu spüren bekommen, sowohl bei Feiern im Familien- und Freundeskreis, als auch von Nachbarn, die hinter ihrem Rücken tuschelten, wie sehr sie ihre Entscheidung, mich, den armen Schreiner zu heiraten, missbilligten. Doch obwohl viele der Meinung meiner Schwester Maria waren, das Thema würde sich mit fortschreitendem Alter von selbst erledigen, haben wir allen das Gegenteil bewiesen. Unverändert lieben wir uns nach wie vor von ganzem Herzen und können es kaum erwarten, endlich Mann und Frau zu werden. Dass dies wahr wird, haben wir auch Helenas Mutter zu verdanken, die durch ihre Vermählung mit Bürgermeister Spiros Papadopoulos bereits vor über zwanzig Jahren mit den gleichen Konventionen gebrochen hatte. Jetzt galt es aber zunächst einmal, meine Einnahmen zu festigen, um sicherzustellen, dass der Familiengründung zumindest keine finanziellen Grenzen gesetzt waren.

Spiros hatte sich mittlerweile entspannt an den Stamm gelehnt und bevor er sein Mittagsschläfchen fortsetzte, hatte ich mich geräuspert und gefragt: »Sag mal, Spiros, wie steht es denn nun um die Angersbachs? Wie ist es dort so? Ist das Haus innen so pompös wie außen?«

Mein Schwiegervater in spe hatte die Augen wieder aufgeschlagen und ausgiebig gegähnt: »Die Angersbachs kommen aus Deutschland und sind im fernen Osten sehr reich geworden. Eigentlich bewohnen sie das Haus vorwiegend im Sommer oder wenn es die Pausen zwischen ihren Reisen im Mittelmeerraum zulassen. Ab und zu laden sie dazu auch jemanden ein. Dauerhaft wohnen dort nur ein Dienstmädchen, die Köchin und der Gärtner.»

»Ich verstehe. Zurzeit sind die Angersbachs aber gar nicht hier, oder?«

Spiros hatte sich ächzend hochgerappelt.

»Ich weiß es nicht genau. Allerdings munkelt man, dass zurzeit eine entfernte Verwandte das große Zimmer im Obergeschoss bewohnt. Der Wirt erzählte mir vorgestern, dass die junge Frau aus Österreich kommt. Anscheinend hat sie langes schwarzes Haar, nicht das Blond wie die Frauen aus Bremen. Hin und wieder sitzt sie oben auf der Terrasse, liest und isst.«

»Und woher will der Wirt das alles wissen?«, hatte ich gefragt. »War er oben und hat nachgeschaut?«

»Das spricht sich eben schnell herum«, hatte Spiros lächelnd geantwortet. »Angeblich macht die geheimnisvolle Frau sogar alleine Spaziergänge in der Umgebung. Mit Wanderschuhen und Strohhut!«

Langsam war nun doch alles sehr spannend geworden und viel zu gerne hätte ich noch mehr erfahren. Aber Spiros hatte sich den Staub von den Hosen geklopft und mir mit einem Handwinken zu verstehen gegeben, dass er aufbrechen würde. Sein Taschentuch zum Abschied wedelnd, war er langsam in Richtung Dorf geschlurft, um sich dann doch sich noch einmal umzudrehen.

»Ach ja, noch etwas. Angeblich will sie sich irgendwo hier auf der Insel niederlassen.«

Nun stand ich also erneut vor dem großen offenen Einfahrtstor. Schritt für Schritt, den braven Esel mitsamt Karren und den darauf liegenden Hölzern im Schlepptau, stiefelte ich über den knirschenden Kies in Richtung Eingang. Seit dem ersten Besuch in der Villa waren etwa vier Wochen vergangen. Und wieder flößten mir die strahlend weißen Marmorskulpturen hinter den imposanten Säulen gehörigen Respekt ein. In einem Gefühl zwischen Erschrockenheit und glückseliger Erwartung hatte ich bei jenem ersten Mal erfahren dürfen, dass der Gast der Angersbachs alles andere als eine Verwandte war. Nein. Die zarte junge Frau, die bei meinem ersten Besuch vor mir stand, hatte mir erklärt, sie sei Elisabeth, die Kaiserin von Österreich. Und mich sofort verpflichtet, diese Information für mich zu behalten. Mit welchem Gesichtsausdruck ich in diesen Sekunden vor ihr stand, traue ich mich an dieser Stelle gar nicht aufzuschreiben.

Zwei riesige Oleanderbüsche säumten die letzten Meter. Unter einem Feigenbaum, der sich als idealer Schattenspender und Rastplatz für den Esel erwies, tätschelte ich diesem den Hals.

»Braves Tier, bin bald wieder da«, raunte ich ihm ins kuschlige Ohr, das er in diesem Moment aufrecht nach oben stellte, als wollte er mir sagen, dass ich auf mich aufpassen soll. Vorsichtig nahm ich die ins Leintuch eingewickelten Hölzer in beide Arme und stieg die steinerne Treppe hinauf. Noch bevor ich die Klingel betätigen konnte, öffnete sich die schwere Holztür und das Dienstmädchen begrüßte mich freundlich lächelnd: »Guten Tag, Yannis, Ihre Majestät erwartet Sie. Gehen Sie einfach durch die Halle und über die große Treppe in den ersten Stock. Die Tür zum Hochzeitszimmer ist offen.«

Ihren Anweisungen folgend, stieg ich die Steintreppe hinauf, vorbei an den marmornen Abbildern griechischer Götter, kunstvoll arrangierten Blumengestecken und silbernen Kerzenständern. Behutsam schob ich die Tür des Zimmers auf und mein Blick fiel auf die riesigen, weit offenen Glasfenster. Weiße Vorhänge bewegten sich sanft im Wind.

»Majestät, darf ich eintreten?«, rief ich zaghaft und wagte einen ersten Schritt. Ich blieb stehen und bewunderte die fein ziselierte Kommode. Eine runde, weiße Porzellanschüssel mit passender Karaffe und ein Teller mit üppigen Pfirsichen bildeten ein perfektes Arrangement.

»Jetzt müsste man ein Maler sein ...«, ging es mir durch den Kopf, als ich durch eine weitere offene Tür ein breites Bett aus dunklem Holz erblickte. Ganz im korfiotischen Stil, ohne kaiserlichen Prunk. Die Bettwäsche aus duftigem Damast wurde von zarten Stickereien geziert.

»Kommen Sie doch herein, Yannis, hierher zum Fenster. Es ist ein wunderbarer Platz«, riss mich jene Frau, deren Herkunft ich immer noch nicht glauben konnte, aus meinen Betrachtungen.

»Vielen Dank, Eure Majestät. Wenn Ihr einverstanden seid, lege ich die gewünschten Holzteile zwischenzeitlich vor die Kommode«, antwortete ich beflissen, bevor ich neben Kaiserin Elisabeth stand und gemeinsam mit ihr die paradiesische Aussicht betrachtete.

»Leisten Sie mir hier ein paar Minuten Gesellschaft und dann werde ich mir ansehen, welche Kunststücke Sie erschaffen haben«, sagte die Kaiserin, die in diesem Augenblick tatsächlich in einem einfachen Leinenkleid mit Strohhut neben mir stand. Mir, dem armseligen Schreiner aus Korfu. Nachdem ich ihr auf ihre Fragen hin erklärt hatte, was genau in welcher Himmelsrichtung von hier aus zu sehen war, deutete sie mit der Hand auf einen kleinen Tisch hinter uns.

»Setzen Sie sich. Die geschmorten Tomaten schmecken köstlich. Ich habe einen ordentlichen Teller vorbereiten lassen«, meinte sie lächelnd.

»Mein Gott, wie sehr Sie mich an meinen verstorbenen Sohn erinnern«, sagte sie, als ich ihrer Anordnung folgte. »Sie haben dasselbe dunkel gelockte Haar und diese wunderbaren braunen Augen. Genau wie der Rudolf.«

Verlegen füllte ich mir, nach einer erneuten Aufforderung der Kaiserin, etwas auf meinen Teller.

»Majestät, ich fühle mich sehr geehrt, dass Ihr mich beauftragt habt, die Arbeiten auszuführen. Und ich hoffe, dass sie so gelungen sind, wie Ihr es Euch für Euer neues Domizil wünscht. Ich habe mich, soweit es ging, an Eure Vorgaben für das Hochzeitszimmer gehalten.«

Während ich mich bemühte, diese Worte möglichst unfallfrei zu formulieren, schlug mein Herz so stark, dass ich fürchtete, es würde bis Korfu-Stadt zu hören sein.

»Aber Yannis, da mache ich mir überhaupt keine Sorgen«, entgegnete Sisi. »Schon bei unserem ersten Treffen und den Mustern, die Sie mitgebracht haben, war ich mir sicher, dass Sie der Richtige für mich sind. Also für die Schreinerarbeiten meine ich«, schmunzelte sie. »Verheiratet bin ich ja schon, auch wenn der Kaiser immer neue Ausreden findet, um nicht hierher zu kommen. Dabei ahnt er nicht im Geringsten, was er hier versäumt.«

Während ich genüsslich die geschmorten Tomaten verspeiste, bewunderte ich erneut den Ausblick, der sich uns auch von dem kleinen Tisch aus bot. Die Abendsonne ließ die Blumen im Garten in satten Farben leuchten und das Meer smaragdgrün glitzern.

»Wissen Sie, Yannis, diese Zimmer standen bisher leer«,

erklärte sie. »Die Angersbachs sind kaum mehr hier. Sie haben beschlossen, das Anwesen an eine befreundete Familie zu verkaufen. Die Lage ist so einzigartig, hat viele geräumige Zimmer und eine perfekt ausgestattete Küche, deshalb wollen die Käufer die Villa in ein Gästehaus verwandeln. Bis dahin sollte mein neues Palais hier auf der Insel hoffentlich fertig sein.«

»Aber was passiert dann mit Eurem Hochzeitszimmer, Majestät?«, fragte ich zaghaft.

»Das weiß ich auch nicht genau.«

»Wenn die Zimmer immer leer standen, woher kommt dann der Name Hochzeitszimmer?«

Für einige Sekunden lächelte Sisi mich an.

»Ich habe das Zimmer so getauft, weil es eine besondere Aura hat. Wissen Sie, Yannis, in Österreich, im Schloss, schlafe ich kaum mehr als drei bis vier Stunden pro Nacht. Hier falle ich jeden Abend in einen erholsamen Schlaf, der mich am Morgen völlig ausgeruht und gestärkt aufwachen lässt. Gleichzeitig finde ich Ruhe und die Muße, mich mit den schönen Dingen des Lebens zu befassen. Ich lese wieder mehr, studiere Kunstbücher und habe gleichzeitig das Verlangen, viel an der frischen Luft zu sein. Ich liebe es, die Aromen der Kräuter zu riechen und die salzige Luft des Meeres zu schmecken. Meine Hustenattacken sind nahezu verschwunden, meine Haut ist rosig und ich verschlinge jeden Tag alles, was mir serviert wird. Ich bin hier einen ganz eigenen Zweiten Bund fürs Leben eingegangen. Eine Ehe mit der Gesundheit, wenn Sie so wollen, Yannis.«

»Aber das ist wundervoll, Majestät, dass es Ihnen nun so viel besser geht. Das beruhigt mich«, sagte ich, obwohl mir zuvor eigentlich gar nicht bewusst war, dass die Kaiserin offenbar aus medizinischen Gründen hier weilte. »Dann werde ich mit meinen Arbeiten nicht einfach nur Möbel für Euch bauen, sondern Unikate, die diesen besonderen Geist auch in Euer neues Zuhause tragen, wenn es fertig ist«, sagte ich.

Mehrmals nickte die Kaiserin zustimmend: »Genauso ist es,

Yannis. Aber da wäre noch eine andere Sache ... ich möchte diesem Zimmer noch etwas Einzigartiges mit auf den Weg geben«, fügte sie mit ernstem Gesicht hinzu. »So viele Kriege wurden in den letzten Jahren geführt, so viele Menschen getötet, so viele Familien zerstört.« Ihre Stimme begann leicht zu zittern. »Ich habe gehört, dass Sie in zwei Wochen Ihre Verlobte heiraten wollen. Und dafür möchte ich Ihnen etwas anbieten.«

Verunsichert betrachtete ich meine Hände, die nun ebenfalls anfingen zu flattern. Fieberhaft überlegte ich, was geschehen würde, sollte ich der Kaiserin von Österreich ihren Wunsch abschlagen müssen.

»Was ... mit Verlaub ... bietet Ihr mir an, Majestät?«, fragte ich beklommen.

»Ich möchte Ihnen anbieten, dass ich an diesem Tag, oder besser gesagt in dieser Nacht in einem anderen Zimmer schlafen werde.«

»Wie bitte? Äh ... aber ... Majestät, warum denn ... ich verstehe nicht?«, stammelte ich.

»Weil Sie beide zusammen die Nacht hier in diesem Hochzeitszimmer verbringen werden! Ihrer Liebe, die Sie so kraftvoll und gegen alle Widerstände verteidigt haben, soll dieser besondere Zauber zuteilwerden. Versinken Sie und Ihre Frau in dieser Nacht in der Hingabe und der Zeit, die ich Ihnen hiermit schenken möchte. Denn die Liebe ist das stärkste Element der Welt. Dies wünsche ich mir nicht als Kaiserin von Österreich, sondern als Elisabeth, die selbst nur kurze Zeit die Liebe in ihrem Leben erfahren durfte.«

18

Reinhard und Frederike, Windhoek, September 1957

Alexander von Odenfeldts 70. Geburtstag stellte den Ausklang eines dreißigjährigen Arbeitslebens voller Hoffnung, Engagement und Enttäuschung dar. Die Zahl der Rechtsradikalen war in den 1930er Jahren nicht nur in Europa, sondern auch Südafrika und seinen Einflussgebieten stark gestiegen. Der Kriegsbeginn 1939 führte zu einer Spaltung der Bevölkerung – ein Teil sympathisierte mit Großbritannien, ein anderer, beängstigend wachsender Anteil, mit Deutschland. Nur knapp stimmte das Parlament dafür, die südafrikanische Armee in Nordafrika gegen die Truppen des deutschen Feldmarschalls Rommel kämpfen zu lassen.

Nachdem die National-Party im Mai 1948 die Parlamentswahlen in Südafrika gewonnen hatte, war dies der traurige Beginn einer Epoche, die als Apartheid in die Geschichtsbücher eingehen sollte. Das Land begann damit, seine Einwohner in Gruppen einzuteilen, die vom Amt für Rassenklassifizierungen festgelegt wurden: Es gab »Weiße«, »Mischlinge« wurden auch als »Coloured« bezeichnet, und Menschen aus Asien und die schwarze Bevölkerung wurden unter »Bantu« subsummiert. Südafrika wurde in den folgenden vierzig Jahren zu einem Unrechtsstaat mit brutaler Rassendiktatur. So schritt auch in Südwestafrika die Diskriminierung schwarzer Menschen voran. Jeder Bevölkerungsgruppe wurde mit den sogenannten Homeland-Flächen ein festes Territorium zugewiesen, das nicht dauerhaft verlassen werden durfte.

Für Alexander und Lydia bedeutete dies, in einem Land zu leben, in dem der Schritt von kolonialer Unterdrückung hin zu einer gleichberechtigten Gesellschaft aller Menschen gescheitert war. Dennoch wichen sie nie von ihren Grundprinzipien ab, was ihnen eine ständige Beobachtung sowie permanente Einschränkungen durch die Behörden einbrachte. Zum Vorteil gereichte ihnen, dass verschiedenartige Strömungen und Institutionen in Europa und den USA positiv über sie berichteten und namhafte Wissenschaftler von Zeit zu Zeit das Waterberg-Hotel für Kongresse und Symposien nutzten. Das hing auch damit zusammen, dass Alexanders Buch über die Geschichte der Kolonialpolitik mittlerweile in sechster Auflage zu einem vielzitierten Werk avanciert war. Schon seit Langem hatte er das Management des Hotels fast komplett Lydia und später ihrem Sohn Reinhard überlassen, um sich von internationalen Entwicklungen wie Demokratie und Meinungsfreiheit inspirieren zu lassen. Allen Geschehnissen zum Trotz war im Herbst 1957 auch im Waterberg-Hotel eine Zeit angebrochen, die Raum für neue Ideale, Ziele und Erwartungen öffnete. Auch wenn das nach wie vor unter dem Mandat Südafrikas stehende Land selbst von Liberalität und Eigenständigkeit noch weit entfernt war.

Mit seiner frühlingshaften Dekoration aus blütenweißen Tischdecken, buntem Geschirr aus Steingut und blitzenden Silberbestecken, wirkte der Garten des Waterberg-Hotels fast unschuldig. In ruhiger Gelassenheit war das Personal damit beschäftigt, die Tische mit buntem Blumenschmuck zu verzieren. Von der höher gelegenen Terrasse aus beobachteten Reinhold und seine Schwester Frederike das Geschehen. Erste Gratulanten waren eingetroffen, die von ihren Eltern empfangen wurden. Mit einem Getränk versorgt, schlenderten sie über den Kiesweg, der die runden Tische umkreiste.

»Wie geht es dir damit, ab heute hier der Chef zu sein?«, fragte Frederike ihren Bruder, der unsicher lächelnd den Kopf wiegte.

»Von der Verantwortung her mag es vielleicht etwas schwerer werden, von dem was ich tagtäglich sowieso schon tue, wird es sich kaum unterscheiden.«

Reinhold hatte mit seinen 26 Jahren einen Weg hinter sich

gebracht, der geradlinig auf das zulief, was ihm bevorstand. Er war mit soliden Leistungen durch die Schule gegangen und dabei unbeirrt der rationalen Welt, die man anschauen und anfassen konnte, verbunden geblieben. Ohne links oder rechts zu schauen. Die revolutionären und zur Auflehnung neigenden Gene seiner Eltern waren ihm nicht gegeben. Genauso wenig wie ihre spirituellen Ansichten, die er zwar akzeptierte, aber für sich niemals in Anspruch nahm. Stattdessen hatte er großes Interesse an Pflanzen, am Obstanbau und an der Landschaftskunde, was ihm bei der Ausgestaltung des Hotelmanagements letzten Endes zugutekam.

»Ich zähle die Tage, bis ich endlich von hier wegkomme«, sagte Frederike mit bitterer Stimme und zog an der Zigarette, die sie trotz der Missbilligung ihrer Eltern rauchte. Immerhin war sie zwanzig und durfte zumindest in dieser Richtung tun, was sie wollte.

»Hast du endlich mal einen Plan, was du stattdessen willst?«, fragte ihr Bruder und wedelte den Rauch von sich.

»Der wird schon kommen. Auf keinen Fall werde ich hier die kleine Schwester des Hoteldirektors spielen, wie Mama es mal wieder von mir verlangt hat. Natürlich mit soooo wichtigen Aufgaben wie der Buchhaltung und der Einteilung des Zimmerpersonals. Wirklich revolutionär kreativ.«

»Fühlst du denn keine Verantwortung für das, was unsere Eltern aufgebaut haben?«

»Für unsere Familie meinst du?«

»Genau, für die Familie.«

Frederike nahm einen letzten Zug und drückte die Zigarette in der mit Sand gefüllten Amphore aus, die neben den Stufen stand.

»Aber ja doch«, sagte sie in gespielt unterwürfigem Ton.

»Genau wie unsere Eltern, die nicht nur ihren Familien das Hinterteil zeigten, sondern sich gleich auch noch mit den Staatsregierungen ihrer Geburtsländer anlegten. Geburtsländer, die noch heute Steckbriefe von ihnen in der Schublade haben dürften. Ganz toller Vorschlag, Bruderherz.«

»Es war eine andere Zeit, Frederike.«

»Tatsächlich? Was war denn da anders? Wir haben doch heute den schlimmsten Rassismus überhaupt, dagegen war der Kolonialismus doch ein braves Zusammensein.«

»Du willst also zur Revolutionärin werden? Dann auf nach Pretoria, die werden sich dir bestimmt sofort ergeben.«

Indem sie, wie immer bei Streitgesprächen, ihre Wange von innen mit der Zunge ausbeulte, zog sie das silberne Etui aus der Tasche und fischte mit zitternden Händen eine weitere Zigarette heraus. Dabei war ihr Gesicht zur steinernen Maske geworden.

»Ich will für Dinge leben, für die ich auch stehe. Ohne Kompromisse. Zur Not auch für Verwerfliches. Moralisch oder politisch, egal. Nur nicht so verlogen wie das hier ...«
Sie vollführte mit dem Arm eine ausschweifende Bewegung über den Hotelgarten hinweg.

»Was dir fehlt, ist wenigsten ein bisschen Dankbarkeit, Frederike. Unsere Eltern haben das hier für uns getan.«

»Dieses Theater hier? Ein Hotel, das anders ist, ja klar. Menschlicher, humaner. Aber leider, leider, die vielen schwarzen Menschen, die hier dienern und buckeln, gehören nun mal ins System. Da kann man nichts machen. Haben die einfach verinnerlicht. Da wollen die vielleicht ja auch gar nicht raus. Rassismus? Ja, das ist schrecklich. Aber was können wir tun? Wir leben nun mal hier. Da schreiben wir doch lieber noch ein Buch über die Kolonien und den Ersten Weltkrieg. Das war alles so schlimm. Und nächste Woche kommt ja Dr. Soundso, der Anthroposoph mit seinen Yogaübungen. Das wird uns alle befreien. Halleluja. Ich kann es nicht mehr hören, Reinhold.«
Wütend schaute ihr Bruder sie an.

»Wenn wir nicht viel mehr aus dem Waterberg gemacht hätten als das, was du da gerade von dir gibst, würden wir heute nicht hier stehen.«

Reinhold wurde zusehends ungehaltener und seine Schwester sah ebenfalls nicht aus, als würde sie zurückstecken.

»Wir haben hier viele Gäste, quer durch alle Schichten«, sagte er mit gepresster Stimme. »Und das, ohne unsere Grundidee aufgegeben zu haben. Wir sind uns treu geblieben.«

Frederike nahm einen tiefen Zug an ihrer Zigarette und ein Glas Champagner vom Tablett des vorbeikommenden Kellners.

»Sind wir nicht. Unsere Eltern hätten besser gleich von Anfang an das Angebot von Onkel Carlo annehmen sollen. Das wäre eine klare Position gewesen. Wir machen das hier für Geld, basta. Auch wenn es aus irgendwelchen Sklavenminen kommt. Ist eh nicht mehr rückgängig zu machen. Hätte jeder verstanden. Stattdessen diese Scheinheiligkeit vom Hort der Achtsamkeit.«

»Sie sind damals nun mal nicht auf die Verlockungen des Teufels hereingefallen.«

Frederike lachte laut auf.

»Wirklich? Träumst du? Wir wissen doch beide, welch große Summe im Jahr 1938 von Carlo dem Teufel unter der Hand hierher geflossen ist. Aber pssst ... was bei unserem Vater bis heute nicht angesprochen werden darf. Das große Tabu aus jener Zeit, als das Hotel vor dem Aus stand und Bruder Carlo hier plötzlich sogar seine Hochzeit feiern durfte. Da kam der Teufel mit einem Mal gerade recht.«

Reinhard schwieg und sah mit starrem Blick hinaus über den sich mit immer mehr Gästen füllenden Garten. Ihre Mutter winkte und gab ihnen ein Zeichen herunterzukommen.

»Es war ein Darlehen von Bruder zu Schwester, das mit der Hochzeitsfeier verrechnet wurde. Für die er vom Personal bis zum kompletten Essen und Trinken sogar noch selbst sorgte. Unsere Eltern waren an diesen Tagen in Lüderitz, sie sind ihm gar nicht begegnet. Es ging ums nackte Überleben Schwesterchen«, erwiderte er schließlich.

»Ja, den Kopf in den Sand stecken, das passt zu alldem hier. Diskret wegschauen. Was wir nicht unmittelbar erleben und sehen, hat nicht stattgefunden. So einfach ist das. Auch nicht, dass er das Heiligtum Hochzeitszimmer nutzen durfte. Weder unser Vater noch unsere Mutter haben sich je zu dieser Entweihung geäußert.«

Reinhard bewegte sich in Richtung Treppe.

»Carlo hat keine Bedingungen damit verknüpft und unserer Mutter den Rest des Darlehens später sogar erlassen. Wir haben seitdem nichts mehr mit ihm zu tun gehabt.«

»Carlo und keine Bedingungen? Da lache ich mich schief. Vielleicht wissen wir beide es ja nur noch nicht, was wirklich von unserer Mutter dafür verlangt wurde. Aber was nicht war, kann ja noch werden.«

»Mutter hat uns ein Zeichen gegeben, liebe Schwester. Wir sollten hinuntergehen.«

»Wuff wuff, dann aber schnell los, braves Hündchen.«

19

Frederike, Windhoek, April 1963

Genau sechs Jahre nach Alexanders 70. Geburtstag standen Reinhard und Emily Fergusson in der prall gefüllten und blumengeschmückten Christuskirche vor dem Traualtar. Sie trug ein elfenbeinfarbenes spitzenbesetztes Kleid und eine fast bis zur Mitte des Kirchenschiffs zurückreichende Schleppe. Als Spross einer schottischen Adelsfamilie, die seit Generationen für das Empire in aller Herren Länder tätig war, war diese Opulenz gerade angemessen. Reinhard von Odenfeldts Frack entsprach dem Look eines englischen Lords, gefertigt aus feinster, leicht glänzender Wolle, mit weißer Weste auf zart abgetöntem Hemd. Der Frack wurde von einem grauchangierenden geknoteten Halstuch geziert, durch das eine an beiden

Enden diamantenbesetzte Nadel gesteckt war. In klassischer Manier lagen sein Zylinder und die weißen Handschuhe auf einem neben ihm stehenden Bänkchen. Emilys Schleier zitterte kaum merklich, ehe sie ihn anhob, damit Reinhards Mund sich dem ihren nähern konnte.

Das erfreuliche Schicksal der beiden hatte seinen Lauf genommen, als Emilys Vater Sir Antony Fergusson, der als Vorsitzender einer Handelsorganisation in Johannesburg tätig war, das Waterberg-Hotel als Tagungsort ausgesucht hatte. Seine Frau Deborah und Emily hatten ihn begleitet, um im Anschluss gemeinsam weitere Tage in der idyllischen Ruhe des Hotels zu verbringen. Dort hatte sie Reinhard kennengelernt und beide hatten sich sofort ineinander verliebt. Der von da an rege Reiseverkehr zwischen Windhoek und Johannesburg mündete schon ein Jahr später in den Bund der Ehe. Natürlich feierte das Paar seinen Hochzeitstag im Waterberg-Hotel. Und seine Hochzeitsnacht ebenfalls. Zuvor fand im Garten des Hotels noch eine Feier mit über hundert Gästen statt. Mit einem riesigen Buffet aus Vorspeisen, Salaten, Fleisch- und Fischgerichten, Meeresfrüchten sowie Desserts und Kuchen.

Frederike, der noch nicht das Glück einer Partnerschaft vergönnt war, wurde ein Tischnachbar zur Seite gesetzt. Eine Maßnahme, die sie von jenem Tag an hasste, an dem man davon ausging, es würde sich altersmäßig gebühren. Viele Männer, vom inhaltsleeren Schwadronierer bis zum aufdringlichen Widerling, waren ihr seither begegnet. Quer durch alle Altersklassen, Körperumfänge, Augenstellungen und Ausdünstungen. Vom wohlhabenden Adligen über den reisenden Abgesandten bis zum eher klamm wirkenden Rittmeister. Oder die gleichgeschlechtlich Orientierten, die Frederike erstaunlicherweise oft am anziehendsten fand. Der Mann, der sich heute erhob, als sie an den ihr zugewiesenen Tisch trat, schien auf den ersten Blick in keines dieser Raster zu passen.

»Christos Nikolaidis«, stellte er sich in akzentbehaftetem Deutsch mit einer angedeuteten Verbeugung vor. »Ich freue mich, Ihnen heute Gesellschaft leisten zu dürfen.«

»Frederike von Odenfeldt«, antwortete sie. »Aber das wissen Sie sicherlich bereits.«

Vorbildlich rückte er ihren Stuhl nach hinten und deutete einladend auf die Sitzfläche.

»Natürlich, das hier geschieht ja nicht zufällig.«

Stumm setzte sie sich, was er ihr mit geschmeidigen Bewegungen gleichtat.

»Ich bin nicht zum ersten Mal hier in Ihrem wundervollen Hotel«, nahm er das Gespräch auf und lächelte sie an. »Es gefällt mir aus zwei Gründen.«

»Und die wären?«

»Zum einen, weil ich mir keinen schöneren Platz zum Ausspannen vorstellen kann. Zum anderen, wegen der vielen Tipps die ich mir hier hole.«

Frederike nahm die zu einem Elefanten gefalzte schneeweiße Serviette und legte sie entfaltet neben ihren Teller.

»Und welche Tipps sind das?«

»Ich plane ein eigenes Hotel in meiner Heimat.«

»Und das ist wo ...?«

»Auf der griechischen Insel Korfu.«

Mehrmals nickte sie bewundernd mit dem Kopf, während er ihre beiden Gläser mit Wasser füllte.

»Das klingt interessant«, sagte sie. »Und was führt Sie ständig hierher, ausgerechnet nach Südwestafrika?«

»In einer Zeitschrift habe ich einen Artikel über Ihre Eltern gelesen. Zwei äußerst faszinierende und mutige Persönlichkeiten, mit einer visionären Idee für ein Hotel wie dieses. Ich habe es mir vor zwei Jahren angeschaut und dabei auch Ihren Herrn Bruder kennengelernt. Seitdem tauschen wir uns aus. Ich habe ihm meine Ideenskizzen und Pläne geschickt und er berät mich ein wenig, soweit es über die riesige Entfernung geht. Anfang kommenden Jahres möchte ich mit den Bauarbeiten beginnen. Und da ich gerade vorhatte, herzukommen, hat er mich gleich zu seiner Hochzeit eingeladen.«

»Und frech neben seine ledige Schwester gesetzt«, antwortete sie, um im selben Moment ihre eher schnodderigen Worte zu bereuen. Doch Christos ging lächelnd darüber hinweg.

»Was meinen Eindruck von Ihrem Hotelkonzept auf sehr charmante Weise vervollständigt, Fräulein von Odenfeldt.« Verlegen öffnete sie ihr silbernes Etui und entnahm eine Zigarette. Aufmerksam entflammte Christos sein Feuerzeug, um es ihr hinzuhalten. Frederike nahm einen ersten Zug und blies den Rauch mit leicht zurückgelegtem Kopf nach oben. Weitere Tischnachbarn kamen zurück vom Buffet.

»Einen guten Appetit«, wünschte Frederike in die Runde, was mit dankbarem Kopfnicken beantwortet wurde. Um seine letzten Worte nicht beantworten zu müssen, drückte sie die frisch angerauchte Zigarette in den Aschenbecher und deutete in Richtung Buffet.

»Wollen wir uns auch etwas holen?«, fragte sie, was ihr griechischer Tischherr mit einem breiten Lächeln quittierte.

»Aber ja, sehr gern. Ich war zugegebenermaßen schon vor der ganzen Zeremonie mächtig hungrig.«

Frederike schätzte ihn auf Mitte dreißig. Mit seinen schwarzen Haaren, den dunklen Augen und dem zwar sauber rasierten, aber dennoch schwarzschimmernden Bartbereich, glich er auf den ersten Blick der landläufigen Beschreibung eines »typischen Griechen«. So, wie Frederike ihn in Filmen oder Zeitschriften gesehen hatte, nur, dass Christos nicht von derselben sportlichen Figur war. Doch er kaschierte seinen ins Vollschlanke tendierenden Bauch- und Hüftbereich geschickt mit einem ausgesprochen elegant geschnittenen schwarzen Anzug. Seine für einen Griechen eher ungewöhnliche Größe schien ihm dabei zu helfen.

»Er hat eine Ausstrahlung, die einen auf Gedanken kommen lässt«, dachte sie, als sie vor ihm herging und seinen Blick auf ihren Beinen und dem, was obendrüber kam, zu spüren glaubte. Sie füllten sich ihre Teller und schritten nebeneinander zurück an ihren Tisch. An dem des Brautpaars, an welchem sie aus irgendeinem Grund nicht platziert worden waren, herrschte ausgelassene Stimmung. Dass Reinhard sich mit der Tochter eines englischen Lords eine Frau angelacht hatte, die eine weitere finanzielle Sicherheit in das Waterberg-Hotel einbringen würde, lag auf der Hand. So offen, dass Reinhard es nicht abzuleugnen vermochte. Dennoch war es mehr als augenscheinlich, dass wirkliche Liebe zwischen der dunkelhaarigen Emily und Frederikes Bruder regierte. Der ruhige Reinhard und die häufig distinguiert und unterkühlt wirkende Engländerin waren ein ideales Paar. Mitunter so vollendet harmonisch, dass Frederike neidisch werden konnte. Doch sollte am heutigen Hochzeitstag kein Platz für missgünstige Gedanken sein. Ihr Bruder war in den Stand der Ehe getreten und das mit Aussicht auf endlich einmal rundum entspannte finanzielle Verhältnisse. Was auch ihr neue Möglichkeiten bieten würde. Und außerdem saß sie gerade neben einem Mann, der ihr nicht auf die Nerven ging. Bei dem sie sogar Herzklopfen verspürte, wenn er wie zufällig seine Hand an ihren Oberarm legte, wenngleich auch nur, um zu signalisieren, sie solle vorausgehen.

»Erzählen Sie mir etwas von sich«, unterbrach dieser Mann Frederikes Gedanken, als beide ihre Teller fast leergegessen hatten. In ihren Gläsern war Rotwein und er prostete ihr zu. Zügig war es Abend geworden und die Band auf der kleinen Bühne unter den Mopane-Bäumen hatte begonnen zu spielen. Lächelnd prostete Frederike zurück und beide tranken. Sie bemerkte, dass er einen Moment zu lange auf ihre Lippen blickte, von denen sie sich nach absetzen des Glases verbliebene Weintropfen leckte. Ein wohliger Schauer lief über ihren

Rücken. Kurz überlegte sie, was sie ihm erzählen konnte. Ihr Vater Alexander war zu einem versonnenen Grübler geworden. Sein früher vehementes Engagement für Umweltschutz, vegetarische Ernährung und die Gleichheit aller Völker beschränkte sich heute auf das Verfassen von Aufsätzen, beziehungsweise auf ein Buchprojekt, an dem er seit längerem arbeitete. Nur hin und wieder nahm er an kleinen Veranstaltungen im Waterberg teil. Auch Lydia hatte mit ihren nunmehr 71 Jahren einiges von ihrer früheren Dynamik, ihrer Spannkraft und ihrer Angriffslust eingebüßt. Ihr Erbe war in den Erhalt des Hotels und in die Unterstützung von sozialen Projekten in aller Welt gewandert. Ihre Wertpapiere hatten nach dem Zweiten Weltkrieg stark an Wert verloren. So lebten sie heute von einem Anteil am Ertrag des Waterberg-Hotels, der sich durch Reinhards geschicktes Management verbessert hatte. Auch Frederike selbst hatte, trotz ihrer oft gegenteiligen Ansichten was das Agieren ihrer Eltern betraf, wichtige Aufgaben im Hotel übernommen – was nach wie vor an mangelnden Alternativen lag. Aber vielleicht konnte sich das bald ändern.

»Ich glaube nicht, dass ich viel zu erzählen habe«, sagte sie deshalb. »Es gibt bestimmt viel mehr von Ihnen zu berichten, da bin ich mir sicher. Korfu klingt nach üppiger Vegetation, nach dem Duft von Kräutern, weißen Marmorstatuen und Philosophen.«

Begeistert war er ihren Worten gefolgt, von denen sie selbst überrascht war.

»Brillant. Mehr gibt es eigentlich nicht zu sagen. Obwohl ich bemerken möchte, dass wir auch Autos, Elektrizität, das Kino und den Fernseher zu bieten haben«, lachte er, worauf sie einstimmte. »Und wir haben wunderbare Domizile für die kleinen Fluchten des Lebens.«

Für einige Sekunden sahen sie sich in die Augen.

»Sie würden sehr gut nach Korfu passen, Frederike«, sagte er und sie spürte, wie sie errötete. »In Ihrer Schönheit stehen Sie unseren Skulpturen in nichts nach.«

Verlegen schaute sie zur Seite, um dann doch sofort wieder in sein Gesicht zu sehen und seinem unendlich sanften Blick standzuhalten.

»Besuchen Sie mich auf Korfu. Ich habe dort ein märchenhaftes Objekt gekauft, voller Geschichte aber auch voller Zukunft. Vielleicht möchten Sie ja Teil davon werden?«

20

Frederike, Korfu, Juli 1963

Schlohweiß leuchtete die Villa auf der Kuppe des Hügels aus den Bäumen heraus. Die Sonne brannte aus einem hellblauen Himmel auf Frederike und Christos herab.

»Du wirst noch begeisterter sein, wenn wir oben sind«, sagte er, umfasste ihre Schulter und zog sie zärtlich an sich. »Es wird das Zentrum unseres Minotaurus-Hotels werden, umgeben von allem, was Korfu so unvergleichlich macht.«

Sie stiegen in seinen feuerroten, offenen Porsche 356 und Frederike klappte die Sonnenblende mit dem kleinen Spiegel nach unten, um sich den Lippenstift nachzuziehen. In ihrer blauen Bluse, dem seidenen Kopftuch und dem mit großen weißen Punkten versehenen roten Pettycoat sah sie aus, als wäre sie einer Illustrierten entstiegen.

Es war Liebe auf den ersten Blick gewesen, die sie schon am Tag nach der Hochzeit ihres Bruders in Christos Armen liegen ließ. Reinhard und seine Emily waren am Morgen zusammen mit Antony und Deborah Fergusson nach London aufgebrochen, um den neuen Schwiegersohn in die gräfliche Familie einzuführen. Dem verständnislosen Kopfschütteln ihrer Mutter zum Trotz hatte Frederike bereits die Folgenacht mit Christos in dessen Zimmer verbracht. Die Aussicht, innerhalb kürzester Zeit beide

Kinder an andere Menschen zu verlieren, war ihr offenbar schwergefallen. Dennoch verfügte sie genau wie ihr Ehemann Alexander noch immer über jenen Pragmatismus, der sich ihr im Leben schon oft als sinnvoll erwiesen hatte. Denn wenn Frederike sich bereits drei Monate später in Korfu, an der Seite ihrer großen Liebe aufhalten durfte, war dies genau jener Sachbezogenheit geschuldet, die sowohl ihre Eltern als auch ihr Bruder letztlich bewiesen hatten. Ja, alles in der Familie war Frederike verhasst gewesen. Und keine Gelegenheit hatte sie ausgelassen, dies zu artikulieren. Dabei war sie vor Beleidigungen ihres Bruders genauswenig zurückgeschreckt, wie vor unzähligen verwerflichen Worten ihren Eltern gegenüber. Trotzdem hatten sich alle Angehörigen, ohne nachtragend zu sein, darauf geeinigt, Frederike ihren Erbteil vorzeitig auszubezahlen. Weitere Ansprüche an die Familie von Odenfeldt gab Frederike damit auf, womit Lydia schmerzvolle Erinnerungen an ihre eigene Geschichte beschert wurden. Ganz Mann der alten Schule, war Christos Nikolaidis ins Waterberg-Hotel gekommen, um förmlich um ihre Hand anzuhalten. Das hatten Alexander und Lydia sehr geschätzt und als korrekten Auftakt ihrer Tochter ins eigenverantwortliche Leben angesehen. Nach einem ausgiebigen Essen mit der gesamten Familie am Abend vor ihrer Abreise, hatte Christos die Idee ins Gespräch gebracht, das von ihm auf Korfu geplante Hotel als griechische Dependance des Waterberg zu verstehen. Damit war er auf wenig Begeisterung gestoßen, da keiner aus der Familie von Odenfeldt ein weiteres finanzielles Engagement eingehen wollte.

Tief bewegt standen Frederike und Christos an diesem Vormittag auf der Terrasse der weißen Villa und genossen den Ausblick in Richtung Korfu-Stadt. Eine lebhafte Geschichte lag hinter dem einst von einer reichen venezianischen Kaufmannsfamilie als imposantem Herrschaftssitz gebauten Anwesen. Vom vorübergehenden Gästehaus für die österreichische Kaiserin Ende des 19. Jahrhunderts, über die Nutzung als Wohnhaus diverser Familien und Industriebarone bis zum Hort einer Kunstakademie nach dem Zweiten Weltkrieg. Seit gut fünf Jahren hatte es zum Verkauf gestanden.

»Geht es dir wirklich gut mit dem Gedanken, deinen Onkel Carlo in das Projekt einzubeziehen?«, fragte Christos, nachdem sie sich Zigaretten angezündet und auf die Stufen der Terrasse gesetzt hatten. Frederike zuckte mit den Schultern.

»Er hätte das Kapital, das wir brauchen.«

»Ja, schon, aber so wie du es mir geschildert hast, klafft zwischen ihm und deinen Eltern ein ziemlicher Graben.«

»Das stimmt. Meine Eltern eben. Was zwischen ihnen war, geht mich aber nichts an. Ich habe mein eigenes Leben. Er ist mein Onkel, auch wenn wir uns nie begegnet sind. »

»Warum war das so?«

»Das ist eine lange Geschichte. Er und sein Vater haben ein Diamantenimperium aufgebaut, und meine Mutter war im kommunistischen Widerstand tätig. Das hatte irgendwann zum Bruch geführt.«

Nachdenklich inhalierte Christos den Rauch seiner filterlosen Zigarette.

»Warum sollte er jetzt plötzlich mit dir sprechen wollen?«, fragte er und Frederike sah ihn erstaunt an.

»Weil du Leute aus seinem direkten Umfeld kennst und es letztlich deine Idee war, Christos. Du hörst dich an, als wäre ich darauf gekommen.«

Er nickte mehrmals kurz mit dem Kopf.

»Ich weiß, ich weiß. Aber wir sollten dennoch einen Weg finden, bei dem du eine zentrale Rolle spielst. Wir sollten familiäre Bindungen nicht unterschätzen. Du weißt ja, Blut ist dicker als Wasser.«

»Das ist ein völlig missverstandenes Sprichwort.«

»Aha und wieso?«

»Es basiert auf Verträgen im alten Testament, für die man zur Besiegelung von wichtigen Verträgen ein Tier schlachtete.

Damit war das Blut des Viehs wichtiger als das dünne Geburtswasser des eigenen Bruders. Und das heißt, dass die Redensart das genaue Gegenteil vom dem bedeutet, was man gemeinhin damit sagen will.«

Christos lächelte und küsste sie: »Ich bin stolz, eine so wunderbar gebildete Frau heiraten zu dürfen.«

Frederike zog Christos Kopf an sich, um seinen Kuss fortzusetzen.

»Das Sprichwort könnte ganz in unserem Sinne sein«, sagte sie, als ihre Lippen sich voneinander lösten.

»Inwiefern?«

»Nun ja, soviel ich über ihn weiß, wurde die gesamte Geschichte der Familie van der Meer mit Blut geschrieben. Carlo war als einer der grausamsten Minenbesitzer in Südwestafrika berüchtigt. Skrupellos, ohne Mitgefühl und nur darauf aus, das bessere Geschäft zu machen. Also müssen wir diese Sprache sprechen und keine andere.«

»Habe ich dir eigentlich heute schon gesagt, wie wunderschön du bist?«, flüsterte er und Frederike erhob sich ebenfalls, umarmte ihn und näherte sich seinem Ohr.

»Ja, aber es ist verdammt lange her. Es war irgendwann auf der Fahrt hier herauf«, raunte sie.

Als wäre er erschrocken, schob er sie ein Stück weit von sich.

»Oh mein Gott ... das ist ja fast eine Stunde her«, rief er in dramatischem Ton.

»Genau«, nickte sie mit dem Gesichtsausdruck eines enttäuschten Kindes.

Er nahm ihre Hand und gemeinsam liefen sie in die Villa.

»Ich habe noch eine Überraschung für dich«, sagte er und führte sie die Treppe hinauf zu einer Tür. »Es gab hier mehrere kleine Wohnungen. Eine davon habe ich mir provisorisch eingerichtet, damit ich hier bleiben kann, wann immer ich will.«

Sie betraten einen kleinen Flur, der in ein größeres Zimmer mündete, von dessen riesigen Fenstern aus man den gleichen Ausblick wie unten von der Terrasse hatte.

»Überwältigend«, meinte sie und sah sich um. Fragend deutete sie auf die beiden weiteren Türen.

»Das eine ist ein kleines Bad und vorne, gleich nach dem Eingang, geht es in die Küche. Und das hier ist das Schlafzimmer«, deutete er.

Dafür, dass es nur ein zeitlicher Übergang sein sollte, waren beide Räume stilsicher und behaglich eingerichtet. Mit klassizistischen Möbeln, Originalbildern an den Wänden und harmonisch passenden Jugendstilllampen über kostbar aussehenden indischen Teppichen.

»Kaiserin Sisi hat hier gewohnt, als ihr Schloss in der Nähe gebaut wurde. Ein paar Sachen hat sie zurückgelassen. Zum Beispiel diese Vitrine. Die hat ein Schreiner aus der Umgebung für sie gebaut.«

»Sie ist unglaublich schön«, sagte Frederike und strich dabei mit den Fingerspitzen über das Holz. »So filigran und doch so präsent. Wunderbar ...«

»Was hältst du davon, wenn wir hier mein Defizit an Komplimenten an dich ausgleichen?«, fragte er und sie nickte stumm.

Er küsste sie leidenschaftlich, öffnete den Reißverschluss ihres Rocks und ließ ihn lautlos zu Boden gleiten.

»Ich liebe dich«, flüsterte er, als sie auf dem breiten Bett lagen, wo sie wie in einem süßen Rausch ineinander versanken.

21

Sally, Korfu, Mai 2010

Rauchend sitzen Eleni und ich uns stumm gegenüber. Wolken ziehen übers Meer und der Wind zerrt mit zunehmender Kraft an Baumwipfeln und Büschen. Hinter uns flattern die Markisen, während die Belegschaft des Restaurants anfängt, Tischdecken und Stuhlkissen abzuräumen. »Nur zur Vorsicht«, sagt die schwarzhaarige Bedienung lächelnd beim Vorübergehen.

Tief einatmend genieße ich die Meeresbrisen, die den frischen Geruch von Salz und Teer zu uns heraufwehen. »Wieso ist deine Mutter schon wieder so unvermittelt aufgesprungen?«, frage ich irgendwann. »Sie hat doch so wunderbar erzählt.«

Eleni schüttelt den Kopf: »Sie ist schrecklich ambivalent. Mal rührend sanft und dann sofort wieder brüsk und abweisend. An bestimmten Punkten reißt meiner Mutter einfach der Faden. Nicht der Erinnerungsfaden, sondern der Nerv.«

Ohne dass wir damit rechneten, war Frederike am Nachmittag doch noch einmal auf der Terrasse erschienen und hatte angefangen, von sich und Elenis Vater zu erzählen. So als hätte das erste Gespräch mit ihr nie stattgefunden.

»Sie war nie wirklich glücklich im Leben, oder?«, frage ich vorsichtig.

»Die ersten Jahre auf Korfu könnte man vielleicht von glücklich reden. Mit allem was Verliebtheit so ausmacht. Bis mein Vater starb. Danach hat sie sich für ein Leben in strenger Rationalität entschieden. Obwohl Carlo und seine Familie die Mehrheit an den Hotels besaßen, was ja auch heute noch der Fall ist, hatte meine Mutter schnell das Regiment übernommen. Weil Carlo seinem Sohn Fritjof nie traute, war sie es, die als Vorstandsvorsitzende mit eisernem Willen das aufgebaut hat, was heute unseren Konzern ausmacht. Neben der Gründung hier in Korfu hat sie die Häuser in Paris und London dazu genommen, die aktuell anstehende Renovierung des Hotels in Berlin angestoßen und ihr letztes großes Projekt, den Minotaurus Tower in New York auf den Weg gebracht.«

»Verstehe«, antworte ich. »Das war sicherlich kein dünnes Brett.«

Eine Weile schaue ich Eleni an und frage mich, weshalb ich in den wenigen Tagen hier doch so viel erfahren durfte. Zumindest von der Oberfläche, die genaugenommen alle Welt sehen könnte, wenn sie wollte. Die glänzt und duftig eine heile Sphäre ausstrahlt, weil die dunklen Flecken mit Politur weggerieben worden waren. Für die ich eigentlich nicht hätte herkommen brauchen, da sie auch so sichtbar ist. Aber wer ins Tal schauen will, muss laut Buddha zuerst auf den Berg klettern.

»An was ist dein Vater gestorben?«, frage ich.

Für einen Moment schweigt Eleni, als überlege sie genau, was sie mir antwortet.

»Er wurde 1974 kurz vor Ende der Militärdiktatur ermordet.«

»Mein Gott, das ist ja schrecklich. Von wem denn?«

»Er war auf der Seite der Militärs und hat für die Regierung gearbeitet«, antwortet sie gequält und zerstört damit meine Hoffnung auf das Gegenteil. »Das brachte ihn auf die Todesliste von Rebellen und eines Tages haben sie ihn zu fassen bekommen.«

Betreten schaue ich auf meine Knie, die vom gestrigen Tag am Strand einen leichten Sonnenbrand abbekommen haben. Wir waren nach Korfu-Stadt gefahren, wo wir in einem Restaurant Fisch und Meeresfrüchte aßen. Den ganzen Abend über war Elenis Familie kein Thema mehr. Zunächst hatten wir über die unterschiedlich gebauten Nackten vom FKK-Strand gelästert. Dann hatte ich ihr von mir und Ben erzählt, meiner Ehe und dem, was davon übrig ist. Von den Aufträgen, die mir schon Treffen mit vielen bekannten Persönlichkeiten beschert haben. Darunter Ken Follet, Heidi Klum und Paul McCartney. Wir sprachen über Teints, Spannkraft und Erscheinungsbilder von Frauen jenseits der vierzig. Von Mode, Trends und Zeitgeschmack in europäischen Großstädten. Über Kunst, Theater und Musik, Toleranz, Freizügigkeit und Selbstbestimmung.

»Wow, du hast ja ein spannendes Leben. Dagegen ist es hier richtig langweilig«, hatte Eleni lachend gesagt, was ich mit skeptischer Geste beantwortete.

»Das glaube ich nicht. Ihr konntet doch bestimmt auch schon jede Menge Promis in eurem Hotel begrüßen.«

Sie war nicht auf meine Frage eingegangen und hatte uns stattdessen von der Fischplatte aufgefüllt, die gerade serviert worden war. Ich finde es eigenartig, dass sie bisher nichts von meiner namibischen Herkunft wissen will, obwohl ich ihr mehr als einmal einen Köder hingeworfen habe. Auch wenn ich erst zwei Tage hier bin, empfinde ich ein ungewöhnliches Vertrauen zu ihr und möchte ihr mehr über meine Beweggründe erzählen. Einige Male ertappe ich mich dabei, ihr im nächsten Moment unaufgefordert alles sagen zu wollen. Ich genieße die warmen Blicke, die Eleni mir mit ihren kastanienbraunen Augen schenkt. Ob sie in diesem Augenblick Ähnliches verspürt wie ich? Ein sanftes Prickeln in der Magengegend zeigt mir eine plötzliche Freude darüber, dass wir noch den ganzen Tag zusammen sein werden. Elenis zärtlicher Blick geht in ein ebensolches Lächeln über.

»Die Wohnung, in der meine Mutter und mein Vater jene besagte Nacht verbrachten, ist heute unser Hochzeitszimmer«, sagt sie mit sanfter Stimme. »Oder eigentlich unsere Hochzeitssuite.«

»Das habe ich mir gedacht. Und es sind tatsächlich auch die Räumlichkeiten, in denen Kaiserin Sisi war?«

»Ja, das stimmt. Ein historisches Appartement, wenn du so willst.«

»In der Geschichte, die du mir zum Lesen gegeben hast, die von Yannis dem Schreiner, beschreibt er es bereits als Hochzeitszimmer. Weil Kaiserin Sisi es tatsächlich schon so genannt hatte?«

»Offenbar hatte jemand schon vor meinen Großeltern diese Idee«, lacht sie.

»Woher hast du die Geschichte? Ist sie wirklich wahr?«

»Meine Mutter hat sie offenbar gefunden. Während der Bauarbeiten zum Minotaurus-Hotel. Sie lag wohl irgendwo in einem der Schreibtische vergraben. Wie in einem geheimnisvollen Groschenroman.«

»Und? Hielt man sie für echt?«

»Da war man sich wohl schnell einig. Ich denke, der Schreiner hat sie dort deponiert, in der Hoffnung irgendjemand würde sie finden. Was hätte er auch sonst damit machen sollen? Dennoch wollte meine Mutter das Hochzeitszimmer zumindest in Korfu nicht als solches einrichten. Erst nachdem Manolis und ich vor 15 Jahren die Leitung übernommen haben, haben wir es bei der Generalsanierung entsprechend hergerichtet.«

»Was ist aus dem Schreiner geworden?«, will ich mit einem Grinsen wissen.

»Keine Ahnung. Das hat keiner weiter verfolgt. Wäre ein Job für meine Recherchelady.«

Angenehm überrascht schaue ich sie an. Ich, ihre Recherchelady?

»Warum wollte Frederike von dem Hochzeitszimmer hier nichts wissen?«

»Es hing mit dem Tod meines Vaters zusammen und dem, was beide in diesem Zimmer erlebt hatten. Sie wollte keine Erinnerungen daran.«

Nachdenklich schaue ich in die immer bedrohlicher wirkenden Wolken. Erste Tropfen fallen, sodass wir nicht umhinkönnen, unter die Terrassenüberdachung umzuziehen.

»Darf ich dir weitere Fragen stellen?«, frage ich und suche erneut ihren Blick. Da sie in dem mir gegenüberstehenden Sessel noch immer Wind und Regentropfen abbekommt, wechselt sie ein zusätzliches Mal, diesmal zu mir auf die weiter innen stehende Couch. Sie legt ihre Hand auf meine.

»Frage, was du möchtest«, sagt sie, während der anfangs leichte Niederschlag jäh zu einem kräftigen Sturzregen mutiert. »Möchtest du hineingehen?«

Ich schüttele den Kopf und widerstehe dem Reflex, meine Hand zurückzuziehen. Denn ihre Berührung fühlt sich so warm und behutsam an, wie ich es genau in diesem Moment zu brauchen scheine. Für einige Sekunden schweifen meine Gedanken ab.

»Yannis' Geschichte beginnt auch mit einem Unwetter«, stelle ich dabei fest und bemerke ihren fragenden Blick. »Aber das wollte ich eigentlich gar nicht sagen. Wie ging es denn mit der Beteiligung von Carlo van der Meer am Minotaurus-Hotel weiter?«

Eleni antwortet nicht sofort. Das Prasseln des Regens spielt eine eigenartige Melodie, die er beim Aufschlag auf den Marmorboden, die Blätter und das Vordach komponiert. Der Wind lässt den Regen dazu in Böen tanzen, so als säßen wir in einer Ballettaufführung. Gebannt beobachten wir das Schauspiel.

»Es kam zu einem Treffen zwischen meiner Mutter und Carlo, was ihr wie die Begegnung mit einem fremden Mann vorkam«, antwortet Eleni schließlich, während unerwartet erste Wolkenlücken sichtbar werden.

»Das wundert mich nicht. Sie hat ihn ja nicht wirklich gekannt.«

»Ja, und dennoch bewunderte sie ihn tief drinnen. Obwohl sie zu diesem Zeitpunkt das ein oder andere von seinen Untaten wusste.«

»Du meinst die Gründerjahre der Van der Meer-Diamantenminen?«

»Ja, Carlo war lebenslang immer ein Komplize verwerflichster Allianzen. Ob das die deutschen Kolonialherren in Südwestafrika waren oder das nachfolgende System der Apartheid. Er klüngelte in Berlin mit den Nazis und Ende der 60er Jahre mit der Militärdiktatur hier in Griechenland. Auch im damaligen Ostblock galt er als nicht einschätzbare Person mit hohen Anwesenheitszeiten, wenn man das so nennen will. Überall, wo er Vorteile witterte, war er zugegen. Humanismus war für ihn ein Fremdwort.«

Ich sehe Carlo van der Meer vor mir, den ich von Bildern aus dem Internet kenne. Diesen feisten, fast kahlköpfigen Mann.

Er erinnerte mich an Heinrich Himmler und teilte sogar das Geburtsjahr 1900 – und die teuflische Grausamkeit – mit dem Nazi. Ich werde ihn nicht mehr persönlich kennenlernen können, da er schon über 20 Jahre tot ist. Zum Glück. Aber es ist noch genug in dieser Welt von ihm vorhanden, und diese Reste werde ich ans Licht holen.

*

»Fest steht, dass meine Eltern ihre Hochzeitsnacht hier in diesem Zimmer verbrachten«, erklärt Eleni mir schmunzelnd, als wir durch die aufwändig eingerichtete Suite schreiten. Direkt unter uns liegt auf der einen Seite der von verschlungenen Wegen durchzogene Garten, und auf der anderen der Blick bis zum Horizont. Über den Dächern von Korfu-Stadt verglüht die untergehende Sonne. Eleni hat uns das Abend-essen heraufbringen lassen. Ich setzte mich auf das ausladende Ecksofa und sehe ihr dabei zu, wie sie versucht, den
Verstärker der Hi-Fi-Anlage in Gang zu bringen, nachdem sie eine der CDs aus dem Regal in den Player gelegt hat.

»Chick Corea und Flora Purim,«, sagt sie, als die ersten Klänge ertönen. »Light as a feather ... magst du das?«

»Ich liebe es«, antworte ich und denke an die Zeit, als Ben und ich diese LP bis zur Erschöpfung hörten.

Eleni setzt sich neben mich und streckt ihre Füße auf dem langen Teil der Couch aus, um ihren Kopf an die Rückenlehne zu legen. Dabei rutscht der Saum ihres Rocks leicht nach oben. Sie schließt die Augen.

»You're Everything«, sage ich und beobachte ihren Gesichtsausdruck, der für einige Sekunden unbeweglich bleibt, bis sie ihre Augen wieder öffnet.

»Ich finde alle Stücke faszinierend«, entgegnet sie sichtlich um Gelassenheit bemüht. »Aber ja, ›You're Everything‹ ist ein Titel, den ich unter tausend Stücken am ersten Takt erkennen würde.«

Wir stehen auf und setzen uns an den Tisch, der geschmackvoll und reichhaltig gedeckt wurde. Eleni gießt Wein ein und gibt jedem von uns eine Auswahl aus der Vorspeisenplatte auf den Teller. Stumm essen wir.

»Ich muss ständig an den Tod deines Vaters denken. Wieso war er auf der Seite der Diktatoren?«

»Das ist eine ganz eigene Geschichte. Du siehst, es gibt so vieles, was in der Vergangenheit schlummert. Von dem ich genaugenommen nie mehr etwas hören wollte, bis ...«

»Es tut mir leid, wenn ich dich damit zu sehr berühre«, unterbreche ich sie leise.

»... bis du kamst«, vollendet sie ihren Satz und ein leichtes Schwindelgefühl durchfährt mich.

»Mein Gott, sie ist wirklich verdammt anziehend«, denke ich und schaue irritiert zurück auf den Teller.

»Wie ist es mit dem Hotel hier weitergegangen?«, will ich wissen und spüre meinen heftigen Puls, als sie mich von unten herauf erneut ansieht.

»Carlo war bereit, kräftig zu investieren, wenn er die Mehrheit bekommen würde«, antwortet sie. »Worauf meine Eltern sich einließen. Ihm schwebte von Anfang an eine Hotelkette vor, was damit anfing, dass er sein Berliner Hotel Deutscher Falke zurückkaufte, das er kurz nach dem Krieg veräußert hatte. Das war quasi der Start der Van der Meer Minotaurus Resort Group. Dass irgendetwas Griechisches im Namen steht, damit hatten meine Eltern sich durchgesetzt. Auch war geplant, in allen künftigen Dependancen hellenische Bauelemente einzubinden. Was aber irgendwann verwässerte, da jedes Haus seinen eigenen Stil hatte beziehungsweise weiterentwickelte. London ist und bleibt nun mal London. Somit sind wir das einzige Hotel, das nach wie vor typisch griechisch daherkommt.«

»Verrückt, wenn es anders wäre«, sage ich. »Wenn nicht hier, wo dann? Was kam danach?«

Eleni hebt die Abdeckung des Tontopfs hoch, in dem zwei Lammkeulen in brodelnder Soße liegen. Ein umwerfender Duft zieht in meine Nase, als sie den Deckel zur Seite legt und jedem von uns eines der Teile auf den Teller legt.

»Berlin wurde 1968 fertig, dann folgte Paris 1974 und London 2005. Nächstes Jahr planen wir die Eröffnung in New York. Anfang der 70er gab es Pläne, auch ein Hotel in Athen zu eröffnen, aber das wurde nie realisiert.«

Wir schneiden die Lammkeulen an und kauen genüsslich. Es ist butterzart, schmeckt nach Rosmarin, Thymian und jener feinen charakteristischen Fleischnote, die man mag oder nicht. Ich vergöttere sie und liebe Griechenland in diesem Augenblick noch mehr, als ich es sowieso schon tue.

»Carlo und mein Vater Christos bildeten damals den ersten Vorstand, mit Carlo als Vorsitzendem«, fährt Eleni mit brüchiger Stimme fort, nachdem wir unsere Weingläser geleert und wiederaufgefüllt haben. »Nach dem Tod meines Vaters im Jahr 1974 rückte meine Mutter an seine Stelle ins Direktorium. Dann starb Carlo 1984 und sein Sohn Fritjof kam in den Vorstand. Den Vorstandsvorsitz übernahm allerdings meine Mutter, das war ein ausdrücklicher Wunsch von Carlo gewesen. 2005 übergab sie ihn dann an Fritjof. Eric trat dem Vorstand im selben Jahr bei, nachdem die Fergussons das Londoner Haus an die Group verkauft hatten. Er ist dort der Direktor und im Vorstand zuständig für die Expansion und Erhaltung der jeweiligen Häuser.«

Eleni scheint meine Verwirrung zu bemerken und lächelt.

»Es gibt ein Organigramm dazu. Kannst du im Internet anschauen«, sagt sie und hält mir ihr Weinglas zum Anstoßen hin. Ich nehme die Wirkung des Alkohols wahr und zähle das vierte Glas, seit wir im Hochzeitszimmer angekommen sind. Oder ist es das Fünfte? Hell klirren unsere Gläser aneinander, bevor wir trinken.

»Und nur, um es zu vervollständigen: Die Hoteldirektion in

London liegt wie gesagt bei Eric von Odenfeldt und in Berlin mittlerweile bei Marlene Haussmann. In Paris fungiert Khaled Mansur und hier teile ich mir die Direktion mit meinem Mann Manolis.«

Mir fällt auf, dass ich von ihrem Ehemann bis auf den ersten Abend nichts mehr wahrgenommen habe.

»Wo ist eigentlich dein Mann?«, frage ich frei heraus, was mir der Alkohol sicher erleichtert. Mit unbewegter Miene zuckt Eleni mit den Schultern.

»Er betreibt neben unserem Hotel eine Tauch- und Surfschule. Da ist er sehr engagiert und weil es sechzig Kilometer entfernt ist, hat er dort ein kleines Appartement, um nicht immer hin- und herfahren zu müssen. Unsere Straßen und die Zeit, die man dafür braucht, kennst du ja mittlerweile. Wir sehen uns nicht oft.«

Sie steht auf, geht zum CD-Player und tauscht die Scheiben aus. Sanfter Bar-Jazz ertönt, als sie zum Telefon greift und um das Abräumen des Geschirrs bittet. Ich folge ihr und gemeinsam stehen wir mit unseren Weingläsern in Händen am großen Fenster, wo sich der abendliche Lichterteppich vor uns ausbreitet. Fast lautlos wird die Tür geöffnet, und die gleiche Mitarbeiterin wie zuvor räumt flink alles zusammen, um wenige Minuten später genauso geräuschlos die Suite wieder zu verlassen. Ich bemerke, wie Eleni mein Profil betrachtet.

»Du bist von außerordentlicher Schönheit, Sally«, sagt sie und ein warmer Schauer läuft mir über den Rücken. »Wie kann ein Mann eine Frau wie dich verlassen?«

»Er wird seine Gründe haben, keine Ahnung«, sage ich leichthin und drehe mich zu ihr. Im gedimmten Licht wirken ihre Lippen roter als zuvor und ihre normalerweise helle Haut hat nun ebenfalls einen cremefarbenen Schimmer. Ich sehe kaum noch Spuren von Sommersprossen. Die Farbe unserer Unterarme fasziniert mich mit ihrem harmonischen Kontrast. Langsam führt Eleni ihre Hand zu meinem Gesicht, ihre

Finger gleiten mir zärtlich die Wange entlang, über die Schläfe bis in meine Haare. Unsere Lippen bewegen sich aufeinander zu, wie von unbekannten Kräften geführt. Ich lehne den Kopf vor, um sie zu küssen und führe ihre andere Hand sachte an meine Brust. Wohlige Schauer durchzucken mich vom Bauchnabel aus südwärts. Eine gefühlte Unendlichkeit lang verharren wir im Spiel unserer Zungen, bevor sie meine Hand nimmt und mich ins Nebenzimmer führt. Es sind nur wenige Handgriffe, die wir benötigen, um uns der Kleidung zu entledigen, die wir wahllos auf dem Boden verteilen. Und erneut nehme ich den Zauber unserer hellen und dunklen Hauttöne wahr. Wie sie eng umschlungen einem Kunstwerk gleichen, das in harmonischen Vibrationen schwingt, angetrieben von purer Lust.

»Willkommen im Hochzeitszimmer, Sally«, sagt sie, während ihre Lippen langsam von meiner Brust aus abwärts wandern.

22

Frederike, Athen, September 1972

Nach Tagen zäher Verhandlungen waren Christos und Frederike an diesem Morgen aufgebrochen, die Akropolis zu erklimmen. Sie hatten um einen Tag Auszeit gebeten. Dass es so schwer sein würde, in diesen Tagen ein Hotel in Athen zu kaufen, hatte keiner von ihnen erwartet. Selbst Carlo nicht, der über beste Verbindungen im Land verfügte, bis hinein in jene Kreise, die vor drei Jahren den aus seiner Sicht kommunistischen Dreck endlich beiseite geräumt hatten. Sie hatten ihre Panzer rollen und missliebige Politiker, Gewerkschaftler, Abgeordnete und bis dahin hohe Beamte reihenweise verhafteten lassen. Viele von ihnen waren auf Nimmerwiedersehen verschwunden oder in einem Sarg zu ihren Familien zurückgekehrt.

»Mein Favorit wäre ja das Apollon«, sagte Frederike, als sie auf den Stufen des Pantheons saßen, von wo sich ihnen ein gigantischer Blick auf das weiße Häusermeer der griechischen Hauptstadt bot.

»Ja, oder das Nikopolis Palace«, antwortete ihr Mann und öffnete den Verschluss der silbernen Flasche, um daraus zu trinken.

»Auch etwas Wasser?«, fragte er und Frederike griff nickend zu. Für September war es noch immer extrem heiß in Athen, weshalb man eine Wanderung wie diese besser vor der Mittagszeit hinter sich brachte.

Die Eröffnungen der Hotels in Korfu und Berlin waren termingerecht über die Bühne gegangen. Korfu als nahezu kompletter Neubau, Berlin mit umfangreichen Renovierungsmaßnahmen. Nun stand ein Hotel in Athen auf der Wunschliste der Van der Meer Minotaurus Resort Group. Parallel dazu liefen Gespräche mit einem traditionsreichen Haus in Paris.

»Wer weiß, wie lange sich die Obristen in Griechenland halten«, hatte Carlo gesagt, als sie gestern zum Abendessen beisammen saßen. »Es scheinen ja einige komplette Versager darunter zu sein.«

Um für eine Zeit gewappnet zu sein, in der die Uhren unter Umständen anders ticken würden, war ihm daran gelegen, ein Hotel in der Gruppe zu haben, das griechischen Dissidenten Zuflucht gewährte, von denen einige sich in Paris aufhielten. Zu ihnen gehörte der äußerst populäre Komponist und Widerstandskämpfer Mikis Theodorakis, der mit Hilfe internationaler Fürsprecher geflohen war. Davor hatte man seine Musik verboten, und ihn zur Folter ins berüchtigte Lager auf der Insel Makronisos gesperrt.

Als in der Nacht auf den 21. April 1967 bewaffnete Soldaten und Offiziere mit Pistolen in Händen durch Athen patrouilliert waren und aus den Radios die Bekanntmachung »Die Streitkräfte des Landes haben die Macht übernommen« ertönte, war dies das Signal eines einschneidenden Umbruchs gewesen. Verfassungsartikel waren ausgesetzt, Parteien verboten und Versammlungen mit mehr als drei Personen untersagt worden. Zeitungen waren zensiert und eine Ausgangssperre für die ersten Tage verhängt worden. »Wer sich nicht daran hält, muss wissen: Es wird sofort und ohne Vorwarnung geschossen«, hatte es im Radio mehrmals am Tag geheißen. Die internationale Politik hatte mit Überraschung reagiert, wohingegen Carlo van der Meer schon im Vorfeld informiert war. »Noch vor dem König«, erklärte er seitdem mit großer Genugtuung, sooft sich ihm Gelegenheit dazu bot. Schon seit längerem hatten Putschgerüchte in Griechenland die Runde gemacht. Doch während sowohl König Konstantin II. als auch andere im Land wohlwollend mit einer handhabbaren Junta aus Generälen und Offizieren des Generalstabs rechneten, hatte sich eine sogenannten ›kleine Junta‹ aus Obristen und Truppenführern mittlerer Ebenen formiert. Sie hatten eine radikalere Einstellung, planten härtere Maßnahmen und verfügten vor allem über größere Geldzuwendungen aus Quellen wie Carlo van der Meer.

Langsam stiegen Frederike und Christos wieder hinab in Richtung Plaka, der Altstadt Athens.

»Lass uns morgen nochmal unser Glück versuchen«, sagte er, was sie mit einem Kopfnicken beantwortete. »Auch wenn ich eher skeptisch bin.«

»Ja, vielleicht ist es nicht der richtige Zeitpunkt hier zu investieren«, erwiderte sie und nahm seine Hand, die er ihr an einer der steileren Stellen des Weges entgegenstreckte. Auch wenn es zwischen beiden nicht ausgesprochen wurde, ging Christos davon aus, dass Frederike mittlerweile ähnliche Zweifel hegte wie er. Viele Gäste, die im Jahr der Eröffnung auf Korfu noch für die Folgejahre ihre Zimmer gebucht hatten, stornierten diese nach dem Militärputsch. Darunter war auffällig viel

Prominenz aus Film, Kultur und Gesellschaft, einer wichtigen, weil äußerst zahlungskräftigen Zielgruppe.

Dennoch war Christos nach wie vor vom Putsch überzeugt. Für ihn war es richtig, dass die Bremse gezogen wurde, bevor anarchistische Verhältnisse und kommunistische Ausbrüche das Geschäft noch schwieriger machen konnten. Nun galt es eben entweder abzuwarten oder sich anderweitig abzusichern, wie Carlo es mit Paris im Sinn hatte. Abgesehen von diesen Überlegungen fühlte sich Frederike abgestoßen vom Auftreten der militärischen Präsenzen im Verlauf ihrer Verhandlungen mit den an einer Übernahme durch ihre Gruppe interessierten Hotels. Obwohl Griechenland einen Einbruch des Tourismus verzeichnete, schienen die Militärmachthaber auf einem hohen Ross zu sitzen. Trotz der Unterstützungen durch Carlo und andere finanzstarke Strippenzieher mischten sie sich sowohl in die geschäftlichen Bedingungen ein als auch in das, was in den Hotels möglich sein würde und was nicht. Einschränkungen, die in dieser Form glücklicherweise noch nicht bis nach Korfu vorgedrungen waren. Zumindest war in ihrem Resort bisher alles so weitergegangen wie zuvor, wenn man von den fehlenden Gästen einmal absah.

»Mich wundert, dass Carlo sich von diesem Offizier..., wie hieß er gleich...?«

»Periklas«, ergänzte Christos.

»Ja, diesem Periklas so über den Mund fahren lässt.«

Ihr Mann zuckte mit den Schultern: »Carlo hat nicht mehr ganz so viel von dem aufbrausenden Mannsbild, das er offenbar einmal war«, sagte er nachdenklich. »Doch du kannst sicher sein, dass dieser Periklas morgen nicht mehr dabei sein wird.«

Sie waren an dem kleinen Restaurant in der Plaka angekommen, wo sie Mittagessen wollten.

»Ich werde kurz zuhause anrufen, ob alles in Ordnung ist«, sagte sie, nachdem Christos sich an den Tisch gesetzt hatte.

Vier Tage von ihrer einjährigen Tochter Eleni getrennt zu sein, war das Äußerste, was sie akzeptierte. Deshalb würden die beiden morgen Nachmittag umgehend zurück nach Korfu fliegen. Mit oder ohne Ergebnis.

*

Christos behielt recht. Kostas Periklas, der schneidige junge Oberst mit der schnarrenden Stimme, saß bei der nächsten Verhandlung nicht mehr am Tisch. Stattdessen war ein älterer, graumelierter Offizier namens Angelopoulos hinzugestoßen, der einiges an Ruhe und Würde ausstrahlte. Zwischen ihm und Carlo van der Meer schien es eine gewisse Vertrautheit zu geben, die dem Treffen eine entspanntere Note gab. Eine halbe Stunde später als vereinbart betrat Ilias Stephanidis den Raum, mit der Entschuldigung, ein dringendes Problem mit einem Gast gehabt zu haben, das keinen Aufschub erlaubt hätte. Stephanidis war der Eigentümer des Euphoria-Hotels, in dessen Konferenzraum sie beisammensaßen.

Wie schon an den Vortagen zeichnete sich auch hier rasch ab, dass das Euphoria ebenfalls nicht dem entsprach, was Carlo, Christos und Frederike sich für ihre Hotelgruppe versprachen. Man beschloss, die Gespräche in Athen für dieses Mal zu beenden.

»Darf ich die Herrschaften noch zu einem Lunch einladen, bevor Sie abreisen?«, fragte der Offizier in die Runde, worauf sämtliche Angesprochenen nickten.

»Dann möchte ich mich bedanken«, sagte der Hoteldirektor, indem er sich erhob und in alle Richtungen leicht verbeugte. »Vielleicht kommen wir ja zu einem späteren Zeitpunkt noch einmal ins Gespräch. Im Restaurant ist gedeckt. Sie sind natürlich meine Gäste.«

Nachdem sie in den Speiseraum gegangen waren, schauten sie zunächst schweigend in ihre Menükarten. Carlo, beleibt wie eh und je, hatte sein Jackett über die Rückenlehne seines Stuhls gehängt und tupfte sich schwer atmend die Schweißperlen von der Stirn. Sein konsequent weiter getragenes Führerbärtchen war ergraut und erheblich dünner geworden. Es war oft erst auf den zweiten Blick zu erkennen, so wie seine nach wie vor positive Einstellung zu Hitler und dessen Zeit. Anschauungen, die von Christos und Frederike nicht geteilt wurden. Im Gegensatz zu dem, was er zum hiesigen Putsch oder dem amerikanischen Engagement in Vietnam zum Besten gab.

»Wohin fliegen Sie von hier aus«, fragte Nikis Angelopoulos an Carlo gewandt.

»In Richtung Johannesburg. Dort dürfte es zurzeit klimatisch etwa angenehmer sein«, krächzte er, bevor er das vor ihm stehende Wasserglas in einem Zug leerte. »Und dann zurück nach Berlin.«

»Sagten Sie nicht, dass Ihr Sohn ebenfalls hierherkommen würde?«

»Er leitet unser Berliner Haus. Da ist er zurzeit unabkömmlich.«

»Haben Sie immer noch vor, ihm die Leitung in einem Hotel in Athen zu überlassen – sollte es zu einem Kauf kommen?«

»Ach, erst müssen wir uns mal mit irgendjemandem einig werden. Und danach sieht es im Moment nicht aus. Warum fragen Sie?«

Mit gleichgültigem Blick zuckte der Offizier mit den Schultern: »Nur so, Herr van der Meer, nur so.«

Frederike und Christos warfen sich einen kurzen Blick zu. Mittlerweile war es offenbar auch hier kein Geheimnis mehr, dass Fritjof van der Meer dem männlichen Geschlecht zugeneigt war, und zwar den ganz jungen Vertretern. Das war seinem Vater natürlich ein Dorn im Auge und konnte zurzeit in Griechenland dazu führen, auf Nimmerwiedersehen zu verschwinden. Carlo reagierte auf die subtile Missbilligung des Offiziers mit Pampigkeit: »Ich für meinen Teil habe hier in Ihrem Land genug getan. Von nun an werden meine Nichte und ihr Mann die Dinge hier in die Hand nehmen. Und wenn es hier nicht funktioniert, dann eben woanders. Wie sieht es denn aktuell hier aus, lieber Nikis? Haben Sie den Abschaum im Griff oder stinkt er immer noch aus allen Ritzen? Haben Sie und Ihre Freunde sich Ihre Pfründe noch nicht gesichert?«

»Nun, das mit dem Saubermachen geht nicht von heute auf morgen«, erwiderte der Offizier und wiegte den Kopf leicht hin und her. »Wir haben sehr schnell das getan, was dringend nötig war. Wir haben das Land von jenen Leuten gesäubert, die das Land von einer Krise in die nächste taumeln ließen. Wo Linke ohne Mehrheit regieren, geht es dem Land schlechter, als dort, wo sie eine haben.«

Bei diesen Worten sah Nikis Angelopoulos insbesondere Christos und Frederike an. So, als wäre er der Auffassung, hier vorsichtshalber noch Aufklärungsarbeit leisten zu müssen, was Christos prompt als Aufforderung ansah, etwas zu erwidern: »Das war auch höchste Zeit. Auch wenn man im Ausland nicht versteht, wieso diese Revolution so wichtig ist.«
Für einige Sekunden sah der Offizier ihn mit kalten Augen an.

»Wenn wir darauf Rücksicht nehmen würden, hätten wir sehr schnell wieder alte Verhältnisse, Herr Nikolaidis«, hielt er in leicht schärfer gewordenem Ton entgegen.

»Die Europäer sollen mit ihrer EWG und dem Europarat einfach das Maul halten und sich um andere Dinge kümmern«, warf Carlo ein und bestrafte Christos und Frederike mit einem unheilvollen Blick.

»Was willst du uns damit sagen, Carlo?«, schaltete sich seine Nichte ins Gespräch ein, nachdem sie die letzten Minuten mit ausdruckslosem Gesicht dabeigesessen war. »Sind wir die EWG, oder was meinst du?«

»Nein, aber ihr schaut ständig dorthin. In eurer Idylle auf Korfu, wo sehr bald ebenfalls mal aufgeräumt gehört. Dann kommen eben keine Jetsetleute und sonstiges Geschmeiß mehr dorthin.«

Am Beben ihrer Nasenflügel wurde Frederikes ansteigender Zorn sichtbar.

»Wenn unsere Buchungen weiter steil nach unten gehen, bist du der erste, der Katastrophe schreit«, gab sie zurück und bemerkte, dass Christos ihr besänftigend die Hand auf den Arm legte.

»Beruhigen wir uns«, sagte Nikis Angelopoulos, dessen Gesicht einen versöhnlichen Ausdruck angenommen hatte.

»Die Zeit läuft für uns. Wir werden alles nach und nach regeln. Und dann reisen auch die Touristen und Besucher wieder an. Weil sie erkennen, dass wir hier eine beispielhafte Gesellschaft aufgebaut haben.«

Alle schwiegen und schauten zu Carlo, der sich erhob und in Richtung Tür ging.

»Ich muss telefonieren«, sagte er knapp. »Kann länger dauern, also fangt ruhig mit dem Essen an. Ich will sowieso kürzer treten.« Dabei legte er beide Hände auf seinen Bauch und versuchte ein Lächeln. Frederike schaute auf die Uhr und zählte die Stunden bis zum Heimflug.

23

Sally, London, Juni 2010

Ich habe verschlafen. Auf dem kleinen Wochenmarkt, wo ich normalerweise Gemüse einkaufe, herrscht schon reges Treiben. Ich werde wohl dem Supermarkt einen Besuch abstatten müssen. Bevor ich gestern erschöpft in die Kissen fiel, habe ich noch die Post durchgesehen. Neben Rechnungen und einer Postkarte meiner Freundin Giselle aus Paris, steckte auch ein Schreiben von Bens Anwalt darunter. Er hat ein Treffen anberaumt, bei dem »Sie und Ihr Ehemann die Gelegenheit haben werden, strittige Positionen und Ansprüche zu klären und falls möglich beizulegen.« Hä? Was soll denn bitte zwischen uns strittig sein? Dass ich der Meinung bin, Miss Presley sei eine Schlaftablette und er das anders sieht? Kopfschüttelnd habe ich den Brief beiseitegelegt, mit der Absicht, Ben später anzuschreiben und zu fragen, was das soll. Die Tage auf Korfu stecken mir in den Knochen, als hätte ich eine Alpenüberquerung per pedes hinter mir. Beträchtlich mehr Informationen als erwartet befinden sich auf meinem Laptop. Jedes Mal, wenn ich mich ungestört wähnte, habe ich ihn sofort gefüttert. Nachdem Frederike es zunächst abgelehnt hatte, dass ich nach Korfu komme, hat sie mir letztlich doch einiges erzählt. Und den Rest hat Eleni ergänzt. Ich komme mir ein wenig wie ein Virus vor, der sich bei Eleni in die Zellen geschlichen hat. Naja, wenigstens bin ich ein empathisches Virus, das Rücksicht auf die Wirtin nimmt.

Ich greife in meine Handtasche und ziehe das Etui mit der silbernen Kette hervor, an der das Amulett mit dem Edelstein baumelt. Für einige Sekunden betrachte ich es, so wie ich es unzählige Male betrachtet habe, seit meine Mutter es mir auf dem Totenbett gegeben hatte. Ob es ein Rohdiamant aus der Van der Meer-Mine ist? Meine Bilder der Familien von Odenfeldt und van der Meer sind noch unscharf. Ich verstehe ihre Motivationen und Beweggründe erst ansatzweise, was ich auf meine beiden unzuverlässigen Quellen Frederike und Eleni zurückführe. Ich werde mein Bild mit Wissen aus anderen Blickwinkeln schärfen müssen. Wo ich es herbekomme, weiß ich im Moment noch nicht. Das heißt, ich weiß es schon, aber ich bin mir noch nicht im Klaren, was ich als Nächstes tun werde.

Ich schaue zur Decke, so als würden sie alle dort in diesem Moment Aufstellung nehmen: Auf der einen Seite die geradlinige Familie der von Odenfeldts, die sich häutete, um das zu erreichen, was sie anstrebte. Und auf der anderen Seite die van der Meers, die ihr Imperium auf allem Möglichen, nur nicht auf Rechtschaffenheit aufbauten. Die Schlüsselfiguren leben nicht mehr, und so bleiben mir für meine Fragen nur die Erben in zweiter und dritter Generation.

Aber macht das einen Unterschied? Ich denke, es hängt davon ab, wie viel von dem, was geschehen ist heute noch die Welt beeinflusst.

Ich schalte das Radio und einen der Oldiesender ein. »I Go to Pieces", von Peter and Gordon. Wunderschöne Melodie, sogar mit ein wenig textlicher Bedeutung für das, was ich gerade bebrüte. Witzig. Gähnend schlurfe ich ins Bad, streife Shorts und T-Shirt ab und setze mich auf die Toilette. Danach drehe ich die Dusche auf. Das Radio spielt so laut, dass ich selbst bei laufendem Wasser »On an Wings of a Nightingale« von den Everly Brothers mitsingen kann. Minutenlang genieße ich die Dusche, die nicht nur den Nachtschlaf herunterwäscht, sondern gefühlt auch ein paar Ecken und Kanten aus Zweifeln und Ängsten. Alles fühlt sich plötzlich leichter an. Ich wickele mir ein Badetuch um den Körper und trete vor den Spiegel. Meine Haare liegen glatt an. Sie lassen mein Gesicht mit der hohen Stirn, den kräftigen Backenknochen und den fülligen Lippen unnatürlich groß erscheinen. Unterhalb des rechten Ohrs sehe ich einen Knutschfleck.

Ich winde mich aus dem Frottee und inspiziere meinen Körper nach weiteren Spuren. Bestimmte Berührungen Elenis waren von solch rauer Kraft, dass ich vor lauter Luftanhalten einige Male fürchtete zu ersticken. Wie oft mag sie bereits mit Frauen geschlafen haben? Und was verdammt nochmal, zum Teufel und bei allen guten Geistern des Universums habe ich da eigentlich gemacht? Ich bürste durch meine kurzen Haare, um sie dann mit den Fingern in sämtliche Richtungen zu verstrubbeln. Normalerweise wäre ich heute Abend losgezogen, um mir mit einigen Cocktails wieder Boden unter den Füßen zu verschaffen, und hätte im 100

Club auf der Oxford Street zu Northern Soul meine Knochen verbogen. Aber ich werde waschen, einkaufen und mich sortieren. Immerhin ist es bereits Nachmittag. Ich habe vor, meine gefühlten zweihundert Mails zu checken und eine an Ben zu schicken mit der Frage, was das mit dem bescheuerten Anwaltsbrief bedeutet. Und ich werde Eric von Odenfeldt anrufen.

Mein Handy leuchtet auf und ich sehe das Bild von Eleni am Display. Ich habe es von ihr aufgenommen, als wir am Strand in unseren Liegestühlen saßen. Sie hat den weiß-rot gestreiften Strohhalm im Kussmund und die Augen zu einem gespielten Entsetzensblick aufgerissen.

»Hey, Eleni«, sage ich und höre es für einen Moment knacksen.

»Hallo? Sally?«

»Ja, ich höre dich.«

»Ah, jetzt höre ich dich auch, Sally. Ich wollte nur wissen, ob du gut angekommen bist.«

»Danke, Eleni. Es ist alles in Ordnung.«

Für einige Sekunden ist es still.

»Was machst du gerade?«, vernehme ich ihre zögernde Stimme.

»Ich habe ausgeschlafen und werde später noch ein wenig einkaufen. Dann ... keine Ahnung.«

»Wenn du willst, können wir morgen reden ... etwas ausführlicher, wenn du willst.«

Ich schließe die Augen und zupfe an meinen noch feuchten Haarspitzen. Was meint sie? Für mich gibt es weder etwas zu erklären noch zu bereuen. Und schon gar nichts zu relativieren.

»Das geht auch jetzt«, sage ich sanft. »Gibt es ein Problem?«

»Nein, nein«, antwortet sie. »Ich will dir nur sagen, dass das, was zwischen uns war, dich zu nichts verpflichtet.«

»Meinst du, dass ich dich nicht heiraten muss, falls du schwanger sein solltest?«

Befreit lachen wir beide.

»Danke für deine Leichtigkeit«, sagt sie und klingt nun fester. Da ich nach dem Aufstehen umgehend in Richtung Flughafen aufbrechen musste, war außer für eine längere Umarmung kein Raum für mehr geblieben. Genauso, wie sich der Gedanke an eine Umbuchung auf den nächsten Tag aufgrund der knappen Zeit erübrigt hatte.

»Es war eine einmalig wundervolle Nacht«, sage ich.

»Du bist eine betörende Frau, Sally. Eine wahr gewordene erotische Fantasie, die ich nie mehr vergessen werde«, erwidert sie.

»Weißt du, was seltsam ist, Eleni?«, frage ich.

»Sag es mir.«

»Ich habe schon oft versucht, Fantasien in der Wirklichkeit auszuleben. Es war jedes Mal enttäuschend. Mit dir war es umgekehrt.«

Ich höre, wie sie schluckt. Einige Sekunden scheint sie nachzudenken: »Das empfinde ich genauso, Sally. Und das Schöne daran ist, Fantasien kann man haben, wann immer man will.« Ich schließe beide Augen. Tief atme ich durch die Nase ein und aus.

»Wann immer wir es wollen«, bestätige ich das Gesagte.

»Ich werde voraussichtlich Ende Juli in Paris sein«, sagt sie und hält kurz den Atem an. »Im Les Dames de Belleville Minotaurus Hotel gibt es ein bezauberndes Hochzeitszimmer.«

»Das habe ich vermutet, Eleni ...«

»Wollen wir dort unsere Fantasie noch einmal Wirklichkeit werden lassen?«

»Ja«, sage ich. »Das ist eine schöne Idee.«

24

Eric, London, Juni 2010

Ich laufe die Brick Lane entlang. Vorbei an den Ständen, Shops und Imbissen, die dem Viertel jenen heruntergekommenen Charme verleihen, der es so speziell macht. Die Brick Lane steht im starken Kontrast zum gehobenen Stadtteil Chelsea, wo meine Familie zahlreiche Immobilien besitzt. Vom ersten Tag meines Lebens an galt mir London als zweite Heimat. Es waren nur wenige Undergroundstationen vom Haus meiner Familie in Chelsea bis ins Herz der Stadt. Die Fergussons würden sich in die Brick Lane allerdings nur zur distanzierten Erheiterung begeben, oder um ihrer Missbilligung Ausdruck zu verleihen. Ich selbst aber war schon immer von diesen Bezirken fasziniert.

Nach meiner Schulzeit in Windhoek hatte man beschlossen, mir vier Semester an einem renommierten englischen Internat zuteilwerden zu lassen. Hier kam ich mit neuer Musik, Kunst und Mode in Berührung, die sich aus den glorreichen Swinging Sixties entwickelt hatte. Klassische Musik blieb zwar mein Favorit, aber ich hörte auch die Rolling Stones, Kinks und Beatles gern. Die Familie Fergusson hatte die gesellschaftlichen Entwicklungen jedoch abschätzig beobachtet. Jeans, Miniröcke und T-Shirts hatte sie nicht nur als No-Gos, sondern Never-Gos abgestempelt. Heute, im Jahr 2010, sieht die ganze Sache natürlich anders aus – zumindest trage ich für den heutigen Anlass legere Kleidung.

Ich sehe Sallys Gesicht vor mir. Ihre ausdrucksstarken Augen, den sinnlichen Mund und ihre samtige Haut. Der Gedanke an sie lässt Bilder von Wüstendünen, Meereswellen und kleinen Bergen von duftenden Gewürzpulvern in mir aufsteigen. Sally erinnert mich an zuhause und ist gleichzeitig aufregend geheimnisvoll. Es ist das dritte Mal, dass ich sie treffe, und gleich hat sie bestimmt, an welchem Ort die Zusammenkunft stattfinden soll. Ich hatte ihren Vorschlag gern angenommen, da ich diese Gegend erheblich aufregender für ein Wiedersehen empfinde als einen Meetingraum im Hotel. Den ertrage ich zurzeit eh nicht mehr. Keine zwei Stunden ist es her, dass ich einen permanent unzufriedenen, nölenden und schimpfenden Fritjof ins Taxi zum Flughafen gesetzt habe. Auch wenn es nur eine kurze Atempause sein wird, bis ich Montag wieder im Flugzeug nach Berlin sitze, um weiter zu streiten, mit einem Mann, den selbst der eigene Vater nicht in seiner Umgebung ertrug. Obwohl es keine leichten Zeiten waren, sehne ich mich oft nach Tante Frederikes Management zurück.

Das Schild des Mama Christy's weht im Wind des Regens. Ich spare mir den Schirm für die letzten paar Meter und lasse eine Truppe gutgelaunter junger Menschen hinausgehen, bevor ich durch den hin- und herpendelnden Bastvorhang eintrete. Ich kenne das Restaurant nicht und verstehe jetzt, warum Sally es ausgesucht hat. Der kleinste gemeinsame Nenner zwischen den Menschen ist immer ihre Heimat, auf sie kann man sich sofort einlassen, um von da an zu sehen, was möglich sein wird. Ich atme ein, rieche Vanille, Nelken und Zimt, und lasse den Blick über Wanddekorationen aus Holzmasken, Tierfellen und Bildern aus geflochtenen Gräsern schweifen. Es wird höchste Zeit, endlich wieder einmal nach Hause zu fahren. Auf der Theke vor mir steht ein Schild: »Please wait. You will be seated!" Herzlich willkommen bei Mama Christy's. Lassen Sie sich und Ihre Sinne für einige Stunden in die wundervolle Welt Südafrikas entführen. Die traditionelle südafrikanische Küche ist Produkt verschiedener Kulturen, die seit über drei Jahrhunderten nebeneinander existieren und sich bis heute ständig beeinflusst haben.

Etwas bohrt sich in meinen Rücken, abrupt drehe ich mich um. Mit einem Ausfallschritt, ihren Stockschirm wie einen Degen haltend, steht Sally hinter mir.

»En garde«, ruft sie lachend. »Bereit zum Kampf?«

Da ich perplex bin und nicht sofort reagiere, richtet sie sich auf und lässt den Schirm sinken.

»Ich wollte Sie nicht erschrecken, Eric, tut mir leid«, entschuldigt sie sich. »Aber als ich Sie so konzentriert lesend vor mir sah, konnte ich einfach nicht anders.«

»Aber nicht doch, ich war nur nicht vorbereitet«, sage ich und ringe mir ein Lächeln ab, das mit ihren strahlenden Augen jedoch kaum mithalten dürfte.

»Wer ist schon auf sowas vorbereitet?«, fragt sie lässig und kommt auf mich zu, um nach meinen Schultern zu greifen, mich an sich zu ziehen und mir in Sekundenschnelle einen Begrüßungskuss auf die Wange zu verabreichen.

»Hi, Eric, schön Sie zu sehen«, sagt sie und ihr Gesicht wird ernster. »Wie geht es Ihnen?«

»Oh danke, den Umständen entsprechend gut. Ich freue mich auch, Sally«, erwidere ich ihre Begrüßung.

Sally wendet sich an die Dame beim Empfang: »Ich habe auf Wheeler reserviert.« Sie nickt und leitet uns durch den sanft ausgeleuchteten Gastraum.

»Wunderbar«, sagt Sally als wir vor einem Tisch stehenbleiben, aus dessen Mitte eine makellos blühende Protea aufragt. Wir setzen uns und ein Kellner legt Speisekarten vor uns. Ich bestelle eine Karaffe mit Wasser.

»Fühlen Sie sich eingeladen«, sage ich und Sally nickt lächelnd.

»Vielen Dank, Eric.«

Stumm schauen wir eine Weile in unsere Menükarten, um dann die Empfehlung des Tages zu bestellen. Einen Vorspeisensnack aus hauchdünnem Bilton Fleisch, gefolgt von Kudu Lende und einem Giraffe Cream Dessert – einer soften Masse aus gemixten Pfirsichen mit Mascarpone, Joghurt und Zucker. Alles Sachen, die ich im Waterberg-Hotel nicht nur serviert, sondern eine Zeitlang auch selbst gekocht habe. Sally lehnt sich zurück und mustert mich.

»Ich möchte Ihnen für den Kontakt zur Familie Ihrer Tante danken«, sagt sie schließlich.

»War nicht einfach, oder?«

»Wie man es nimmt. Mit Ihrer Tante sicher nicht, mit Eleni schon.«

Mit wissendem Gesichtsausdruck nicke ich: »Haben Sie denn jetzt, was Sie wollten?«

Der Ober stellt die Vorspeisen vor uns, die Sally erwartungsvoll mustert.

»Sie haben eine hochinteressante Familie, Eric«, sagt sie, mir wieder zugewandt. »Ich überlege immer ernsthafter, eine Familienchronik zu schreiben.«

Für einen Moment steigt mein Puls.

»Wäre eine ziemliche Aufgabe«, entgegne ich.

»Nicht, wenn Sie mir dabei helfen«, sagt sie und hebt das aufgetischte Weißweinglas in die Höhe. Wir stoßen an.

»Und wie stellen Sie sich das vor?«, frage ich mit skeptischem Blick.

»Nun, es wären einige Interviews mit Ihnen denkbar. Vielleicht auch ein gemeinsamer Besuch in Windhoek.«

Mein vorhin gefasster Wunsch nach Heimat macht sich erneut bemerkbar und wird durch alles, was uns gerade umgibt, verstärkt. Sally ist clever.

»Bringen Sie mich kurz auf den aktuellen Stand«, fordere ich sie auf, erneut zweifelnd, ob es das Richtige ist, was ich hier gerade mache. Habe ich nicht genug am Hals? Berlin, New York und Fritjof?

»Ich weiß ein wenig von Ihren Großeltern und Eltern. Und natürlich über Frederike, einschließlich dem, was in Griechenland geschehen ist. Zumindest in Teilen. Und ein paar Fragmente vom undurchsichtigen Onkel Carlo van der Meer.«

»Der aber für Ihr Projekt von ziemlicher Wichtigkeit wäre.« Sally stimmt mir zu.

»Ganz genau und unbedingt. Aber wissen Sie, von wem ich noch weniger weiß? Von Ihnen, Eric«, sagt sie und lehnt sich zurück, damit der Kellner das Hauptgericht auf den Tisch stellen kann. Mein Blick fällt auf ihren Busen, der sich unaufdringlich unter ihrem dunkelroten Samt-T-Shirt wölbt und sie scheint es zu bemerken.

»Nun, ich bin die jüngste Generation, quasi der Nutznießer von allem. Was soll es von mir Erfahrenswertes geben?«, erkundige ich mich, um Sachlichkeit bemüht.

Verschmitzt lächelnd widmet sie sich zunächst ihrem Essen, was ich ihr nur zu gerne gleichtue.

»Ich wusste gar nicht, dass das Londoner Van der Meer Minotaurus noch bis vor wenigen Jahren der Familie Ihrer Mutter, den Fergussons, gehörte«, sagt sie nach einer Weile. »The Wingfield war bis dahin ein ausgesprochen renommiertes alteingesessenes Haus, nicht wahr?«

»Ja, das stimmt. Und das ist es übrigens heute auch noch. Aber es war äußerlich in die Jahre gekommen und hätte eine umfassende Renovierung gebraucht. Wir haben innerhalb der Familie ausgerechnet, dass es günstiger wäre, es abzustoßen. Auch, weil sich die Marktchancen des Hotels als Teil einer Hotelkette erheblich erweitern würden. Und ein Mitspracherecht blieb uns in meiner Person als Vorstandsmitglied ja erhalten.«

»Erzählen Sie mir von der Familie Ihrer Mutter?«

Mit der Serviette tupfe ich mir den Mund ab und lege sie neben den Teller.

»Sind wir schon im ersten Interview?«, frage ich ein wenig spröde und bemerke für den Bruchteil einer Sekunde etwas Kämpferisches in ihren Augen. Sie hält meinem Blick stand, legt ihren Kopf leicht in den Nacken und presst die Lippen zusammen. Ihre Bewegungen faszinieren mich.

»Ich würde es im Moment noch nicht so sehen, Eric«, erklärt sie. »Es interessiert mich, weil Sie mich interessieren.«

Ich schlucke und zwinge meine Aufmerksamkeit auf mein Handy, das vibriert. Es ist Marlene. Marlene, nach der ich mich sehne und für die ich schon morgen nach Berlin fliegen möchte.

»Da Sie gerade aus Korfu kommen, kann ich Ihnen von einer spannenden Verquickung mit der Familie meiner Mutter erzählen«, fahre ich fort, um das Gespräch mit ihr möglichst unverfänglich weiterzuführen. »Der Gemahl unserer Queen, Prinz Philipp, wurde 1921 auf Korfu geborgen. Aus politischen Gründen mussten seine Familie und er Griechenland in Richtung Paris verlassen. Die Familie meiner Großmutter, die Ashmoores, gehörte damals zu seinen Unterstützern und erlaubten seiner Mutter, seinen vier Schwestern und ihm eine gewisse Zeit im Les Dames de Belleville zu leben. Das Les Dames haben Frederike und Carlo 1974 zur Group hinzugekauft.«

»Da es mit einem Hotel in Athen nichts wurde, ich verstehe«, erwidert Sally nachdenklich. »Eleni hat mir davon erzählt. Das ist in der Tat spannend. Haben alle Minotaurus-Hotels diese Art von ... sagen wir ... Wechselbeziehung untereinander?«

Für einen Moment überlege ich.

»Darüber habe ich noch nie ernsthaft nachgedacht«, antworte ich bedächtig. »Und ich kann es gerade auch nicht nachvollziehen. Es wäre aber interessant, es einmal von dieser Seite her anzuschauen.«

»Ein Argument mehr für eine Familienchronik«, triumphiert Sally lachend, was ich mit einem Zurücklächeln beantworte. »Ich denke mal, dass die freundschaftlichen Kontakte deiner Familie mütterlicherseits zur Royal Family bestehen blieben?«

»Ja, natürlich. Der in seiner Jugend recht ungalant hin- und hergereichte Prinz hat den Ashmoores einiges zu verdanken. Ich denke, das hat er bis heute nicht vergessen.«

Unser Dessert wird serviert und ich bemerke, wie sehr mich die Angelegenheit Familie auf einmal berührt. Wer ist Sally Wheeler? Von wem wurde sie geschickt? Was befindet sich auf den verschlungenen Wegen meiner Vorfahren, um das ich mich nie geschert habe?

»Sie haben doch die Geschichte vom Hochzeitszimmer auf Korfu gelesen, nicht wahr?«, frage ich und halte betont Augenkontakt.

»Ja, die von Kaiserin Sisi.«

»Genau. Nun, es gibt eine Geschichte aus dem Wingfield Hotel, die mit dem zu tun hat, was ich gerade erzählt habe. Eine, sagen wir, reizvolle Episode aus den Annalen der Royals. Und aus meiner Familie mütterlicherseits.«

Erneut blitzen Sallys Augen auf:

»Das ... das ist ja großartig«.

»Möchten Sie sie vielleicht lesen?«

»Aber ja. Selbstverständlich. Wo ist sie?«

»In meinem Arbeitszimmer. Im Safe.«

»Und wer hat sie aufgeschrieben?«

»Meine Großmutter Deborah. Sie gab sie meiner Mutter, kurz vor der Hochzeit meiner Eltern in Windhoek.«

Für einen Moment sieht Sally mich skeptisch an.

»Hört sich irgendwie intim an. Das wollen Sie mir wirklich zu lesen geben?«

Ich zucke mit den Schultern und überlege, ob es nicht in der Tat zu spontan war, ihr dies anzubieten. Ein seltsames Gefühl der Hingezogenheit macht sich in mir breit, das nicht mehr nur mit Sallys erotischer Anziehungskraft zu tun hat. Vielmehr gleicht es einem diffusen Wunsch nach Vertrauen. Ich fühle mich getrieben von der Erwartung, in ihr womöglich jemanden gefunden zu haben, der endlich in die Verliese unserer Vergangenheit schaut.

»Es ist schon sehr lange her, dass meine Großmutter es aufgeschrieben hat«, antworte ich auf Sallys Einwand. »Fast fünfzig Jahre. Es stehen auch keine intimen Details drin.»

»Danke sehr!«, sagt Sally mit blitzenden Augen. Sie lehnt sich spontan vor und drückt mir sanft beide Hände. Ihre Berührung fährt mir wohlig in die Knochen. »Wann kann ich sie bekommen? Morgen?«

Ich halte die Luft an, immer noch elektrisiert. Ich wäge ab – dann stimme ich zu. Als Sally sich kurz darauf in Richtung Toiletten entschuldigt, tippe ich eine Nachricht an Marlene:

»Tut mir leid, aber ich schaffe es nicht vor Montag.»

25

Sally, London, Juli 2010

Die Lobby des Van der Meer Minotaurus Resort am Hyde Park strahlt noch immer jenen viktorianischen Charme aus, den es schon als The Wingfield hatte. Allerdings hat man bei der Renovierung offensichtlich versucht, mit griechischen Elementen wie Skulpturen, Reliefs und säulenumfassten Vitrinen den Minotaurus im Hotelnamen widerzuspiegeln. Und das noch nicht einmal schlecht, wie ich finde. Für diejenigen, die es partout nicht erkennen wollen, hat man in einer grottenähnlichen, ausgeleuchteten Nische neben dem Eingang einen lebensgroßen Stier mit dem Oberkörper eines zornig dreinschauenden Kriegers aufgestellt. Hier trifft Elenis Aussage nicht zu, dass man zunehmend von griechischen Elementen in den Hotels abkommt. Ich sitze unter einer großen Glaskuppel, die mit ihren rundherum angeordneten hoch hinauf ragenden Pflanzen an einen Palmengarten erinnert. An der gegenüberliegenden, langgezogenen Rezeption sind Angestellte unterschiedlicher Hautfarben eifrig damit beschäftigt, eine Gruppe spanisch sprechender Menschen einzuchecken. Bis obenhin mit Gepäck gefüllte Wagen werden durch die Lobby in Richtung der Aufzüge geschoben.

Ich denke an das gestrige Abendessen mit Eric. Seine zunehmende Vertrautheit macht mir Mut. Nachdem ich Ben ins Gespräch gebracht hatte, erzählte auch Eric von seiner langjährigen Beziehung mit Christa, die nun kurz vor der Heirat gescheitert ist. Ob es seitdem jemand anderes in seinem Leben gibt, konnte ich ihm indessen nicht entlocken. Amüsant war die Erkenntnis, dass Eric und Ben sich zu kennen scheinen. Erst vor wenigen Wochen hat mein Noch-Ehemann offenbar hier übernachtet und Eric wegen einer geplanten Veranstaltung seiner Bibliothek angesprochen. An seiner Seite war damals eine Frau, deren Beschreibung auf Miss Presley hindeutet, was Eric jedoch erst nach mehrmaligem Nachbohren herausließ. Ganz Gentleman eben, der offenbar genau weiß, wieweit er wo und wann gegenüber wem diskret zu sein hat.

Eric begleitete mich bis vor die Haustür und da es nach wie vor regnete, hakte ich mich bei ihm ein. Wir gingen in selbstverständlich wirkender Harmonie dahin und ich mochte es, am Arm des attraktiven Eric zu sein. Der, um meine nass gewordene linke Schulter besorgt, den Schirm so hielt, dass er in Kauf nahm, selber nass zu werden. Dies und seine Blicke beim Essen zeigten in eine Richtung, die mich achtsam werden ließ. Ja, er ist attraktiv, aber bei weitem nicht der Mann, von dem ich träume. Denn in meinen Träumen ist längst jemand anderes unterwegs. Heute früh hat mich die Sonne geweckt und das Radio spielte mir »Don't forget to remember« von den Bee Gees vor. Nein, ich hatte nicht vergessen, mich an die wunderbare Frau zu erinnern, die ich in Korfu zurückgelassen hatte. Und ich denke auch nicht, dass ich es jemals wieder tun werde.

Die spanische Touristengruppe verteilt sich stimmgewaltig in Richtung der Aufzüge und eine freundliche Chinesin serviert mir einen Cappuccino mit einem Croissant. Beides hatte ich bestellt, als man mir bedauernd erklärte, Mr. von Odenfeldt sei noch auf dem Weg. Ich trinke kleine Schlucke aus meiner Tasse und sehe, Eleni vor mir. Die wunderschöne Griechin, deren Kopf mit aufgelöstem Haar auf meiner Brust liegt, während ich zärtlich mit den Fingerspitzen an ihrer Wirbelsäule auf und ab fahre. Was geschieht da gerade? Kann ich noch unterscheiden zwischen Kalkül und Emotion? Wie gefühlsmäßig darf ich sein, um meiner Strategie noch gerecht zu werden? Habe ich überhaupt eine Strategie? Mit einem »Bing« kommt eine SMS von Ben, in der er mich um ein Gespräch bezüglich der Scheidung bittet. »Dann erkläre ich dir das mit dem Anwaltsbrief.« Ich drücke die Nachricht weg, ohne mir ein leises »Fuck you« verkneifen zu können. Wir haben nie eingehend darüber gesprochen, warum er nichts mehr von mir wissen will. Es dürften ja nicht nur ihre Möpse sein. So schlecht sind meine schließlich auch nicht. Elvis' Gesang hat Ben nie gemocht. Und wenn sie vielleicht auch nicht so singt, könnte eventuell der Hüftschwung der Presley ein Grund sein. Vorausgesetzt, sie beherrscht diesen in entscheidenden Momenten. Was ich nicht glaube. Leise lache ich wieder einmal über meinen eigenen Witz. Den nur ich verstehe, der aber langsam an Spannkraft verliert. Auf der mir gegenüberstehenden Couch liegt der Observer vom heutigen Sonntag. Ich stehe auf, nehme ihn, und muss erneut lachen. Diesmal über die Schlagzeile:

Vom Gatten im Schatten
4. Juli 2010 / wie Prinz Philip (89) seine Rolle meistert

dfl / Der Gatte der englischen Königin Elizabeth II. gilt als wichtigste Stütze der Queen. Im Hintergrund übt Philip Mountbatten, Herzog von Edinburgh, enormen Einfluss auf die Geschicke des britischen Hofes aus.
Dass er öffentlich im Schatten seiner Frau steht, mag ihn selbst manchmal stören. Nach Meinung von Kennern meistert er diese Herausforderung aber mit Bravour. Privat hält er sich angeblich nicht zurück. «Sie hat die Krone auf, aber er hat die Hosen an», sagte ein Höfling … Weiter auf Seite 3

Ich sehe Eric durch die Tür kommen und lege die Zeitung beiseite. Schnellen Schrittes schreitet er auf mich zu, um sich schon auf halbem Weg zu entschuldigen.

»Sorry Sally, aber ich bin aufgehalten worden. Ausgerechnet heute, am Sonntag, mussten mir meine Eltern den Notar für ein Grundstück in Windhoek schicken …«

Ich stehe auf und lächele ihn an, bis er bei mir angelangt ist und mich so begrüßt, wie wir uns gestern getrennt haben. Mit einer freundschaftlichen Umarmung und einem Kuss auf die Wange.

»Kein Problem, Eric«, sage ich sanft und deute auf die Zeitung. »Wie Sie sehen, habe ich mir die Zeit vertrieben.«

Er schaut sich um und wirkt so unschlüssig wie ich, so dass wir beide in diesem Moment zwei Fragezeichen ähneln dürften.

»Wollen wir gleich hinauf gehen?«, fragt er schließlich.

»Gerne«, antworte ich und er ergreift meine Hand, um mich galant in Richtung der Aufzüge zu ziehen.

26

Deborah Fergusson, London, März 1963

Die folgenden Zeilen widme ich Dir, meiner geliebten Tochter Emily. Wie oft habe ich mir vorgenommen, dies zu tun. Und wie oft ließ ich passende Gelegenheiten verstreichen, aus Angst vor unangenehmen Fragen. Oder aus Respekt vor allen Beteiligten, die einst unumkehrbare Entschlüsse getroffen haben. Jetzt, kurz bevor du selbst in den Hafen der Ehe einläufst, will ich es aber nicht mehr länger aufschieben, und dir von der Entscheidung meines Lebens erzählen. Ich traf sie für einen Mann, der mich auffing, nachdem dein Vater nicht aus dem Krieg zurückkehrte, der so unendlich viele Schneisen in die Leben der Menschen geschlagen hatte. Die Rede ist von Antony, deinem Stiefvater, der dich von Anbeginn an wie seine eigene Tochter liebte und dir und mir die Welt zu Füßen legte. Und von einem anderen Mann, den ich ebenfalls niemals vergessen werde…

Ich schreibe dies in Deinem Lieblingsrestaurant. Dort, wo du dich bei jedem unserer Besuche über Henry, den Kellner mit dem einen abstehenden Ohr amüsiert hast. Der stets eine süße

Zugabe auf deinem Dessertteller versteckte und immer zu einer Grimasse aufgelegt war. Sicher erinnerst du dich noch gut an diese gemeinsamen Stunden im King's Head.

Hier sollen auch meine Schilderung ihren Anfang nehmen. Zu einem Zeitpunkt, an dem ich mich entschieden hatte, die Aussicht auf ein sicheres Zuhause und die freundschaftliche Liebe zu einem Mann über andere Gefühle zu stellen. Wir befinden uns kurz vor meiner Vermählung mit Antony, mitten im frühsommerlich warmen Juni des Jahres 1947. Ich wartete auf Olivia, die mit dem Schneidern meines Hochzeitskleides beschäftigt war. Knapp vor der Mittagszeit herrschte geschäftiges Treiben auf den Straßen und rundum blühten die Rosenbüsche. Seit dem ersten Besuch hier mit Antony liebte ich Richmond upon Thames. Hier gab es anmutige Auenlandschaften, mit einem sich in vielen Bögen windenden Flusstal, das seit Jahrhunderten ein Lieblingsmotiv unzähliger Landschaftsmaler war. Hier fühlte man sich wie in einer großen Gartenanlage, obwohl das Londoner Zentrum nur etwa 20 km entfernt lag. Es war das pure Wohlbefinden zwischen all den Villen und schlossähnlichen Anwesen, die meist weiß gestrichen waren und über eigene Bootsanleger verfügten. Dabei war es kaum vorstellbar, dass die Themse auf ihrem Weg in das Londoner Zentrum zu einem solch respektablen Strom anschwellen würde. Hier hatte Antony für uns ein herrliches Haus gefunden, mit einem parkähnlichen Garten, der für dich ein paradiesischer Spielplatz sein würde.

Ich beobachtete einen Angestellten dabei, wie er die Tische auf der Terrasse arrangierte, um sie dann mit kleinen Aufstellern der aktuellen Speisekarte zu versehen. Sie waren auffällig gestaltetet, der rot-goldene Schriftzug »The Kings Head« war eindeutig zu lesen .

»Welch eine Ironie«, murmelte ich leise, und dachte an einen anderen königlichen Kopf, der in meinen Gedanken herumschwirrte. Olivia durfte davon aber auf keinen Fall etwas bemerken, weil heute die finale Anprobe des Hochzeitskleides im Mittelpunkt stand und sonst nichts. Dennoch dachte ich in diesen Minuten wie schon so viele Male an das zurück was vor drei Monaten, im März, geschehen war. Mein Vater William Ashmoore hatte einen spannenden Auftrag erhalten. Auf Empfehlung seines Verlegers war er als einer der renommiertesten Journalisten seiner Zeit dafür auserwählt worden, die Siegesrede für die Gewinner des »Ruderteamrennens der Ehemaligen« aus dem Royal Navy College in Dartmouth, zu schreiben. Das Rennen in der Grafschaft Devon war eine alte Tradition. In Kombination mit einer aufwendig inszenierten Spendengala plante man in diesem Jahr eine außergewöhnlich große Veranstaltung, denn es gab ein Offiziersduo, das in beinahe allen früheren Wettkämpfen als Siegerteam hervorgegangen war. Und dies ließ erwarten, dass die beiden, die gleichzeitig enge Freunde waren, auch diesmal auf dem Podest stehen würden. Die Aufgabe, die mir dabei zufallen sollte, bestand darin, das Schriftstück nach dem Verlesen, zusammen mit dem Pokal, an die zwei Männer zu überreichen.

»Das wirst du ja wohl schaffen!«, hatte dein Großvater gesagt und mir dabei aufmunternd über die Wange gestrichen.

»Aber sicher, was soll schon besonders an diesen zwei Jungspunden sein«, war meine saloppe Antwort gewesen. »Es sind eben gute Sportler, und das beeindruckt mich nur mäßig.«

»So, so«, hatte mein Vater mit strengem Gesichtsausdruck erwidert. »Meine Frau Tochter ist ja sehr schnell in ihren Beurteilungen.«

Woraufhin ich mir auf die Unterlippe biss, um sogleich zurückzurudern: »Du hast schon recht, wenn sie dort eingeladen sind, waren ihre Leistungen auch während des Krieges sicher außergewöhnlich. Aber nach all den Erlebnissen, die auch ich im Krieg hinter mir habe, kann eine solche Veranstaltung mich nicht in Verlegenheit bringen.«

Etwas versöhnlicher hatte mein Vater geschmunzelt: »Das

stimmt, meine Liebe. Aber so ganz ohne dürfte die Sache für dich dennoch nicht sein. Wenn die Vorhersagen zum Verlauf des Rennens sich so bewahrheiten, wie Insider berichten, könnten Dir die Knie schon weich werden.«

Dabei hatte er mir einen Zeitungsbericht des vergangenen Monats gezeigt, der als Ankündigung erschienen war.

»Schau genau hin. Und dann sag mir, ob du ihn erkennst.«

Unweigerlich war mein Blick auf das Foto gefallen, das fast die Hälfte des Blattes in Anspruch nahm. Mit zwei gutaussehenden jungen Männern darauf, von denen einer mir bei genauerem Hinsehen mehr als bekannt war.

»Das ist jetzt nicht wahr, oder?«, hatte ich geflüstert. »Ich werde also dem zukünftigen Ehemann von Prinzessin Elisabeth einen Pokal in die Hand drücken?«

»So er denn gewinnt, ja. Dem zukünftigen Prinzgemahl, der dir als kleiner Jungen in unserer Pariser Wohnung immer die besten Unterschlüpfe beim Versteckspiel weggeschnappt hat.«

Er hatte die Zeitung zusammengefaltet und sie auf seinen Schreibtisch gelegt.

»Er ist mittlerweile ein sympathischer, sehr charismatischer Mann. Und wenn man den Gazetten glauben will, hat sich seine Prinzessin schon als 13-jähriges Mädchen in ihn verliebt. Seitdem sollen sie sich unzählige Briefe geschrieben haben.«

»Und wenn schon, was geht mich das alles an?«, war ich auf einmal bemüht, das Gespräch zu beenden. Ich war entschlossen, diese Verleihung rasch zu erledigen, um mich dann wieder meinen Geschichtsstudien zu widmen, die ich nach Kriegsende erneut aufgenommen hatte.

Die Wochen bis zur Siegerehrung waren geradezu dahingeflogen und ehe ich mich versah, stand ich am Eingang des großen Ballsaals und wartete auf meinen Einsatz. Nachdem die Kapelle einen Tusch gespielt und mein Vater mir das Schriftstück gegeben hatte, das ich mitsamt dem Pokal hinüber zum Podium tragen musste, nahm alles seinen Lauf. Wie erwartet, bestand das Siegerduo aus Antony Fergusson, Stammhalter einer alten englischen Adelsfamilie, und Philip, Prinz von Griechenland und Dänemark. Das Team war erneut unschlagbar gewesen. Antony ist bis heute geradezu versessen darauf, zu beteuern, dass er sich an jenem Abend auf den ersten Blick in mich verliebt hat. Jedem, der es hören will, erzählt er, dass er von diesem Moment an seine Augen nicht mehr von mir abwenden konnte. Zum Glück, denn so landete ich in Antonys Armen, als ich über die erste Stufe hinauf zum Podest stolperte. Er hatte blitzschnell reagiert und mich davor bewahrt, der Länge nach auf dem Boden aufzuschlagen.

»Wie kann ich das nur wieder gutmachen?«, schmunzelte er, nachdem ich mich hochgerappelt und eilig mein Kleid glattgestrichen hatte.

»Keine Ahnung, da müssen Sie sich wohl etwas ausdenken«, platzte es frech aus mir heraus. Noch mit dem Schrecken im Gesicht sah ich abwechselnd zwischen ihm und dem grinsend danebenstehenden Philip hin und her.

»Am besten werden Sie meine Frau, dann habe ich ein ganzes Leben lang ausreichend Zeit, alles wieder in Ordnung zu bringen«, lächelte er mit einer Zärtlichkeit im Blick, die keinen Zweifel aufkommen ließ, dass er das gerade aus voller Überzeugung gesagt hatte.

»Nun, dazu gehören ja wohl immer noch zwei«, sagte ich und lief puterrot an. Ich reichte Philip den Pokal und Antony das Schriftstück. Dann stieg ich vom Podest, um vom Publikum aus der Preisverleihung und Rede zu folgen. Verlegen nestelte ich an meinem Dutt, aus dem sich eine Strähne gelöst hatte. Ich dachte nicht im Traum daran, dass Antony nach der Ehrung noch einmal zu mir kommen würde. Doch das tat er. Er ergriff meine Hand und sagte mit sanfter Stimme: »Gut, dann würde ich vorschlagen, wir planen die Hochzeit für den 19. Juni. Das sind noch gute drei Monate, um alles vorzubereiten. Das schaffen wir.«

Wie schon so oft begann mein Herz bei diesen Erinnerungen zu klopfen und ich trank einen hastigen Schluck von meiner Limonade. Ich setzte das Glas ab und erkannte Olivia, die zu mir stürmte.

»Olivia, da bist du ja!«, rief ich freudig und stand auf, um sie zu umarmen. »So schön, dich wiederzusehen. Warum muss es nur immer so lange dauern, bis wir uns treffen?«

»Weil du immer so lange brauchst, mir Dinge zu erzählen, die zu den wichtigsten im Leben gehören, du Schäfchen!«, neckte sie mich. »Heiratest mir nichts dir nichts den feschen Fergusson-Sohn, und eine Reihe Besitztümer inklusive einem Hotel gleich mit. Und dann schickst du mir kurz vor knapp eine Nachricht. ›Übrigens, ich heirate‹ ... », schimpfte sie. »Geht's eigentlich noch? Wie sollen wir da das Kleid rechtzeitig fertigbekommen?«.

»Jetzt übertreib mal nicht so« entgegnete ich schnell. »Du bist doch schon sehr weit mit der Schneiderei! Heute ist die letzte Anprobe, dann kannst du es in Ruhe fertigstellen.«

Abschätzend begutachtete Olivia meine Figur: »Ich denke, ich werde es noch etwas enger machen müssen«, sagte sie vorwurfsvoll. »Du musst essen, mein Liebling, sonst rutschst du vor der Kirche noch durch das Abstreifgitter.«

Schuldbewusst sah ich meine Freundin an: »Ich weiß, ich weiß. Aber die vergangenen Tage waren sehr aufregend. Da bringe ich so gut wie keinen Bissen runter. Sogar die Bluse heute, die mal knapp war, schlackert schon.«

Ich warf einen wütenden Blick auf den Nebentisch, wo zwei ältere Herren saßen und sich deutlich geräuspert hatten. Ohne mit der Wimper zu zucken, hielt ich ihren strengen Blicken stand, sodass sie sich pikiert wieder ihren eigenen Themen widmeten. Olivia bestellte währenddessen eine Suppe, die prompt serviert wurde. Der Kellner stellte eine dampfende Rinderconsommé vor Olivia ab. Anders als in den letzten Kriegsmonaten trieben jetzt wieder fein geschnittene Rindfleischstreifen darin.

»Lass es Dir schmecken, meine Liebe!«, sagte ich und nahm

mir fahrig ein Stück von den frisch gebackenen Brötchen, die der Kellner dazugelegt hatte. »Du erlaubst?«, ergänzte ich und fing mir vorwurfsvolle Blicke ein, während ich eine kleine Ecke davon in den Mund steckte.

»Was ich über dein Essverhalten denke, habe ich ja schon gesagt«, erwiderte sie kiebig. Sie legte ihren Löffel zur Seite und lehnte sich mit verschränkten Armen zurück: »Also gut. Sag es mir. Warum bist du so unruhig? Die Hochzeit ist doch nicht in zwei Stunden.«

Meine Wangen begannen zu glühen und ich schnippte verlegen ein paar Brösel vom Tisch.

»Habe ich da eventuell ins Schwarze getroffen?«, bohrte sie weiter. »Los jetzt, erzähl mir, warum du wirklich keinen Hunger hast. Die Liebe zu Antony – steht die etwa schon auf der Kippe? Sollen wir dein fast fertiges Kleid verbrennen?«

»Nein, das ist es nicht«, versuchte ich abzuwiegeln und wusste gleichzeitig, dass ich nicht länger damit hinter dem Berg halten konnte. »Es ist nur ... er hat so eine wahnsinnig tolle Ausstrahlung! Wie kann nur ein Mann, dessen Familie so Furchtbares erleiden musste, so wunderbar aufmerksam, so eloquent und einfühlsam sein?«

Olivia nahm meine Hände in die ihren und sah mich an.

»Also ... jetzt mal langsam, Kleines. Kannst du dich etwas deutlicher ausdrücken? Ich verstehe nicht ganz. Antony hatte doch eine behütete Kindheit, konnte alle Vorzüge, die seine Familie genoss, für sich in Anspruch nehmen«, sagte sie mit argwöhnischem Blick. »Oder ... nein ... sag, dass es nicht so ist ... sprichst du von jemand anderem?«

Jetzt war auch ihr die Aufregung an den hektisch roten Flecken auf den Wangen anzusehen. Ich atmete tief durch und erzählte, was in den Wochen nach der Siegerehrung geschehen war. Antony sollte sich als Mensch erweisen, der ungern Zeit verliert. Schon am Abend der Siegerehrung hatte er mich vollkommen in Beschlag genommen. Gleich nach dem festlichen

Bankett hatte er mich zum Tanz aufgefordert, um so viele Stücke wie möglich mit mir zu tanzen, bis die Kapelle gegen ein Uhr morgens endlich zusammengepackt hatte. Dabei hatte er sich als Partner erwiesen, der mich sicher übers Parkett führte und mir gleichzeitig ein Kompliment nach dem anderen machte.

»Aber ... aber das klingt doch fantastisch!«, kommentierte Olivia meine Schilderung. Aufmunternd forderte sie mich auf, weiterzuerzählen.

»Ja, natürlich. Antony ist wunderbar, keine Frage. Aber ...«, mir stockte der Atem und ich musste eine Pause machen, um dann kaum hörbar zu flüstern: »Philip dagegen ...«

»Philip!?«, entfuhr es Olivia, wobei sie sich die Hand vor den Mund schlug, um nicht gleich wieder die Aufmerksamkeit der Tischnachbarn zu erregen. »Was ist mit Philip?«, sagte sie und schaute mir direkt in die Augen.

Ich seufzte und erzählte weiter. Beschrieb, wie der charmante Neffe des Königs von Griechenland mich ebenfalls zwei, drei Mal zum Tanz aufgefordert hatte. Wie wir uns amüsiert daran erinnert hatten, wie wir als Kinder in unserem Pariser Appartement Verstecken gespielt hatten. Und wie sich plötzlich alles so vertraut mit ihm angefühlt hatte, als wäre da ein gemeinsames Band, das uns verbindet.

»Aber, das war doch nur eine kurze Episode«, hakte Olivia ein.

»Eine Kindergartenbegegnung quasi. Dein Schicksal verlief doch danach ganz anders, abseits von Offizierskreisen. Du hast als junges Mädchen deinen Walker Hayes getroffen. Gott hab ihn selig!«

»Ja, ich weiß«, beschwichtigte ich sie. »Es hat sich ja auch alles wunderbar entwickelt und Walker hat mir mit meiner Emily das wunderbarste Geschenk auf Erden gemacht. Auch wenn der grausame Krieg dafür sorgte, dass er seine kleine Tochter nie kennenlernen durfte.«

Ich brach ein weiteres Stück vom Brötchen ab und steckte es mir in den Mund.

»Philip und ich haben uns danach noch zweimal gesehen«, erzählte ich weiter. »Mit Antony traf ich mich fast jedes Wochenende. Er führte mich her in dieses wunderbare Städtchen, lud mich und Emily ein, mit dem Ruderboot die verwinkelten Kanäle der Gegend zu erkunden. Er schwärmte uns vor, wie unser Leben hier aussehen würde und ging sonntags mit uns in den Park, um Enten zu füttern und Emily mit riesigen Portionen Eis zu verwöhnen.«

Aufmerksam hörte Olivia mir zu, obwohl sie es sonst war, die in einer Tour redete. Ich beschrieb ihr den Nachmittag, an dem Antony mich mit seinem neuen Wagen abholte. Es war ungewöhnlich warm für April und wir konnten das Verdeck offenlassen. Auf unserer kleinen Spritztour stoppten wir an der Anlage des Reitclubs.

»Komm, Deborah, holen wir uns ein Stück Torte im Café«, hatte Antony gesagt und mir aus dem Wagen geholfen. Auf der Terrasse hatte reger Betrieb geherrscht und nach kurzer Zeit entdeckten wir einen freien Tisch. »Bleib hier und bestelle uns Tee, ich hole uns inzwischen zwei leckere Stücke«, sagte er und ging in Richtung Theke.

»Was für eine wunderbare Überraschung«, murmelte es von hinten in mein Ohr, »Deborah Ashmoore.«

Ich erkannte ihn sofort. Philip. Souverän nahm er neben mir Platz. Ganz nah, da sich am Nachbartisch eine Großfamilie ausbreitete, und er offenbar noch ausreichend Raum für den Kellner lassen wollte.

»Es ist viel los heute. Antony wird noch eine Weile an der Theke verbringen müssen«, hatte er geschmunzelt und mir dabei direkt in die Augen geschaut. »Ich darf ihn doch inzwischen hier vertreten, oder? Erzähl mir ein bisschen mehr von dir, Deborah ... Ich habe noch oft an den Abend gedacht, und an uns als Kinder in Paris ...«

Olivia faltete ihrer Serviette zusammen und räusperte sich:

»Also, das heißt es hat wohl ganz schön geknistert zwischen euch?«

Ich antwortete nicht gleich und spürte noch einmal den Gefühlen nach, die mich bis heute verwirren: »Ja, es lag etwas in der Luft, dem sich offenbar keiner von uns beiden entziehen konnten. Obwohl wir sehr wohl wussten, dass es ein Spiel mit dem Feuer war.«

Olivia sah mich durchdringend einige Sekunden lang an.

»Weißt du, was verrückt ist?«, fragte sie mit ruhiger Stimme.

»Wir wollen immer das haben, was wir nicht haben können.«

Ein tiefer Stich durchfuhr meinen Bauch und ich kannte Olivia gut genug, um zu wissen, was sie mir damit sagen wollte. Ja, ich hatte schmerzlich etwas verloren. Und als jemand dabei war, mich zu erlösen, schaute ich woanders hin. Womit Olivia mich an dem Punkt hatte, an dem sie mich haben wollte. Bei Walker, meinem ersten Mann, den ich so sehr geliebt hatte und für den ich nichts anderes mehr tun konnte, als ihm in einem Brief mitzuteilen, dass er in einigen Monaten Vater werden würde. Dein Vater liebe Emily. Dessen Todesnachricht mich mitten im Krieg in einem Umschlag erreichte, den mir unser Briefträger übergab, ohne sich seiner Tränen zu schämen. Noch heute erinnere ich mich genau, dass das Haus vom Geruch des Rosinenkuchens erfüllt war, dem Lieblingskuchen deines Vaters, den ich an diesem Tag im Ofen hatte. Während meiner Schwangerschaft mit dir konnte ich nicht genug davon bekommen. Und obwohl es kaum Zutaten zu kaufen gab, gelang es mir, mit viel Fantasie und Kreativität diesen Kuchen immer wieder zu backen.

»Aber jetzt hast du dich für Antony entscheiden«, versuchte Olivia mich in die Gegenwart zurückzuholen.

»Ja, natürlich«, stimmte ich zu und gab dem Kellner einen Wink. Wir waren die Letzten im King's Head, das jeden Nachmittag schloss und erst zum Dinner wieder öffnete. Rasend schnell war die Zeit vergangen. Wir standen auf und begaben uns auf den Weg in Olivias Atelier., wo sie das letzte Mal Maß für das Hochzeitskleid nehmen würde.

»Antony ist der Mann, mit dem ich mein Leben verbringen möchte. Er ist warmherzig, liebt Emily wie sein eigenes Kind, und möchte sie gleich nach der Heirat adoptieren«, zählte ich auf, während wir die Straße überquerten. »Wir werden in diesem wunderbaren Haus hier in Richmond leben. Außerdem hat Antony vielversprechende berufliche Aussichten und befindet sich in sicheren finanziellen Verhältnissen«, ergänzte ich.

»Aber das klingt doch wunderbar!«, stimmte Olivia mir zu. »Vergiss sofort das andere. Das ist Schwärmerei für etwas vollkommen Unerreichbares.«

Ich nickte bestätigend, denn es war ja nicht so, dass ich für Antony keine Liebe empfand. Ich genoss es, in seiner Gesellschaft zu sein, mich mit ihm über unsere Zukunftspläne zu unterhalten. Und ich kostete die Momente aus, die wir bereits in einem Zimmer einer kleinen Pension unter falschem Namen als vermeintliches Ehepaar verbracht hatten. Schließlich waren wir erwachsen genug, um auch vor einer Hochzeit schon erste intime Stunden verbringen zu dürfen. Um auszuprobieren, wie es sich anfühlt, sich dem Partner vollends hinzugeben.

»Du hast ja so Recht, Olivia!«, rief ich ihr zu. »Antony ist perfekt für mich!«

Dabei überquerten wir ein paar weitere Straßen und liefen hinüber zu einem vierstöckigen Wohnhaus, in dessen Dachwohnung Olivia ihr Schneideratelier betrieb. Im hellen Licht der Dachfenster, fand ich mich schon bald von unzähligen Nadeln gespickt und in raschelnden Seidenstoff gekleidet.

»Du wirst wunderbar darin aussehen!«, schwärmte meine Freundin. »Und das sage ich nicht, weil ich die Schneiderin bin!«

Ich drehte mich vor dem Spiegel von links nach rechts, während Olivia hier und da eine Naht absteckte. Cremefarbene

Seide mit einem mit Spitzen besetzten Einsatz am Dekolleté sollten nicht nur die Hochzeitsgäste, sondern selbstverständlich auch meinen zukünftigen Mann begeistern.

»Ich könnte heulen, dass ich bei der Hochzeit nicht dabei sein werde«, schimpfte Olivia, wohlwissend, dass das für sie gleichzeitig ein Glücksfall war. Denn den nächsten Auftrag, der sie dank einer Empfehlung aus Antonys Familie zu einer Braut aus dem ehemaligen französischen Hochadel nach Monaco führen würde, durfte sie sich beim besten Willen nicht entgehen lassen. Es war das beste Sprungbrett für ihre Karriere, das ihr je geboten worden war.

»Ich werde dir jede kleinste Kleinigkeit erzählen«, versprach ich hoch und heilig. »Du bist meine beste Freundin! Das geht doch gar nicht anders!«

»Ich werde dich daran erinnern«, lachte Olivia. »Womöglich angle ich mir ja gleich einen eigenen Bräutigam an der Côte d'Azur! Es wäre nicht die schlechteste Gegend zum Leben.« Nachdem ich vorsichtig dem Kleidungsstück entschlüpft war, verabschiedete ich mich von ihr, nicht ohne ein paar Tränen der Rührung und des Wehmuts zu vergießen.

Mit diesen Zeilen an Dich, liebe Emily, ist mir Jahre später noch einmal bewusst geworden, wie viel Glück ich in meinem Leben hatte. Auch wenn es oft nicht danach aussah. Und obwohl ich es das ein oder andere Mal herausgefordert habe. Ich bin stolz und dankbar, heute den Tag meiner Hochzeit mit Antony als einen der glücklichsten Tage meines Lebens rühmen zu dürfen. Auch wenn die Versuchung bis zuletzt zugegen war.

Wir hatten unsere Hochzeitsfeier im Wingfield, das sich seit Jahrzehnten im Besitz der Familie Fergusson befindet. Hier haben schon die Angehörigen verschiedenster Königshäuser Europas sowie Gäste aus allen oberen Gesellschaftsschichten genächtigt. Du erinnerst dich daran, wie deine Großeltern dich an diesem Tag in den prunkvoll geschmückten Festsaal mitnahmen, Emily? Wo du die riesigen, mit unzähligen Leuchten besetzten großen Kristalllüster an der Decke bestaunt hast?

Antony und seine Familie hatten aus der Vorbereitung unseres Hochzeitstags ein Geheimnis gemacht. Ich hatte bereits zwei Wochen zuvor »Zutrittsverbot« zum Hotel erhalten. Entsprechend hingerissen schritt ich dann Seite an Seite mit Antony hinein in die weitläufige Empfangshalle.

»Und – ist sie wirklich so gigantisch, wie alle erzählen?«, würde Olivia jetzt fragen. Und ich würde antworten: »Ja, und zwar noch monumentaler als man es sich vorstellt. Mit ihrer mächtigen Glaskuppel, die den Marmorfußboden wie ein durchsichtiges Himmelszelt überspannt. Rundum bestückt mit Palmen in großen Steintrögen, die eine fast oasenähnliche Stimmung erzeugen.«

»Welche Persönlichkeiten mochten hier schon zu Gast gewesen sein, wie viele Schicksale sich ereignet haben?«, fragte ich mich den Rest des Tages, jedes Mal, wenn wir einen anderen Raum betraten. Immer mehr Gäste strömten aus dem Ballsaal hinaus in das Foyer, um uns zu beglückwünschen.

»Werden wir das heute schaffen?«, flüsterte ich meinem Mann zu. »Oder stehen wir morgen immer noch hier und schütteln Hände.«

»Ich habe Doubles engagiert«, raunte er zurück. »Die uns im Hochzeitszimmer vertreten wollten. Das will ich aber unbedingt selbst erleben. Dann können die ja hier weiter Hände schütteln.«

Ich musste meine volle Konzentration aufbringen, um nicht in einen Lachanfall auszubrechen. Irgendwann war auch die Gratulationskür zu Ende und alle Gäste verteilten sich nach und nach. Vom Foyer aus ging es in etliche kleinere Räume, in denen man sich in ruhigerer Atmosphäre unterhalten konnte. Oder man schlenderte auf die dem Ballsaal direkt vorgelagerte Terrasse, um frische Luft zu schnappen und das ein oder andere vertrautere Gespräch zu führen.

Wie in einem Traum genoss ich das am frühen Abend beginnende Bankett an den rund um die Tanzfläche aufgebauten

Tischen, mit allen Köstlichkeiten, die man sich nur ausdenken konnte. Bis im hellen Schein der Kronleuchter die Kapelle zum Brauttanz aufforderte, den ich mit Antony alleine zu den Donauwellen von Johann Strauß tanzte, freudig begutachtet von den rundherumstehenden Gästen.

»Meine Liebste, wenn du mich kurz entbehren kannst, dann sehe ich schon mal in unserem Zimmer nach dem Rechten«, sagte Antony als der Ballsaal einer unüberschaubar wogenden Masse aus Frisuren, Abendkleidern und Fräcken glich. Er wollte wie immer auf Nummer sicher gehen, dass alles so arrangiert war, wie er es angeordnet hatte.

»Aber natürlich. Du bist ja jetzt mein Mann, da kannst du mir ja nicht mehr weglaufen«, scherzte ich und warf ihm eine Kusshand zu. »Ich brauche etwas frische Luft, schließlich wird das noch eine lange Nacht werden. Zumindest hoffe ich es«, rief ich ihm augenzwinkernd hinterher.

Nachdem er mit zwei Pagen in dem mit goldenem Samt ausgelegten Aufzug verschwunden war, schlenderte ich langsam in Richtung Terrasse, von wo aus ich den betörend illuminierten Garten des Wingfields bewunderte.

»Darf ich Dich noch einmal um einen Tanz bitten?«, flüsterte eine Stimme in mein Ohr, die ich sehr gut kannte. Sie bildete eine eigentümliche Harmonie mit den Walzertönen der Kapelle im Ballsaal. Es klang so, als wolle die Musik diese Begegnung nur für uns, die wir allein hier draußen waren, untermalen.

»Philip …«, hauchte ich und drehte mich um. In festlicher Ausgehuniform stand er mir gegenüber. Viel näher, als ein normaler Tanzpartner es üblicherweise tut. Er legte seinen Arm an mein rechtes Schulterblatt, nahm meine linke Hand in seine und sanft begannen wir uns im Dreivierteltakt zu wiegen. Entlang der Balustrade und vorbei an den meterhohen, hell erleuchteten Fenstern. Ohne ein einziges Wort zu wechseln, bis zu dem Punkt, an dem der Tanz begonnen hatten. Wissend, dass es nur dieser eine Moment sein würde, den wir für die

Zukunft und für immer in unserem Herzen bewahren würden. Als die Instrumente verstummten, führte er mich zurück in den Saal, wo er sich tief vor mir verbeugte. Danach entfernte Philip sich mit langsamen Schritten in Richtung Foyer, um dann noch einmal innezuhalten und sich ein letztes Mal umzudrehen.

»Aus uns hätte wirklich etwas werden können«, sagte er mit sanfter Stimme. »Leb wohl und werde glücklich, Deborah.«

Bevor ich auch nur ein einziges Wort sagen konnte, verschwand er in der Menge der anderen Gäste. Ich setzte mich in einen der Korbsessel, die neben der weit offenen Terrassentür standen, und nahm dankbar ein Glas Champagner entgegen, das mir ein aufmerksamer Kellner anbot.

»Deborah, mein Schatz, hier bist du ja!«, rief Antony wenige Minuten später. »Fast hätte ich dich nicht gefunden! Ich dachte schon an Brautentführung! So was soll es ja immer wieder geben«, lachte er und streichelte zärtlich meine Wange.

»Du weißt doch, wenn ich einmal ja sage, dann ist das für immer«, lächelte ich zurück, erhob mich und gab ihm einen langen Kuss. Wir sollten einen wundervollen Abend erleben, den wir mit einzigartigen Gästen und unvergesslichen Momenten zu einem rauschenden Fest machten. Genauso wie die nächtlichen Stunden, die diesem Abend folgten, in der einmaligen Atmosphäre unseres Hochzeitszimmers, in dem alles in sanftes Licht getaucht war. Von der orientalisch wirkenden Sitzgruppe bis zum metallenen Tisch, auf dem eine mehrstöckige Étagère mit frischem Obst thronte. Daneben ein Kelch voller Eis, in dem Champagnerflaschen steckten, für die zwei hohe Flöten aus Kristallglas bereitstanden. Es war ein Zimmer, dessen Wände voller Töne und Wörter waren, ausgesprochen von den Paaren, die vor uns hier ihre erste gemeinsame Nacht verbracht hatten.

Das Wingfield wird dies alles niemals weitererzählen. Ich muss selbst dafür sorgen. Deshalb dieser Brief, der dir meine Geschichte erzählt, von jener Zweisamkeit, für die ich mich entschieden habe. Für Antony und für dich, meine geliebte Emily.

Ich wünsche dir alles Glück dieser Erde für deine bevorstehende Ehe mit Reinhard. Vielleicht wirst auch du eines Tages einen Brief an deine Tochter oder deinen Sohn schreiben. Möge er weniger von Zweifeln und schweren Entscheidungen berichten als der, den du gerade gelesen hast. Aber da das Leben ein unberechenbarer Kreisel ist, wissen wir nie, in welcher Richtung er sich drehen wird ... Für immer, Deine Mama.

Teil 2

Unten

Unten lagen die Objekte, über die oben gedacht,
geredet, diskutiert und entschieden wurde.
Es wurde gelitten und ertragen.
Gut und Böse wurden auffälliger,
das Empfinden zwischen Recht und Unrecht bedeutsamer.
Oben war besiegbar geworden ...

27
Jaboah und Kimara, Kolmanskop, März 1916

Den steil zum Haus der Familie van der Meer führenden Weg war Jaboah schon oft gegangen. Nachdem er gerufen wurde oder wenn es etwas Routinemäßiges in der Villa zu erledigen gab. Heute war es ein Anliegen in eigener Sache, das ihn und Kimara herführte. Fast eine Stunde standen sie in der großen Halle, bis ein Diener von Frans van der Meer sie hineinrief. Kein Wort hatte Kimara bis dahin gesprochen, und es kaum gewagt aufzuschauen. Beeindruckt vom pompösen Prunk, der sie umgab, war ihre anfängliche Scheu Stück für Stück in Lähmung übergegangen. Die Mosaike im Boden, die riesige geschwungene Treppe sowie Vitrinen voll mit edlem Porzellan und goldglänzenden Gegenständen, die sie nie zuvor gesehen hatte, raubten ihr den Atem. All das wurde von dem Pomp, der sich in Frans van der Meers grandios dekoriertem Arbeitsraum befand, nochmals übertroffen.

»Hatte ich dich für irgendetwas herbestellt?«, fragte der Minenbesitzer unwirsch, was Kimaras Zittern an den Rand eines Bebens brachte. Beruhigend legte Jaboah ihr die Hand auf den Unterarm, wobei er ihr ein kaum hörbaren »Shhhhh ...« zuraunte.

»Nein, Mr. van der Meer«, erwiderte Jaboah und versuchte, seiner Stimme einen so sicheren Klang wie möglich zu geben. »Ich habe ein Anliegen in eigener Sache.«

Frans van der Meer sah über seine Halbbrille hinweg zu Kimara und dann wieder zu ihm.

»Und wer ist das?«, schnarrte er auf Kimara deutend.

»Ich ... wir ... also, das ist Kimara«, stockte Jaboah und legte seinen Arm um sie. »Wir wollen heiraten.«

Der Minenbesitzer lehnte sich zurück und drehte den Füllfederhalter in seinen Fingern. Dabei verfinsterte sich sein Gesicht noch mehr.

»So, so. Heiraten. Wo hast du sie her?«

»Sie arbeitet im Wirtschaftsbereich in der Küche, Mr. van der Meer.«

»Seit wann?«

»Seit zwei Jahren. Sie ist eine der besten beim Kochen und Putzen.«

»Dann sind wir schon fertig. Wir können sie nicht entbehren. Such dir ein anderes Weib.«

Jaboah bemerkte Schweißperlen auf seiner Stirn.

»Ich möchte mit Kimara hier in der Mine wohnen, Mr. van der Meer«, sagte er, bemüht, seine Wirbelsäule durchzudrücken, um ein wenig mehr von seiner kräftigen Gestalt zu demonstrieren.

Seit der Gründung der Van der Meer Diamond Mining Corp. im Jahr 1910 arbeitete Jaboah Okoye für die holländische Familie. Anfangs als einfacher Arbeiter im Diamantenabbau, dann als Vorarbeiter, als Luuk Janssen, ein Ingenieur, Jaboahs Gewandtheit, schnelle Auffassungsgabe und großes technisches Verständnis erkannt hatte. Er hatte sich zu Luuks rechter Hand entwickelt und war daher nicht unwichtig für die Mine. Sein Dasein war dadurch ein wenig sicherer als das anderer. Vorarbeiter und Kolonnenführer hatten es durch Verwaltungsarbeiten, Botengänge und Aufsichten leichter als einfache Minenarbeiter, die Tag für Tag brutaler Hitze und Staub ausgesetzt waren. Sie wurden sang- und klanglos ausgetauscht, sobald ihre Kräfte versagten. Nach Geschlechtern getrennt lebten die Arbeiter in kümmerlichen Baracken unter unzumutbaren hygienischen Gegebenheiten. Zwölf Stunden an sechs Tagen die Woche gruben sie nach Diamanten. Die wenigen Frauen, die es in der Mine gab, frönten in den Transportbereichen oder Versorgungsbaracken. Eheschließungen waren Arbeitern nur gestattet, wenn ihre Ehefrauen und Kinder außerhalb lebten. Das stellte jegliche Familienbildung meist vor unlösbare Probleme. Dennoch hatten einige es erreicht, auch im Ehestand dortzubleiben. Für sie gab es separate Hütten, die zwar über ein wenig mehr Raum verfügten, aber kaum jene Intimsphäre garantierten, die einer familiären Gemeinschaft normalerweise zustehen. Streitereien zwischen Mann und Frau, wechselseitige Verdächtigungen des Ehebruchs, Neid und Misstrauen gehörten hier zur Tagesordnung. Diese Streits zu schlichten, zählte meist ebenfalls zu den Aufgaben eines Vorarbeiters.

Lange schaute Frans die beiden schweißglänzenden Afrikaner in ihren verschlissenen Gewändern an. Den Mann mit seinem fast aufsässigen Gesichtsausdruck und sie, die hinter ihrer eingeschüchterten, leicht gebeugten Haltung tatsächlich so etwas wie Schönheit erkennen ließ. Ein Weib, das noch zuzureiten war, um sie ein wenig zum Aufblühen zu bringen, sinnierte Frans. Das brachte ein Negerschwanz in seinen Augen niemals zustande, denn die Eingeborenen verlangten nach schüchternen Hennen, die ihr Hinterteil hochstreckten, damit sie sie wie krähende Hähne so lange begatten konnten, bis sie das passende Ei legten. Möglichst mit männlichem Inhalt.

Selbstbewusstere, verruchtere Frauen fanden die Männer in den Bordellen, wohin sie sonntags stampften, um dort ihre Fantasien in Parfüm und Seide auszuleben. Dort waren sie für ein bis zwei Stunden frei von ihren Sorgen um Kinder, Essen, Kleidung und all dem, was ihre Ehefrauen ihnen vorweinten. Natürlich gehörten auch die Freudenhäuser den Minenbesitzern, die sich damit einen Teil der sowieso kärglichen Löhne ihrer Arbeiter wieder zurückholten.

Frans van der Meer schwankte zwischen sofortigem Rauswurf der beiden und dem, was ihm seit einigen Sekunden durch den Kopf geisterte. Auch wenn er seine vor vier Jahren ins Amsterdamer Hurenleben geflüchtete Tochter Lydia im Prinzip schon verstoßen hatte, erinnerte er sich daran, wie Jaboah Okoye ihr einst das Leben gerettet hatte. In letzter Sekunde hatte er sie aus einem Wassertank gezogen, in den sie beim Spielen gefallen war. Nun lag Frans van der Meer nichts ferner als Sentimentalitäten und gottesfürchtige Dankbarkeit. Nicht im Ansatz. Doch von Zeit zu Zeit konnte er auf sehr rationale Art und Weise emotionale Entscheidungen treffen. Jaboah war niemand, den er sofort ersetzen konnte. Zumindest hatte Luuk Janssen ihm das des Öfteren erklärt. Und über Urteile seines wichtigsten Ingenieurs setzte er sich nur ungern hinweg. Also sollte er die schwarze Katze doch heiraten, zumal auch sie wohl einigermaßen tüchtig war. Zwei stinkende Winkel in den für Familien vorgesehenen Baracken waren sowieso frei geworden. Einer, nachdem der Ehemann bei einem Streit mit einem Aufseher zu Tode gekommen war. Der andere, weil die Frau ihren Mann und drei Kinder mitten in der Nacht verlassen hatte, und ins Nichts geflohen war. Ins Nichts, wo nur der Tod in trostloser Wüste auf sie wartete, da niemand sie jemals bei sich aufnehmen würde. Noch nicht einmal eines der Bordelle.

»Ich werde darüber nachdenken«, sagte Frans und legte seinen Füllfederhalter so behutsam vor sich auf den Schreibtisch, als wäre er zerbrechlich. »Bis Ende nächster Woche lass ich es euch wissen. Und nun raus mit euch. Ich habe Wichtigeres zu tun, als in eure Visagen zu glotzen.«

Nachdem Jaboah und Kimara den Raum verlassen hatten, rief Frans van der Meer nach seinem Diener: »Hol mir meinen Sohn her, sofort«, befahl er dem in eine schwarz-goldene Livree gekleideten Mann, der sich mit leichter Verbeugung behänd zurückzog.

Carlo van der Meer betrat knapp zehn Minuten später den Raum und blieb linkisch vor dem Schreibtisch seines Vaters stehen.

»Setz dich«, brummte Frans, ohne von seinen Unterlagen aufzublicken.

Carlo folgte. Stumm sah er seinem Vater zu, bis dieser die geschlossene Mappe zur Seite legte und sich ihm zuwandte.

»Du bist jetzt 16 Jahre alt«, erklärte er. »Da wird es langsam Zeit, dass du die ein oder andere Aufgabe übernimmst.« Nachdem Carlo ihn ohne Reaktion einige Sekunden lang immer noch schweigend angeschaut hatte, fuhr er fort: »Der Vorarbeiter von Luuk Janssen, Jaboah Okoye, war gerade bei mir. Er hat mir erklärt, dass er zu heiraten beabsichtigt. Irgendeine Negerin aus der Hauswirtschaft.«

Hartnäckig schwieg sein Sohn weiter, zuckte diesmal allerdings leicht mit den Schultern.

»Kannst du vielleicht auch einmal etwas sagen?«, blaffte es aus Frans heraus, woraufhin Carlo ihn erschrocken ansah.

»Ja ... aber ... was soll ich sagen? Ich kenne ihn nicht besonders. Du entscheidest doch sowas.«

Missmutig nickte sein Vater.

»Ja, und das habe ich bereits.«

»Und ...?«

»Du weißt ja, dass jede Frau, die hier in unserem Anwesen als Ehefrau leben will, den van-der-Meer-Stempel braucht.« Carlo hatte davon gehört, obwohl seine Mutter es als Gerücht abtat, sobald sie darauf angesprochen wurde.

»Was willst du von mir?«, fragte Carlo, wennschon er die Antwort ahnte.

»Ich will, dass du endlich ein Mann wirst. Weil ich mich nicht mehr länger um alles kümmern will. Das Buschweib heißt Kimara und arbeitet bei den Köchen. Nimm sie dir vor und mach ein Weib aus ihr. Eine, die ›van der Meer‹ auf ihrer Dose stehen hat. Damit dieser Jaboah für immer weiß, in wessen Eigentum sie gehört.«

*

Bis zum Jahr 1897 war der Landverkehr Südwestafrikas ausschließlich auf holprigen Naturpfaden abgewickelt worden. Verkehrsträger waren zu dieser Zeit die von langen Reihen von Ochsen gezogenen, unbeholfen dahinknarrenden Wagengespanne. Das Land war eine weitgehend unvermessene Wildnis, über deren geologische Beschaffenheit kaum etwas bekannt war. Um das zu ändern, erhielt bereits im Jahr 1892 die South West Africa Company von der deutschen Regierung den Auftrag, eine Eisenbahnlinie von der südlichen britischen Enklave Walfischbucht bis zur Mündung des Kunene in den Atlantik zu projektieren. Nachdem die Genehmigung der deutschen Reichsregierung für das Projekt vorlag, beschloss die Landeshauptmannschaft des Schutzgebietes den Bau einer leichten Feldbahn längs des alten Bayweges am Nordufer des Swakop-Reviers. Eine Eisenbahnbrigade mit drei Offizieren, 290 Mann und 800 einheimischen Arbeitskräften sollte die Strecke so trassieren, dass sie sich weitgehend dem Gelände anpasste. Im September 1897 begannen die Arbeiten an der alten Staatsbahn von Swakopmund nach Windhoek. Die Trassenführung verlief durch die Namib über die Stationen Nonidas, Richthofen und Rössing bis zum engen Tal des Khan-Rivers, einem Trockenfluss in der Erongo-Region.

Im Jahr 1905 war mit der Lüderitz-Eisenbahn auch Kolmanskop zu erreichen, dessen Entstehung den Eisenbahnarbeitern August Stauch und Zacharias Lewala zu verdanken war. Bahnmeister Stauch war am Bahnhof Grasplatz nahe Lüderitz mit der Aufgabe betraut worden, einen zirka 20 km langen Eisenbahnabschnitt von den ständigen Sandverwehungen freizuhalten. Der einheimische Arbeiter Zacharias Lewala wurde ihm als Hilfe beiseitegestellt. Auf Grund seiner früheren Tätigkeit in einer südafrikanischen Diamantenmine verfügte Zacharias über mineralogische Kenntnisse. Das ließ ihn fortwährend auf außergewöhnliche Steine achten. Als er am 10. April 1908 einen solchen fand, vermutete sein Vorgesetzter sofort einen Diamanten, was ihm vom Ingenieur Sönke Nissen bestätigt wurde. Umgehend sicherte man sich bei Kolmanskop einen 75 km^2 großen Claim, um dort erfolgreich weiter nach Diamanten zu suchen, und löste damit einen regelrechten Diamanten-Boom aus, in dessen Windschatten auch die Familie van der Meer ihre Minendynastie gründete.

Schon bald kam es in den Minen zu Diebstählen in größerem Stil, was aufwändige Sicherheitskontrollen nach sich zog. Die Arbeiter durften am Ende ihres Arbeitstages nur einen Ausgang benutzen, an dem sie gründlich untersucht wurden. Dabei mussten die schwarzen Minenarbeiter entwürdigende Ganzkörperkontrollen über sich ergehen lassen. Die weißen wurden meist nur durch einfache Sichtkontrollen überprüft. Dennoch wurde man den Diebstählen nicht Herr, was schließlich zu jenen Barackenlagern führte, in denen auch die Arbeiter der Van der Meer Diamond Mining Corp. zu leben hatten. Die Baracken waren von der Außenwelt abgeschottet, mit Stacheldraht umzäunt und nachts hell beleuchtet. Es sollte unmöglich werden, Kontakt zu illegalen Diamantenhändlern aufzunehmen. Das sorgte gleichzeitig dafür, dass die Arbeiter immer stärker in sklavenähnlichen Verhältnissen unterjocht wurden. Nur noch einmal in der Woche, am Sonntag, war es ihnen möglich, unter Auflagen und permanenten Beobachtungen das Lager für einige Stunden zu verlassen. Um ihre Familien zu besuchen, oder die ebenfalls streng bewachten Bordelle. Da diese Einschränkungen dort jedoch die Einnahmen reduziert hatten, entschloss man sich kurzerhand, sie gleich in das eingezäunte Areal zu integrieren. So konnten die Arbeiter auch unter der Woche ihrer Triebabfuhr folgen.

Der Tag, an dem sich Carlo van der Meer Kimara näherte, war ein solcher Sonntag, und damit ein Tag, den auch ihr zukünftiger Ehemann dazu nutzte, seinen Eltern ein wenig Geld und Lebensmittel zu bringen. Carlo saß auf einem der Stühle, die sich die Bewohner der Hütte vor die Tür gestellt hatten, um im Abendlicht ein wenig den Tag zu vergessen. Obwohl dieser Bereich an Sonntagen den ganzen Tag über als Treffpunkt diente, waren an diesem Tag alle anderen Stühle leer. Niemand traute sich her, sobald ein Mitglied der Inhaber-Familie auch nur in die Nähe kam.

»Hallo, Kimara«, sagte Carlo und blinzelte sie dabei aus engen Augenschlitzen an. An seiner beleibten Figur klebte das weiße Oberhemd, über dem zwei breite Hosenträger gespannt waren. Mit seinem runden, glänzenden Gesicht und den stets roten Wangen war er das genaue Gegenbild der ausgemergelten Minenarbeiter: »Endlich Sonntag, was?«

Kimara brachte kein Wort hervor und nickte mehrmals hektisch mit dem Kopf. Sie sah ihn nicht an und hoffte inständig, schnell an ihm vorbei zu kommen. Doch Carlo hielt sie am Oberarm fest, sodass das mit Essensresten gefüllte Paket zu Boden fiel. Er ließ sie los und sie bückte sich, um es aufzuheben.

»Ich will mit dir reden«, sagte er und erhob sich. »Gehen wir hinein.« Erneut ihren Oberarm packend, schob er sie vor sich her in den kleinen Wohnbereich, in dem niemand anderes zugegen war. So wie in der angrenzenden Wohnung offenbar auch.

Schon vor zwei Jahren hatte sein Vater ihn eines Abends mit in das abseits gelegene Haus der Verdorbenen, wie seine Mutter es nannte, genommen. Noch mit kindlichen Vorstellungen gesegnet, musste er zusehen, wie eine der schwarzen Dirnen sich entkleidet und auf den Diwan gesetzt hatte. In schockähnlicher Starre hatte er auf das geschaut, was sie mit gespreizten Beinen vor ihm auseinanderzog. Das, was er von den kleinen Mädchen, die nackt um die Badezuber herumsprangen, als kaum sichtbaren Spalt kannte, offenbarte sich ihm in diesem Augenblick als feuerrote Grotte, die im diffusen Licht der Wandlampe feucht schimmerte. Sie hatte ihre dicken Brüste mit beiden Händen angehoben und ihn, die Lippen leckend, herausfordernd angeschaut. Blitze waren durch seinen Unterleib gezuckt, an dessen schlauchförmigem Ende er eine plötzliche Schwellung bemerkte, aus der schwallartig eine Flüssigkeit herausschoss, während sein Körper von brennenden Schauern durchzogen wurde. Beschämt und bestürzt war er zurückgewichen und auf einem gegenüberstehenden Sessel gelandet. Auch wenn er das mit der Schwellung und der Flüssigkeit bereits kannte, war dies offenbar der Beginn von etwas Neuem. Etwas, das nichts mit den abgegriffenen Fotografien zu tun hatte, die er unter seiner Matratze versteckt hielt.

»Ich glaube, für heute kannst du gehen«, hatte sein Vater gesagt, als er seine Hose aufgeknöpft hatte. »Oder willst du noch zusehen, wie ich ihn ihr hineinramme?«

Zitternd war Carlo aufgesprungen und, die Hände vor seine feuchte Hose haltend, hinausgerannt. Mit Bildern im Kopf, die ihn von nun an nicht mehr losließen. Zum Leidwesen unzähliger schwarzer Mädchen, die er kraft seiner Macht als Sohn Frans van der Meers in Nischen, hinter Büschen und in versteckten Ecken dazu zwang, sich zu entkleiden, während er mit seiner Hand jene besagte Flüssigkeit aus sich herausmassierte. Heute, mit Kimara, musste es anders sein. Das, was sein Vater von ihm verlangte, war mit der bisherigen Reibeprozedur nicht gemeint.

»Wir können es dir leicht machen«, sagte er und schob sie in Richtung des Bettes, auf dessen Rand sie sich niederließ.

»Bitte, Herr ... tun Sie mir nichts«, flüsterte sie. »Ich werde bald heiraten ...«

»Genau deswegen bin ich hier. Wenn du dich hinlegst und mich machen lässt, werde ich dir nicht wehtun und niemand wird davon erfahren. Auch dein zukünftiger Mann nicht.«

Kimara begann zu weinen. Verzweiflung überkam sie und sie schlug beide Hände vors Gesicht.

»Es ist nicht richtig, vor Gott …«, jammerte sie und Carlo spürte, wie seine Geduld ein Ende nahm.

»Ich bin hier Gott«, fauchte er. »Ich bestimme, was getan wird. Fast alle Frauen hier haben diese … diese … Zeremonie einmal machen müssen. Also zieh dich endlich aus, leg dich hin und spreiz deine Beine.«

Kimara hatte davon gehört, dem Ganzen aber nie Glauben geschenkt. Stumm weinte sie heftig mit dem Kopf schüttelnd weiter und als er sie zurück auf die Matratze drückte, stieß sie einen kurzen spitzen Schrei aus. Er legte ihr die Hand auf den Mund und brachte sein dickes Gesicht nah an ihres. Seine Augenschlitze glichen denen einer Raubkatze: »Hör auf zu schreien, Miststück, oder ich bringe dich um.«

Mit aufgerissenen Augen sah sie ihn zitternd an und legte beide Arme neben sich auf das Bett. Ungeschickt und hektisch öffnete er ihre Bluse und schob ihren Rock mitsamt dem, was sie darunter trug, nach unten. Während er versuchte, mit seinem Becken ihre Beine auseinander zu drücken und mit einer Hand seine Hose zu öffnen, registrierte er, wie es schon schwallartig und heiß aus ihm herausspritzte.

28

Kimara, Kolmanskop, August 1930

Kimara hatte ihrem Mann nie erzählt, was an jenem Sonntag vor vierzehn Jahren geschehen war. Vielleicht hatte er es geahnt, doch hatte er sie niemals gefragt. Es war Kimaras bestgehütetes Geheimnis. Froh darüber, dass nicht mehr passiert war als Carlos männliche Blamage, trug sie es tief vergraben mit sich. Carlo hatte sich ihr nie wieder genähert. Wenn sie sich begegneten, war er an ihr vorbeigegangen, als existiere sie nicht. Es schien, als hätte sie eine schützende Aura um sich. Obwohl man bei Carlo nie wusste, woran man war.

Nachdem Frans van der Meer 1925 umgekommen war, hatte sein Sohn die Macht übernommen. Das war nicht einfach gewesen, da Frans Carlo nie Einblick ins Geschäft gegeben hatte. Nach seinem Tod musste Carlo sich erst Respekt bei den Anwälten und Finanzberatern seines Vaters verschaffen. Carlo, der vorher als minderbemittelt gegolten hatte, erreichte schließlich, dass sich ihm alle, auch das Konsortium aus Minenfachleuten und Interessensvertretern, untergeordnet hatten. Auch dem Mitgründer der International Diamond Organisation Josef von Albersheim war nach dem Tod von Frans rasch klar geworden: Mit Carlo van der Meer war nicht zu spaßen. Mit mehr Grausamkeit als je zuvor, unberechenbar und frei von jeglichen Skrupeln tat Carlo alles, was dem Unternehmen und seinen immer teuflischeren Trieben diente. Manche schwarze Frau war nach seinen perversen Ausschweifungen nicht mehr erwacht. Die einzige Person, die noch ein wenig Einfluss auf Carlo ausübte, war seine Mutter. Wer für einige Tage die Van der Meer-Diamantenmine besuchte, konnte den Eindruck bekommen, es handle sich dort um einen unabhängigen Staat, wo keine Gesetze galten, zumindest nicht für die Machthaber. Menschen verschwanden oder wurden ohne Heimlichkeit hingerichtet. Man wusste, dass draußen genug Nachschub darauf wartete, für einen Hungerlohn sein Leben der Diamantenförderung zu opfern. So wurde immer mehr Reichtum in die Taschen der Verantwortlichen geschaufelt und das Elend der afrikanischen Bevölkerung permanent weiter vorangetrieben. Hoffnungslosigkeit war für sie nach wie vor täglich Brot.

Jaboahs und Kimaras Familie war nach deren Hochzeit im Mai 1916 rasch gewachsen. Noch im gleichen Jahr kam Lamina zur Welt, zwei Jahre später ihr Bruder Sekou. 1919 schenkte Kimara ihrem Sohn Fela das Leben, 1924 ihrer Tochter Youma.

Da Carlo sich für einige Wochen in Berlin aufhielt, leitete der holländische Ingenieur Luuk Janssen in dieser Zeit die Geschicke der Mine. Immer, wenn der Minenbesitzer abwesend war, brachen kurze Momente des Aufatmens an, trotz weiterhin strenger Abbauvorgaben und Sicherheitsauflagen. Jeder konnte die ein oder andere persönliche Angelegenheit erledigen und den jungen Frauen war es möglich, eine Zeitlang nachts durchzuschlafen, ohne aufzuschrecken, weil sie ein verdächtiges Geräusch hörten und ohne, dass Carlo sie zu den gefürchteten »Personalgesprächen« einberief.

Ein paar Mal hatte es vertrauliche Gespräche zwischen Luuk Jansen und Josef von Albersheim gegeben. Darüber, wie man dem wahnsinnigen Treiben Carlos Einhalt gebieten könnte. Doch jedes Mal stand man vor der gleichen Frage: Wer sollte Carlo ersetzen? Gerade jetzt, da er sein Spinnennetz in Richtung Deutschland webte, von wo er sich große Vorteile für die Zukunft versprach, mit einer Reaktivierung der Kolonien, frischen nationalen Eliten, die ganz Europa unter ihre Herrschaft bringen könnten und mit Märkten, die man dominierte, sobald man auf die richtigen Pferde setzte. So war jedem Verantwortlichen der Mine rasch die persönliche Existenz wichtiger gewesen. Man verschloss lieber weiterhin die Augen und sah zu, seine eigenen Schäfchen ins Trockene zu bringen.

*

Kimara war aufgeregt, als ein Fahrzeug Luuk Janssens sie in Richtung Lüderitz fuhr. Der holländische Ingenieur hatte Jaboah versprochen, seine Frau heil zurückzubringen, wofür sein Chauffeur sorgen sollte. Dieser hatte den Auftrag, sie vor dem Café abzusetzen, alles im Auge zu behalten und sie sofort mitzunehmen, wenn sie die Konditorei wieder verließ. Kimara vermochte sich nicht daran zu erinnern, wann sie zuletzt in der Stadt war. Und schon gar nicht in solch einer feinen

Kaffeestube. Gleich nachdem sie das Café betreten hatte, erkannte sie in der hinteren Ecke Lydia von Odenfeldt. Sie sah aus wie auf den Bildern, die Luuk ihr gezeigt hatte. Mit klopfendem Herzen schritt sie auf die lächelnde Frau zu, um sich nach kurzer Begrüßung auf den ihr gegenüberstehenden Stuhl zu setzen. Es war ein seltsames Gefühl, mit der Schwester des Mannes am Tisch zu sitzen, der sie einst bedrängt hatte und nach wie vor in Angst versetzte. Mehrmals atmete Kimara ein und aus.

»Danke, dass Sie sich Zeit für mich nehmen, gnädige Frau«, sagte sie leise und war erleichtert, als Lydia stumm ihre Hand ergriff und diese drückte.

»Luuk Janssen hat mir in knappen Worten erzählt, um was es geht«, antwortete sie. »Ich habe deinen Mann Jaboah in der Zeit, in der ich noch zuhause war, als warmherzigen guten Mann kennengelernt. Mein Mann und ich haben sehr genau darüber nachgedacht. Wir wären bereit, Youma und Fela bei uns aufzunehmen.«

Tränen traten in Kimaras Augen.

»Oh mein Gott, das wären Sie wirklich?«

»Ja, das wären wir.«

»Wir werden alles tun, um Ihnen Ihre Unkosten ...«

»Shhh ... davon will ich nichts hören«, unterbrach Lydia sie mit einer wegwischenden Handbewegung. »Es gibt allerdings etwas, über das wir uns im Klaren sein müssen.«

»Und das heißt?«

»Wir werden deine Kinder adoptieren müssen.«

Ein Stich durchfuhr Kimaras Magen.

»Wieso?«

»Weil es hier keine klaren Pflegeregeln gibt. Würde dir und deinem Mann etwas zustoßen, könnte man sie uns wegnehmen. Sie wären dann heimatlos und vogelfrei.«

Eiskalt durchfuhr es Kimara. Bilder von elternlosen Kindern, die in der Mine arbeiteten und keinerlei Zuwendung erhielten, tauchten vor ihren Augen auf. Sie waren die haltlosesten Wesen der Welt, mit denen viele zwar Mitleid hatten, aber keiner genug besaß um ihnen zu helfen. Sie waren Freiwild für Männer wie Carlo. Das würde Kimara nicht zulassen. Koste es, was es wolle. Sie nickte bestimmt und sah Lydia fest an.

»So sei es.«

*

Mit Unterstützung von Luuk Janssen gelang es, Carlo dazu zu bewegen, Youma und Fela freizugeben. Asthmakranke Kinder waren der Mine nicht dienlich. Und im Fall von Jaboah und Kimara zusätzlich mit dem Risiko behaftet, deren Arbeitskraft zu trüben, wenn sie sich ständig sorgten. Carlo wollte nicht einmal wissen, zu wem die Kinder gehen würden. Er gab den Eltern sogar zwei Tage frei dafür, sie in ihr neues Zuhause zu begleiten. Wurde er menschlicher? Eine Frage, die Luuk, während sie sich auf der Fahrt ins Waterberg-Hotel befanden, mit einem klaren Nein beantwortete: »Er hat zu viele andere Dinge im Kopf. Deutschland, Europa und Amerika ziehen ihn an. Die Mine hier funktioniert und das reicht ihm. Humanität ist nach wie vor nicht seine Sache. «

»Heißt das, es wird vielleicht doch einfacher für die, die hier arbeiten?«, fragte Jaboah, was Luuk erst nach längerem Nachdenken beantwortete.

»In den täglichen Abläufen eventuell. Vielleicht gibt es auch ein bisschen mehr Freiraum. Aber was die Leistungsanforderungen an die Arbeiter angeht, auf keinen Fall. Es dreht sich alles darum, möglichst viel Gewinn mit geringsten Kosten zu erzielen. Menschen sind Maschinenrädchen. Fallen sie aus, werden sie ausgebaut, verschrottet und ersetzt.«

Mit aufsteigender Wut hatte Kimara seine letzten Worte vernommen: »Aber Sie könnten doch etwas tun, Mr. Janssen. Wenn nicht Sie, wer dann? Können Sie überhaupt ruhig schlafen?«

Mit verkniffenem Gesicht wiegte der Ingenieur seinen Kopf hin und her: »Ich werde die Mine zum Ende des Jahres verlassen. Ein Angebot aus den USA gibt mir die Chance, von hier zu verschwinden.«

Langsam rollte der Wagen die Einfahrt zum Empfangspavillon des Waterberg-Hotels hinauf, wo er vor der Treppe stehenblieb. Erst jetzt, als Lydia ihnen entgegenkam, erkannte Kimara, dass sie schwanger war. Sie hatte es im Café unter ihrem weiten Umhang geschickt verborgen. Alle stiegen aus und gruppierten sich um das Fahrzeug, während zwei Mitarbeiter des Hotels die Koffer herausnahmen und sie in Richtung Pavillon trugen.

»Ich bin Lydia von Odenfeldt«, sagte sie zu den beiden Kindern und strich jedem von ihnen sanft über den Kopf. Dann gab sie zuerst Kimara und danach ihrem Mann die Hand.

»Schön, dich wiederzusehen, Jaboah«, sagte sie und lächelte ihn an. »Wie schnell ist doch die Zeit vergangen. Wir sind froh, etwas für dich, für euch tun zu können.«

»Danke, Mrs. von Odenfeldt«, erwiderte er und alle wandten sich dem Mann zu, der hinzugekommen war.

»Mein Ehemann Alexander von Odenfeldt«, stellte Lydia ihn vor und gemeinsam stiegen sie die Treppe hinauf.

»Ich werde mich gleich wieder verabschieden«, erklärte Luuk Janssen, nachdem sie vor der Rezeption standen. Dabei legte er Kimara die Hand an den Oberarm.

»Denke an das Etui, Kimara«, flüsterte er. »Ich hole dich und Jaboah morgen Nachmittag wieder ab. Lasst es euch ein bisschen gut gehen bis dahin.«

Dankbar lächelten beide.

»Es ist sehr großzügig von Ihnen, was Sie für uns tun«, antwortete Kimara zaghaft.

»Aber zum Lunch bleiben Sie noch, Mr. Janssen, oder?«, fragte Lydia, an den Holländer gewandt, doch dieser schüttelte sanft den Kopf.

»Danke für die Einladung, Madam, ich habe heute noch ein paar wichtige Dinge zu tun. Beim nächsten Mal vielleicht.«

»Habt ihr Hunger, Kinder?«, fragte Alexander und Youma und Fela nickten stumm, aber freudestrahlend.

»Es gibt bald etwas, doch zuerst zeigen wir euch eure Zimmer.«

Alle folgten ihm und Lydia zur Rückseite des Empfangsbereichs in den Garten. Auf der linken Seite stand ein längliches Gebäude, in dem Lydia und Alexander wohnten. Dort hatten sie zwei Zimmer hergerichtet, die sowohl den beiden Kindern als auch ihren Eltern die Sprache verschlug. Alles, was sie sich selbst in kühnsten Träumen nicht hätten vorstellen können, war vorhanden. Ein gemütliches Bett, ein Tisch mit zwei Stühlen und eine kleine Couch, auf der samtbezogene Kissen lagen. Dazu jeweils eine große Kiste mit Spielsachen und Büchern. Vor dem Fenster waren seidig schimmernde Gardinen angebracht und es gab ein Bad, nur für die beiden allein.

»Ich ... weiß nicht ... was ich sagen soll, Mrs. von Odenfeldt«, stammelte Kimara und Lydia bemerkte, dass nicht nur sie, sondern auch Jaboah Tränen in den Augen hatte.

Behutsam griff Kimara in ihre Tasche und holte ein kleines braunes Etui hervor, aus dem sie zwei Ketten mit silbern schimmernden Amuletten zog, in deren Mitte jeweils ein weißer Rohdiamant glänzte. Liebevoll hängte sie zuerst Youma und dann Fela das Schmuckstück um. »Gott segne Sie, Mr. Janssen«, ging es ihr durch den Sinn.

»Es soll euch beschützen, Kinder, wo immer ihr seid und was immer euch begegnen mag«, sagte sie, während erneut Tränen über ihr Gesicht liefen. Mit offenem Mund nickte ihre Tochter langsam mit dem Kopf.

»Danke, Mama«, flüsterte sie und umarmte sie dabei, während Fela das Amulett noch immer fassungslos in seinen Händen betrachtete.

»Für dich und Jaboah haben wir auch etwas ganz Besonderes«, sagte Lydia mit verheißungsvollem Blick, nachdem alle den bewegenden Moment mit angehaltenem Atem verfolgt hatten. »Wir verfügen hier über ein nicht alltägliches Hochzeitszimmer, in dem schon mancher glückliche Bund besiegelt wurde. Sogar Hollywoodstars waren schon darunter. Wir möchten euch einladen, heute dort zu übernachten. Für eine glückliche Hochzeitsnacht ist es nie zu spät.«

29

Sally, Paris August 2010

»Warum bist du so betroffen?«, fragt Eleni, während ich mir Tränen aus den Augen wische. Kräftig schnäuze ich in ein Papiertaschentuch und versuche ein Lächeln.

»Ist schon wieder gut. Ich bin so schrecklich sentimental. Ich weine in jedem Film an Stellen, an denen andere noch lange lachen«, sage ich und trinke bemüht lächelnd an meinem Rotweinglas. Wir sitzen im Bistro des Les Dames de Belleville, einem wunderschönen Hotel mitten in einem der interessantesten Stadtteile von Paris und reden über schreckliche Dinge. Von Menschen, die Böses tun und solchen, die sich zur Wehr setzen. Was mir erneut deutlich macht, wie nah Licht und Dunkel beieinanderliegen. So eng, dass sämtliche Schatten es mir versagen, klare Bilder zu sehen. Ich hatte lange überlegt, ob ich für ein Wiedersehen mit Eleni bereit war, weil es sich nach Entscheidung anfühlte. Noch immer sorgt sie für Momente des Innehaltens bei mir, egal womit ich gerade beschäftigt bin. Wo war diese wunderbare Frau in meinem bisherigen Leben gewesen? Dass man nie früh genug zu spät kommen kann, ist eine Redewendung deren Absurdität mir plötzlich gefällt. Und schon jetzt weiß ich eines: Ich werde es, sobald es dazu kommt, wieder zulassen, dass Elenis Körper sich mit meinem verschlingt.

»Was ist aus Jaboahs und Kimaras Kindern geworden?«, frage ich sie und genieße die warme Abendsonne, die durch das Fenster des Hotelbistros auf meine Schulter scheint. Eleni zieht an ihrer Zigarette und schaut mich aus tiefgründigen Augen heraus einige Sekunden lang an.

»Nun ja, Youma und Fela hatten es zunächst gut getroffen bei meinen Großeltern. Auf jeden Fall Fela, der sich in den folgenden Jahren in die Hotelverwaltung einarbeitete. Sein Sohn Tyron leitet heute mit seiner Frau Helen das Waterberg-Hotel.« Für einige Sekunden blicke ich hinaus auf den Boulevard de Belleville, dessen berühmten Streetfood-Markt wir morgen besuchen werden. Die Szenerie erinnert mich an die Brick Lane. Das traditionsreiche Les Dames de Belleville ist umgeben von einer Ansammlung kreativer Restaurants, Shops und Kunstgalerien. 1974 in die Minotaurus Group integriert, hat es seine Ursprünglichkeit bewahrt. Die tunesische Familie des damaligen Inhabers leitet nach wie vor das Haus und konnte sich, anders als die Betreiber in London, griechischen Dekorationen bis heute tatsächlich erfolgreich widersetzen. Stattdessen verfügt es über ein Restaurant mit vorzüglicher maghrebinischer Küche, ein Mokka-Bistro und ein Hamam.

»Was wurde aus Youma?«, frage ich und ein Schauer durchläuft mich, während ich versuche, das Amulett meiner Mutter, das um meinem Hals hängt, nicht zu berühren, keine Aufmerksamkeit darauf zu ziehen. Eleni zuckt mit den Schultern.

»Soweit ich Kenntnis habe, wurde sie unehelich schwanger und ist irgendwann mit ihrer Tochter nach Kapstadt gegangen. Mehr weiß ich nicht.«

Ich beobachte sie und spüre, dass sie mir ausweicht. Aber warum? Nachdem sie mir alles andere so freimütig erzählt hat? Ich beschließe abzuwarten.

»Da gab es ja noch weitere Geschwister, oder?«, lasse ich dennoch nicht völlig locker.

»Ja, ich glaube schon. Aber nochmals, ich weiß nur das, was

ich dir erzählt habe. Das, was meine Mutter mir in schwachen Momenten berichtet hat, und dann hauptsächlich über das, was Carlo van der Meer betrifft. Am besten befragst du Eric zur Familie Okoye. Der ist ja Windhoek immer noch sehr nah verbunden.«

Stumm nicke ich und beschließe, es dabei zu belassen. Nach meiner Ankunft am späten Vormittag hatte ich zunächst das Zimmer bezogen, das Eleni mir reserviert hatte. Khaled Mansur, der Hoteldirektor, richtete mir ihre Grüße und eine Entschuldigung aus, da Eleni erst am Nachmittag wieder da sein konnte. Ich erkundete nach einem kurzen Lunch ein wenig die Umgebung und schlenderte an unzähligen kleinen Galerien entlang, betrieben von Malern, Bildhauern, Graveuren und Kunsthandwerkern aller Art. Ich bummelte vorbei an Vintageläden und Boutiquen, Wein- und Käsegeschäften bis zum Belvedere de Belleville am nördlichen Rand des Park de Belleville. Dort hat man laut Google den besten Panorama-Blick über Paris, was ich nur bestätigen kann.

Elenis Begrüßung war so freundschaftlich-höflich, wie ich sie bei unserer ersten Begegnung auf Korfu erleben durfte. Dabei hatte ich bedeutend aufregendere Varianten in Gedanken durchgespielt: Eine innige Umarmung mit sekundenlang ineinander verschlungenen Zungen. Mit Händen, die über Schultern und Haare fahren, während wir uns dicht nebeneinandersetzen. Bis hin zu einem sofortigen Aufbruch in eines der Zimmer, in dem wir uns gierig die Kleider vom Leib reißen, um unvermittelt in jene Ekstase zu verfallen, die den Abschluss unserer letzten Begegnung auf Korfu bildete. Dennoch verlief das Wiedersehen auf eine ganz eigene Weise vertraut und behutsam. Mit sanfter Zärtlichkeit in Blicken und Gesten. Mit Herzklopfen und geröteten Wangen.

Ich bin in Paris, weil ich mehr über die griechischen Geschehnisse rund um die van der Meers und von Odenfeldts in Verbindung mit dem Pariser Hotel zu erfahren hoffe. Was mich allerdings geritten hat, Eleni als Erstes nach der Familie Okoye zu fragen, kann ich mir selbst nicht erklären. Überraschenderweise reagierte sie nicht skeptisch oder abwehrend, sondern erzählte die aufwühlenden Ereignisse so, als wäre es das Selbstverständlichste auf der Welt. Wieso bin ich dabei, mein Vorgehen zu ändern? Wieso bleibe ich nicht weiter in Deckung? Stelle keine Fragen, die eventuelle Motive erkennen lassen? Offenbar gelangen die enger werdenden Kreise doch schneller an den Kern meines Vorhabens, als ich es vermutete. Oder ist es der Drang, endlich jemanden zu haben, dem ich vertrauen kann? Eine Weggefährtin auf meiner Reise, die mich auffängt und stützt?

»Kennst du die Geschichte aus dem Londoner Hotelzimmer?«, frage ich. Eleni schüttelt leicht den Kopf.

»Ich weiß nicht ... was meinst du genau?«

»Erics Großmutter Deborah Ashmoore verbrachte dort ihre Hochzeitsnacht mit ihrem Mann Antony Fergusson. Im Jahr ... 1947 wenn ich mich recht erinnere.«

»Hmm, davon weiß ich nichts«, erwidert sie, um dann an ihrem Weinglas zu trinken. »Ich weiß nur, dass das Wingfield einst der Familie Fergusson gehörte.«

»Ja, und Antony Fergusson war ein guter Freund des heutigen Prinz Philip, der auf Korfu geboren wurde.«

»Das weiß ich natürlich«, erwidert Eleni lächelnd. »Man lebt nicht auf Korfu, ohne das zu wissen. Nach dem Staatsstreich von 1922, Philip war ein Jahr alt, musste die Familie von der Insel flüchten. Philips Vater war Prinz Andreas, ein Bruder des damaligen Königs Konstantin I. Er zog zu seiner Geliebten nach Monaco, während seine Frau Alice von Battenberg völlig auf sich allein gestellt mit Philip und seinen vier Schwestern nach Paris emigrierte.«

»Um kurze Zeit hier im Les Dames de Belleville zu wohnen«, sage ich.

Endlich gelingt es mir einmal, Eleni zu verblüffen. Einige

Sekunden lang schaut sie mich ungläubig an.

»Hier im Hotel? Woher willst du das wissen?«

»Aus der Geschichte von Deborah. Dort wird das Hotel explizit beim Namen genannt.«

Irritiert wechseln Elenis Blicke zwischen mir und dem Fenster hin und her, vor dem die ersten Nachtschwärmer entlanglaufen.

»Was steht denn noch in dieser Story? Dass Eric mir nie davon erzählt hat ...«

Offenbar weiß hier tatsächlich nicht jeder alles vom anderen, geht es mir durch den Kopf, bevor ich weiterspreche.

»Die Familie von Erics Großmutter mütterlicherseits, die Ashmoores, gehörten offenbar zu den Freunden, die Alice von Battenberg unterstützt und dafür gesorgt haben, dass die Familie nach ein paar Wochen von hier aus in eine eigene Wohnung ziehen konnte.«

»Das mit der Wohnung weiß ich wieder«, entgegnet Eleni immer noch leicht konsterniert. »Aber dass sie hier waren, ist mir wirklich neu. Obwohl es nicht von elementarer Bedeutung gewesen sein muss. Dass Philip 1928 an eine Schule nach England geschickt wurde, kann man ja heute überall nachlesen. Seine Schwestern kamen nach Deutschland und England. Und dass ihre Mutter nur sehr kurze Zeit bei ihren Kindern bleiben konnte, ist auch bekannt. Sie entwickelte Anzeichen für eine Schizophrenie und wurde in eine Klinik in der Schweiz eingeliefert.«

Eleni zündet sich eine weitere Zigarette an und stützt ihren Ellbogen auf den Tisch, um sich mit der Hand das Haar hinter ihr rechtes Ohr zu schieben. Ihre rehbraunen Augen suchen die meinen und für eine Weile scheinen unsere Blicke aneinanderzukleben.

»Ich kann nicht aufhören, an dich zu denken, Sally«, sagt sie und erfüllt damit das, worauf ich den ganzen Nachmittag und Abend gewartet habe.

»Wie geht es dir damit?«, fragt sie zögerlich und ich sehe in das Gesicht einer zutiefst verunsicherten Frau. Ich probiere ein scheues Lächeln, lege Messer und Gabel auf meinen Teller und greife langsam nach ihrer Hand, die zur Faust geballt auf dem Tisch liegt.

»Ich will und kann es nicht aufhalten«, sage ich. »Sag mir, dass es vorbei ist, bevor es richtig beginnt. Ich werde morgen schon vor dem Frühstück verschwunden sein. Und du wirst mich nie wieder sehen.«

Mit geschlossenen Augen schüttelt sie heftig ihren Kopf.

»Das ... das ist nicht mehr möglich.«

»Dann soll es so sein«, denke ich und führe ihre Hand an meine Lippen ...

30

Sally, Paris, August 2010

Der Klingelton meines Handys weckt mich um halb acht. Mit geschlossenen Augen taste ich suchend über den Nachttisch, um es schließlich in die Hand zu nehmen. Es ist Eric und für ein paar Sekunden bin ich verärgert über die frühe Störung. Doch dann drücke ich auf Annehmen, weil ich versprochen hatte, ihn gestern zurückzurufen und es nicht getan habe.

»Hi, Eric«, sage ich verschlafen und sehe durch den Vorhangspalt, wie vor dem Fenster ein kräftiger Sommerregen vom trüben Himmel fällt.

»Wie geht es euch in Paris?«, fragt er, ohne mir einen Vorwurf zu machen. Ich strecke mich aus, schwinge meine Beine aus dem Bett und bleibe auf der Kante sitzen.

»Soweit gut«, antworte ich und reibe mir mit der freien Hand die Augen, wobei ich meinen Lidschatten verschmiere. »Was machen Sie gerade?«

»Du«, erwidert er. »Wir waren beim Du.«

»Ja klar, sorry«, gebe ich zurück. Bei unserem letzten Treffen hatte er es mir angeboten. Bevor er mir die Geschichte aus dem Hochzeitszimmer gab, und bevor wir uns mit einer ungeschickten Umarmung voneinander verabschiedet hatten.

»Kommst du weiter in deiner Recherche?«

»Ja, ich denke, zum griechischen Militärputsch wird Eleni mir heute noch etwas erzählen.«

»Ist das denn so wichtig für dein Vorhaben? Der griechische Putsch?«

»Vielleicht schon«, erwidere ich. Einen Moment lang herrscht Stille.

»Du musst es wissen, Sally. Wann wirst du in Berlin sein?«

»Eleni war, glaube ich, etwas angepisst, weil sie die Geschichte vom Londoner Hochzeitszimmer nicht kannte«, sage ich, anstatt seine Frage zu beantworten.

»Weißt du, wir haben das mit den Hochzeitszimmergeschichten zwar mal eingeführt, aber nie bei den jeweils anderen Häusern genau darauf geschaut«, entgegnet er. »Wir hatten anderes zu tun, als alte Geschichten auszutauschen. Wer hätte es auch tun sollen? Es war schlichtweg nicht wichtig. Wahrscheinlich bekommt das erst jetzt durch dich eine Bedeutung.«

Worüber du mehr als sicher sein kannst, denke ich und gehe zurück ans Bett, um mich wieder zu setzen. Die Übelkeit von letzter Nacht droht zurückzukehren.

»Du bist mir noch eine Antwort schuldig«, sagt er, »Fritjof will immer ausreichend früh über Termine informiert werden.« Ich versuche, die nächsten Tage trotz pochender Kopfschmerzen vorauszusehen.

»Also heute und morgen werde ich noch in Paris sein«, erkläre ich. »Dann muss ich zurück nach London. Ich habe da einen Termin mit meinem Noch-Mann und seinem Anwalt. Also vor Ende nächster Woche wird es kaum klappen.«

»Okay, ich bin diesmal länger hier. Sag mir, wenn du es genau weißt.«

»Danke, Eric.«

»Übrigens dein Ex-Mann«, sagt er und hält für einen Moment inne. »Ich denke, das sollte ich dir sagen ...«

»Was ist mit ihm?«

»Er hat für Anfang kommenden Jahres einen Hochzeitstermin im Londoner Minotaurus gebucht. Mit großer Feier, Band, und mit ...«

Wieder bleibt es still.

»Und mit was?«

»Mit dem Hochzeitszimmer inklusive ...«

»Ah ... ok ...«

»Ich wollte es dir nur sagen ... wir hören uns.«

»Ja, bis dann.«

Ein Schlag in die Magengrube hätte nicht gewaltiger sein können. Leicht schwindelig gehe ich ins Bad. Ich ziehe mein T-Shirt über den Kopf und stelle mich unter die eiskalte Dusche. Sie spült mir den Schweiß der Nacht, samt der Tränen, die mir brennend aus den Augen rinnen, weg. Ohne, dass ich sagen kann, ob es aus Verletzung oder Wut geschieht. Oder einfach nur, weil mein Kopf dröhnt wie eine Basstrommel.

Nachdem wir die vierte Flasche Wein geleert hatten, waren wir in Elenis Zimmer gewankt, wo ich direkt auf der Couch eingeschlafen war. Ich wurde erst wach, als eine in meinem Kopf Karussell fahrende Übelkeit mich in letzter Sekunde ins Bad taumeln ließ. Dort übergab ich mich zehn lange Minuten fast ohne Unterbrechung. Eleni stand neben mir, hielt mir den Kopf und betätigte ununterbrochen die Toilettenspülung. Danach zog ich meine triefnass verschwitzte Unterwäsche aus und schlüpfte in eines von Elenis T-Shirts, das so lang war wie ein Kleid. So war ich anschließend über den Hotelgang in mein Zimmer gehuscht wie ein Dieb, da ich ihr meine schwitzende, übelriechende Anwesenheit nicht länger zumuten wollte.

Ich trockne mich ab und schaue auf die Uhr. Um zehn waren wir zum Frühstück verabredet, und es ist Viertel nach. Meine Lebensgeister kehren gottlob zurück und mit ihnen leider auch das Bild von Ben. Der in der Hotellobby steht und darum bittet, ein Gespräch zu führen. Wegen einer geplanten Hochzeitsfeier. Mit fünfhundert Gästen. Neben ihm Miss Superbusen, die gelangweilt in einer Illustrierten blättert und sich alle paar Sekunden ihre verrutschte Vintagebrille zurück nach oben schiebt.

»Fuck you, Ben ...«, brülle ich durchs Badezimmer und eine Nachricht ploppt auf meinem Handy auf.

»Alles gut, meine Liebe?«, fragt Eleni und ich sende ihr einen hochgestreckten Daumen.

»Bin in zehn Minuten unten«, schreibe ich, schlüpfe in meine Jeans, das H&M-T-Shirt mit dem V-Ausschnitt sowie meine dunkelblauen Espadrilles und husche hinaus. Eleni erwartet mich am selben Tisch, an dem wir in der Nacht abgestürzt sind. Sie lächelt das Lächeln einer Diva, mit großer Sonnenbrille, hübsch geschminkt und Lippen rot wie Kirschen. Nichts an ihr erinnert an letzte Nacht. Was ich von mir nicht sagen kann, nachdem ich im Aufzug nochmal genauer in mein Gesicht geschaut habe.

»Du siehst sehr schön aus«, sagt sie nachdrücklich, als kenne sie meine Gedanken. Sie deutet auf den mit Croissants, Marmelade, Obst, Saft und Teekanne vollgestellten Tisch. »Bedien dich. Magst du Kaffee?«

Ich bejahe, greife nach der Wasserkaraffe und schenke mir ein Glas ein, das ich auf einen Zug leere.

»Nachdurst?«, fragt sie und ich nicke erneut mit dem Kopf.

»Wie hast du das alles vertragen?«, frage ich und Eleni zuckt mit den Schultern, während sie Butter auf ihr zuvor auseinandergebrochenes Croissant schmiert.

»Ich bin Rotwein gewohnt und habe beim Essen etwas mehr zugelangt als du. Besonders bei den Meeresfrüchten, die den Alkohol ja bekanntermaßen einbremsen.«

Stumm greifen wir weiter zu und nach dem ersten Kaffee bin ich fast wieder im Boot.

»Womit verdienst du zurzeit eigentlich dein Geld?«, fragt sie unvermittelt und ich schaue sie überrascht an.

»Entschuldigung, ich will nicht indiskret sein. Aber es interessiert mich. Weil ich dauernd nur noch an dich denke. Und da bleibt diese Frage nicht aus.«

Ich genieße ihre warme Hand auf meiner kalten.

»Als meine Mutter im vergangenen Jahr starb, hat sie mir Geld hinterlassen«, sage ich. »Genug für mich, um ein Jahr auszusetzen. Die Zeit davor war mit Projekten mehr als überfüllt. Ich habe einige Polster.«

Sie hat ihre Sonnenbrille abgenommen und ich erkenne mit ein wenig Erleichterung, dass auch ihre Augen müde sind.

»Dann kam Bens Outing für diese Elvistante und ich erfuhr von dem geplanten Museumsprojekt in Windhoek. Da war es dann vorbei mit der Auszeit.«

Eine Kellnerin beginnt mit dem Abräumen und ich blinzele auf den hellen Boulevard de Belleville, auf dem der Streetfood-Market bereits in vollem Gang ist.

»Ich möchte etwas von Paris sehen«, sage ich. »Ein bisschen was habe ich gestern schon unternommen.«

»Was hältst du davon, wenn wir uns zum Père-Lachaise-Friedhof aufmachen?«, fragt sie und ich nicke eifrig.

»Unbedingt. Ich habe schon viel davon gehört.«

Im Aufzug nach oben stehen im Spiegel zwei reife Frauen Hand in Hand vor uns. Wir beobachten, wie eine die andere umarmt, während unsere Lippen hastig aufeinandertreffen. Zu einem Kuss, der mir nicht nur sämtliche Härchen aufstellt, sondern auch ein Blitzlichtgewitter an Gänsehautschauern und eine wohlig warme Feuchtigkeit beschert.

»Ich will dich, Sally«, sagt Eleni, als die Fahrstuhltür sich öffnet.

»Ich dich auch, du wunderbare Frau«, flüstere ich zurück.

Hand in Hand schleichen wir den Gang entlang, um gemeinsam die Tür ihres Zimmers hinter uns zu schließen. Ihr Zimmer entpuppt sich als riesige Suite mit Wohnbereich, Schlafzimmer und einem Balkon, von dem aus man den Eiffelturm sieht. »Hier waren wir gestern Abend aber nicht ... », sage ich und verstumme unter Elenis erneutem Kuss.

»Stimmt«, raunt sie, als ihre feuchten Lippen sich von meinen lösen. »Willkommen im Hochzeitszimmer des Les Dames de Belleville ...«

*

Der riesige Park des Cimetière de Père-Lachaise ist Paris' bekanntester Friedhof, auf dem viele bekannte Persönlichkeiten ihre ewige Ruhe gefunden haben. Am Eingangstor konnte man einen Lageplan erhalten, doch haben wir uns entschieden, planlos aufzubrechen. Es ist ein heißer, stiller und menschenleerer Tag, der es uns erlaubt, einen großen Teil des Weges Hand in Hand zu gehen. Ein Liebespaar unter ausladenden Bäumen zwischen Stein gewordenen Erinnerungen. Ein Paar, das ihre Zuneigung nach einer gewissen Zeit auch dann nicht mehr verheimlicht, wenn andere ihm verschämt wegschauend begegnen. Über zwei Stunden laufen wir durch den Park, unterbrochen von kurzen Pausen auf Granitbänken, wo wir Wasser aus mitgebrachten Flaschen trinken und Erdnüsse knacken, von denen wir die ein oder andere den frech um uns herumspringenden Vögeln zuwerfen. Wir stehen an den Gräbern von Honoré de Balzac, Colette, Eugène Delacroix und Maria Callas. Verweilen an den Gräbern von Frédéric Chopin, Sarah Bernhardt, Édith Piaf, und an dem von Jim Morrison, dem Sänger der Doors. Zwei in die Jahre gekommene Frauen in Hippiekleidern sitzen zwischen Bergen von verwelkten Blumen und in Plastik verpackten Fotos, um still der Musik aus ihren Kopfhörern zu lauschen.

»Ich möchte noch woanders hingehen«, sagt Eleni. »Es liegt gar nicht weit von hier.«

Meine Füße schmerzen, doch schon nach wenigen Minuten sind wir am Ziel. Die Ruhestätte ist klein und unscheinbar, verglichen mit dem, was uns an Imposantem heute begegnet ist. Von Efeu umrankt und mit einem zierlichen Rosenstock in der Mitte ragt ein Stein mit kaum erkennbarer Schrift heraus. »Christos Nikolaidis« lese ich, als ich mich hinbeuge, und fahre erschrocken zurück, meine Hand abrupt vor meinen Mund haltend. »Oh mein Gott, dein Vater,« stoße ich hervor und drehe mich zu Eleni um, die mit reglosem Gesicht dasteht.

»Ja, mein Vater«, erwidert sie tonlos.

»Aber ... wieso liegt er hier in Paris?«

Ich gehe zu ihr und nehme sie in den Arm. Stumm schauen wir eine Weile auf den sanften Hügel und wenden uns dann ab, um langsam über den kleinen Pfad zurück zum Hauptweg zu laufen.

»Lass uns hier in der Nähe etwas essen und trinken«, sagt Eleni, nachdem ich meinen Arm um ihre Hüfte und sie ihren Kopf an meine Schulter gelegt hat. Wir verlassen den Park und steuern das Bistro an, das auf der anderen Seite der Straße liegt. Als wäre uns ein unsichtbarer Synchronisator auf den Fersen, ist es ausgerechnet ein griechisches Lokal, das wir betreten. In einer der Nischen nehmen wir Platz und bestellen Eistee. Eleni steht auf, geht in Richtung Toilette und ich checke mein Handy.

»Sehr gut, kein Anruf und keine SMS«, denke ich, lege es auf den Tisch und schaue in die Speisekarte. Beide entscheiden wir uns nach Elenis Rückkehr für den Lammauflauf. Wir zünden Zigaretten an und ohne, dass ich frage, beginnt Eleni zu erzählen.

»Nachdem meine Eltern und Carlo 1970 beschlossen hatten, nicht in ein Hotel in Athen zu investieren, sind sie sehr bald auf das Les Dames de Belleville gestoßen. Es war ein Hort für Dissidenten, besonders in der Zeit der griechischen Militärdiktatur. Auch Mikis Theodorakis wohnte nach seiner Freilassung für einige Wochen hier. Und wie ich heute erfahren habe, offenbar auch der britische Prinz Philip.«

»Ich erinnere mich, dass du mir von Carlos diesbezüglichen Plänen erzählt hast«, sage ich.

»Genau. Er wollte auf die Zeit nach der Diktatur vorbereitet sein und sich mit einem solchen Hotel vorsorglich reinwaschen.«

Fassungslos schüttele ich den Kopf: »Wie durchtrieben kann man sein?«

Eleni zuckt mit den Schultern. »Ich glaube du wirst noch einiges erfahren, was Durchtriebenheit angeht«, sagt sie bitter.

»Also kauften sie zwei Jahre später das hiesige Hotel. Allerdings mussten sie einige Zugeständnisse machen.«

»Und die waren?«

»Die ehemaligen Besitzer hatten sich größtmögliche Freiheiten sowie die weitere Geschäftsführung ausbedungen. So blieb das Hotel weiterhin Anziehungspunkt für Dissidenten und verdeckte Revolutionäre. »

Der Kellner serviert den Auflauf und den Wein mit einem freundlichen »Bon Appétit«, und wir beginnen zu essen.

»Und warum hat der starke Carlo van der Meer das mit sich machen lassen?«, frage ich nach einer Weile.

»Nicht er, meine Mutter«, antwortet Eleni. »Er war zu dieser Zeit nicht mehr der alles zertrampelnde Elefant. Ein Stück weit waren seine Stoßzähne stumpf geworden.«

»Und wieso?«

»Er war siebzig Jahre alt und hatte es irgendwie versäumt, seine Nachfolge zu regeln.«

»Was war mit seinem Sohn, mit Fritjof?«

Ein mitleidiges Lächeln breitet sich über ihr Gesicht.

»Eine Fehlproduktion, wie Carlo es selbst nannte. Nicht der Hellste, Fan von Spielcasinos und schnellen Autos. Und schwul.«

»Na ja«, wiegele ich ab. »Das ist für Superreiche doch alles nichts Besonderes.«

»Das Schwulsein grundsätzlich meine ich auch nicht. Wie könnte ich auch …«, erwidert sie und ich spüre ihren Fuß an meiner Wade. »… es war Fritjofs Zielgruppe, die unpassend war. Um es marketingtechnisch zu sagen.«

»Und die wäre?«

»Nicht älter als sechzehn.«

»Du spinnst«, stoße ich hervor, aber sie schüttelt den Kopf.

»Nein, leider nicht. Man hat immer versucht, es zu vertuschen. So wie es in der Familie van der Meer üblich war. Er hat sich für seine pädophilen Abenteuer auf die dritte Welt beschränkt. Thailand, Afrika, keine Ahnung wo sonst noch. Und zuhause soweit es ging den seriösen Geschäftsmann gespielt.«

»Aber dieser Mann ist jetzt der Vorstandsvorsitzende der Minotaurus Group«, stelle ich noch immer fassungslos fest.

»Ja. Und er hat die Mehrheit. Was wollen wir machen?«

»Eric wird ihn mir demnächst in Berlin vorstellen.«

Erstaunt sieht sie mich an.

»Wieso das denn?«

»Ich weiß es nicht genau. Vielleicht weil Eric, genau wie du, mich bei meinen Recherchen unterstützen will?«

Eleni atmet tief ein und aus und legt ihr Besteck auf den Teller. Als stünde es ihr auf die Stirn geschrieben, spüre ich so etwas wie Ernüchterung in ihrem Blick. Mit der weißen Stoffserviette tupft sie sich den Mund ab.

»Im Moment wäre ich sehr vorsichtig, Sally«, sagt sie bedächtig. »Ganz besonders mit Fritjof. Ich weiß nicht, wobei er dir überhaupt nützlich sein könnte.«

»Ich werde aufpassen. Danke, dass du mir von all dem erzählst. Was aber war nun mit deinem Vater?«

»Kurz vor Ende der Militärdiktatur, im Jahr 1974, standen Carlo und mein Vater mit ihrem Auto an einer Ampel in der Nähe vom Place de la Concorde. Ein Motorrad mit zwei Personen näherte sich und einer von ihnen schoss mehrmals in das Fahrzeug. Carlo überlebte wie durch ein Wunder, mein Vater nicht.«

»Das ... das ... ist mehr als tragisch«, stottere ich. »Wie so oft blieb der Hauptübeltäter verschont.«

»Wie man es nimmt. Schuldig waren sicherlich beide. An diesem Tag sollen den Ermittlungen zufolge vier Attentate geplant worden sein. Ein weiteres gab es wohl in Athen auf einen hohen General, das im Vorfeld aber vereitelt wurde. Von den anderen beiden weiß ich nichts. Ich nehme aber an, dass auch sie nicht erfolgreich waren.«

Ich lehne mich zurück, schaue sie an und bewundere ihre kühle Sachlichkeit. Auch wenn sie mir gerade so schreckliche Sachen erzählt, empfinde ich genau in diesem Augenblick Sehnsucht nach ihrer Zärtlichkeit. Ich stehe auf, fahre ihr mit der Hand übers Haar und küsse sie: »Bin gleich wieder da.« Auf der Toilette lasse ich eiskaltes Wasser über meine Handgelenke strömen und fahre mir mit nassen Händen durchs Gesicht. Im Spiegel sehe ich eine müde Sally, die immer mehr hin- und hergeworfen wird in einem Strudel der Gefühle. Warum denke ich ausgerechnet in dem Moment, in dem sie mir vom Tod ihres Vaters erzählt, an Sex mit ihr? Bin ich eigentlich noch normal? Aufgewühlt gehe ich zurück und setze mich wieder an den Tisch.

»Es tut mir so unendlich leid, das mit deinem Vater«, sage ich leise und nehme ihre beiden Hände in meine.

»Ich war damals drei Jahre alt, Sally. Ich kann mich kaum an ihn erinnern«, entgegnet sie und lächelt mich an wie beim allerersten Mal auf Korfu.

»Hat man die Attentäter gefasst?«

»Ja, das ging relativ schnell. Es waren ein Grieche und eine Griechin, die es als Anschlag gegen das Militärregime verstanden haben wollten. Ganz gezielt auf Carlo, einen der größten Finanziers des Putsches. Ein Polizist in Zivil, der zufällig Zeuge des Mordes wurde, folgte ihnen auf einem Motorrad bis zum Gar de l'Est. Dort nahm man sie fest, bevor sie in einen Zug steigen konnten.«

»Haben sie es gestanden?«

»Das mussten sie nicht. Die Frau hatte in der Nacht zuvor den Plan in einem Brief genau aufgeschrieben. Es war im ...«

»Hör auf ...«, unterbreche ich sie und merke, wie meine Nerven gerade dabei sind, ins Flattern zu kommen.

»Du liegst schon richtig. Kompliment für deine Intuition. Es war im Hochzeitszimmer des Les Dames de Belleville. Sie hatte den Brief an ihre Mutter adressiert und an der Rezeption zurückgelassen. Die Polizei konnte den Brief abfangen, bevor er mit der Hauspost verschickt wurde. Irgendwann hat man ihn meiner Mutter zukommen lassen. Du kannst ihn lesen, wenn du willst.«

»Warum liegt dein Vater nicht in Griechenland?«

»Seine Mutter war Französin und er ist in Paris aufgewachsen. Seine Familie wollte es so. Mehr weiß ich auch nicht.«

»Und was geschah mit Carlo?«

»Er hat sich von da an mit seiner Frau in sein Berliner Haus in Grunewald zurückgezogen. Ziemlich verängstigt, wie es aussah. Bis zu seinem Tod im Jahr 1984 leitete er zwar offiziell den Vorstand der Minotaurus Group, wenn auch ohne groß in der Öffentlichkeit aufzutreten. Denn die Presse war ihm bis zuletzt auf der Spur, versuchte ihn für seine angeblichen Verbrechen und Verwicklungen im Laufe seines Lebens zur Verantwortung zu ziehen. Doch er war bestens abgeschirmt, von Anwälten und gleichgesinnten Unterstützern, die alle Ähnliches zu befürchten hatten. Zuletzt war er reich, aber sehr einsam. Und, wie es heißt, dem Alkohol verfallen, was seinen Tod wohl beschleunigt haben dürfte. Seine Frau Erika überlebte ihn um fast zehn Jahre.«

Wir bestellen griechischen Kaffee und zwei Ouzo.

»Wollen wir am Abend im Hotel ins Hamam gehen?«, fragt sie und ich stimme spontan zu. »Das reinigt die Zellen und bringt uns wieder ins Lot... Wann wirst du mich wieder verlassen, Sally?«

»Morgen, Eleni.«

»Und dann? Sehen wir uns wieder?«

»Ich will nichts mehr als das.«

Mit langsamer Bewegung führt sie ihre Hand an mein Gesicht, wo ich sie ergreife und mit meinen Lippen zart berühre.

»Im Hotel werde ich dir die Aufzeichnungen der Attentäterin geben«, sagt sie leise. »Lies sie, bevor du wegfliegst. Auch wenn sie die tragischen Vorbereitungen zum Mord an meinem Vater beschreiben, so sind sie dennoch auch ein wunderbares Beispiel für bedingungslose Liebe ...«

31
Das Attentat

Irini Petridis, Paris, August 1974

Es sollte ein besonderer Name sein. Einer, der mir vor 21 Jahren bei meiner Geburt auf den Leib geschrieben wurde und positiv auf mein Leben einwirken sollte. So war es dein ausdrücklicher Wille, Mama. Irini, ein Name aus der griechischen Mythologie, der für die Friedfertige, die Friedliche steht. Mein Name sollte mich ein Leben lang vor Unheil und Kampf schützen. Es mag für dich bösem Spott gleichkommen, wenn ich jetzt hier sitze und diesen Brief verfasse.

Wenn Du diese Zeilen liest, bin ich möglicherweise nicht mehr am Leben. Deshalb bitte ich Dich bereits jetzt aus tiefstem Herzen um Verzeihung. Vergib mir, dass mein Leben nicht den Verlauf nahm, den du dir gewünscht hast. Dass ich den Weg des Richters ging, anstelle des Versöhners. Den des blutigen Rächers, der nun selbst der Rache anheimzufallen droht. Obwohl ich mir doch nichts sehnlicher wünsche, als zu leben. Ich wünsche mir eine Existenz in Frieden und Freiheit, gemeinsam mit Vasili in einer gerechten Welt.

Ich muss es tun, Mama. Ich muss Carlo van der Meer töten. So versetzen wir den griechischen Obristen einen gravierenden Schlag. Denn mit ihm werden an unterschiedlichen Orten zur gleichen Uhrzeit vier weitere Verbrecher aus den Reihen der Militärdiktatur sterben. Und vielleicht fügen wir schon allein mit dem Tod von Carlo van der Meer, einem der reichsten Männer der Welt, der gesamten Bewegung den entscheidenden Todesstoß zu. Seine finanzielle Unterstützung liefert den lebenswichtigen Dünger für Korruption, perfide Denunziationen, Waffenlieferungen und inneren Terror. Wenn ich also sterbe, liebe Mama, tue ich es mit Stolz. Im Namen der Chance für einen Neubeginn in unserem Land.

Du weißt, wie alles begann. Aber du kennst nur die simplen Antworten auf Fragen, die du mir bei meinen Besuchen so oft gestellt hast. Doch tief im Inneren, und da bin ich mir sicher, fühltest Du, dass es etwas Gefährliches ist, was ich tue. Doch heute, am wichtigsten Wendepunkt meines Lebens, ist es mir mehr als ein Bedürfnis, alles zu Papier zu bringen. Ich sehe es als historische Botschaft für Dich und jene, die in Zukunft davon erfahren werden. Vielleicht lesen sie diese Zeilen, wenn das, was jetzt geschieht, vom Schleier der Vergangenheit verdeckt ist. Es wird eine Episode der Weltgeschichte sein, die kaum mehr berührt als die Lektüre eines Buches oder das Anschauen eines spannenden Films. Ein wenig soll es mir aber auch helfen, mein Herz von der Schuld zu erleichtern, die ich morgen auf mich laden werde. Eine Entschuldigung und den Wunsch auf Freispruch verbinde ich damit nicht. Denn niemals sollte ein Ziel durch die Tötung eines anderen Menschen erreicht werden. Doch gibt es für mich und Vasili in diesem Moment kein Zurück mehr.

Als ich vor zwei Jahren nach Athen zum Studieren ging, wollte ich dort Gleichgesinnten helfen und aktiv dazu beitragen, der Regierung die Stirn zu bieten. Doch schon bald musste ich erkennen, dass ich nur ein naives Mädchen vom Peloponnes gewesen war. Schreckliche Ereignisse, von denen ich bisher nur aus Erzählungen hinter vorgehaltener Hand erfuhr, waren direkt vor der Haustür an der Tagesordnung und für jeden sichtbar. Die Willkür der Obristen und des Militärs schien grenzenlos. Tausende unschuldige Bürger, Beamte und engste Freunde wurden verhaftet, gefoltert, ermordet oder in Lager gesteckt, von wo kaum einer lebend zurückkehrte. Auf einer der geheimen Zusammenkünfte, zu denen ich von Kommilitonen eingeladen wurde, lernte ich Vasili kennen. Er stammt aus einer weitverzweigten Kaufmannsfamilie aus Piräus, deren Schiffe Waren in alle großen Hafenstädte Europas transportieren. Seine Eltern standen in der Hierarchie der Familie zwar ziemlich weit unten, konnten ihm aber dennoch garantierten, in einer weitgehend heilen Welt aufzuwachsen. Einer Welt geprägt von kulturellem Austausch, freier Wirtschaft und dem Streben nach persönlicher Entfaltung. Er studierte Ökonomie und faszinierte mich vom ersten Augenblick an mit der überwältigenden Energie, die er ausstrahlte, zusammen mit einer Zuversicht, wie ich sie zuvor nie erlebt hatte. Er war nie müde, seinen Anhängern und Mitstreitern zu erklären, dass es nur im gemeinschaftlichen Handeln zu schaffen wäre, uns vom Joch der Regierung, des Hasses und der Willkür zu befreien. Unermüdlich arbeitete er an Schriftstücken, die er heimlich drucken und verteilen ließ. Er organisierte Gelder aus den unglaublichsten Kanälen und motivierte seine Mitstudenten ohne Unterlass durchzuhalten. Er hielt sie pausenlos dazu an, Vernunft und Vorsicht walten zu lassen und nicht planlos waghalsige Einzelaktionen durchzuführen. Auch wenn er sich selbst mehrfach genau dadurch in ernste Gefahr gebracht hatte.

Eine kleine Schar gesellte sich als harter Kern um ihn herum und ich war eine von ihnen. Wir folgten seinen Plänen von kleinen Anschlägen, bei denen niemand zu Schaden kam, bis das Attentat auf einen Regionalzug dazu führte, dass wir in den Untergrund mussten. Wir lebten mal hier, mal da, bei Freunden oder mit falschen Papieren in irgendwelchen Hotels. Von Zeit zu Zeit trennten wir uns und versuchten mit Aufenthalten bei unseren Familien normale Lebensläufe vorzutäuschen. Doch zu keinem Zeitpunkt wollte ich euch in Gefahr bringen, weshalb ich mich kaum bei dir meldete, Mama. Viel zu oft waren sie uns knapp auf den Fersen und heute hoffe ich gleichermaßen, ihnen nicht im letzten Moment noch in die Fänge zu geraten. Im Laufe der Zeit bahnte sich zwischen Vasili und mir eine zarte Verbindung an, die über das Planen der nächsten Projekte hinausging. Er umsorgte und beschützte mich, überschüttete mich mit Zärtlichkeiten. Schon bald fingen wir an, uns ein gemeinsames Leben auszumalen. Bis zu jenem Tag, an dem er für eine Nacht zu seinen Eltern fuhr, wo frühmorgens schwer bewaffnete Soldaten das Haus stürmten. Offenbar hatten sie Wind von seinem Besuch bekommen. Wieder entkam Vasili in letzter Sekunde. Stattdessen zerrten sie seinen Vater und seine Mutter aus dem Bett und forderten sie auf, ihnen seinen Verbleib zu verraten. Doch sie schwiegen. Und so schlugen sie auf sie ein und malträtierten sie mit ihren derben Stiefeln am Kopf und im Gesicht, bis ihre Hilferufe für immer verhallten. Sie drangen in das Zimmer seiner jüngeren Schwester ein, packten sie und schleppten sie aus dem Haus hinaus in den Vorgarten. Die Nachbarn hörten ihre gellenden Schreie, als einer nach dem anderen sie dort vergewaltigte, um sie anschließend kaltblütig zu erschießen.

Von da an war Vasili nicht mehr der Mann, den ich kannte und lieben gelernt hatte. Verbittert traf er sich mit Anhängern dubioser Vereinigungen, deren einziges Ansinnen es war, für entsprechendes Entgelt zu morden. Was sich in Zeiten des wachsenden Widerstands in der Bevölkerung zunehmend als einträgliches Geschäft erwies. Angeblich mordeten sie, um gegen das Regime zu kämpfen, doch in Wirklichkeit mordeten sie aus vielerlei Gründen. Oft auch einfach nur, um private Racheakte durchzuführen. Ich versuchte immer wieder, seine Schale der Verbitterung aufzusprengen, wurde aber bei jedem Versuch abgewehrt.

»Es ist zu spät, Irini«, flüsterte er mir eines Nachts in einem kleinen Hotel außerhalb von Athen zu. »Du kannst mir nicht mehr helfen. Mein Herz und meine Seele sind genauso tot wie meine Familie.«

»Aber lass es uns doch gemeinsam versuchen«, antwortete ich leise. »Die Zukunft liegt noch vor uns und deine Trauer lastet auf unseren gemeinsamen Schultern leichter als auf deiner allein.«

Zärtlich fuhren meine Hände über sein Haar. Aber er schob sie mir zurück auf das Kissen und setzte sich auf.

»Wenn du mir helfen willst, dann gibt es eine Sache, die du für mich tun kannst, Irini«, sagte er mit stockender Stimme, ohne mich dabei anzusehen.

»Du könntest mit mir nach Paris fahren. In das Hotel Les Dames de Belleville. Du erinnerst dich, ich habe dir erzählt, dass Mikis Theodorakis dort ein paar Tage wohnte, nachdem er ins Exil nach Frankreich ging.«

In knappen Worten erklärte Vasili mir, was er vorhatte. Ich wandte mein Gesicht ab, während mir heiße Tränen der Verzweiflung über die Wangen liefen. Sicher wirst du fragen, liebe Mama, warum ich in diesem Moment, in dem es noch möglich gewesen wäre, nicht nein gesagt habe. Nein zu der Ursünde, dass du nicht töten sollst. Nein zu der Aussicht auf die Hölle, und Ja zum Leben. Doch hätte ein Dasein ohne Vasili in diesem Moment eine ebensolche Hölle für mich bedeutet.

»Ich komme mit dir, du kannst auf mich zählen«, sagte ich und Vasili zog die Schublade des Nachtkästchens auf. Er holte einen schwarzen Revolver hervor, der in ein grob gewebtes Baumwolltuch gewickelt war und wiegte ihn in seiner Hand.

»Wir werden einen sehr wichtigen Mann eliminieren. Einen Verbrecher, von dem die nahe Zukunft Griechenlands abhängt«, sagte er schwer atmend. »Denn ohne Geld wird das Regime nicht mehr lange durchhalten.«

Ich nickte stumm, ohne ihn anzusehen.

»Um wen geht es?«, fragte ich.

»Ich habe dir schon von ihm erzählt, Irini«, antwortete er. »Es ist Carlo van der Meer. Ein Diamantenminenbesitzer aus Südafrika. Er scheffelt seit Jahrzehnten Unmengen Geld, das er in Zusammenarbeit mit korrupten Regierungen und dubiosen Geschäftsmethoden immer weiter vermehrt. Ein Kapitalistenschwein der übelsten Sorte. Fett, brutal und pervers.« Vasili begann im Zimmer auf und ab zu laufen.

»Ja, du hast mir von ihm erzählt«, flüsterte ich tonlos und spürte mit einem Mal so etwas wie eine Rechtfertigung für meine Entscheidung.

»Es gibt eine Todesliste, auf der alle wichtigen Personen aufgeführt sind, die in Verbindung mit dem Regime stehen. Carlo van der Meer ist mittlerweile unter die ersten zehn gerückt. Wir werden die Chance nutzen, ihn ein für alle Mal auszuschalten«, erklärte Vasili mit fester Stimme.

»Wo soll es geschehen und wie?«, fragte ich.

»Wir haben einen Punkt ausgewählt, der sehr belebt ist. Es muss schnell gehen und vor allem müssen wir schnell verschwinden können. Der Pariser Place de la Concorde ist dafür gut geeignet, denn er ist nach allen Seiten offen. Wir halten an einer Ampel neben ihm, und erledigen es in wenigen Sekunden.«

»Und womit fahren wir?«, wollte ich wissen.

»Mit dem Motorrad. Eigentlich sollte ich es alleine machen, doch wenn du die Maschine fährst, kann ich mich ganz auf die Schüsse konzentrieren. Das steigert unsere Chance, erfolgreich zu sein und zu entkommen.«

»Wie wissen wir, wann er dort ist?«

»Er ist mit Christos Nikolaidis unterwegs. Ein griechischer Hotelbesitzer, der ein wichtiger Mittelsmann für seine Geschäfte mit den hochrangigen Militärs ist.«

Verächtlich warf Vasili seine Zigarette aus dem geöffneten Fenster auf die Straße und lehnte sich gegen das Fußende des Bettes.

»Die Schweine haben sich in Paris Verstecke und Unterschlupfmöglichkeiten für ihre hohen Offiziere gesichert, in denen sie sich verkriechen können. Falls es mit der Diktatur zu Ende gehen sollte. Um von dort aus auch dann noch weiter ihre Todesschwadronen zu lenken.«

Ich umarmte ihn und wir schwiegen eine Weile, bevor er fortfuhr.

»Morgen Abend geht die Maschine nach Paris. Wir werden als frischvermähltes Ehepaar Vasili und Irini Oikominides im Les Dames de Belleville einchecken. Und zwar im Hochzeitszimmer des Hotels.«

Mein Hals war wie zugeschnürt und mein Herz begann zu rasen. Welche Ironie, ging es mir durch den Kopf. Das, was ich mir so sehr erträumte, wurde auf paradoxe Art auf einmal wahr. Wenn auch nur symbolisch. Und möglicherweise als Letztes, was wir in unserem Leben gemeinsam tun würden.

»Im Hotel bewegen wir uns unauffällig«, sagte er. »Als frisch verheiratet eben. Und als gut betuchte Gäste, wie es die meisten sind, die dort verkehren. Es wird ein Treffen in der Lobby mit meinem Kontaktmann geben, der mir den genauen Plan für die Vorgehensweise am nächsten Tag übergibt. Lass uns packen und die Sache zu Ende bringen, Irini. So oder so.«

Ja, liebe Mama, und nun sitze ich hier im Hotel Les Dames de Belleville und schreibe diese Zeilen. Vasili nahm am Nachmittag, wie vereinbart, seinen Termin in der Lobby wahr. Seitdem habe ich ihn nicht mehr gesehen. Zeitweise gelingt es mir für ein paar Minuten, alles auszublenden. Mir vorzugaukeln, ich würde als frisch verheiratete, glückliche Frau hier sitzen. Das

Hochzeitszimmer ist bezaubernd und hat mich mit einem kunstvoll arrangierten Ambiente vollends in seinen Bann gezogen. Nach unserer gestrigen Ankunft am späten Abend tauchten die mit üppigem, floralen Stoff bezogenen Stehlampen den Raum in ein sanftes Licht. Wir konnten die hell erleuchteten Restaurants und Bars unten an der belebten Straße gut sehen. Ich lasse den Blick schweifen, hin zu dem kleinen Balkon, der von einem kunstvoll gestalteten schmiedeeisernen Geländer eingerahmt wird. Hier haben wir heute Morgen ein typisch französisches Frühstück mit frischem Gebäck und starkem schwarzem Kaffee serviert bekommen, das wir schweigend einnahmen. Nach einer Liebesnacht, die einer echten Hochzeitsnacht in nichts nachstand. Bitte vergib mir diese Freimütigkeit.

»Es ist so irreal«, sagte ich beim Frühstück zu Vasili, der jedoch nur einmal an seiner Tasse nippte, ehe er nervös aufstand.

»Es liegt Schweres vor uns, meine Liebe«, flüsterte er, als wir uns küssten. »Warte hier auf mich. Ich werde, so schnell es geht, wieder zurück sein.«

Der restliche Tag zog sich unendlich langsam an mir vorbei. Rastlos wanderte ich im Raum hin und her, nahm ein Bad, blätterte in Zeitungen und fand doch keine Ruhe. Wenn er nur wiederkäme. Ob er aufgeflogen war? Meine Anspannung wuchs ins Unermessliche.

Der Tag neigte sich dem Ende zu. Hinter mir warfen die letzten Sonnenstrahlen ihr Licht auf das große Bett. Das Zimmermädchen hatte nach dem Frühstück am Fußende zwei flauschig weiße Duschtücher in kunstvoll dekorierte Schwäne verwandelt. Daneben lag ein kleines Gedicht mit der Erklärung, dass Schwäne, wenn sie sich einmal füreinander entschieden haben, nie mehr in ihrem Leben auseinandergehen. Womöglich haben Vasili und ich in einer anderen Zeit auch als zwei dieser edlen weißen Tiere gelebt ...

Ein Knarzen der Tür holte mich in die Wirklichkeit zurück. Vasili stand endlich vor mir.

»Morgen um zehn Uhr werden wir das Hotel verlassen und offiziell eine Motorradtour durch die Stadt machen«, sprach er in mein Ohr, nachdem wir uns eine gefühlte Unendlichkeit umarmt und geküsst hatten. Dann verschwand er im Bad, um zu duschen. Als er die Tür öffnete, zog heißer Dampf in den kleinen Flur. »Ich habe eine unauffällige BMW-Maschine reserviert, die uns morgen früh ins Hotel gebracht wird«, erklärte er, während er sich mit einem um die Hüfte gebundenen Handtuch bei offener Tür rasierte.

«Aber ich habe keine passende Bekleidung«, wandte ich ein.

»Habe ich ebenfalls für uns beide geliehen. Es wird komplett geliefert, inklusive der Helme. Alles recht unscheinbar, so wie sie hunderte andere Motorradfahrer in Paris tragen.«

Ich holte tief Luft und öffnete die Balkontür, um eine Zeitlang schweigend auf die Lichter der Stadt zu schauen. Noch einmal kamen mir Zweifel, liebe Mama. Aber hätte ich es noch aufhalten können?

»Wir wissen, dass Carlo und sein Begleiter um Punkt zwölf im Restaurant ›Chez Pierre‹, in einer Seitenstraße des Place de la Concorde, verabredet sind. Dort werden wir ihn erwarten.« Ohne sich anzuziehen, verließ er das Badezimmer und nahm mit dem noch immer locker um seine Hüften gewickelten Handtuch auf dem Sofa Platz. Seine zitternden Hände verrieten seine Nervosität. Er brauchte mehrere Versuche, eine Zigarette anzuzünden.

»Und wie machen wir das, ohne aufzufallen?«, fragte ich.

»Wir werden den Stadtplan von Paris studieren, während wir warten. An einer Ampel kurz vorm Restaurant, dessen Einfahrt durch ein Tor verschlossen ist. Er wird dort nach persönlicher Anmeldung an einer Sprechanlage darauf warten, dass es geöffnet wird. Das sind deine Sekunden. Du fährst los und noch während das Tor langsam zur Seite fährt, werde ich beide erschießen. Bumm, bumm. Durch das Fenster. Es wird ganz schnell gehen.«

Ich schluckte schwer und mir wurde übel. Alles um mich herum begann sich zu drehen. Und ich spürte, wie auch er alles tat, um sich so gelassen wie möglich zu geben.

»Und dann?«, flüsterte ich heiser.

»Dann gibst du Vollgas. Ich habe mir den Weg heute Nachmittag genau eingeprägt. Bin ihn mehrmals gefahren. Ich werde dich zum nicht weit entfernten Gare de l'Est lotsen, wo wir um ein Uhr den Zug nach Marseille nehmen werden. Ich habe heute dort die Billets, Kleidung und Geld in einem Schließfach deponiert. Die Maschinen stellen wir vor dem Bahnhof ab. Die Overalls lassen wir im selben Schließfach zurück. Es liegt etwas abseits, es wird nicht groß auffallen, wenn wir uns dort ausziehen.«

Vasili nahm einen tiefen Zug an seiner Zigarette und schenkte uns Rotwein aus der bereitstehenden Flasche ein. Er hob sein Glas und lächelte mich an: »Im Marseiller Hafen wartet die Poseidon auf uns. Sie wird uns in die Heimat bringen. Eine Heimat, die bald frei sein wird. Auf den Sieg!«

Beide leerten wir unsere Gläser auf einen Zug. Und triumphierend streckte er seine Hände nach oben, um sich dann rückwärts auf das Bett fallen zu lassen.

»Noch ein paar Stunden Schlaf, dann ist alles vorbei«, sagte er müde, bevor seine Augen zufielen.

Und dies liebe Mama, sind nun wirklich meine letzten Zeilen. Ich werde mich später neben ihn legen und versuchen ebenfalls zu schlafen. Nachdem ich mich noch ein wenig auf den Balkon gesetzt habe und zurück an Dich, Papa und meine Kindheit gedacht habe. An Zeiten in der Sonne, auf den Feldern und am Meer. An Großvater und Großmutter. Die Ziegenherden und den langen Tisch unter den Olivenbäumen. An dem wir mit der ganzen Familie saßen und Deine köstlichen Kochkünste genossen haben. Ich werde mir vorstellen, Dich zu umarmen, Mama. Und morgen, bevor wir losfahren, werde ich diesen Brief an der Rezeption abgeben. Er ist an Dich adressiert.

Damit Du das erfährst, was der Wahrheit entspricht. Und nicht nur das, was du vermutlich in den Zeitungen lesen wirst.

Zum Schluss lege ich Dir eine Abschrift eines Liedes bei, das Mikis Theodorakis vor zwei Jahren hier im Exil komponiert und geschrieben hat. Vielleicht sogar in diesem Hotel. Vielleicht sogar in diesem Zimmer. Wer weiß? Es heißt »Der unsichtbare Aufstand«. Leider habe ich nur die englische Fassung, aber der Lehrer im Dorf wird ihn Dir bestimmt übersetzen.

Ich liebe Dich.

Deine Irini

State Of Siege
Serenity
It comes again
When the temples are shining in golden light
And day fades away
Deep inside
There's a feeling that I have not chosen well
My role in this play
All this time
I have been a good soldier whose will was strong
So I played my part
A painful song
Is the cry of a friend as they raise the knife
To cut out his heart
I've never tasted fear but now I know
Fearful nights and days of woe
Our raging treasure hunt has ended here
What's the use of all gold when death is near?
State of siege
A peaceful ending out of reach
Our vessels were burning on the beach
The general, he left us no choice but to die in this land
In their eyes

We were heralds of gods who would bring liberation
Far too late
They did realize what we bring is damnation
I've never tasted fear but now I know
Fearful nights and days of woe
I've heard my promised piece of land's right here
I'll resign it, my friend
My death is near!

32

Lydia, Berlin, Mai 1938

Das hektische Treiben rings um sie herum ließ sie flach atmen. Rasend klopfte ihr das Herz bis zum Hals, seit sie aus dem Bahnhof hinaus auf den Alexanderplatz getreten war. Zwanzig Jahre schienen diesen Ort in einen wahren Hexenkessel verwandelt zu haben. Mit vollen Straßenbahnen, die, eingekeilt zwischen hupenden Kraftwagen und rasselnden Fuhrwerken, fast ununterbrochen klingelnd hin- und hereilende Menschen auf sich aufmerksam machten. Entlang kriechend an Geschäften mit markant bedruckten Markisen, vollen Schaufenstern und augenfällig gekleideten Damen, die ebenso gewandeten Herren begegneten oder diese eitel neben sich flanieren ließen. Alles auffällig durchsetzt mit strammen Männern in braunen Uniformen. Sie trugen Armbinden mit dem gleichen rot-schwarz leuchtenden Kennzeichen, das auf unzähligen großen Fahnen um sie herum wehte: Das Hakenkreuz. Das Symbol jener Machthaber, die Deutschland bereit machten für die nächste vernichtende Katastrophe.

Dass sie überhaupt noch einmal nach Berlin kommen würde, schien ihr lange Zeit vollkommen undenkbar. Im Waterberg war Europa weit weg, abgesehen von vereinzelten aufrüttelnden Gesprächen mit Hotelgästen. Der unverändert schlingernde Kurs des Hotels, ihr just schulpflichtig gewordener Sohn Reinhard und die frisch von der Brust entwöhnte einjährige Frederike erforderten ihre volle Aufmerksamkeit. Genauso wie ihre Adoptivkinder Youma und Fela, die darunter litten, ihre leiblichen Eltern nicht mehr sehen zu dürfen. Sie waren neidisch auf Reinhard, der jeden Morgen stolz mit seinem Ranzen das Haus verließ, während sie zuhause von Mr. McMillen, einem pensionierten Lehrer, unterrichtet wurden. Denn für schwarze Kinder gab es keine Schulen.

Ihre Reise hatte Lydia bei Alexander mit dem Wunsch durchzusetzen versucht, in Amsterdam alte Weggefährten zu besuchen. Zu denen zählte nach wie vor Richard Köhler, Alexanders ehemaliger Adjutant und späterer Freund. Er hatte ihr einst den Hof gemacht und war in der Weimarer Republik lange im Gefängnis gesessen. Anfang der 30er Jahre hatte er Berlin erneut in Richtung Amsterdam verlassen und die Korrespondenz mit Alexander und Lydia wieder aufgenommen. Er ließ erkennen, dass er nach wie vor damit beschäftigt war, die herrschenden Berliner Verhältnisse zu befehden. Wie auch immer das aussehen mochte. Natürlich war ihrem Mann aus diesem Grund eine solche Reise zu gefährlich erschienen. Und erst nachdem sie ihn von der Wichtigkeit des Besuchs einer schwerkranken Cousine ihrer Mutter überzeugen konnte, hatte er zugestimmt. Nach tagelanger Schiffsüberfahrt war sie mit der Bahn von Rotterdam aus in Amsterdam eingetroffen. Dort hatte sie die traurige Nachricht erwartet, dass die Cousine verstorben war.

Am nächsten Abend hatte Richard Köhler sie mit ihren alten Freunden im Schlepptau im Restaurant ihres Hotels besucht. Auch wenn man sich verhalten äußerte, war Lydia klargeworden, dass es sich hier noch um eine aktive Widerstandsgruppe handelte. Sie unterstützten von Amsterdam aus den Untergrund in Deutschland, auch aus Angst vor einer drohenden Besetzung Hollands im Falle eines Krieges.

»Und was mache ich stattdessen?«, war es ihr durch den Kopf gegangen. »Sitze im sicheren Südwestafrika und sorge mich, pleite zu gehen. Derweil hier die Welt unterzugehen droht.«

Am Ende hatte sie allein mit Richard an der Hotelbar gesessen und mit ihm ausgetauscht, was in den vergangenen Jahren geschehen war.

»Du wirst von hier aus weiter nach Berlin reisen?«, wollte er wissen und sie hatte es bejaht.

»Ich werde dort ein paar persönliche Dinge regeln.«

»Können wir uns dort noch einmal treffen?«

»Bist du denn ebenfalls in Berlin?«, hatte sie überrascht gefragt, was Richard mit dem Kopf nicken ließ.

»Und du kannst ohne weiteres nach Deutschland reisen?«

»Ich reise unter dem Namen Peer Koolbrander. Mit einem anderen Pass.«

»Sehr originell«, hatte sie aufgelacht. »Kohlbrander, der Köhler. Eins zu eins übersetzt.«

»Wer es nicht weiß, wird es nicht bemerken«, hatte er zurückgelächelt.

»Es sind ja keine sicheren Zeiten. Deshalb wirst du mir hoffentlich erlauben, zu fragen, warum du mich in Berlin treffen willst.«

»Es wurde heute Abend ja mehrfach angesprochen. Ein Krieg steht vor der Tür. Die Nazis werden nicht mehr länger zögern. Es kann schon morgen losgehen.«

»Aber ... was kann ich da tun?«

»Du könntest Hitler erschießen.«

Mit aufgerissenen Augen hatte sie ihn angesehen und dabei erleichtert sein sarkastisches Lächeln wahrgenommen.

»Mein Richard, immer noch der alte Witzbold«, hatte sie fast zärtlich erwidert.

»Nein, nun mal im Ernst«, war er fortgefahren. »Es geht auch eine Nummer kleiner.«

Mit verbindlichem Lächeln hatte der Barkeeper ihnen zwei weitere Cocktails auf die Theke gestellt. »Proost«, sagte er dabei, und Richard nickte ihm zu, um sich sofort wieder an Lydia zu wenden.

»Ich möchte, dass du ein paar Sachen mit nach Windhoek nimmst, Lydia, bevor sie hier in die falschen Hände fallen.«

»Und die paar Sachen wären?«

»Ich habe Aufzeichnungen über unsere bisherige Arbeit angefertigt. Sie könnten für eventuelle Kriegsgegner der Deutschen wichtig sein.«

»Ich soll also Spionin werden? Bist du verrückt? Was, wenn man mich erwischt?«

Mit geschlossenen Augen hatte Richard sanft den Kopf geschüttelt.

»Das wird nicht passieren.«

»Und woher willst du das wissen?«

»Weil du mit einem Diplomatenpass reist, den dein werter Bruder Carlo van der Meer dir hat zukommen lassen.«

*

Langsam schritt Lydia durch die Menschenmenge zu den wartenden Taxis. Auf der gesamten Zugfahrt war ihr Richards Anliegen nicht aus dem Sinn gegangen. Was hatte sie, seit sie in Windhoek war, eigentlich noch bewirkt? Was hatte sie getan für die erhoffte Welt, in der Frieden, Gleichheit und Brüderlichkeit herrschen sollten? Nicht viel, außer zu heiraten und Kinder zu bekommen. Und ein Hotel zu gründen, wo Fantasien und Visionen die Realität begleiteten, ohne sie zu beeinflussen. Mit einem Mann an ihrer Seite, der vom glühenden Verfechter einer Idee zu deren Hüter in verstaubten Regalen geworden war. Und nun hatte seine unglückliche Hand für geschäftliche Angelegenheiten es nötig gemacht, den Mann zu treffen, der dem Teufel näher war, als kaum jemand sonst. Natürlich war auch sie für die finanzielle Situation des Waterberg-Hotels mitverantwortlich. Es wäre falsch, nur Alexander die Schuld für alles zu geben. Doch lag es nun einzig und allein an ihr, die Rettung zu erwirken, von der er nie etwas wissen durfte. Er würde sie in der Luft zerreißen, auch wenn das Hotel just in diesem Moment unter ihren Füßen in den Abgrund rutschen würde wie eine Mure ins Gebirgstal. Mitsamt ihnen und ihren Kindern.

Langsam quälte sich das Taxi durch den Verkehr, bis es schließlich vor dem Haus Deutscher Falke anhielt. Ihr Bruder hatte das Hotel vor kurzem erworben, wahrscheinlich um damit einen zentralen Punkt in Berlin zu besetzen und seine geplanten Aktivitäten orchestrieren zu können. Die Renovierungsarbeiten waren in vollem Gange. Gleich nach der Drehtür hatte man auf der rechten Seite von oben bis unten Planen aufgespannt, hinter denen es hämmerte und staubte. Teile des Bodenmosaiks waren entfernt worden und von den drei Aufzügen waren zwei mit einem »Vorübergehend außer Betrieb«-Schild versehen.

»Es tut mir leid für die Einschränkungen, Frau von Odenfeldt«, begrüßte der Mann an der Rezeption sie lächelnd. »Aber irgendwann wird alles hier so schön sein wie nie zuvor.«

Auf dem kleinen goldenen Schild an seinem Revers konnte sie seinen Namen lesen.

»Danke, Herr Göbel«, erwiderte sie freundlich. »Alles Schöne will erst einmal von zugreifenden Händen erschaffen sein.«

Er nickte freudig, um dann mit ernstem Blick prüfend auf die vor ihm liegende Liste zu schauen.

»So, hier haben wir Sie ja schon, gnädige Frau. Eines unserer schönsten Zimmer wartet auf Sie. Wenn Sie dies hier bitte noch ausfüllen wollen.«

Er reichte ihr ein Blatt mit den notwendigen Fragen zu ihrer Person und Herkunft, welches sie ausfüllte und zurückgab.

»Vielen Dank«, sagte er eifrig. »Wenn ich Sie jetzt noch um Ihren Pass und Ihre diplomatische Legitimation bitten dürfte.« Lydia gab ihm das Gewünschte und sah zu, wie er sein Dokument mit weiteren Angaben vervollständigte. »Perfekt«, rief er aus und drehte sich zu dem Bord um, an dem unzählige Schlüssel hingen. An jedem Schlüssel baumelte eine schwere, silberfarbene Plakette mit der Zimmernummer. Gewandt griff Göbel in das darunter befindliche Postfach, aus dem er einen kleinen Zettel entnahm, den er ihr zusammen mit dem Schlüssel überreichte.

»Zimmer 321 und eine Nachricht für Sie«, sagte er. »Ihre Koffer sind schon oben. Das Haus Deutscher Falke wünscht Ihnen einen angenehmen Aufenthalt.«

Sie faltete den Zettel auseinander und schritt in Richtung Aufzug, dessen Tür ihr von einem Angestellten aufgehalten wurde. Auf der Fahrt nach oben las sie die knappe Mitteilung:

»Willkommen in Berlin. Ich hoffe, du hattest eine gute Anreise. Bitte ruhe dich in deinem Zimmer aus. Wenn etwas nicht in Ordnung ist, wende dich an die Rezeption. Ich habe für heute Abend 19 Uhr einen Tisch im Jägerzimmer für uns reserviert. Gruß, Carlo«

Lydia faltete den Zettel zusammen und folgte dem Pagen, der die Tür aufschloss, um dann mit dem linken Arm ins Zimmer zu deuten: »Ich wünsche Ihnen einen angenehmen Aufenthalt in Zimmer 321, gnädige Frau«, sagte er mit leichter Verbeugung und überreichte ihr den Schlüssel.

Lydia gab ihm ein paar Groschen. Die Tür fiel ins Schloss und durch einen weitläufigen Raum, der einem üppig eingerichteten Wohnzimmer glich, strebte sie zunächst zu der großen Doppeltür, die auf einen Balkon führte. Sie trat hinaus und schaute ein paar Minuten hinab auf die Straße und die gegenüberliegenden Häuser. Dabei atmete sie tief ein und aus. Rechts von der Balkontür gelangte man durch einen Rundbogen in ein Schlafzimmer mit einem breiten Bett. Danach kam das Badezimmer.

Nachdem Lydia sich eingerichtet hatte, blieb ihr noch eine Stunde bis zu ihrem Treffen mit Carlo. Sie beschloss, noch ein wenig um das Hotel zu spazieren. Es war ein lauer Maiabend, mit Menschen auf der Straße, die lachten und glücklich wirkten. Sie saßen in Restaurants und Cafés und tranken aus kalt beschlagenen Weingläsern, die neben Tellern voller Köstlichkeiten standen. Andere hofften auf ein paar Stunden heile Welt in den Kinos mit Lieblingsstars wie Willy Fritsch, Lilian Harvey oder Heinz Rühmann. Die Gegend strahlte Wohlstand aus. Nichts ließ auf einen bevorstehenden Krieg, angezettelt von einem totalitären, brutalen Diktator, schließen. Und doch wusste sie, wie trügerisch diese Szenerie war. Einige Straßen weiter waren am Vormittag Juden aus ihren Häusern geholt worden, um sie ins Verderben zu transportieren. Sie wurden ausgeplündert, öffentlich gedemütigt und in Lager verschleppt, wo sie gefoltert, ermordet und in riesigen Krematorien verbrannt wurden. So hatte Lydia es gehört und gelesen, so hatten es ihre Freunde in Amsterdam bestätigt. So war Deutschland trotz Theaterschminke, Olympischen Spielen und Großmannsgehabe das geblieben, was es schon seit Jahrzehnten war: Ein Ort, an dem oben und unten so nah beieinanderlagen, dass nur kleine Nuancen nötig waren, alles ins pure Gegenteil zu verwandeln.

33

Lydia, Berlin, Mai 1938

Beim Betreten des Restaurants erspähte Lydia sofort ihren Bruder. Als er sich erhob, stellte sie fest, dass sein Körperumfang in den vergangenen acht Jahren nochmals angewachsen war, was sein Gesicht noch schweinchenhafter machte. Dabei waren seine Mimik, seine stechenden Augen und sein schmallippiger Mund, über dem ein mustergültiges Hitlerbärtchen prangte, erheblich bedrohlicher geworden. Sie würde sehr vorsichtig sein müssen.

Hölzern und ohne die Spur eines Lächelns streckte er ihr die Hand hin, die sie ergriff. Er bedeutete ihr, sich zu setzen.

»Ich wusste, dass du eines Tages kommen würdest«, begann er ohne Umschweife. Lydia blieb stumm und sah ihn mit festem Blick an.

»Mein Angebot damals, in Windhoek, war mein letztes, du erinnerst dich?«

»Ja«, erwiderte sie knapp mit starrem Augenkontakt. »Und dennoch sitze ich jetzt hier.«

Carlo schlug die Speisekarte auf: »Lass uns bestellen. Könnte heute bei so vielen Gästen länger dauern.«

»Du bist doch der Chef hier. Da sollte es schnell gehen.«

Mit hochgezogenen Augenbrauen fragte er: »Was nimmst du?«

Zögernd öffnete nun auch Lydia die Karte: »Den Rinderbraten mit Gemüse, bitte.«

Er nickte kurz und hob den Arm. Sofort kam ein Kellner an ihren Tisch. Carlo bestellte den Rinderbraten und ein Eisbein mit Kraut. Ohne sie zu fragen, orderte er Bier für beide.

»Ihr habt mich damals gedemütigt,« sagte er verbittert. »Mich aus eurem Hotel geschmissen. Jetzt bist du hier, weil du nicht mehr weiterweißt. Stimmt's?«

Obwohl ein Kloß in Lydias Hals sie zu ersticken drohte, nahm sie alle Kraft zusammen.

»Ja, das stimmt«, presste sie hervor und zum ersten Mal lächelte ihr Bruder. Weidete sich an den Anflügen der Verzweiflung, die ihr Gesicht überzogen.

»Da will ich dann mal kein Unmensch sein«, heuchelte er grinsend mit weicher Stimme, während der Kellner das Bier servierte. Mit blinzelnden Augen erhob er sein Glas: »Auf einen Neuanfang, Schwesterlein.«

Stumm und den Tränen nahe stieß Lydia ihr Glas an das seine und nahm einen tiefen Zug des erfrischenden Getränks, das sie umgehend ein wenig entspannte.

»Ich bin sicher, wir finden einen Weg«, fuhr er gönnerhaft fort. »Aber zuerst sollten wir essen und ein wenig plaudern, was denkst du?«

»Wenn du meinst«, erwiderte sie und trank den Rest aus.

»Ganz schön durstig, was?«, lachte er und gab dem Kellner ein Zeichen, ein weiteres Bier zu bringen.

»Wie geht es deinen Kindern und deinem Mann ... wie hieß er doch gleich?«

»Es geht uns allen gut, danke«, antwortete sie, ohne den letzten Teil seiner Frage zu beantworten.

»Das ist ja die Hauptsache. Auch wenn es aufgrund deiner Anwesenheit hier nicht wahr sein kann. Aber gut. Ich habe übrigens vor, demnächst auch zu heiraten.«

»Lass locker und gehe auf ihn ein, Lydia«, zog es ihr durch den Sinn, während sie tief durchatmete. »Du hast sonst keine Chance. Es wird vorübergehen ...«

»Das ... das ist doch schön. Wer ist denn die Auserwählte?«, gab sie zurück und erneut lächelte er selbstverliebt.

»Es ist Erika von Manteuffel, die Tochter von Generalfeldmarschall Lutger von Manteuffel«, entgegnete er mit lauerndem Blick.

»Dann bist du ja hier in den höchsten Kreisen unterwegs. Wie überall, nicht wahr?«

»Aber natürlich. Wo sonst soll denn ein van der Meer sich aufhalten? Hätte Hitler eine Tochter, hätte ich mir sie ausgesucht«, sagte er und lachte so schallend auf, dass an den umliegenden Tischen die Köpfe herumflogen. »Ja, Spaß muss sein«, keuchte er und lehnte sich zurück, damit der Kellner das in diesem Moment herangetragene Essen servieren konnte.

»Jetzt aber erst mal guten Appetit.«

Auch wenn Lydias Magen in diesem Moment einem Klumpen

glich, zwang sie sich, zu essen. Das erleichterte ihr das zweite Bier ein wenig. Obwohl der Anblick ihres hektisch in sich hineinschaufelnden Bruders dies wieder zunichtezumachen drohte .

»Wenn du willst, stelle ich dir Erika morgen beim Frühstück vor, was meinst du?«, fragte Carlo, kurz bevor Lydia ihren Teller geleert hatte.

Stumm kauend nickte sie: »Das ist ... eine gute Idee.«

»Wir haben eine tolle Villa draußen in Grunewald«, schwärmte er und zog eine Zigarre aus seiner Westentasche, deren Ende er geübt abbiss, um es in den bereitstehenden Aschenbecher zu legen. »Oder du besuchst uns morgen dort. Wäre auch eine Idee.«

»Das wird leider nicht gehen. Mein Zug fährt am späten Nachmittag.«

Eifrig nickte Carlo mehrmals mit dem Kopf und hielt sein Feuerzeug an die Zigarre. Dicke Rauchwolken stiegen empor.

»Nun gut, schade. Alle Prominenz war übrigens bereits dort, Goebbels, Göring, Himmler und was weiß ich wer noch, du weißt schon. Auch Leni Riefenstahl, die übrigens eine gute Freundin von Erika ist.«

»Ja, das klingt alles wirklich interessant. Die kenne ich alle bestenfalls aus den Illustrierten.«

Erneut lächelte Carlo sie selbstzufrieden an.

»Wie weit ist denn zu euch durchgedrungen, wie gründlich wir hier in Deutschland gerade aufräumen?«

»Ich muss sagen, mir fehlt die Zeit, dauernd das Weltgeschehen zu beobachten«, wich sie ihm aus.

»Also das, was wir uns mit den Negern in Deutsch-Südwest nicht getraut haben, werden wir hier mit den Juden beispielhaft durchziehen«, erklärte er mit entschlossenem Gesichtsausdruck. »Ein paar Jahre noch und die Welt ist vom Judentum gesäubert. Ratzekahl und konsequent.«

»Warum erzählst du mir das?«, fragte sie, da sie es nicht mehr aushielt, länger mitzuspielen. »Du weißt doch, dass ich solche menschenverachtenden Ansichten einfach unerträglich finde.«

Glutrot leuchtete Carlos Zigarre auf, an der er gierig zog, um immer mehr Rauch zu verbreiten.

»Also nach wie vor die Menschenfreundin«, sagte er verächtlich und sein Gesicht nahm einen angewiderten Ausdruck an.

»Bitte quäle mich nicht, Carlo«, sagte sie leise und spürte, wie Tränen in ihre Augen traten. »Lass uns über das reden, weshalb ich hier zu Kreuze krieche. Sag mir bitte, was ich tun muss, damit du mir hilfst. Und dann möchte ich so schnell es geht wieder nach Hause.«

Leise weinte sie jetzt und tupfte die Tränen mit der Serviette ab. Sie schämte sich vor den Blicken, die ihr von den umliegenden Tischen verstohlen zugeworfen wurden. Wie ein Raubtier kurz vor dem Sprung starrte Carlo sie eine gefühlte Ewigkeit lang an.

»Nun, was bist du bereit mir anzubieten?«, fragte er schließlich und sie zuckte resignierend mit den Schultern.

»Sag mir einfach, was du willst.«

»Gut. Ich biete dir 500.000 Reichsmark für die Überschreibung des Waterberg-Hotels. Ich garantiere euch, dass ihr weiter dort leben und arbeiten dürft. Gegen Gehalt.«

»Das wird Alexander niemals mitmachen«, erwiderte sie heftig den Kopf schüttelnd.

»Dann muss er eben mit euch und ein paar Koffern die Landstraße entlanggehen. Ohne Ziel. Direkt ins Nichts.«

Wieder kamen ihr die Tränen.

»Mein Mann weiß doch noch nicht mal, dass ich hier bin.«

»Tja, Geheimnisse in einer Ehe sind nicht gut. Das habe ich schon immer gesagt. Dann werdet ihr wohl in getrennten Richtungen die Landstraße entlang gehen müssen.«
Verzweifelt sah Lydia sich um, bereit, aufzustehen und hinauszulaufen aus dem Restaurant, aus dem Hotel, aus der Stadt. Denn das Gefühl, gerade jetzt keine Wut empfinden zu

dürfen, die es ihr ermöglicht hätte ihn auf der Stelle zu töten, war schlimmer als das Ausgeliefertsein.

»Ich glaube, wir beenden das Gespräch hier«, sagte sie mit brüchiger Stimme und erhob sich. Doch mit einem Griff an ihren Unterarm hielt er sie zurück.

»Warte. Es gibt noch eine andere Möglichkeit.«

Stumm setzte Lydia sich wieder auf ihren Stuhl.

»Ich weiß, dass du in Amsterdam alte Freunde getroffen hast.«

»Ja. Und weiter?«

»Nun, ich biete dir 200.000 Reichsmark an. Dafür will ich meine Hochzeit mit Erika im Waterberg-Hotel feiern.«

Überrascht schaute Lydia auf.

»Das ist alles?«

»Nicht ganz. Ich will, dass du mir alle Namen deiner Freunde nennst. Alle Kontakte, die sie haben. In Holland und hier in Berlin.«

Lydia merkte, wir ihr die Sinne schwanden und hielt sich am Tisch fest. Alles Blut schien aus ihrem Körper entwichen zu sein und selbst der Tränenfluss war versiegt.

»Niemals, Carlo. Bist du wahnsinnig?«

»Keineswegs. Überlege es dir. Wenn du einwilligst, lasse ich euch in Ruhe. Dann könnt ihr mit eurem Hotel weiterhin machen, was ihr wollt. Da ich denke, dass du morgen früh an keinem Frühstück mit mir und Erika mehr interessiert bist, reicht es mir, wenn du mich um acht anrufst. Wir besprechen es dann und du kannst deine Heimreise antreten.«

*

»Ihr Besuch ist hier, Frau von Odenfeldt«, klang es aus dem Hörer.

»Danke«, erwiderte sie. »Er soll heraufkommen.«

Ein letzter Blick in den Spiegel zeigte Lydia, dass ihre Schminke die schlaflose Nacht, die hinter ihr lag, einigermaßen überdeckte. Kurz darauf klopfte es an der Tür.

»Richard, komm rein«, rief sie aus, das ganze Lächeln aufbietend, das ihr noch möglich war.

»Guten Morgen, Lydia«, begrüßte er sie mit einer Umarmung.

»Setz dich«, bot Lydia ihm die Couch an und nahm selbst auf einem der Sessel Platz. »Auf dem Tisch dort hinten stehen Saft und ein paar andere Sachen. Bedien' dich, wenn du magst.«

Bewundernd blickte Richard sich um.

»Mann, oh Mann. Das Zimmer 321 werde ich mir merken müssen. Nicht schlecht.«

»Ja, es hat was, da hast du recht.«

Schwer ließ Richard sich auf das Sofa fallen. Er öffnete seine braune Aktentasche und holte einen dünnen Stapel Papiere hervor, den er auf den Tisch legte.

»Danke, dass du uns helfen wirst«, sagte er und seine dunklen, warmen Augen trafen die ihren.

»Ich ... ich weiß nicht ... was ich tun soll«, stotterte sie und bemerkte, wie sich erneut Tränen ankündigten.

»Sei nicht traurig, Lydia«, sagte er tröstend. »Du musst gar nicht viel tun. Es ist alles eine eher emotionslose Sache. Du hilfst uns, und das ohne Risiko. Niemand wird dich kontrollieren. Und in Windhoek wird sich jemand deshalb mit dir in Verbindung setzen.«

»Ich weiß«, erwiderte sie leise. »Es ist aber noch ein andere Sache, die ich gerne ... wiedergutmachen möchte.«

Mit interessiertem Blick lehnte Richard sich zurück, die Hände hinter dem Kopf verschränkt.

»Gut. Ich habe keine Ahnung, was das sein soll. Aber du wirst es mir sicher gleich sagen.«

»Ich will, dass du weißt, dass es mir leidtut, dass ich dich damals in Amsterdam immer wieder zurückgewiesen habe.«

Mit wehmütigem Blick schüttelte Richard sanft den Kopf:

»Ach Lydia, das ist doch längst Geschichte.«

»Für mich nicht. Ich ... ich habe dich immer sehr gemocht.«

Langsam erhob sie sich und ging auf ihn zu, um sich neben ihn zu setzen. Sie ergriff seine Hand. Leicht verlegen beobachtete er es, und sah dann in ihr Gesicht.

»Ja, ich mag dich auch immer noch, Lydia. Deswegen sind wir ja über all die Jahre hinweg Freunde geblieben.«

Zärtlich strich sie über sein Haar.

»Ich ... ich muss dir gestehen, dass es sich für mich niemals nur wie Freundschaft angefühlt hat.«

»Was machst du da gerade?«, fragte er mit zitternder Stimme.

»Das sagst du mir jetzt, nach fast zwanzig Jahren? Wir sollten das nicht tun. Alexander ist mein Freund und überhaupt ...«

»Weißt du, ich glaube, wenn du mir Alexander nicht vorgestellt hättest, damals in Windhoek, wäre vielleicht etwas aus uns geworden«, unterbrach sie ihn und spürte gleichzeitig, wie recht er hatte. Was um Gottes Willen tat sie hier gerade?

»Das glaube ich nicht, Lydia. Du warst eine adlige Tochter und ich ein kleiner Weinhändler.«

Zielstrebig legte sie ihren Kopf auf seine Schulter.

»Das hat für mich nie eine Rolle gespielt.«

Sie merkte, wie sein Atem schneller wurde und er, anstatt etwas zu erwidern, mehrmals schluckte. Vorsichtig fuhr ihre Hand über seine Brust und von dort aus weiter hinab.

»Das ist sehr gefährlich, was sich hier gerade tut«, flüsterte er.

»Du weißt, dass ich immer von einem Moment wie diesem geträumt habe?«

»Nein, das weiß ich nicht. Aber ich hätte es mir vielleicht vor langer Zeit schon denken sollen.«

»Lassen wir es gut sein, Lydia«, sagte er mit fester Stimme und rückte von ihr ab. Bereit, aufzuspringen und das Zimmer zu verlassen. »Zuhause wartet Alexander auf dich. Ich möchte nicht, dass du zurückfährst und etwas von hier mitnimmst, was du für alle Zeiten bereust. Ich glaube, ich gehe jetzt.«

Sanft beugte sie sich nach vorne, so dass sein Blick in den etwas weiter als sonst aufgeknöpften Ausschnitt ihrer Bluse fiel. Wo er ihn für einige Sekunden ruhen ließ, bevor er zu ihr aufschaute. Unfähig aufzustehen, bemerkte er die unausbleibliche Reaktion in seinem Schritt.

»Bleib, Richard. Es wird vieles geben, was ich in Zukunft bereuen werde«, flüsterte sie und fuhr erneut mit der Hand durch sein Haar. »Dies hier wird nie dazugehören.«

Bei ihren letzten Worten schloss er die Augen, als ihr Mund sich dem seinen näherte. Behutsam berührten sich ihre Lippen, die sich sanft öffneten, damit ihre Zungenspitzen zueinanderfanden. Lydia stand auf und nahm seine Hand.

»Komm«, sagte sie und folgsam ließ er sich hinüber zu dem großen Bett führen. In enger Umarmung standen sie da, bis sie sich nahezu synchron ihrer Kleidung entledigten.

»Es ist zu spät, jetzt gibt es kein Zurück mehr«, hauchte er in ihr Ohr, als sie sich hinlegten und in gleichmütiger Ruhe überall dort berührten, wo Körper, Geist und Seele eine lustvolle Einigkeit entfalteten.

»Es ist alles andere als zu spät«, raunte sie, während er einfühlsam in sie eindrang. Und von da an immer und immer wieder, jedes Mal leidenschaftlicher. Solange, bis sie in seliger Erschöpfung einander losließen. Von draußen waren die Geräusche der Straße zu hören. Im Zimmer nur das gleichmäßige Pendel der großen Standuhr.

»Das soll für immer unser ganz eigenes Geheimnis bleiben«, bat er und wie zur Bestätigung küsste sie ihn.

»Wenn das unser Hotel wäre, könnte dies hier das Hochzeitszimmer sein«, sagte sie und er drückte sie fest an sich. Den Tränen nahe, bereute sie, etwas wie dies gesagt zu haben.

»Sag sowas nicht«, raunte er. »Es meißelt den heutigen Tag nur noch tiefer in mein Herz.«

Lydia schlug die Bettdecke zurück und streckte sich aus. In der Hoffnung, er möge ihre feuchten Augen nicht bemerken.

»Du bist betörend schön, Lydia«, flüsterte er und seine Hand fuhr von ihrer Schulter behutsam abwärts über ihre Brust, ihren Bauch und ihren Venushügel bis zu ihrem Oberschenkel.

Lydia richtete sich auf und setzte sich auf die Bettkante.

»Ich muss unten in der Lobby jemanden treffen. Hat mit meiner Heimreise zu tun«, sagte sie und huschte ins Badezimmer, um sich anzuziehen.

»Warte hier«, bat sie ihn, um ihn ein letztes Mal zu küssen. Sie nahm ihre Jacke vom Haken und öffnete die Tür. Dort drehte sie sich noch einmal mit traurigen Augen um. »Es war wundervoll mit dir, Richard.«

Langsam schritt sie über den tiefroten Teppich, in Richtung Treppe, während ihre Tränen jetzt hemmungslos aus ihr herausflossen. Gott vergib mir, dachte sie und war kurz davor zu schreien. Doch stumm eilte sie weiter. Die drei Männer, in lange Ledermäntel gekleidet, die draußen gewartet hatten und nun zielstrebig an ihr vorbei ins Zimmer 321 eilten, würdigte sie keines Blickes.

34

Sally, Paris, August 2010

Leise plätschert das Wasser aus dem kleinen Eckbrunnen im Hamam-Bereich. Eleni und ich liegen auf einer erwärmten, steinernen Fläche nebeneinander. Wir sind in dunkelrote Badetücher eingehüllt, die wir nach der ersten Station im Dampfbad und der anschließenden Massage um unsere Körper gewickelt haben. Für mich ist es nicht das Debüt in einem Hamam, doch war mein letzter Besuch in Istanbul vor einigen Jahren nicht wirklich beeindruckend. Ganz im Gegensatz zu heute, wo ich es trotz der annähernd 28 Grad Außentemperatur beinahe euphorisch genieße. Woran mag es liegen? An Elenis Nähe, die in diesem Augenblick meine Hand hält wie eine gute Freundin im Zeltlager kurz vor dem Einschlafen? Oder an Paris, das sich in den vergangenen beiden Tagen als eine Truhe voller Geschichten und Zärtlichkeiten erwiesen hat?

»Wie fühlst du dich«, flüstert Eleni, ohne die Augen zu öffnen.

»Wie auf einer Wolke«, antworte ich und richte mich auf. »Obwohl die Wirklichkeit langsam wieder nach mir greift.«

»Versuche sie noch ein wenig von dir fernzuhalten«, antwortet sie, zieht mich behutsam zurück, beugt sich über mich und nähert ihre Lippen den meinen. Sie berühren sich für einige Sekunden zärtlich.

»Es gibt hier Ruheräume, die man von innen verschließen kann«, flüstert sie. »Was meinst du?«

»Ich ... ich weiß nicht ...«, erwidere ich. »Der Tag war so voller Eindrücke, ich brauche nichts nötiger als ein paar Stunden Schlaf.«

»War ja nur eine Idee«, sagt sie und wendet sich ab, um sich aufzusetzen. »Morgen wirst du nicht mehr hier sein ...«

»Ich weiß ... aber mir spukt einfach so vieles im Kopf herum. Ich bin immer noch durch den Wind von dem, was du mir über Lydia und Carlo in Berlin erzählt hast. Wie konnte Lydia ihr restliches Leben nur mit diesem Verrat an ihrer Familie fertigwerden?«

Mit geschlossenen Augen zuckt Eleni mit den Schultern und beantwortet mit bitterer Stimme meine Frage: »Weil sie eine van der Meer ist. So wie meine Mutter und ich zwar von Odenfeldts sind, und ich zusätzlich noch eine Nikolaidis, sind wir letztendlich alle zu einem gewissen Teil auch van der Meers.«

»Du machst mir Angst, Eleni«, entgegne ich und greife nach ihrer Hand.

»Wovor? Du hast nichts zu befürchten.«

Mit angehaltenem Atem schweige ich.

»Weißt du, mit diesen Gedanken an Schicksal und den großen Plan konnte ich mich nie anfreunden«, fährt sie fort. »Doch je mehr ich mich dank dir mit meiner Familie befasse, desto mehr Fragen nach ... sagen wir, gewissen Zusammenhängen tauchen auf.«

Stumm nicke ich mit dem Kopf.

»Und welche sind das?«

»Sie haben alle mit dir zu tun, Sally, und mit uns. Für mich fühlt sich das alles wie ein großes Schicksalskino an. Auch hier in Paris scheint nichts zufällig zu sein. Selbst diese zwei Stunden hier im Hamam ...«

Fragend schaue ich sie an.

»Im Orient erfüllte ein Hamam seit jeher mehrere Zwecke«, erklärt sie. »Zum einen die religiöse Reinigung, die im Islam eine große Rolle spielt. Zum anderen als wichtiger Treffpunkt, um Neuigkeiten auszutauschen und den neusten Klatsch und Tratsch zu erfahren. Aber ganz besonders wichtig, und damit sind wir bei unseren Hochzeitszimmern, war das Hamam vor Hochzeiten. Durch die intensive Reinigung hat man sich nicht nur äußerlich gereinigt, sondern auch die Vergangenheit abgewaschen, sodass man bereit für die gemeinsame Zukunft war.«

»Das ... das ist in der Tat spannend,« sage ich, während wir uns erheben, um uns nebeneinander auf die Bank zu setzen. Mein Herz beginnt zu klopfen, als sie ihren Arm um mich legt.

»Ich will, dass wir eine gemeinsame Zukunft haben«, sagt sie leise und für wenige Sekunden bin ich versucht, aufzustehen, sie an der Hand zu nehmen und ihr Angebot vom intimen Ruheraum anzunehmen. Doch stattdessen presse ich meine Lippen aufeinander.

»Wie ... wie stellst du dir das vor, Eleni?«, frage ich nach einer Weile.

»Ich werde mich von Manolis scheiden lassen. Es war nie Liebe, sondern immer nur Vernunft. Er hatte seine Frauen und ich meine. Du und ich könnten zusammenleben, als Paar ... was ich mir so oft gewünscht habe ... mit dir könnte es wahr werden.«

»Und wo? Auf Korfu? Du und ich und deine Mutter?«

»Meine Mutter ist mir egal. Sag mir, wo du leben willst und ich folge dir.«

Schweiß tritt auf meine Stirn, der nicht nur von der feuchtwarmen Luft des Hamams stammt und für etliche Sekunden suche ich nach einer Antwort. Hier ist sie also. Die Gretchenfrage. Der Plotpoint meines persönlichen Dramas.

»Ich ... ich glaube ... ich weiß nicht, ob ich bereit bin für das was du dir vorstellst, Eleni«, stottere ich und bemerke, wie sich Verzweiflung in ihren Gesichtszügen ausbreitet.

»Bitte sag sowas nicht. Ich kann nichts mehr tun, ohne an dich zu denken, Sally«, fleht sie. »An deine Art, deine Bewegungen, dein Gesicht. Wie du sprichst und mich berührst. Ich schaue in deine Augen, wenn ich meine schließe. Spüre deine Haut, wenn ich mir ein Kleidungsstück überziehe, und deine Zunge, wenn ich schweißgebadet erwache und mich selbst berühre ...«

Tränen laufen über ihr Gesicht, und ich lege meine Hand auf ihre Schulter.

»Weine nicht meine Liebe«, hauche ich und küsse ihre Tränen. »Ja, ich will dich auch, Eleni, wie immer es aussehen könnte. Aber bitte versteh, dass das alles für mich zurzeit viel ist. Gib mir noch ein wenig Zeit ...«

Sanft finden unsere Lippen zueinander und als wir uns voneinander lösen, gewahre ich ihren erleichterten Blick.

»Ich habe dir sehr viel von mir und unserer Familie offenbart«, sagt sie. »Weil ich dir vertraut habe ... und ...«, erneut greift sie nach meiner Hand, »weil ich dich liebe, wie ich nie zuvor geliebt habe.«

Stumm lege ich meinen Kopf auf ihre Schulter.

»Ich verstehe, dass du im Moment überrollt wirst, Sally, denn ich weiß, dass du eine Okoye bist«, fährt sie mit sanfter Stimme fort. »Dein Amulett verrät es mir ...«

35

Eric, Berlin, August 2010

»Das ist sie also, die Suite 321, in der schon so viele Prominente ihr Hochzeitsquartier fanden?«, fragt Dr. Wohlrabe und ich nicke.

»Ja, auch wenn es mittlerweile nicht mehr so ganz nach Glamour aussieht. Obwohl es nicht immer nur Prominente waren.«

Langsam streifen wir durch den weitläufigen Raum, der mit seinen 60er-Jahre-Möbeln den Wohnbereich bildet.

»Seit wann stehen diese Möbel denn schon hier?«

»Seit gut zehn Jahren schätze ich, als es kurzzeitig einmal so etwas wie ein Sixties-Revival gab.«

Dr. Wohlrabe streift mit den Fingern über einen der glänzenden Vorhänge, die links und rechts der Doppeltür zum Balkon hängen.

»Und das wird immer noch als Hochzeitszimmer gebucht?«

»Nun jaaa ...«, dehne ich meine Antwort. »Nicht mehr so richtig.«

»Hätte mich auch gewundert. Ist ungefähr so sexy wie 'ne Telefonzelle.«

Wir lachen beide.

»Ja, leider«, sage ich und öffne die Balkontüren. Wir treten hinaus und schauen hinab auf die belebte Straße.

»Wer mag schon alles hier oben gestanden sein?«, fragt er schwärmerisch. »Ufa-Stars? Schriftsteller? Komponisten?«

»Gauleiter? Gestapoleute? Sturmbannführer? Hermann Göring?«, ergänze ich.

»Wir können diese Zeit nicht wegradieren, Herr von Odenfeldt«, sagt Dr. Wohlrabe mit Bedauern in der Stimme. »Aber wir können auf das verweisen, was sonst hier los war. Und das überwiegt diese dunklen Jahre sicherlich bei Weitem.«

Mit angedeutetem Nicken stimme ich ihm zu und wir gehen zurück durch den Rundbogen ins Schlafzimmer und dann ins Badezimmer.

»In den nächsten Monaten wird das Alles so renoviert, wie Sie, oder vielleicht auch jemand anderes, es uns innenarchitektonisch empfehlen«, erkläre ich mit einer ausschweifenden Handbewegung. »Etage für Etage. Neue Böden, neue Vorhänge und Sanitärobjekte etc. pp.«

»Ich hoffe, Sie von unseren Ideen überzeugen zu können«, sagt Dr. Wohlrabe und zieht seinen Terminkalender hervor.

»Unser Präsentationstermin morgen Früh bleibt?«, fragt er und ich nicke.

»Ja, allerdings werde ich Frau Haussmann entschuldigen müssen, sie kämpft mit einem grippalen Infekt.«

»Das tut mir leid, wollen wir es verschieben?«

»Nein, nein für das Erstgespräch mit Fritjof van der Meer und mir ist es zunächst in Ordnung so. Unsere Direktorin wird sicherlich zeitig genug von allem erfahren.«

»Dann richten Sie ihr bitte meine besten Wünsche aus.«

Marlene saß bereits gestern fiebrig im Büro und war heute zuhause geblieben, obwohl sie genauso gespannt auf die Präsentation von Dr. Wohlrabe ist wie ich. Die wird jedoch komplett unwichtig, als ich den Telefonhörer an meinem Schreibtisch abnehme.

»Hast du heute schon Nachrichten gehört, Eric?«, schreit Tante Frederike schrill und ohne jede Begrüßung. Ich halte den Hörer ein Stück weit von mir weg.

»Nein, was ist passiert?«

»Deine Direktorin hat dir also nichts gesagt?«

Ich verdrehe die Augen: »Nein. Marlene fühlt sich nicht gut. Sie ist zuhause geblieben.«

»Und niemand aus Fritjofs Büro war bei dir?«

Langsam nervt es mich und ich muss an mich halten, es nicht auszusprechen.

»Nein, ich bin aber auch gerade erst in mein Büro gekommen, Frederike«, antworte ich stattdessen und reibe mir die brennenden Augen.

»Ob Marlene mich angesteckt hat?«, denke ich, völlig ahnungslos von dem, was sie als Nächstes sagen wird.

»Fritjof ist gestern Abend verhaftet worden.«

»Was? Verhaftet? Warum das denn?«

Am anderen Ende bleibt es still, so als wolle sie mir einige Sekunden zum Verkraften geben.

»Sag nicht, du bist überrascht«, zischt sie schließlich und eine Ahnung bohrt sich mir durch den Bauch.

»Sie haben heute früh seine Wohnung durchsucht und angeblich jede Menge Kinderpornografie gefunden. Wenn nicht schon geschehen, dürften sie jeden Moment bei dir im Hotel auftauchen.«

Mein Herz beginnt zu rasen und ich versuche etwas zu erwidern, schaffe es aber nicht sofort.

»Wo ... woher ... weißt du das?«, bringe ich schließlich doch mühsam etwas zustande.

»Offenbar haben die Berliner Radiosender es sofort gebracht. Mich hat sein Anwalt angerufen. Du warst ja nicht zu erreichen. Wieso bist du eigentlich immer so spät im Büro?«

Ihre Art, mich selbst in den schlimmsten Situationen wegen den größten Banalitäten zu attackieren, richtet mich paradoxerweise wieder auf.

»Hör auf damit, Frederike«, belle ich sie an. »Ist das jetzt dein wichtigstes Problem?«

Wieder folgt eine Pause.

»Nein, das größere Problem dürfte ganz woanders liegen.«

Schon mehrmals war Fritjof wegen Pädophilie ins Visier der Behörden geraten. Anzeigen waren stets nur durch eine Menge guter Anwälte abgefangen worden. Selbst wenn am wirklichen Zweck seiner Reisen in bestimmte Regionen keine Zweifel aufkommen konnten. Doch die waren weit weg und was man nicht weiß, macht einen nicht heiß.

»Wo liegen diese Probleme denn deiner Meinung nach?«, hake ich nach.

»Das werde ich dir noch sagen, Eric. Doch zunächst sollten wir keine Zeit verlieren. Du musst unbedingt den Computer aus Fritjofs Büro holen.«

Trotz der erschreckenden Umstände lache ich laut auf.

»Wie soll das gehen, liebe Tante? Da steht nicht irgendein verträumter Computer herum, den ich mir unter den Arm klemmen könnte. Wir sind hier komplett vernetzt, arbeiten alle auf gemeinsamen Plattformen. Da können wir gar nichts machen.«

»Können oder wollen?«

Erneut bin ich kurz davor, den Telefonhörer an die Wand zu werfen. Doch ich lege ihn auf den Tisch, erhebe mich und gehe zum Fenster. Vor dem Eingangsbereich des Hotels stehen mehrere Fahrzeuge, darunter ein Streifenwagen. Tief atmend komme ich zurück und nehme den Hörer wieder auf.

»Hoffen wir, dass er nicht so gestört war, hier im Hotelnetzwerk diese perversen Plattformen aufzurufen«, sage ich so ruhig wie möglich. »Wenn doch, wäre das eine Katastrophe. Sie sind schon im Haus, Frederike. Lass uns später noch einmal sprechen.«

Ich lege auf, bevor sie etwas erwidern kann. Diese verdammten van der Meers, geht es mir durch den Kopf, während ich mit dem Fahrstuhl hinauf zur Verwaltungsetage fahre, wo man mich bereits erwartet.

»Herr von Odenfeldt?«, spricht mich ein Mann mittleren Alters an. »Weißbach, Staatsanwaltschaft Berlin«, sagt er knapp und hält ein DIN-A4-Papier in die Höhe. »Hier ist der richterliche Durchsuchungsbeschluss. Wir bitten Sie, ab sofort nichts mehr hier anzufassen. Teilen Sie dies bitte umgehend auch allen anderen mit der EDV befassten Personen mit.«
Ich wende mich Melanie Winter zu, der Büroleiterin, die betroffen an ihrem Schreibtisch sitzt und alles mitbekommen hat.

»Bitte kümmern Sie sich darum, Melanie«, sage ich und nehme das brummende Handy aus meiner Jacketttasche.

»Und verschieben Sie alle Termine heute und morgen.«

Im Display steht eine Nummer, die ich nicht kenne. Ich drücke den Annahmeknopf.

»Eric von Odenfeldt hier«, sage ich, wobei ich mich, so gut es geht, von den Mitarbeitern der Staatsanwaltschaft entferne.

»Hier ist Roland Stich, von Stich, Linnemann und Partner, Rechtsanwälte. Wir vertreten Herrn Fritjof van der Meer.«

»Verstehe«, antworte ich knapp. »Was können Sie mir sagen?« Für einige Sekunden höre ich nur den Atem meines Gesprächspartners.

»Herr van der Meer hat mich gebeten mit Ihnen in Kontakt zu treten«, antwortet er schließlich.

»Okay. Das haben Sie ja jetzt getan«, sage ich ungeduldig, als es erneut eine Zeitlang still bleibt. »Könnten Sie vielleicht zum Punkt kommen? Ich habe überhaupt keine Ahnung was hier zu machen ist. Und die Zeit drängt ja auch ein wenig.«

»Nun ja ... es ist so ... sie drängt tatsächlich. Aber wir können im Moment nicht viel tun, außer den Standards. Das heißt, Ihr Partner wird zunächst in Untersuchungshaft bleiben müssen.«

»Und warum? Was hat man in der Hand?«

»Man hat belastendes Material in seinem Haus gefunden und geht davon aus, dass sich in Ihrem Hotel noch mehr davon befindet.«

»Er soll also Kinderpornografie gespeichert haben? Hier im Hotel? Verbreiten das die Medien so?«

»Ja, genau das tun sie. Auch wenn sie es als Vermutung hinstellen. Und es ist ja nicht das erste Mal ... wie Sie vielleicht wissen, oder?«

Ich beschließe, diese Frage nicht zu beantworten. Ich bin über entsprechende Verdachtsmomente in der Vergangenheit im Bilde, die sich aber meines Wissens stets als unbegründet erwiesen haben. Ich frage mich nicht zum ersten Mal, was eigentlich mit Fritjof los ist. Von der Gründung der Hotel-Group an, war er bis ins Jahr 2005 Direktor des Berliner Minotaurus Resorts gewesen. Mit dem hatte ich von Windhoek aus wenig zu tun. Im Vorstand der Minotaurus Group hielt Frederike bis zuletzt die Zügel recht erfolgreich in der Hand, weil Carlo, der seinem Sohn nie traute, es so festgelegt hatte. Erst nachdem ich durch meine Anteile am Londoner Wingfield-Hotel selbst in den Vorstand aufrückte, waren wir uns ein wenig näher gekommen. Und ich müsste lügen, wenn ich sage, Fritjof sei mir von Anfang an sympathisch gewesen. Im Gegenteil. Seine meist linkische Art, sein Drang, alles infrage zu stellen, was nicht von ihm selbst stammte, sowie seine oft respektlosen, jeglicher politischer Korrektheit widersprechenden Äußerungen, erschwerten die Zusammenarbeit mit ihm auf fast allen Gebieten. Dabei hatte ich noch das Glück, in meinen Zuständigkeiten relativ unabhängig von ihm arbeiten zu können.

»Wie geht es denn nun weiter?«, frage ich den Anwalt.

»Es geht um mehr als den Besitz kinderpornografischer Inhalte, Herr von Odenfeldt. Herr van der Meer steht im Verdacht, aktiv an einem kriminellen Kinderpornoring beteiligt zu sein. Vielleicht sogar an mehreren. Dabei geht es um Menschenraub, sexuellen Missbrauch, schwere Körperverletzung und Mitgliedschaft in einer oder wie gesagt mehrerer krimineller Vereinigungen.«

Ich ringe nach Luft und setze mich auf einen der Bürostühle abseits der alles in große Kartons packenden Mitarbeiter der Staatsanwaltschaft.

»Das ist ja unglaublich«, flüstere ich schwach.

»Ja. Wir müssen damit rechnen, dass es eine sehr schwierige Aufgabe sein wird, hier etwas für Herrn van der Meer zu tun.«

*

Alle Mitarbeiter der Staatsanwaltschaft haben mittlerweile das Haus verlassen und ich schaue aus dem Bürofenster. Am Horizont ist die Sonne versunken und hat einen feuerrot flammenden Himmel hinterlassen. Parallel dazu starre ich immer wieder auf mein Handy und überlege, was ich als Nächstes unternehmen soll. Die Beschäftigten in der Verwaltung habe ich für heute nach Hause geschickt. Da das operative Datennetzwerk des Hotelbetriebs nicht angetastet wurde, läuft es reibungslos weiter. Doch auch hier, in der Organisation, warten Fragen auf mich. Spätestens dann, wenn ich an der Rezeption vorbeigehe, denn unbemerkt ist die ganze Aktion natürlich nicht geblieben. Ich beschließe, es Marlene erst zuhause mitzuteilen. Wahrscheinlich schläft sie ihren Infekt aus und will von dieser Meldung nicht unbedingt geweckt werden. Auch Frederike wartet mit unumstößlicher Gewissheit auf einen Anruf. Wobei es mich wundert, dass sie nicht schon längst selbst wieder hier angeklingelt hat. Und dann ist da noch Sally …

Ausgemacht ist, dass ich sie morgen Mittag am Flughafen abhole. Ohne, dass ich eine Ahnung habe, was mich mit ihr erwartet. Den Gedanken abzusagen habe ich schon vor zwei Stunden wieder verworfen. Warum, vermag ich nicht genau zu sagen. Oder doch? Keine Ahnung. Und wie ich sie Marlene vorstellen soll, ist mir ebenfalls noch ein Rätsel. Sofern ich es überhaupt mache. Auf jeden Fall ist mir die aufmunternde Idee, mit Sally ein paar ungestörte Stunden zu verbringen, gründlich verhagelt worden. Ich werde auch ihr, was Fritjof betrifft, reinen Wein einschenken, obwohl es ja in allen Zeitungen steht. Denn wegen einem Treffen mit dem Hotelvorstand kommt sie ja hergeflogen. Um abzuchecken, inwieweit ihre weiteren Aktivitäten mit seinem Segen vonstattengehen können. Den hätte er ihr sowieso niemals gegeben. Insofern fühlt sich für mich die Sache Sally trotz der ganzen Katastrophe jetzt sogar leichter an, weil ich ab sofort ohne Rücksicht auf Fritjof alleine entscheide, was passiert und wieweit ich Sally agieren lasse. Denn auch ich werde mir unsere gesamte Familiengeschichte von heute an etwas genauer anschauen. Ich öffne eine der kleinen Colaflaschen und befülle mein Glas. Ich scrolle zu Frederikes Nummer und drücke den Anrufbutton. Als hätte sie mit dem Handy in der Hand dagesessen, meldet sie sich schon nach dem ersten Freizeichen. Wie immer ohne lange Begrüßung.

»Was ist rausgekommen«, kräht sie und ich würde am liebsten wieder auflegen.

»Mal salopp ausgedrückt, Frederike: Sie haben Fritjof ganz schön am Arsch. Auch wenn die Maschine seiner Anwälte bereits auf Hochtouren läuft, bleibt es bei Vorwürfen, die alles andere als leicht zu handeln sein werden. Ich sage nur sexueller Missbrauch, Körperverletzung und Mitgliedschaft in einem Kinderpornoring.«

»Das muss doch erst bewiesen werden.«

»Liebe Tante, was glaubst du warum die heute früh in seiner Wohnung und am Nachmittag hier im Hotel waren?«

»Ich denke, es wird sich alles lösen. Was können sie schon gefunden haben.«

Sprachlos von ihrem Mangel an Mitgefühl für das, was hier zum Leid unzähliger Kinder offenbar jahrelang geschehen war, kann ich zunächst nichts mehr erwidern.

»Eric? Eric?«, höre ich sie fragen, bevor sie fortfährt, nachdem ich nicht reagiere. »Es ist dringender denn je, dass wir uns über einige Dinge klar werden. Oder, anders gesagt, dass wir uns einigen.«

»Was meinst du damit?«, frage ich, so ruhig wie möglich.

»Nun ja. Wir sollten uns darüber verständigen, wer die Nachfolge Fritjofs antritt. Egal, ob das jetzt mit seinen Vorwürfen zu tun hat, oder mit anderen Eventualitäten. Er hat keine direkten Nachkommen.«

»Natürlich hat er die, Frederike, auch wenn es keine Nachkommen im eigentlichen Sinn sind. Da bist du und dein Bruder Reinhard. Seine Cousine Eleni und ich, sein Cousin. Aber die faktische Nachfolge im Vorstand geht automatisch an mich, sobald Fritjof ausfällt. Das ist ja nicht neu und alles verbrieft, Frederike.«

»Nein, aber da er ja noch lebt und nichts endgültig bewiesen ist, bist du in deinen Möglichkeiten beschränkt. Das steht aber, wie du ja selbst sagst, alles in den Verträgen. Lies es am besten nochmal nach. Aber ich denke auch nicht, dass wir da Probleme miteinander haben werden. Wer außer dir soll es sonst machen? Das gilt auch, wenn es einmal ums Erben gehen sollte. Bei so viel Geld und Besitz lohnt es nicht zu streiten. Mehr als reich sein geht nun mal nicht.«

Mit dem Handy am Ohr stehe ich auf und schlurfe zum Fenster, wissend, dass ihr letzter Satz gelogen war. Der Abend hat sich über das mit Millionen Lichtern funkelnde Berlin gelegt. Flugzeuge kreuzen den Himmel und der in allen Farben schimmernde Potsdamer Platz scheint seine Symbolik für das pralle Leben in dieser Sommernacht buchstäblich zu zelebrieren.

»Ja, das Riesenvermögen«, geht es mir durch den Sinn und erneut wird mir bewusst, was ich lange verdrängt und mich zuletzt doch vermehrt gefragt habe. Besonders, nachdem Sally mit ihren Erkundigungen auf den Plan getreten ist: Wieso konnte die Familie van der Meer nicht in Frieden und Glück ein Leben der Großzügigkeit führen? Ohne andere zu drangsalieren und zu quälen? Ohne all diese Machenschaften der Unmenschlichkeit, die nun zu guter Letzt in Fritjof noch einmal einen Höhepunkt zu finden scheinen?

»Eric, bist du noch dran?«, fragt Frederike aufgrund meines längeren Schweigens.

Mit matter Stimme antworte ich: »Ja, ich bin noch da.«

»Gut, da ist nämlich noch etwas.«

»Und das wäre?«

»Es geht um diese Sally Wheeler, die ich nun kennenlernen

durfte. Ich denke, wir müssen uns höllisch vor ihr in Acht nehmen.«

Ich gehe zurück zu meinem Schreibtisch und warte mit der Antwort, bis das stündliche Schlagen der alten Standuhr vorüber ist. Es ist 23 Uhr.

»Und warum?«, sage ich, die Müdigkeit des langen Tages spürend. Ich schließe die Augen und wünsche mir nichts sehnlicher als einen Abbruch der Handyverbindung.

»Ich bin ihr auf die Schliche gekommen.«

»Welche Schliche? Könntest du bitte zur Sache kommen?«, fordere ich sie auf.

»Was wäre, wenn sie ein Spross der Familie Okoye ist? Und damit jemand, der uns in allem in die Quere kommen könnte?«

»Wie kommst du darauf?«

»Sie trägt eines der beiden Amulette, das meine Stiefgeschwister Youma und Fela erhielten, als sie vor vielen Jahren in die Obhut meiner Eltern kamen.«

36

Sally, Berlin, September 2010

Langsam schiebt sich das Taxi von Tegel aus in Richtung City. Es ist ein wolkenverhangener erster September, für den der Radiosender gerade Abkühlung von der bisherigen Hitze versprochen hat. Erics SMS, mich leider nicht selbst abholen zu können, kam an, während ich auf meinen Koffer wartete. Ich hatte Zweifel gehegt, hierher zu fliegen, doch als ich am Schloss Charlottenburg vorbeifahre, bin ich froh, es doch gemacht zu haben. Ich liebe Berlin, wo ich viel zu selten bin.

Persönlich erlebte ich das Vorwende-Berlin gerade noch mit, als ich 1986, mit knapp 18 Jahren, sechs Monate im Rahmen eines Austauschs hier verbrachte. Damals zog mich alles andere mehr in den Bann, als politische Umstände und Herausforderungen. Clubs, Kneipen und Konzerte standen auf meiner Agenda, genauso wie Feste der alternativen Szene, Partys in Parks und in Hausbesetzerwohnungen. Ich konsumierte alles, was angesagt war. Sowohl auf proletarischen Bier- und Schnapsversammlungen, während grasdampfender schamanischer Reisen der Esobewegung oder Soul- und Healthfood auf Weltrettungskongressen selbsternannter Ernährungspäpste.

Dass ich heute bedeutend mehr über Berlin weiß, ist zum einen weiteren Besuchen und zum anderem meinem Beruf zu verdanken. Für unterschiedliche Beiträge wurde ich immer wieder mit der Geschichte der Metropole konfrontiert. Berlin ist eine Inselstadt, deren einschnürende Ummauerung nicht von West-Berlin aus, sondern von Osten her eingedrückt wurde, nachdem sie vierzig Jahre lang ein Stachel im Fleisch der deutschen und internationalen Politik war. Ein ewiger Zankapfel für Staatsrechtler, Diplomaten und die Herren vom Protokoll. Bis heute ist Berlin Ort des Aufbruchs und des Abbruchs geblieben, mit revolutionären Ideen und schamvollen Demontagen, greller Internationalität und funzeliger Piefigkeit. Berlin lässt einen stets aus Neue resignieren, aber immer wieder erwartungsfroh herkommen.

Mein Taxi hält vor einem großen, dunkelgrau schimmernden Komplex, an dessen Fassade »The Van der Meer Minotaurus Berlin« steht. Von der monumental wirkenden, goldgefassten Drehtür kommt ein in grauem Frack und Zylinder gekleideter Doorman auf mich zu und öffnet den Schlag. Ich steige aus und beobachte ihn, wie er den Kofferraum entriegelt und meinen Koffer herausnimmt. Ich bezahle das Taxi und folge dem Angestellten durch die ausladende Lobby bis zur Rezeption. Eine junge schwarze Frau in Hoteluniform begrüßt mich mit einem Lächeln.

»Willkommen im Van der Meer Berlin«, sagt sie und schaut mich auffordernd an.

»Sally Wheeler«, sage ich und lege meinen Pass auf die Theke, den sie brav weiterlächelnd aufnimmt und aufklappt, um dann meinen Namen im PC zu suchen.

»Okay, da haben wir Sie ja, Mrs. Wheeler. Wie ich sehe, sind Sie persönlicher Gast von Herrn von Odenfeldt.«

Sie deutet auf die hinter mir stehende Sitzgarnitur.

»Wenn Sie dort bitte einen Moment Platz nehmen möchten. Herr von Odenfeldt ist in einem Meeting. Es könnte eine Viertelstunde dauern. Darf ich Ihnen in der Zwischenzeit etwas anbieten?«

»Ich würde gerne einen Kaffee und ein Glas Wasser nehmen«, erwidere ich und nicke dankbar.

Ich setze mich auf die Couch. Hier werden also die Fäden der Hotelgruppe gezogen, vom letzten Überlebenden, der noch den ruhmreichen Namen des Hauses trägt. Ich nehme mein Handy aus der Tasche und scrolle durch die Nachrichten. Eine stammt von Ben, in der er mir bestätigt, dass unsere Scheidung auf dem Weg ist. Wenn wir »Glück« haben, wird es noch dieses Jahr über die Bühne gehen, schreibt er. What the fuck versteht der denn unter Glück? Das seine wahrscheinlich. Wie immer. Mein Blick fällt auf die Ausgabe der Berliner Morgenpost, die auf dem Tisch vor mir liegt und mein Herz scheint für einen Moment stillzustehen.

Im tiefen Sumpf der Kinderpornos

Berliner Hotelchef Fritjof van der Meer in U-Haft genommen

sbz / Im Rahmen einer Großrazzia haben Polizei und Staatsanwaltschaft gestern die Berliner Privat- und Geschäftsräume des Hotelmagnaten Fritjof van der Meer durchsucht. Dabei wurden nach Aussage der Behörden große Mengen kinderpornografischen Materials sichergestellt. Van der Meer, der als

Nachkomme der südafrikanischen Van der Meer Diamond Mining Corp. über ein mehrere hundert Millionen schweres Vermögen verfügt, soll außerdem in einen der bisher größten Kinderpornoringe Europas verstrickt sein. Für die kommenden Tage sind weitere Festnahmen in diesem Zusammenhang zu erwarten, so die Staatsanwaltschaft. Lesen Sie weiter auf Seite 3 …

Mit starrem Blick nippe ich an meinem Kaffee, ohne die Augen von der Zeitung zu lassen. Erst nach einigen Sekunden bemerke ich, dass jemand am Tisch steht. Irritiert schaue ich auf.

»Eric … hey …«, stammele ich und deute auf die Pressemeldung. »Das ist nicht wahr, oder?«

Stumm lächelnd kommt er um den Tisch und hält mir dir Hand hin. Ich ergreife sie, er zieht mich zu sich hinauf und für ein paar Sekunden umarmen wir uns.

»Das ist leider wahr«, flüstert er. »Aber zunächst mal: Willkommen in Berlin.«

Immer noch verdattert bringe ich nicht mehr als ein »Ja, … ich freue mich«, heraus.

»Komm erst einmal an«, sagt er. »Über das Ganze hier können wir später noch reden. Guten Flug gehabt?«

Ich versuche mich zu zentrieren, was mir einigermaßen gelingt. »Ja, danke« erwidere ich und folge ihm in Richtung Aufzüge.

»Ich zeige dir jetzt dein Zimmer«, sagt er und drückt den Knopf mit dem Pfeil nach oben. Dabei lächelt er geheimnisvoll.

»Bin gespannt, was du sagst.«

Stumm nicke ich mehrmals: »Gibt es noch irgendetwas, was mich heute überraschen könnte?«

»Keine Ahnung, warten wir's ab«, sagt er, während sich der Aufzug in Bewegung setzt.

Nebeneinander schreiten wir über einen mit dunkelrotem Teppich ausgelegten Gang bis vor eine Tür, auf der 321 in großen goldenen Ziffern steht. Eric öffnet und lässt mich ein. Ich betrete einen geräumigen, mit Blumen, Obstschale und Champagnerkühler ausgestatteten Raum im Stil der 60er. Nicht gerade modern, aber auf eine gewisse Weise hat es etwas.

»Nett«, sage ich. »Und ziemlich groß. Eine Suite mal ganz anders. Weniger pompös.«

»Du stehst im Hochzeitszimmer des Minotaurus Berlin«, sagt er mit leicht enttäuschtem Blick, vermutlich, weil ich nicht sofort in einen Begeisterungstaumel ausgebrochen bin.

»Oh, wow. Das … das ist … faszinierend.«

Wie ein Pfeil bohrt sich das, was Eleni mir von dem erzählte, was sich vor achtzig Jahren hier zutrug, durch mein Herz. Ich sehe Lydia vor mir, wie sie das Bett verlässt und dem zurückbleibenden Richard einen letzten Blick zuwirft, bevor sie für immer aus dem Zimmer geht. Eric will mich doch nicht allen Ernstes hier übernachten lassen?

»Damit kennst du jetzt alle Hochzeitszimmer. Korfu, Paris, London und Berlin«, sagt Eric und ein erneutes Lächeln überzieht sein Gesicht, so, als wäre dies das Ereignis schlechthin. Ist es möglich, dass er vom Verrat seiner Großmutter nichts weiß? Genauso wenig wie davon, dass es nicht viele Gründe gibt, die Hochzeitszimmer noch länger als lustige, aber belanglose Errungenschaften zu betrachten?

»Ja. Nur das vom Waterberg-Hotel in Windhoek fehlt mir noch«, sage ich leidenschaftslos, da mir im Augenblick keine andere Antwort einfällt. Und ohne zu wissen, welche Geschichte mich dort vielleicht noch erwarten mag. Langsam berappele ich mich jedoch, gehe auf ihn zu und berühre ihn leicht am Arm.

»Entschuldige, Eric. Das mit Fritjof hat mich aus der Bahn geworfen«, sage ich. »Es ist sehr schön, dich wiederzusehen.«

»Schon okay, Sally. Rate mal, wie es mir ging, als ich gestern davon erfuhr.«

Er öffnet die große Flügeltür zum Balkon und wir schauen

hinaus, wo ein kräftiger Sommerregen vom Himmel fällt. Stumm bleiben wir für einen Moment stehen und atmen die frische Luft ein.

»Wollen wir uns etwas zum Lunch heraufbringen lassen?«, fragt er und ich nicke mit dem Kopf, anstatt ihn zu bitten, mir ein anderes Zimmer zu geben.

»In einer Stunde?«

»Ja, das ist perfekt.«

»Dann bin ich um 12:30 Uhr wieder bei dir. Erhole dich ein wenig.«

*

Ich liege auf dem Bett und schaue hinauf zur mit Stuckornamenten verzierten Zimmerdecke. Vielleicht ist es gar nicht schlecht, die Nacht hier zu verbringen. Wo sonst als hier wäre ich den Geschehnissen näher? Erneut ist es mir, wie schon in den vergangenen Tagen, nicht gelungen, Eleni zu erreichen. Als ich am Morgen nach unserem Gespräch im Hamam nach ihr fragte, war sie abgereist, aber nicht ohne mir ein paar Zeilen an der Rezeption zu hinterlassen: »Meine Liebe, da ich verstehe, was du gerade alles verdauen musst, will ich dir Zeit dafür geben. Sei gewiss, dass ich nach wie vor bereit dazu bin, alles für dich stehen und liegen zu lassen ... Ich umarme und küsse dich ... Eleni«

Schon kurze Zeit, nachdem ich in meinem Zimmer war, hatte ich an der Richtigkeit, sie um Bedenkzeit zu bitten, gezweifelt und stand noch in der gleichen Nacht mehrmals an ihrer Tür, um zu ihr zu gehen und alles zurückzunehmen. Ich war bereit, ihr ebenfalls meine Liebe zu gestehen und ihr zu versprechen, bis ans Ende der Welt mit ihr zu gehen. An einen Ort, der es einem erlaubt, alles und gleichzeitig nichts zu haben ... Sie sprach von wahrer Liebe, die ich in ihr ausgelöst habe. Ich, die einst nichts anderes wollte, als so viele Erkenntnisse wie möglich von ihr zu bekommen. Was ihr nicht verborgen geblieben sein kann, und doch hat sie mich nicht abgewiesen. Aber hatte ich mich wirklich nur deswegen in ihre Arme begeben? Sie aus purem Kalkül an meinen Körper gelassen und aus reiner Berechnung den ihren liebkost? Nein. Und wenn doch, habe ich irgendwann den Moment verpasst, vom Karussell abzuspringen. Wofür ich Gott danke, da ich nie zuvor ein ähnlich heftiges Gefühl von Ehrlichkeit empfunden habe, wie in unseren letzten Minuten im Hamam. Wozu auch gehört, dass endlich ausgesprochen wurde, was mich und meine Familie, die Okoyes, betrifft. Was bleibt, ist die Frage: Weiß Eric auch Bescheid und wird er mich darauf ansprechen, mich vielleicht sogar ausbremsen? Dass in der Familie van der Meer Moral und Skrupel nicht immer an vorderster Stelle rangierten, gibt mir nicht gerade ein gutes Gefühl. Ich werde aufpassen müssen.

Mein Blick zur Uhr sagt mir, dass Eric gleich hier sein wird. Es klopft an der Tür und ich öffne sie. Ein Kellner schiebt ein Gefährt mit Geschirr, Schüsseln und Töpfen herein und beginnt stumm, den Tisch zu decken. Eine Kollegin bringt einen weiteren Wagen mit Getränken, Obst und Dessert. Und fast genau in dem Moment, in dem die Bedienungen mit dem Eindecken fertig sind, steht er in der Tür.

»Wie geht es dir?«, fragt er.

»Gut, danke. Ich bin ein wenig hungrig.«

»Na dann, lass es dir schmecken.«

Wir setzen uns an den Tisch und Eric füllt Mineralwasser in die Gläser.

»Willst du wissen, wer schon alles hier genächtigt hat?«, fragt er.

»Ja klar«, antworte ich.

»Gleich nach der Eröffnung 1968 kamen die Rolling Stones. Und einzelne ihrer Mitglieder sind noch Jahre danach immer wieder hier gewesen. Picasso wohnte hier, Muhammad Ali, Günter Grass und einmal sogar für eine Nacht der amerikanische Vizepräsident. Allerdings nur, weil es in seinem Fünfsternehotel Probleme gab.«

»Sind von den Stones noch die 60er-Jahre-Möbel übriggeblieben?«, frage ich und er lacht.

»Nein, die kamen erst vor rund zehn Jahren herein. Fritjof wollte etwas Stylisches, aber irgendwie ist das heute nicht mehr cool. Wir werden alles ganz anders machen.«

»Und wie?«

»Den Innenarchitekten schwebt etwas aus den 20er Jahren vor, was mir persönlich mittlerweile gut gefällt. Die große Zeit der Ufa. Legenden und Träume. Menschen und Marken. Der Aufbruch in die Welt des beworbenen Konsums. Das Loslassen von Tabus. Und das Jasagen zur Illusion.«

Überrascht über seine Begeisterung schaue ich ihn mit klopfendem Herzen an.

»Das hast du gut gepitcht.«

»Danke«, antwortet er und prostet mir mit dem Weinglas zu. Wie vom Himmel geschickt, folge ich einer plötzlichen Eingebung.

»Ich möchte offen mit dir sein«, sage ich und sehe ihn fest an. Für einen Moment spüre ich weiter seine Unsicherheit, doch dann sieht er erleichtert aus.

»Eine gute Idee«, sagt er und greift nach meiner Hand, um sie fest zu drücken.

»Ich habe viel nachgedacht in den letzten Tagen«, sage ich.

»Ich will, dass wir kein Versteck mehr spielen.«

»Und das heißt?«

»Du weißt mit Sicherheit bereits, warum ich das alles hier mache. Meine Fragen, Recherchen und Erkundigungen. Was es zu tun hat mit mir persönlich ...«

»Frederike hat gestern etwas in dieser Richtung angedeutet ...«, entgegnet er zögernd.

»Aha. Und was?«

»Nun, dass du offenbar weitere Gründe hast, hier Wahrheiten zu finden.«

»Und ... wie geht es dir damit?«

»Na ja ... eine gewisse Ahnung, dass dich mehr umtreibt als das Herumschnüffeln in fremden Familien, hatte ich hin und wieder schon mal. Was dafür sorgte, dass du ... Stück für Stück ein bisschen mehr für mich wurdest, als nur irgendeine Journalistin.«

»Was ... was heißt das, mehr für dich?«, stocke ich.

»Du bist eine wunderbare Frau, intelligent, zielstrebig und bildhübsch. Welcher Mann, kommt da nicht auf einen ganzen Fächer voller Gedanken? Aber ...«

Für ein paar Sekunden bleibt es still.

»Aber was?«, hake ich vorsichtig nach.

»Ich weiß mittlerweile, wo ich hingehöre, Sally. Ich liebte Marlene, unsere Hoteldirektorin schon lange bevor ich mit Christa zusammenkam. Und die Dinge haben sich so entwickelt, dass diese Liebe die Zeit bis heute überdauert hat. Dies und mein Respekt vor dir und dem was dich ausmacht, gibt mir eine wunderbare Klarheit, die mich das einzig Richtige tun lassen wird«

»Danke, Gott«, atmete ich im Geiste auf. »Danke, Marlene, auch wenn ich gerade zum ersten Mal von dir höre.«

»Und was ist das Richtige?«, frage ich, ohne, dass es mir gelingt, eine gewisse Rührung zu unterdrücken.

»Dich in dem zu unterstützen, was du vorhast.«

Ein weiterer Schauer läuft mir über den Rücken.

»Das heißt, du bremst mich nicht aus?«

»Aber nein, im Gegenteil. Ich möchte reinen Tisch in meiner Familie machen. Nichts mehr ahnen oder vermuten. Keine kryptischen Antworten von meiner Tante mehr hören, oder in das schweigende Gesicht meines Vaters schauen. Ich möchte nicht mehr raten, auf welcher Schuld unsere Familie aufgebaut ist.«

Hatte ich noch vor weniger als einer Stunde die Felle davonschwimmen sehen, so bin ich jetzt wieder auf dem richtigen Weg zu meiner Geschichte. Meiner Wahrheit. Meiner Bestimmung. Dass Eric derjenige sein wird, der mir auf der weiteren Reise zur Seite steht, weckt eine Mischung aus Euphorie und stummer Demut in mir.

»Insofern ist es eine Fügung, dass Fritjof, die letzte Bastion des Übels, jetzt zu fallen scheint«, sagt er und ich erkenne Tränen in seinen Augen.

»Er war zwar der Grund, warum ich hergekommen bin«, erwidere ich. »Aber seine Verhaftung – und deine Hilfe – lassen mich hoffen, dass du recht hast.«

»Dir zu helfen, wäre mir mit ihm vor der Nase nicht so leicht möglich gewesen.«

»Wie machen wir weiter?«, frage ich und er scheint einige Sekunden nachzudenken.

»Du solltest dich auf den Weg nach Windhoek machen und deine Verwandten treffen. Ich habe hier noch so einiges zu klären, was Fritjof angeht. Wenn ich einen besseren Überblick habe, komme ich nach.«

37

Sally, London, September 2010

Da mich in Namibia ein warmer Frühsommer erwartet, habe ich entsprechend leichtes Gepäck aufgegeben. Den zahlreichen Menschen in der Boardingzone nach zu urteilen, wird die Maschine voll werden. Was bei einer Flugzeit von rund 15 Stunden inklusive Zwischenlandung in Frankfurt am Main meine Geduld strapazieren könnte. Da wir in der Nacht fliegen, werde ich versuchen zu schlafen. Für den Rest der Zeit habe ich mich mit Lesestoff eingedeckt und meine Playlisten aktualisiert. Ein kräftiger Herr nimmt schnaufend neben mir Platz und tupft sich mit einem weißen Tuch die Stirn.

Fast zwei Wochen ist es her, dass ich mich in Berlin von Eric verabschiedet habe. Er hatte es sich nicht nehmen lassen, mich zum Flughafen zu begleiten. Meine Verwirrung nach den zwei Tagen in Berlin konnte ich nur zeitweise überwinden. Zum einen durch ein Treffen mit Ben, bei dem er mir in epischer Breite sein neues Leben ausmalte. Zu der gigantischen Hochzeit im Wingfield-Minotaurus, wo rund hundert Gäste erwartet werden, war ich natürlich eingeladen, wenn ich denn wollte. Was natürlich nicht der Fall ist.

»Die haben da eine Hochzeitssuite, in der schon wer weiß wer alles übernachtet hat«, sagte er. »Jede Menge Royals natürlich, John und Yoko und vor seiner Wahl sogar einmal Barak Obama.«

Da ich nicht weiter auf seine Schilderungen einging, wurden wir mit den Details unserer Scheidung schnell fertig. Weder von seiner noch von meiner Seite gab es großes Vermögen zu teilen. Auch über Versorgungsansprüche mussten wir nicht reden, und über Kinder schon gar nicht. Vieles, was mir persönlich wichtig war, hatte ich bereits aus Liverpool mitgenommen. Das, was noch dort war, würde er mir bringen. Irgendwann. Und wenn nicht, dann nicht.

Für mich gilt dieses Treffen mit Ben an als der Moment, in dem ich ihn endgültig aus meinem Herzen entließ. Eindeutiger können sich Wege nicht teilen. Was wäre aus meiner persönlichen Suche geworden, hätte ich Ben noch fest an der Seite gehabt? Vermutlich hätte ich sie nach wenigen Metern aufgegeben. Auch wenn wir durch die separaten Wohnorte längst eine Menge Eigenständigkeit genießen durften. Somit waren die geheimnisvollen Hinweise meiner Mutter auf unsere Familie und das Ende meiner Ehe mit Ben nicht zufällig zur selben Zeit gekommen.

Die Aufforderung zum Boarding holt mich aus meinen Gedanken und ich bin erleichtert, als mein Sitznachbar zum Einstieg in die First Class aufgerufen wird. Dann ist mein

Bordbereich dran und ich reihe mich in die Schlange ein. Vom auf dem Weg zum Einlass stehenden Presseregal entnehme ich den New Yorker und die deutsche Wochenzeitung DIE ZEIT. Und als ich schon fast am Regal vorbei bin, entdecke ich die aktuelle Ausgabe der Daily Mail. Mit einer Schlagzeile, die mich erstarren lässt. Unter einem unscharfen Bild Fritjofs, das ihn am Strand mit einem Jungen zeigt, lese ich die Zeilen:

»Selbstmord in der Zelle ... je jünger, je lieber. Weit weg von zuhause vergriff sich der Milliardär schonungslos an Kindern.«

Ich schreibe Eric eine SMS und frage ihn nach dem Stand der Dinge. Doch da das Flugzeug sich in Bewegung setzt, und die Stewardess mit ihren Sicherheitsinstruktionen beginnt, werde ich vor meiner Landung in Frankfurt keine Antwort haben und vielleicht sogar bis Windhoek warten müssen. Ich blättere zum Artikel.

In Zelle erhängt aufgefunden
Milliardär Fritjof van der Meer entzieht sich der Gerechtigkeit

Berlin, Sept. 22. 2010
redvm/ Der vor zwei Wochen in Berlin wegen des dringenden Tatverdachts auf Besitz und Verbreitung von Kinderpornografie festgenommene Fritjof van der Meer ist tot. Nach Aussagen der Staatsanwaltschaft erhängte er sich in der Nacht zu Dienstag in seiner Gefängniszelle.
Er trieb es ohne Skrupel. Dort, wo er davon ausgehen konnte, nicht ins Visier der Behörden zu geraten. In Asien, Südamerika und Afrika. In Hotels, in denen die Nacht mehrere tausend Euro kostet und ein Wink mit entsprechenden Banknoten alles möglich macht. Unauffällig und spurlos. Diskret und eiskalt vergewaltigte Fritjof van der Meer dort unzählige Jungen zwischen drei und dreizehn, was er auch noch aufzeichnete. Er filmte, wie er sie mit Tropfen widerstandslos machte, sie blutig

schlug, missbrauchte und mit Selbstverständlichkeit dabei zusah, wie sie in Decken gehüllt wieder davongetragen wurden. Kurze Zeit später saß er dann wieder gepflegt plaudernd an der Bar mit namhaften Personen, die vielleicht von ihm und seinen Taten wussten und nur darauf warteten, Videos und Bilder von dem zu erhalten, was kurz zuvor in seiner Suite geschehen war. Doch das alles reichte ihm nicht, denn auch zuhause schrie sein Trieb nach endlosen Kicks, für die ihm nichts anderes als das Internet blieb. Hier konsumierte er Kinderpornographie und tauschte sich mit Gleichgesinnten in Chats aus – zuletzt sogar ganz offen. Er fühlte sich sicher, wurde immer unachtsamer und unterschätzte irgendwann das weltweite Netz von Interpol und nationalen Fahndungsgruppen. Dieses Netz wurde aufgebaut, um Menschen wie ihm auf die Spur zu kommen. Oft dauert es Jahre, bis das Gesetz zugreift, doch vor einigen Tagen war es für Fritjof van der Meer soweit. Da sich van der Meer schon mehrmals von aalglatten Anwälten hat helfen lassen, mussten alle Beweise diesmal wasserdicht und umfassend daherkommen. Dermaßen profund und ausweglos, dass er nicht mehr hoffen durfte, es noch einmal drehen zu können. Wer dies dennoch befürchtet hat, wird von nun an eine Angst weniger haben. Denn von dort, wo Fritjof van der Meer jetzt ist, gibt es kein Zurück.

Ich falte die Zeitung zusammen und stecke sie in das Netz des Vordersitzes. Mit geschlossenen Augen lehne ich mich zurück und lausche dem leisen Summen der Turbinen. Eine Stewardess bietet mir Kaffee oder Tee an und ich bestelle Schwarztee.

Aus welchem Höllenloch mag diese Familie bloß gekrochen sein? Jede Generation scheint so verdorben wie die vorige. Die Stewardess von eben nimmt mir meinen leeren Teebecher ab. Nach unserer Landung in Frankfurt bringe ich einen Teil der Wartezeit in der Lounge meines Anschlussflugs mit dem Artikel zu, auf den die Titelseite der ZEIT hinweist. Auch darin geht es um Fritjof van der Meer, der bei Redaktionsschluss der

Zeitung allerdings noch am Leben gewesen sein dürfte.

Bilder, die an Grenzen bringen
Ein Millionenerbe im Zerrbild von Gier und Verbrechen

Berlin, bs / Es hätte sein können wie im Märchen. Doch letztlich war es ein Horrorfilm. Hineingeboren in eine der einst reichsten Familien der Welt, entsprach Fritjof van der Meer nie dem Anspruch seines Vaters. Jetzt soll er als Mitglied der größten europäischen Kinderpornoringe angeklagt werden. Entsprechendes belastendes Material wurde in seinem Berliner Haus gefunden. Bilder und Videos, die selbst hartgesottene Ermittler an ihre Grenzen bringen. Wer ist dieser Fritjof van der Meer? Sein Vater Carlo van der Meer wurde 1900 geboren. Lange blieb er kinderlos. Er konzentrierte sich darauf, das Imperium der Familie konsequent auszubauen. Den Anfang hatte die Familie mit einer Mine im heutigen Namibia gemacht, wo unter unmenschlichen Bedingungen Diamanten abgebaut wurden. Daraus entwickelte sich ein weltweit agierender Vertriebskonzern, der seinen Einfluss nicht zuletzt Carlos Umtriebigkeit in höchsten, wenn auch verwerflichen, Kreisen verdankte: Im Zweiten Weltkrieg klüngelte er mit den Nazis und erwarb das Berliner Hotel »Haus Deutscher Falke«. 1940 heiratete er Erika von Manteuffel, eine Tochter des Hitlerzöglings Generalfeldmarschall Lutger von Manteuffel. 1945 kam schließlich Sohn Fritjof zur Welt, kurz bevor seine Eltern sich entnazifizieren und nach Südafrika zurückzogen.

Familienverflechtungen
Neben der ständigen Erweiterung des Minengeschäfts gründet Carlo van der Meer im Jahr 1966 gemeinsam mit seiner Nichte Frederike Nikolaidis die »The van der Meer Minotaurus Group« auf Korfu. Diese Hotelkette ist mittlerweile auch in London, Paris und Berlin vertreten. Als Geldgeber der griechischen

Militärdiktatur wird im Jahr 1974 in Paris ein Attentat auf ihn und den Mann seiner Nichte Christos Nikolaidis verübt. Van der Meer überlebt, da Nikolaidis die tödlichen Kugeln abfängt. Danach tritt Carlo aus Gründen der Sicherheit kaum noch ins Rampenlicht. In aller Stille führt er den Vorsitz der Hotelgruppe mit seiner Nichte Frederike, die nach seinem Tod im Jahr 1984 den Vorstandsvorsitz übernimmt. Sohn Fritjof bleibt die Rolle des Berliner Hoteldirektors. 2005 rückt er zum CEO auf, nachdem seine Cousine diesen Posten aufgibt.

Ende einer Ära

Fast parallel zu Fritjof van der Meers voraussichtlicher Endstation in lebenslanger Haft, neigte sich die Ära der Diamantenfördererfamilie schon vor knapp einem Jahr dem Ende zu, nachdem sie über Jahrzehnte den weltweiten Handel mit Rohdiamanten dominiert hatten. Kurz vor Carlo van der Meers Tod übernahm die Familie Albersheim im Jahr 1983 die 70-prozentige Mehrheit am Unternehmen. Das ließ Fritjof van der Meer nicht viel mehr übrig, als einen Sitz im Aufsichtsrat – und ein hunderte Millionen umfassendes Vermögen. Mit dem kürzlichen Verkauf ihrer gesamten Anteile an den amerikanischen Rohstoffkonzern »Southern & Miles« ist nun auch der jahrzehntelange Einfluss der Familie Albersheim auf das Wirtschaftsleben am Kap erloschen.

Endstation Gefängnis

Vermutungen, warum Albersheim seine Anteile verkaufte, liegen Experten zufolge hauptsächlich im enormen Förderrückgang aufgrund härterer Kartellstrukturen. Statt bei rund 60 Prozent Anteil am weltweiten Rohdiamantenmarkt lag dieser zuletzt bei nur noch knapp 30 Prozent. Darüber hinaus ist Albersheim in der Finanzkrise 2008 in eine Durststrecke geraten. Fritjof van der Meer indes wird einer Gefängnisstrafe nicht entgehen können, auch wenn sich die Frage nach deren Länge stellt. Denn dort, wo Geld keine Rolle spielt, wartet wie eh und je ein Heer von Anwälten darauf, selbst das größte Unrecht in Recht umzuwandeln. Aufgrund seiner finanziellen Mittel könnte er endgültig von der Bildfläche verschwinden.

Autoren: Bernhard Seeliger, Yvonne Mildenberger

*

Wir haben unsere Flughöhe erreicht und ich setze meine Kopfhörer auf, schließe die Augen und atme tief ein und aus. Am liebsten würde ich schreien, aber das will ich meinen Sitznachbarn nicht antun. Also starte ich die Playliste »Cool Jazz Lounge« auf dem iPod. Sie soll mir dabei helfen, meine aufgewühlten Gedanken zu besänftigen. Tatsächlich schlafe ich irgendwann ein, wenngleich ohne, dass mein Kopfkarussell zum Stillstand kommt. Von Entspannung keine Spur, denn alle fahren auf dem Ringelspiel mit. Carlo mit seinen gewaltlüsternen Schlitzaugen. Ben, der Miss Presley von hinten an die Brüste fasst und Frederike, die mit einem Revolver auf mich zielt. Ich versuche zu entkommen, kann mich aber nicht vom Fleck bewegen. Stattdessen sehe ich hilflos zu, wie meine aus der Ferne winkende Mutter in Flammen aufgeht. Sie ist umgeben von tanzenden, in lange, bunte Gewänder gekleideten dunkelhäutigen Schamanen. Weit öffne ich den Mund, um zu schreien, doch wird er mir mit einer Hand verschlossen. Es ist Eric, der mich zu sich umdreht und sanft den Kopf schüttelt. Wellenartige Ströme durchziehen meinen Unterleib, während ich langsam an mir hinabschaue und Elenis Kopf zwischen meinen Beinen sehe, nach dem ich wie in Zeitlupe greife und ihn an den Haaren zurückziehe um anschließend in ihren einem Meer gleichenden Augen zu versinken.

Schlagartig erwache ich, ohne Orientierung. Erst das sanfte Turbinengeräusch sagt mir, wo ich bin. Rings um mich herum schlafen die Fluggäste. Einige wenige lesen im schmalen Lichtstrahl der Leselampe. Es ist mitten in der Nacht und die Vorhänge zu den Stewardessen sind zugezogen. Vibrierende Schauer der Erregung fahren mir, wie beim Lesen einer erotischen Lektüre, die Wirbelsäule entlang. Ich fühle meine nassgeschwitzte Haut und stehe auf, meine Toiletttasche in der Hand, um in Richtung der WCs zu wanken. Dort öffne ich meine Bluse und schiebe den Rock samt Slip hinab. Mit eiskaltem Wasser wasche ich Hände und Gesicht, die ich mir mit einem Papiertuch abtupfe. Ein weiteres nehme ich, um mir den Schweiß zwischen den Brüsten zu trocknen, ein anderes, um das gleiche vom Bauch abwärts zu tun. Noch immer meinen Traum vor Augen, rattert mein Herz wie ein Maschinengewehr, Feuerströme fließen durch meine Adern. Langsam suchen meine Finger jenen pulsierenden Punkt am Anfang meiner Vulva, der sofort Ausgangspunkt unvermittelt aufwallender Lustwellen ist. Sanft streichele ich ihn, um von da aus behutsam weiter hinab in meine feuchte Vagina und von dort wieder zurück zu fahren. Immer heftiger massiere ich mich, während meine Hand sich in die von Eleni verwandelt. Ich glaube, ihren keuchenden Atem real zu hören und zu fühlen. Einmal und noch einmal sterbe ich jenen kleinen Tod. Danach schaue ich mir schwer atmend wie erlöst ins Gesicht. Mein Lidschatten und Eyeliner sind ineinander gelaufen und ich habe den Lippenstift mit der Zunge abstrakt um den Mund herum verteilt. Mein Puls wird zusehends ruhiger und ich bringe mich mithilfe meiner Schminkutensilien wieder in Ordnung. Zurück am Platz hülle ich mich in die bereitliegende Wolldecke. Langsam ein- und ausatmend spüre ich die einkehrende Entspannung, die mir einen traumlosen Schlaf schenkt. Ich wache erst auf, als die Stewardess mich weckt.

»Guten Morgen, Madam. Wir servieren jetzt das Frühstück«, sagt sie behutsam und wie immer lächelnd. »In rund einer Stunde werden wir landen. Geht es Ihnen gut?«

»Ja, danke«, nicke ich und schiebe die Wolldecke zur Seite, während ich gleichzeitig meinen Sitz in die aufrechte Position bringe. »Es geht mir gut.«

38

Sally, Windhoek, Oktober 2010

Aus grünem Buschwerk und knorrigen Akazien heraus strecken die mit Stroh bedeckten Chalets des Waterberg-Hotels ihre Dächer gen Himmel. Sie gleichen eckigen Zelten mit schattigen Terrassen und erfrischenden Tauchbecken. Das Hotel gilt als Homage an den gleichnamigen eindrucksvollen Tafelberg in der Kalahari.

Vor meiner Abreise aus Berlin hatte Eric mir ein Fotoalbum voller teilweise vergilbter Fotografien aus den Gründerjahren gegeben. Sie zeigen, wie es hier einmal aussah, bevor das Hotel im Laufe der Jahrzehnte immer weiter um- und ausgebaut wurde. Es enthält auch Kinderbilder von Erics Vater Reinhard und dessen Schwester Frederike, die ich auf Korfu genauso erlebte, wie es in den Grundzügen ihres Kindergesichts schon angelegt scheint. Von Reinhard, der ihr nicht wirklich ähnlich sieht, weiß ich zu wenig. Außer, dass er sich 2005 mit seiner Frau Emily Fergusson von London in ihr Haus in Chelsea zurückgezogen hat. Frei von Pflichten und mit der Aussicht auf ein Leben mit Teapartys, Pferderennen und Oldtimer-Rallys. Ich sehe Alexander und Lydia an einem Auto aus den 20ern stehen und suche wie bereits bei Reinhard auch hier nach Ähnlichkeiten mit Eric. Beide haben markante Gesichter und stattliche Haltungen, die mir bei Eric eher nicht aufgefallen sind. Genauso wenig finde ich Gemeinsamkeiten bei Lydia und ihrem Bruder Carlo. Es kommt mir so vor, als wenn der Unterschied zwischen

Gut und Böse schon im Mutterleib in ihren Gesichtszügen manifestiert wurde. Es gibt Aufnahmen von Reinhards und Emilys Trauung in Windhoek und von der pompösen Hochzeitsfeier von Emilys Eltern im Londoner Wingfield Hotel. Prinz Philipp kann ich aber nicht ausmachen. Auf einigen Fotografien glaube ich Youma und Fela Okoye zu erkennen, die zum Zeitpunkt der Aufnahmen irgendwo zwischen acht und zwölf gewesen sein dürften. Schließlich entdecke ich Eric und Eleni als Kinder. Sie sitzen, mittlerweile auf Farbfotos, an einem Hotelpool und winken, während sie mit der anderen Hand Eisbecher mit kleinen Sonnenschirmen aus Papier halten. Das wurde vermutlich auf Korfu aufgenommen. Seltsam berührt wandern meine Gedanken weiter zu Elenis Aussehen als heutige Erwachsene. Ich denke an die leidenschaftliche griechische Frau auf Korfu mit dem Schimmern einer hellenischen Göttin in ihren Zügen und denke schmerzhaft daran, sie noch immer nicht erreicht zu haben. Wie sehr ich mich nach ihr sehne …

In der Hotellobby warte ich auf Tyron Okoye, der heute gemeinsam mit seiner Frau das Waterberg-Resort leitet. Tyron ist der Sohn von Fela, der lange Zeit mit seinem Quasibruder Reinhard die Geschicke des Hotels managte, bis Eric im Jahr 2000 mit Tyron an seiner Seite die Geschäftsführung übernahm. Ein mit kakifarbener Hose und weißem Hemd gekleideter dunkelhäutiger Mann tritt an meinen Tisch und stellt sich mir als ebendieser Tyron vor.

»Willkommen im Waterberg-Hotel, Mrs. Wheeler«, begrüßt er mich mit strahlendem Lächeln. »Schön, dass Sie hier sind. Wie war die Reise?«

»Oh, danke, ohne Probleme. Ich freue mich ebenfalls«, erwidere ich, gleichermaßen alles an Charme mobilisierend, was ich aufbringen kann. In seiner Erscheinung und Gestik erinnert er mich ein wenig an Denzel Washington, dem ich bei einem Londoner Empfang einmal kurz begegnete.

»Wir haben Mr. von Odenfeldts ehemalige Wohnung für Sie

hergerichtet. Sie steht ja leer und außerdem sind fast alle anderen Zimmer zurzeit belegt.«

»Sehr gut, ich denke, besser geht es nicht …«, bedanke ich mich.

»Ihr Gepäck ist bereits dort.«

Gemeinsam laufen wir durch den reichhaltig bepflanzten und mit vielen Details angelegten Garten. Von hochaufragenden Stelen aus übereinander getürmten farbig glänzenden Steinen unterschiedlicher Formen über geschnitzte Totemfiguren aus Holz bis hin zu schlohweißen griechischen Skulpturen ist alles vertreten. Alles ist dezent dekoriert und von jeweils stimmigen Pflanzen umrahmt. Sämtliche Elemente sind auf ihre eigene Art authentisch, ohne kitschig zu sein. Nachdem ich die alten Bilder in Erics Album gesehen habe, scheint mir an der Grundstruktur der Anlage nicht viel verändert worden zu sein.

»Sind das immer noch die Bauten aus der Gründungszeit?«, frage ich.

»Die Bauten schon, auch das Empfangsgebäude. Nur haben wir alles vor ungefähr zehn Jahren komplett umgebaut und modernisiert«, antwortet er und deutet auf die Lodge, vor der wir stehengeblieben sind. »Schauen Sie, sämtliche Häuser haben bis zum Boden reichende Glasfenster, was tagsüber eine befreiende Weite erzeugt«, erklärt er hingebungsvoll.

»Eine Transparenz von innen wie von außen. Abends kann man sie mit Vorhängen zuziehen.«

Der hintere Bereich des Pavillons ist mit Natursteinen abgemauert und wir schauen auf ein großes Doppelbett, einen Tisch mit zwei Stühlen und eine bequem wirkende Sitzecke.

»Dieses Apartment wird heute von neuen Gästen bezogen«, sagt er. »Deswegen ist es noch so offen. Das Bad liegt auf der Rückseite und ist komplett mit Pflanzen umrankt. Man kann die Seitenfenster auf- und die Glasbedachung nach hinten schieben. So können Sie quasi in freier Natur duschen.«

»Wie viele Lodges haben Sie?«, frage ich.

»Zehn und in dem lang gezogenen Gebäude hinter dem Empfangsbereich noch einmal sechs kleinere Doppelzimmer.«

»Alle gleich ausgestattet?«

»Ja, die Lodges mit Terrasse und Tauchbecken. Klimaanlage, Telefon und TV gibt es in allen Zimmern. Und dann haben wir noch das Exklusivzimmer.«

»Das Hochzeitszimmer, nicht wahr?«

»Richtig, Eric hat Ihnen davon erzählt?«

»Ja, ein bisschen.«

Er weist zurück in die Richtung, aus der wir gekommen sind:

»Es befindet sich im Obergeschoss des Empfangsgebäudes. Dort, wo die Balustrade der Terrasse über dem Restaurantbereich entlangläuft, sehen Sie das? Es war die Idee von Alexander und Lydia von Odenfeldt, die Suite dort einzurichten. Das haben wir so gelassen, obwohl viele sagen, eine etwas ruhiger gelegene Ecke wäre für die Hochzeitsnacht angenehmer.«
Bei seinen letzten Worten lächelt Tyron hintergründig.

»Verstehe, verstehe ...«, antworte ich in ebenso vieldeutigem Timbre. »Wird es oft genutzt?«

»Aber ja, es ist fast ständig ausgebucht.«

Stumm laufen wir weiter, bis wir vor einem einstöckigen Gebäude stehen.

»Hier ist es«, sagt Tyron. »Früher hat hier die Gründerfamilie von Odenfeldt gewohnt. Dann Sohn Reinhard mit seiner Familie und zuletzt Eric.«

»Und wo wohnen Sie, Tyron?«

»Zurzeit noch in einer Wohnung im Hauptgebäude. Aber nächstes Jahr werden wir dieses Haus hier ebenfalls umbauen und dann werde ich mit meiner Frau hierherziehen«, antwortet er lächelnd. »Eric wird wohl nicht mehr zurückkommen, so verwurzelt wie er mittlerweile mit Europa ist. Und wenn er mal hier ist, haben wir ja genug Zimmer zur Verfügung.«

»Sofern sie nicht ausgebucht sind«, lächele ich ihn an und er nickt.

»Da haben sie recht.«

Das Haus ist alles andere als klein und bevor ich es mir genauer anschaue, gehe ich in das oben liegende Schlafzimmer, das Tyron mir zugewiesen hat. Dort stehen meine Koffer und ich setze mich in den ausladenden Korbstuhl, wo ich meine Schuhe abstreife und das Handy aus der Hosentasche ziehe. Es ist keine Nachricht von Eric zu sehen.

Nachdenklich beginne ich eine E-Mail zu tippen: »Hi Eric, bin gut angekommen und immer noch sehr betroffen von Fritjofs Selbstmord. Bitte schreibe mir Näheres dazu, sofern es etwas Neues gibt. Tyron hat mich empfangen und ich werde mich heute Abend gemeinsam mit ihm und seiner Frau im Restaurant treffen. Das Waterberg-Hotel ist überwältigend. Bezaubernder, als ich es mir aus den Erzählungen vorgestellt habe. Du hast gesagt, dass Tyron mir weiterhelfen kann? Ich bin gespannt, wie es weitergeht ... Sally«

Mit Schwung hebe ich den Koffer aufs Bett und klappe ihn auf. Die Einrichtung des Zimmers scheint unter dem Einfluss Sarah Keys entstanden zu sein. Ein Stil, der mich zeitlebens verstört hat und den ich auch Eric nicht zugetraut hätte. An einer Wand erblicke ich eine Sammlung kleiner Bilder, die Frederike und Reinhard als Kinder zeigen dürften. Ich gehe zum Schrank und öffne beide Türen. Eine Seite ist frei, die andere voller Frauenkleidung. Vermutlich war dies einmal das Zimmer von Frederike, was mir die Einrichtung ein wenig verständlicher macht. Ich hänge meine Sachen auf Bügel in den freien Teil des Schrankes. Alles andere sortiere ich in Fächer ein. Meine Wasch- und Kosmetiktasche trage ich in das auf der gegenüberliegenden Seite gelegene Bad. Es ist geräumig und einigermaßen modern. Die beiden zusätzlichen Türen sind verschlossen, weshalb ich die Treppe hinabgehe, wo ich in ein Arbeitszimmer, ein weitläufiges Wohnzimmer mit Kamin und in die Küche gelange. Ich atme auf, denn anscheinend waren meine Zweifel hinsichtlich Erics Wohngeschmacks unbegründet. Alles hier ist im modernen afrikanischen Stil möbliert, gemütlich, mit klaren Linien. Von der Doppeltür aus schaue ich hinaus in einen zum Haus gehörigen Garten. Er ist mit Hecken eingefasst und ebenso gepflegt wie der Hotelpark. Ein Gärtner mit Strohhut schneidet verblühte Blumen ab.

Seitlich des Schreibtischs steht ein prall gefülltes Bücherregal, wo mein Blick auf ein Buch fällt, das sicherlich an diesem Sekretär geschrieben wurde: »Alexander von Odenfeldt. Konflikte. Ketten. Kolonien. Die leidvolle Geschichte des internationalen Kolonialismus, aktualisierte Auflage, 1975«. Ich blättere darin, überfliege einzelne Passagen, und spüre jäh, was ich da in Händen halte: Verstaubtes Papier mit staubbedeckten Thesen und Forderungen, die sicherlich nicht unwahr geworden sind, sondern aufgrund ihres Alters und der Erkenntnisse, die es seitdem gab, fast unwichtig daherkommen. Heute nehmen Unterdrückung und Gegenwehr andere Formen an. Allenfalls scheint das Werk Alexanders, der beseelt war von einer besseren, gerechteren Welt, noch für die Recherche ambitionierter Studenten wichtig zu sein. Als Basis für das, was sie an Neuem aufzubieten haben. Sanft klappe ich das Buch zusammen und stelle es zurück ins Regal. Ein Bord tiefer erregen zwei Fotoalben meine Aufmerksamkeit, von denen ich eines herausziehe. Ich stoße auf Bilder von Lydia und Carlo, jeder mit Zuckertüte vor einer Kreidetafel stehend. Ich sehe den halbwüchsigen Carlo mit seinem Vater, die, beide in Kolonialkluft, vor einer Gruppe abgemagerter, traurig dreinschauender schwarzer Minenarbeiter posieren. Alle zwei grinsen feist mit Reitgerten unter ihren Armen. Ich blättere mich durch Seiten mit der blutjungen Lydia im Garten der van der Meer-Villa, umgeben von illustren weißen Gästen. Zigarre rauchend die Herren, Kaffeetassen mit abgespreiztem kleinen Finger haltend die Damen.

Die zweite Fotosammlung scheint dem Waterberg-Hotel gewidmet zu sein, mit Aufnahmen von Versammlungen, Menschen, die gewichtig auf Tafeln schreiben, Gästen in der Lobby neben aufgestapelten Koffern und jede Menge dienstbare, schwarze Geister. An einem Bild bleibe ich länger hängen. Der Bildunterschrift zufolge zeigt es die blutjunge Youma Okoye im Jahr 1939. Ihre Dienstmädchenkleidung lässt darauf schließen, dass sie wie ihr Bruder Fela im Hotel mitgearbeitet hat. Auf einem anderen Bild steht Youma neben einem geschmückten Weihnachtsbaum und bei näherem Hinsehen stockt mir der Atem. Sie trägt sie am Hals, die Silberkette mit dem Diamantenamulett. Die Kette, die mir meine Mutter gab, damit sie mich auf meinem Weg begleitet wie ein Talisman. Der Nachrichtenton meines Handys reißt mich aus meiner Faszination.

Eine Mail von Eric: »Liebe Sally, entschuldige, dass ich mich erst jetzt bei dir melde. Hier geht alles drunter und drüber. Die Presse überschlägt sich und das, was die Behörden in Fritjofs Fall offenbar peu-à-peu herausfinden, zieht immer größere Kreise. Und genau deshalb brodelt es auch hinter unseren Kulissen gerade heftig. Offenbar beabsichtigt Frederike alles daranzusetzen, dich aus unseren Angelegenheiten herauszuhalten. Ich kann mir vorstellen, dass sie Angst hat, dass du noch mehr Dinge findest, die unserer Familie schaden können. Doch das soll uns nicht aufhalten. Wir müssen aufgrund von Fritjofs Tod eine Vorstandssitzung einberufen. Frederike hat darauf bestanden, dass sie in Windhoek stattfinden soll, quasi als symbolischer Akt an jenem Ort, an dem die Geschichte der Hotels einst ihren Anfang nahm. Das heißt, wir werden am Wochenende eintreffen. Frederike besteht darauf, dass Eleni an Fritjofs Stelle rückt, was ich auf jeden Fall gutheiße. Ich gehe davon aus, dass Tyron und Helen sich um dich kümmern und dir jeden Wunsch von den Augen ablesen. Bis bald also ... Eric«

Verärgert drücke ich die Nachricht weg. Frederike will mich aus »ihren Angelegenheiten« heraushalten? Aus welchen Angelegenheiten? Ich nehme den Laptop aus der Handtasche und klappe ihn auf. Nachdem er gestartet ist, öffne ich meine aktuelle Textdatei. Sie enthält alles, was ich bisher erfasst habe. Sachliches, Persönliches und sehr Persönliches. Spekulationen und Gewissheiten. Lügen und Wahrheiten. Vorhaben und Möglichkeiten. Ich überfliege die zuletzt noch in London geschriebenen Zeilen und tippe das wenige neu Hinzugekommene stichwortartig ein. Ich bin voller Erwartung, was ich in den kommenden Tagen dazuschreiben werde. Ich genieße es mit wohligen Schauern, endlich mit meinen Wurzeln in Berührung zu kommen.

39

Sally, Windhoek, September 2010

Das Restaurant mit dem originellen Namen »Meatings and Beer« ist in einem achteckigen Pavillon untergebracht. Dank der Rundumverglasung hat man einen gigantischen Blick auf das Umland und gleichzeitig Zutritt zur ausladenden Terrasse. Bereits zu Zeiten von Alexander und Lydia hat sich das Restaurant hier befunden, wenn auch in erheblich kleinerem Ausmaß. Es ist gut besucht und beim Betreten erkenne ich im hinteren Teil Tyron, der mit zuwinkt. Neben ihm sitzt eine blonde Frau, die Helen sein dürfte. Beide erheben sich.

»Guten Abend, ich bin Helen«, begrüßt mich Tyrons Frau und streckt mir die Hand entgegen, die ich lächelnd ergreife.

»Hallo, ich bin Sally, aber bleibt doch bitte sitzen«, erwidere ich ihr Willkommen und gebe auch Tyron die Hand. Wir nehmen Platz und einigen uns als Erstes aufs Du.

»Eric hat mir dich als gute Freundin angekündigt«, sagt Tyron. »Und mich gebeten, dich besonders gut und fürsorglich zu versorgen.«

»Oh, da hätte ich aber keine Bedenken gehabt«, gebe ich schmunzelnd zurück. »Alles ist hier so wunderbar stimmig und unbeschwert. Da kann man eigentlich nur noch entspannen.«

»Das freut mich, Sally. Unser Koch ist für seine Antilopensteaks berühmt«, sagt Tyron. »Wenn wir uns alle drei dafür entscheiden, bereitet er uns ein Menü, das darauf aufbaut.«

»Klingt gut«, sage ich und schaue zu Helen, die mit dem Kopf nickt. »Dann bin ich dabei.«

Eine Kellnerin in einem farbenfrohen Wickelkleid stellt uns Wasser mit Gläsern auf den Tisch und legt jedem von uns Besteck und Serviette hin. Sie ist von kräftiger Gestalt und hat ihr Haar zu einem großen Knoten gesteckt. Während sie sich bewegt, pendeln zwei schwere goldenen Ohrringe hin und her. Sie bemerkt, wie ich sie bestaune und lächelt mich einige Sekunden länger an, als ihre Serviceroutine es normalerweise vorzusehen scheint. Dann geht sie zurück in Richtung Küche, um kurz darauf mit einer Platte verschiedener Vorspeisen zurückzukommen, an der wir uns bedienen.

»Du schreibst an einem Buch?«, fragt Helen und ich nicke.

»Nun ja, zunächst sollte es ein Magazinbeitrag werden. Doch nach und nach scheint mehr daraus zu werden.«

»Und was heißt das, es ist mehr daraus geworden?«, hakt Helen nach, während sie sich lächelnd eine ihrer blonden Haarsträhnen aus der Stirn schiebt.

»Ich habe bei meiner Recherche viel über die Familien erfahren, die von hier aus Geschichte geschrieben haben. Die von Odenfeldts, die van der Meers und zuletzt auch die Okoyes, zu denen ihr gehört.«

»Und wegen uns bist du jetzt hier?«, fragt Helen weiter, doch Tyron antwortet an meiner Stelle.

»Eric hat mich vorbereitet und gebeten, Sally bei Fragen zur Verfügung zu stehen. Falls wir sie beantworten können. Es gab wenig Zeit vorher mit dir darüber zu sprechen, Schatz. Sorry.«

»Aber ja, das ist kein Problem«, antwortet sie und hebt beide Hände leicht in die Höhe. »Ich bin ja selbst noch lange nicht über alles im Bilde, was Tyrons Familie angeht. Schön, wenn da mal was aufgeschrieben wird.«

»Von wo kommst du?«, frage ich Helen aufgrund ihres Akzents.

»Ich bin Schwedin, in Stockholm geboren und aufgewachsen.«

»Und wie habt ihr euch kennengelernt?«

»Wir waren beide an der Hotelfachschule in Zürich«, sagt sie und alle drei lehnen wir uns fast synchron zurück, da der Kellner eine ausladende Silberplatte mit dampfendem Fleisch in die Mitte des Tisches stellt. Er gibt jedem von uns davon auf den Teller, ergänzt um das rundum drapierte wohlduftende Gemüse. Genüsslich lasse ich mir das butterzarte Filet auf der Zunge zergehen.

»Ich war einmal in Zürich«, sage ich. »Eine wunderschöne Stadt.«

Lächelnd nickt Helen: »Wunderschön und teuer.«

»Hast du kein Heimweh?«, will ich wissen und sie scheint einige Sekunden zu überlegen.

»Manchmal. Besonders wegen dem Wetter. Hier in Namibia ist es auch im Winter immer warm. Die heiße Sommerzeit in Schweden mit der nie untergehenden Sonne und die kalten Winter im Schnee, das alles fehlt mir. Die Jahreszeiten eben.« Ich schaue zu Tyron, der signalisiert, dass er sie versteht: »Wir waren schon zusammen in Stockholm und haben sogar mal ernsthaft überlegt, dort ein Hotel zu eröffnen. Aber ich glaube, ich täte mir schwer mit den langen dunklen Wintermonaten«, erklärt er mit fast entschuldigendem Blick auf seine Frau. Was mir zeigt, dass Helens Herkunftsland doch mehr als ein nebensächliches Thema zwischen beiden zu sein scheint. Die Heimat ... Wo ist eigentlich meine? In Namibia, meinem Geburtsland? Oder in England, wohin ich als Zehnjährige kam und bis heute glücklich lebe?

»Dein Vater war auch hier im Hotel tätig, nicht wahr?«, frage ich Tyron, um meine Gedanken nicht weiter davongaloppieren zu lassen.

»Ja, mit Erics Vater waren sie ein perfektes Leitungs-Duo. Er und seine Schwester Youma wurden in den 30er Jahren von Alexander und Lydia von Odenfeldt adoptiert. Sie litten an Asthma und konnten nicht bei ihren Eltern in der Diamantenmine der van der Meers bleiben, da die meisten Kinder ebenfalls in die Mine gehen mussten.«

»Das war ein wahrer Glücksfall für die beiden, nicht wahr?« Entschieden nickt er mit dem Kopf: »Oh ja, sonst würde ich, würden wir heute hier nicht sitzen.«

Stumm kauen wir eine Weile. »Habt ihr Kinder?«, frage ich Helen.

»Ja, Zwillinge, Suzi und Ryan. Suzi lebt in Kapstadt, sie betreibt mit ihrem Mann eine Reiseagentur. Ryan wohnt in London und ist Inhaber eines Tonstudios.«

»Ach was, in London?«, erwidere ich freudig überrascht. »Bei mir zuhause.«

»Ja«, erwidert sie. »Eric und er sehen sich von Zeit zu Zeit. Vielleicht triffst du ihn ja auch mal.«

»Bestimmt. Wie alt sind die beiden?«

»Ach je. Sie wurden 1976 geboren, sind also auch schon 34 Jahre. Immer wenn ich darüber nachdenke, bin ich betroffen, wie schnell die Zeit vergeht.«

»Du wirst also in deiner Chronik auch über uns Okoyes schreiben?«, unterbricht Tyron unseren Dialog und für einen Moment halte ich inne.

»Ich erwäge es ...«, antworte ich zögerlich.

»Wenn es genug hergibt, könnte es sein.«

»Das wird es sicherlich.«

»Und wieso?«

»Nun ja, auch wenn ich viele Details nicht kenne, weiß ich doch, dass wir mit den van der Meers und Odenfeldts recht verbunden sind.«

Schlagartig wird mir bewusst, dass ich offenbar an jenem Punkt angelangt bin, an dem vor über hundert Jahren die Samen zu dem gelegt wurden, was heute so selbstverständlich vorhanden ist. Ein schräg zusammengezimmertes Familienkonglomerat aus Plänen, Hoffnungen, Erfolgen und Misserfolgen. Aus heroischen Ideen und Niederträchtigkeiten. Gut und Böse.

»Deine Großeltern, Jeboah und Kimara, hatten noch weitere Kinder, nicht wahr?«, frage ich und Tyron legt seinen Kopf leicht nach hinten.

»Ja, da waren noch Sekou und Lamina. Sie waren die älteren.«

»Was ist aus ihnen geworden?«

Für eine Weile bleibt es still, ohne dass Tyron Anzeichen macht, mir zu antworten. So unauffällig wie möglich beobachte ich Helen, die unserem Gespräch zwar schweigend, aber nicht teilnahmslos gefolgt war. Erkenne ich da gerade Traurigkeit in ihren Augen?

»Mein Vater hat mir nie viel erzählt«, fährt Tyron schließlich fort. »Ich weiß aber, dass beide schon lange nicht mehr leben.«

»Dein Vater aber schon noch, nicht wahr?«

»Ja. Er ist 91 und wohnt unweit von hier in einem Haus, das wir ihm gekauft haben. Abgeschieden und friedvoll. Und er ist immer noch voll im Leben.«

»Das ist wunderbar«, entfährt es mir spontan. »Meinst du, dass ...«

»Ja«, fällt er mir ins Wort. »Ich meine, dass du ihn treffen solltest. Er ist einer der wenigen, die über alle Geschehnisse aus eigenem Erleben heraus Bescheid wissen. Vielleicht erzählt er dir davon.«

»Und wer sind die anderen?«, frage ich, obwohl ich die Antwort kenne.

»Reinhard und Frederike wissen sicherlich einiges. Die Frage ist allerdings, inwieweit sie darüber sprechen wollen. Und bis vor ein paar Tagen gehörte sicherlich auch Fritjof van der Meer dazu.«

»Und du meinst, dein Vater lässt mich überhaupt zu sich kommen?«, frage ich Tyron, der mir bejahend zunickt.

»Nachdem Eric mich darum gebeten hat, habe ich ihn gefragt. Zunächst war er skeptisch. Aber als ich ihm das erzählte, was ich von dir wusste und woher du kommst, hat er eingewilligt. Er ist praktisch der letzte Zeitzeuge.«

»Was ist mit deiner Mutter?«, frage ich und ergreife mein Wasserglas.

»Samira ist voriges Jahr gestorben. Sie war über sechzig Jahre lang die große Liebe meines Vaters. Und uns allen eine große Stütze. Wir vermissen sie, nicht wahr, Helen?«

»Ja, sehr«, nickt sie mit traurigem Blick.

Zwei Kellner räumen ab und fragen nach weiteren Wünschen. Wir bestellen Kaffee und Amarula Cream und dankend nehme ich die Zigarette, die Helen mir anbietet. Für einige Sekunden blasen wir Rauchwolken in die Höhe, ohne weiterzureden. Dann bricht Tyron das Schweigen.

»Eric und Frederike werden am Wochenende ebenfalls ankommen, wie du sicher weißt.«

»Ja, das weiß ich. Kommt Frederike alleine?«

»Also, ich glaube, wir haben nur die Anmeldung von ihr, nicht wahr Helen?«

»Ja, nur von ihr.«

»Da ist noch was ...«, ergänzt er das Gesagte.

»Und das wäre?«

»Erik meint, dass wir es auf jeden Fall so arrangieren sollen, dass du mit meinem Vater gesprochen hast, bevor sie hier eintrifft.«

40

Carlo, Windhoek März 1940

Schon drei Tage zuvor waren die ersten Gäste eingetroffen. Ein Industriellenpaar aus Wien samt zwei Bediensteten sowie Josef von Albersheims Bruder Walter und dessen Gattin. Carlo van der Meer und Erika von Manteuffel waren zu diesem Zeitpunkt noch nicht vor Ort. Lydia und ihre Belegschaft hatten diese Zeit noch allein zu meistern. Erst mit Carlo und Erika kam eine von ihm beauftragte Gruppe aus Köchen und Kellnern ins Hotel. Sie übernahmen für drei Tage das Regiment im Restaurant. Das Zimmer- und Pagenpersonal blieb dasselbe, um einen reibungslosen Ablauf zu garantierten. Es war Lydias Bedingung gewesen, nicht mit ihrer Familie anwesend sein zu müssen, worauf Carlo sich letztlich eingelassen hatte. Die Odenfeldts hatten vor, in Lüderitz darauf zu warten, dass der Spuk vorüberging.

Fast einen Monat lang hatten Alexander und Lydia kein Wort miteinander gesprochen, obwohl Lydia immer wieder versucht hatte, ihm zu erklären, warum dieser Handel unerlässlich war.

»Wieso gibt er dir das viele Geld, um im Gegenzug hier zu heiraten?«, hatte ihr Mann stets geantwortet. »Das ergibt keinen Sinn. Er kann sich alles auf der Welt kaufen.«

»Weil er bei uns bisher keine Macht hatte. Sein Ego braucht die Bestätigung, auch hier seinen Stempel zu hinterlassen. Er kann nicht anders, nachdem wir ihn einst so eiskalt abgewiesen haben. Er ist wie ein Hund, der sein Revier abpinkeln muss.«

»Um dann wieder zu verschwinden? Auf Nimmerwiedersehen?«

»Das ist unser Pakt.«

Lydias Zugeständnis, das sie ständig einen Pakt nannte, führte dazu, dass Alexander sich immer tiefer in seinem Arbeitszimmer vergrub und das Management des Hotels ihr überließ. Entschlossen arbeitete er an einem Manuskript über den Nationalsozialismus, der Deutschland auf die Schlachtfelder eines neuen Krieges geführt hatte. Selbst die Existenz der deutschen Straf- und Konzentrationslager hatte sich bis Südwestafrika herumgesprochen. Irgendwann hatte Alexander aufgehört, gegen Lydias Teufelspakt, wie er ihn mittlerweile ergänzend nannte, anzukämpfen. Denn er wusste, dass sie ohne das Geld von Carlo schon längst nicht mehr hier wären. Es wäre ihm nicht mehr möglich, seine Bücher und Manuskripte so zu schreiben, wie er es in der Geborgenheit des Waterberg-Hotels tun durfte. Fast anderthalb Jahre war es her, dass Carlo die rettende Summe überwiesen hatte, jetzt forderte er seinen Tribut. Er fühlte sich, als hätte er seine Seele verkauft. Geld von einer Person wie Carlo zu nehmen, war nicht nur Verrat an ihren Grundsätzen, sondern ließ sie auch zu Mittätern werden. Zu Komplizen.

Am Tag vor der großen Feier hatte sich das Hotel in einen Bienenschwarm verwandelt. In den Innen- und Außenbereichen wurde installiert, dekoriert und arrangiert. Holzpavillons und eine Bühne wurden aufgebaut und geschmückt, Tische eingedeckt, und kunstvolle Blumenarrangements effektvoll positioniert. Auf Hochglanz polierte Fahrzeuge warteten darauf, jene Gäste abzuholen, die nicht im Waterberg-Hotel untergebracht werden konnten. Rund 60 Geladene standen auf der Liste von Carlo und Erika. Das Hochzeitspaar war am Nachmittag eingetroffen, um gleich ihre eigens für sie noch einmal renovierte Hochzeitssuite zu beziehen. Ohne viel Aufsehen hatten Alexander und Lydia die Koffer in ihren Wagen geladen, um mit Reinhard und Frederike in Richtung Lüderitz aufzubrechen. Davor beauftragten sie Fela, der die Rezeption leitete, damit, alles in geordneten Bahnen zu halten, um keine negativen Folgen für das Hotel zu riskieren. Auch Youma, die mittlerweile 19 war und am Ende ihrer Ausbildung stand, erinnerten sie an ihre Aufgabe, eventuelle Probleme in den Zimmern zu meistern.

Am Abend vor der Hochzeit gaben die van der Meers einen Empfang für eine Handvoll ausgesuchter Gäste. Zu ihnen zählten der deutsche Gesandte in Windhoek, Dr. von Miltenberg, der Berliner Gauleiter Gerhard Dunst, Josef von Albersheim und dessen Bruder. Mit dabei waren die ihnen angetrauten Damen. Von familiärer Seite waren Erikas Eltern Lutger und Heidrun von Manteuffel angereist. Ihr Bruder Siegfried war aus Kriegsgründen unabkömmlich, obwohl sein Vater als einflussreicher Generalfeldmarschall versucht hatte, es dennoch zu ermöglichen. Sicherlich wäre Carlo eine weitaus größere Anzahl an Gästen gewiss gewesen, hätten die Feierlichkeiten in Berlin stattgefunden. Hier jedoch, in Kriegszeiten und weit von Deutschland entfernt, war es vielen versagt geblieben, eine Reise zu diesem Zweck anzutreten.

*

Pünktlich um 11 Uhr traten Carlo, in schwarzem Frack mit Zylinder, und Erika, im langen, weißen Kleid mit Schleppe, vor den Traualtar der Windhoeker Christuskirche. Es war ein um 1910 erbautes Gotteshaus der Evangelisch-Lutherischen Kirche, in der Carlo einst konfirmiert wurde. Es war ihm wichtig gewesen, hier zu heiraten, auch wenn er sonst nicht viel auf Religion gab. Irgendein Gefühl schien ihn dabei berührt zu haben, ähnlich einer Regung, die selbst schlimmste Übeltäter und Diktatoren von Zeit zu Zeit dazu veranlasst, Gnade walten zu lassen. Wenn auch mit dem Unterschied, dass sich Anwandlungen dieser Art bei Carlo fast immer nur auf ihn selbst bezogen.

Nach dem Ja-Wort schritten sie zwischen klatschenden Gästen hindurch die Treppe hinab zu ihrer mit weißen Tüllschleifen und Blumen geschmückten Limousine.

»Bist du glücklich?«, fragte Erika ihn, nachdem das Fahrzeug sich in Bewegung gesetzt hatte, doch Carlo schaute nur gedankenverloren aus dem Fenster. Nach einer Weile wiederholte sie die Frage.

»Ich bin glücklich, dich geheiratet zu haben«, antwortete er und legte seine Hand auf ihre. »Du weißt, dass wir gleichzeitig auch eine Verantwortung übernommen haben, die über das hinausgeht, was man sonst mit Eheglück bezeichnet.«

Stumm nickte sie.

»Wir werden ein nettes Fest feiern und dann zum Alltag zurückkehren. Schon morgen habe ich wichtige Gespräche mit hier anwesenden Personen zu führen.«

»Hatten wir nicht gesagt, dass wir wenigstens noch zwei Tage für uns haben?«

»Hatten wir vielleicht. Aber wenn du deinen Vater danach fragst, wird er dir nichts anderes sagen. Dinge ändern sich.« Missmutig zog sie ihre Hand unter seiner heraus: »Mein Vater hat noch nie etwas anderes gekannt als Pflicht und Auftrag.«

»Vergiss nicht, dass er mir Türen geöffnet hat, die uns ungeahnte Möglichkeiten bieten.«

Leicht schüttelte sie den Kopf und ein mitleidiges Lächeln huschte über ihr Gesicht.

»Dazu gehört auch die Tür da unten«, zischte sie und deutete auf ihren Schoß. »Wann hast du die zuletzt geöffnet? Sag es mir in Tagen. Oder lieber in Wochen? In Monaten?«

Carlo spitzte die Lippen, während er sich mit einem Tuch die Stirn abtupfte. Er hatte in den hinter ihnen liegenden Wochen noch einmal erheblich an Umfang und Gewicht zugelegt. Er wirkte kurz vor der Explosion. Und damit wie ein Mann, den kaum eine Frau aus reiner Anziehungskraft heraus an sich heranlassen würde. Prinzipiell auch Erika nicht, die etlichen Burschen ihre Gunst gegeben hatte, die das genaue Gegenteil von jenem schwitzenden Fettkloß waren, den sie seit Monaten an ihrer Flanke hatte. Und den sie heute geheiratet hatte. Weil ihre Eltern ihr keine andere Wahl ließen. Pflicht und Auftrag eben. Dass Erika Carlo an ihren Schoß erinnerte, lag somit nicht an erotischer Sehnsucht, sondern an eben dieser Verpflichtung, die sie gelobt hatte. Sie sollte endlich für männlichen Nachwuchs in der Familie Manteuffel sorgen, der ihren Eltern in Gestalt einer Tochter verwehrt geblieben war. Erica sollte einen Sohn gebären, der alle Anlagen hatte, die Führer, Volk und Vaterland erwarteten. Arisch, blond und muskulös. Der Fahne folgend und dem Pflug, um zunächst Europa umzupflügen und dann die ganze Welt. Ja, dafür war Erika sogar zu überzeugen gewesen. Weil sie in Ermangelung anderer Ideale und Talente tatsächlich daran glaubte. Dass sie als Gegenleistung dafür so lange mit einem Mann, der für Deutschland wichtig war, schlafen musste, nahm sie in Kauf, weil er an entscheidenden Wirkungsstätten der nationalen Idee tätig war. Den Namen van der Meer fand man von der Kleidungs- über die Ernährungs- bis hin zur Rüstungsindustrie in Aufsichtsräten und Vorständen vor. Carlo hatte auch Verbindungen zu chemischen Unternehmen wie der I.G.Farben, mit dem er zuletzt besonders geheime Gespräche geführt hatte. Angeblich wegen eines Produktes, das »unsere große Aufgabe sehr beschleunigen wird«, wie er es ihr gegenüber geheimnisvoll ausdrückte.

Paffend wie eine Lokomotive zündete Carlo sich eine Zigarre an und blies dabei dicke Rauchwolken in die Limousine, die Erika mit der Hand hinweg zu wedeln versuchte.

»Ich verspreche, es dir von nun an regelmäßig zu besorgen«, sagte er in strammem Tonfall. »Für unser Vaterland.«
Langsam rollte ihr Wagen den Kiesweg hinauf, um vor dem Empfangsgebäude des Waterberg-Hotels anzuhalten. Zwei schwarze, in rote Livree gekleidete Pagen öffneten die Türen, um das Brautpaar aussteigen zu lassen. Durch ein Spalier höflich dienernder und knicksender Hotelangestellter hindurch gingen sie durch die Lobby hinaus in den im warmen Sonnenlicht liegenden Garten. Dort erwartete sie bereits eine große Anzahl Hochzeitsgäste mit Sektgläsern in den Händen, die sie

erhoben, um dem Brautpaar Hurras und Glückwünsche zuzurufen. Den beiden wurden ebenfalls Gläser gereicht, mit denen sie von Gast zu Gast schritten, um sich höflich zu bedanken. Einer der Verantwortlichen aus dem Service trat an Carlo heran: »In einer Stunde öffnen wir das Buffet, Herr van der Meer«, sagte er mit gedämpfter Stimme. »Bis dahin servieren wir Häppchen und Canapés.«

Carlo klopfte mit einem Löffel gegen sein Glas und verkündete diese Botschaft. Er stellte seinen leeren Kelch auf das von einem Kellner vorbeigetragene Silbertablett und wandte sich an Erika: »Dann werde ich mich noch kurz frischmachen, meine Liebe. Ich werde rechtzeitig zurück sein.«

*

An der Rezeption ließ er sich den Zimmerschlüssel aushändigen, stieg die Treppe empor und lief den kurzen Gang entlang, bis er vor der Tür des Hochzeitszimmers stand. »Nun gehört auch das hier mir«, ging es ihm durch den Kopf, als er die Tür aufschloss und die geräumige Suite betrat. Er schritt zum Balkon und sah in den Garten, wo eine Gruppe Männer damit beschäftigt war, ihre Instrumente auf der Bühne aufzubauen und das Personal eifrig das Buffet arrangierte.

Langsam ging er ins Bad, wo er den Wasserhahn der Wanne aufdrehte und Schaumseife aus einer goldenen Flasche hinzugab. Er zog sich aus, legte seine Sachen über den in einer Ecke stehenden stummen Diener und begab sich behutsam in die Wanne, um zuzusehen, wie der Wasserspiegel Stück für Stück anstieg. Als er hoch genug war, drehte Carlo den Hahn ab, legte sich zurück und streckte sich leise seufzend aus.

»Carlo van der Meer ist nun also verheiratet«, sinnierte er mit geschlossenen Augen. Wer hätte das gedacht? Mit einer Frau aus höchsten Kreisen, so wie es sich gehörte. Die ihn ehrbarer und menschlicher erscheinen ließ. Dazu kam, dass er mit ihr den Namen van der Meer am Leben erhalten würde. Wenn, ja, wenn es ihnen gelänge, den entsprechenden Nachwuchs zu zeugen. Denn bisher hatten sich alle Versuche als eher weniger erfolgreich erwiesen. So sehr er sich auch bemühte, war es ihm bis zum heutigen Tag nicht geglückt, ihn ihr hineinzustecken. Natürlich war sie ansehnlich. Mit ihren großen Brüsten, den langen Beinen und dem gerundeten Becken. Sie war fingerfertig und verrucht genug, ihren Mund entsprechend einzusetzen. Doch war sein Glied jedes Mal, wenn ihr Stöhnen ihren Höhepunkt ankündigte, in sich zusammengefallen, wie ein indisches Seil, wenn der Fakir aufsteht und davongeht. Schwer atmend erhob er sich und zog den Stöpsel aus dem Abfluss. Er griff nach einem der großen Badetücher und hüllte sich darin ein. Dann zog er einen Bademantel über, lief zum Sekretär und nahm den Telefonhörer ab. Sofort meldete sich die Rezeption.

»Was kann ich für Sie tun, Sir?«

»Was ist denn das für ein verdammter Service«, bellte er in den Hörer. »Kann man sich hier nicht mal darauf verlassen, Handtücher greifbar zu haben? «

»Natürlich, Sir«, kam es zurück. »Da muss ein Fehler vorliegen. Wir werden das sofort in Ordnung bringen.«

»Das hoffe ich«, plärrte er und warf den Hörer auf die Gabel. Keine drei Minuten später klopfte es. Carlo band den Gürtel seines Bademantels zusammen und öffnete die Tür. Vor ihm stand eine junge schwarze Frau mit einem Stapel weißer Handtücher auf dem Arm.

»Wurde auch Zeit«, maulte er und deutete mit dem Daumen in Richtung Badezimmer. »Du weißt ja wohin.«

Carlo sah ihr hinterher, bemerkte ihre langen schlanken Beine und ihr sich sanft bewegendes Hinterteil. Ihre zu einem Knoten gesteckten tiefschwarzen Haare zierte eine golden schimmernde Spange. Einem Leoparden gleich bückte sie sich, um die Handtücher im Schrank zu verstauen. Dann erhob sie sich und drehte sich mit fragendem Blick zu ihm um.

»Sir ...«, sagte sie vorsichtig, »Ihr Schrank ist voller Handtücher.«

»Ach ja? Tatsächlich ...«, erwiderte er, während er langsam auf sie zuging. »Dann muss ich mich wohl getäuscht haben.«

»Kein Problem«, meinte sie und versuchte sich an ihm vorbei zu drängen. »Ich lasse sie Ihnen trotzdem da.«

»Warte«, sagte er und hielt sie an ihrem Oberarm fest. »Wie heißt du?«

»Youma, Sir.«

»Youma ... das klingt hübsch.«

»Danke, Sir.«

»Und du arbeitest hier?«

»Ja, ich bin mit meiner Ausbildung fast fertig.«

Stumm nickte Carlo mehrmals und zog sie ein Stück weiter zu sich heran.

»Lobenswert. Wie alt bist du?«

»Neunzehn, Sir.«

»Neunzehn, oh. Dann bist du ja schon eine richtige Frau.«

Zitternd spürte sie, wie sein Händedruck an ihrem Arm fester wurde. Angst machte sich in ihr breit.

»Sir ... Sie tun mir weh.«

Ohne darauf zu reagieren, strich er ihr mit der anderen Hand übers Haar und von dort aus über die Schulter bis zu ihrer Brust, wo er sie liegen ließ.

»Hast du es schon mal getan?«, fragte er.

»Was ... was meinen Sie?«

»Ach, komm ...«, sagte er und ein höhnisches Grinsen überzog sein Gesicht. »Ich will wissen, ob du schon mal gefickt hast.«

Youma wurde panisch, ihr Herz drohte sich zu überschlagen.

»Ich... ich denke nicht, dass ich darauf antworten muss, Sir.«

»Denkst du also nicht. Du willst mir doch nicht erzählen, dass du noch nie jemandem deine kleine rosa Möse gezeigt hast?«

Entsetzt beobachtete sie, wie er den Gürtel seines Bademantels öffnete und sein aufgerichtetes Glied daraus hervorragte.

Fest zog er sie mit sich und schubste sie mit aller Wucht auf das Bett, wo sie die Arme vor sich haltend starr und zitternd liegenblieb.

»Bitte, Sir, tun Sie mir nichts«, bettelte sie weinend, als er sich vor ihr aufbaute und seinen Mantel zu Boden gleiten ließ.

»Ich habe eine Verantwortung, was die Weiterbildung unserer Lehrlinge betrifft«, sagte er und lachte wie über einen guten Witz. »Also tun wir nicht lange rum. Lehrjahre sind keine Herrenjahre.«

Grob zog er sie hoch, riss ihre Bluse auf und zog ihr blitzschnell Rock und Schlüpfer herunter, um sie dann zurück aufs Bett zu stoßen. Wimmernd ließ sie es angstvoll geschehen, dass er ihre Beine auseinander drückte und hart in sie eindrang.

»Na also, ist doch gar nicht so schwer«, keuchte er, wieder und wieder in sie hineinstoßend, während sein Speichel ihm von den Mundwinkeln auf ihr Gesicht tropfte. Er stöhnte laut auf und sie konnte fühlen, dass etwas Warmes in sie hineinströmte. Er verblieb in ihr, stützte sich auf seine Hände und sah sie an.

»Ich weiß, dass du eine verdammte Okoye-Fotze bist«, zischte er. »Wie deine Mutter, mit der ich noch ein Hühnchen zu rupfen hatte. Da sagst du nichts mehr, was?«

Schwerfällig zog er sich zurück und ging in Richtung Bad, wo er sich in der Tür umdrehte.

»Pack deine Sachen zusammen und verschwinde. Du brauchst nicht versuchen, irgendjemandem etwas zu erzählen. Keiner wird dir glauben.«

Tränenüberströmt raffte Youma ihre Kleidung zusammen und lief in Richtung Tür. Carlo sah ihr hinterher und bemerkte die Blutstropfen auf dem Laken.

»Oho, also doch noch Jungfrau gewesen«, lachte er. »Dann weißt du ja jetzt, was Liebe ist. Bis heute Abend will ich frische Bettwäsche haben, verstanden?«

Die Tür fiel ins Schloss und Carlo stieg erneut in die Wanne, wo er sich mit der Handbrause die Blut- und Spermaspuren wegwusch. Ein Blick auf die Uhr sagte ihm, dass es kurz vor der Buffetteröffnung war. Er zog sich an und ging hinunter.

»Wo warst du?«, fragte Erika ihn mit leichtem Vorwurf in der Stimme.

»Ich muss kurz eingeschlafen sein«, erwiderte er. »Ist alles irgendwie aufregend heute.«

Die Hände hinter dem Rücken gekreuzt, lief er am Buffet entlang und gab dem Servicepersonal Anweisungen, dies und jenes zu ändern. Per Fingerschnippen rief er eine der Bedienungen herbei und schickte sie im Befehlston zurück in die Küche. Dann stapfte er in Richtung Bühne, kletterte hinauf und griff zum Mikrofon.

»Liebe Gäste«, er schaute mit zufriedenem Gesichtsausdruck auf sie hinab. »Heute ist ein besonderer Tag. Für meine wunderbare Frau Erika und für mich. Aber auch für alle hier Anwesenden. Wir feiern unsere Vermählung zu einer Zeit, in der sich die Welt im Aufbruch befindet. Es gibt neue Ziele, in denen das Aufrechte, Starke und Reine im Mittelpunkt des Strebens stehen. Wir werden das Schwache besiegen, und es für alle Zeiten von dieser Erde fegen. Dann wird Frieden sein für alle Menschen. Genießt diesen heutigen Tag deshalb mit uns. Das Buffet ist eröffnet. Guten Appetit.«

41

Sally, Windhoek, September 2010

Die Sonne wirft ein Schattenmuster durch das Strohdach der Terrasse. Stumm rühre ich in meinem Eistee, während wir betreten schweigen. In dieser gefühlten kleinen Ewigkeit trockne ich meine Tränen, während der an meiner Seite sitzende alte Mann starr verharrt. Es gleicht einer tiefen Meditation und ist ganz das Gegenteil von dem, was er ausstrahlt, wenn er gestenreich erzählt. Von den Dingen seines Lebens, die von nun an auch die Dinge meines Lebens sind.

Tyron hat mich in das kleine, aber imponierend feine Haus gefahren. Ein junger Pfleger, den man Fela zur Seite gestellt hat, öffnete uns die Tür.

Wie sein Sohn ist auch Fela Okoye ein stattlicher Mann. Trotz seiner 91 Jahre ist er noch immer kraftvoll und mit Spannkraft gesegnet. Er hat schlohweiße, krause Haare, die einen fesselnden Kontrast zu seinem graubraunen, faltigen Gesicht geben. Seine weißen Bartstoppeln strahlen ein wenig Verwegenheit aus, die er zeitlebens gebraucht haben dürfte. Mit steigendem Puls nahm ich das Amulett mit dem Rohdiamanten wahr, das aus seinem offenen Hemd herausblitzte. Fast im gleichen Moment, in dem er auch das meine erblickte. Vorsichtig begrüßten wir uns. Er sei eigen und an manchen Tagen kaum zugänglich, hatte Tyron ihn mir beschrieben. Einerseits noch immer mit dem Trauma behaftet, einer unfreien Bevölkerungsgruppe anzugehören, versprüht er andererseits den Geist eines Menschen, der sich den Errungenschaften einer liberaleren Gesellschaft durchaus bewusst ist. Fela hatte sich zunächst konsequent gewehrt, mit mir zu sprechen, um dann kurzerhand doch zuzusagen. Trotz der Gemeinsamkeit unserer Amulette hatte er mir zu Beginn auf eher ablehnende Art Fragen gestellt, die einem Verhör nahekamen. Dabei wirkte er wie ein alter Inspektor, der etwas aufzuklären hat und nicht erkennen lässt, um was genau es sich handelt. Ich muss die Prüfung bestanden haben, denn von einer Sekunde auf die andere hatte er mir schließlich Vertrauen geschenkt. Er wurde fast liebevoll und zärtlich in Gestik und Worten, als würden wir uns lange kennen.

»Als Eric und Tyron mir deine Herkunft beschrieben haben, wo du lebst und was du anstrebst, wusste ich, wer du bist«, sagte er und wir begannen uns auszutauschen. Zaghaft zunächst, dann immer lebhafter. Ich erzählte ihm von dem, was ich in den vergangenen Monaten über die Familien von Odenfeldt und van der Meer erfahren hatte. Er von dem, was ihm im Laufe seines Lebens mit diesen Menschen widerfahren war. Nicht stringent hintereinander, sondern eher episodenhaft. Dann, wenn das eine zum anderen gerade passte. Irgendwann hatte er von Youmas Begegnung mit Carlo erzählt, einer Begegnung, die schicksalhaft sein sollte.

Der Pfleger stellt Häppchen, Nüsse und Knabbereien auf den Tisch und Fela schlägt die Augen auf.

»Möchten Sie etwas anderes zum Trinken?«, fragt der junge Mann mit dezenter Stimme und ich verneine. Wie einen Albtraum nach dem Erwachen habe ich in Endlosschleife das schreckliche Szenario vor mir, das Fela beschrieben hat. Ich bemerke, wie mir erneut Tränen kommen.

»Erzähle mir bitte von meiner Großmutter«, fordere ich ihn zaghaft auf und lege sanft meine Hand auf seinen Unterarm. Mit langsamer Bewegung trinkt Fela aus seinem Wasserglas:

»Ich war damals 21 und voll verantwortlich in die Arbeit im Hotel eingebunden. Ich war der Erste, zu dem Youma kam, an jenem Nachmittag.«

»Wie hast du reagiert ... was hast du gemacht?«

Mit verkniffener Miene schüttelt er den Kopf.

»Zunächst nichts. Sie stand völlig unter Schock und fast nackt vor mir. Ich sah das Blut an ihren Beinen und Armen und dachte zuerst an einen Unfall. Dann habe ich sie in eine Decke gehüllt und bin mit ihr durch den Hinterausgang auf ihr Zimmer gegangen.«

»Und was war dann?«

»Sie wollte keinen Arzt und niemanden sonst sehen. Erst nach Stunden und weiteren Nachfragen räumte sie ein, von einem Unbekannten überfallen worden zu sein. An einer abgelegenen Stelle des Parks.«

»Hast du nicht sofort die Polizei verständigen wollen?«

»Natürlich. Wir hatten damals eine Menge junger Frauen beschäftigt. Aber als ich ihr das vorschlug, und auch Mr. van der Meer verständigen wollte, ist sie erneut in Panik verfallen.«

»Was sicherlich verständlich war«, sage ich verbittert.

»Absolut. Und vielleicht wäre es für immer ungeklärt geblieben, wenn…«

»… sie nicht schwanger geworden wäre«, ergänze ich seinen Satz. Stumm nickt Fela.

»Wie ist es rausgekommen?«

»Nun ja, ich weiß nicht, was du mit ›rauskommen‹ meinst. Auf jeden Fall dauerte es eine Weile, bis es überhaupt feststand. Und das gab Youma die Zeit, sich zu besinnen. Öffentlich hat Youma nie etwas gesagt.«

Mit hochgezogenen Augenbrauen schüttele ich resignierend den Kopf.

»Das ist unglaublich, Fela. Es macht mich so wütend, dass man Carlo nie zur Strecke gebracht hat.«

»Wut. Ja, Wut ist das Leidenswort meines Lebens, Sally, glaube es mir. Ich wusste immer, was an diesem Hochzeitstag Schreckliches geschehen war, und habe nie die Chance ergriffen, meine Schwester zu rächen. Nicht sie, nicht ihre Tochter, nicht den Rest meiner Familie und letztlich auch dich nicht.«

Betroffen schaue ich ihn an. Mir ist noch nicht bewusst, welche Rolle ich schlagartig in dem ganzen Drama zu spielen scheine.

»Wie ist es weitergegangen?«, frage ich mit brüchiger Stimme.

»Youma vertraute sich mir an und kurz darauf auch Lydia. Und Kimara, unserer leiblichen Mutter. Sie wollte ihr weiteres Leben nicht auf einer Lüge aufbauen. Was aber nicht zu ändern war.«

»Und das hieß?«

»Lydia machte uns und Kimara unmissverständlich klar, dass Carlo van der Meer niemals öffentlich beschuldigt werden durfte. Also wurde eine Geschichte erfunden, in der

Youma sich mit jemandem eingelassen hat, an den sie sich wegen zu viel Alkohol nicht mehr erinnern konnte.«

»Das ... das ist ungeheuerlich.«

»Ja, und hat dazu geführt, dass Alexander ihr das nicht verzeihen konnte. Er hat sie praktisch davongejagt, nachdem Malu geboren wurde.«

Tränen steigen mir in die Augen und laufen meine Wangen hinab. Schniefend tupfe ich sie mit einem Taschentuch ab.

»Malu ... meine Mutter ...«, heule ich und spüre das plötzliche Verlangen aufzustehen und fortzulaufen.

»Ja, deine Mutter«, nickt Fela und ergreift meine Hand. »Es tut mir so unendlich leid, Sally.«

»Warum hat man Alexander nicht die Wahrheit gesagt?«

»Er wäre sofort auf Carlo losgegangen.«

»Und wäre das falsch gewesen?«

»Vielleicht. Vielleicht auch nicht. Außerdem hatte Lydia noch weitere Geheimnisse mit Carlo, die dann vielleicht ebenfalls herausgekommen wären.«

»Und welche waren das?«

»Ich weiß sicher nur von einem. Das stellte sich nach ihrem Tod heraus. Als Frederike und ich ihren Nachlass sichteten, fanden wir Aufzeichnungen, in denen sie etwas beschrieb, das zwischen ihr und ihrem Bruder einst in Berlin ausgehandelt wurde. Ein posthumes Geständnis, sozusagen.«

»Ich weiß, was du meinst. Eleni hat mir davon erzählt. Das ist alles so furchtbar ...«

»Ja. Gut und Böse liegen nah nebeneinander.«

»Wieso haben du und Frederike das mit dem Nachlass regeln müssen?«

»Weil sie, ihr Bruder Reinhard und ich als Adoptivsohn ihre Erben waren. Nicht gleichberechtigt zwar, aber faktisch.«

»Und was geschah mit Youma? War sie keine Erbin?«

»Sie war von Alexander enterbt worden. Mit dem im Volksmund sogenannten ‚Hurenparagraph' war das gesetzlich ziemlich einfach. Erst recht, wenn du schwarz warst. Aber es war sowieso nichts da außer dem Hotel. Das zwar recht gut lief, aber nicht auseinandergeschnitten werden konnte. Um jedem von uns seinen Anteil zu geben, hätte es verkauft werden müssen. Was aber sowohl Fredrike als auch Reinhard strikt ablehnten.«

Ich möchte nichts sehnlicher, als für heute Schluss zu machen. Doch was bleibt mir übrig, wenn ich in den kommenden Tagen bestehen will? Mit geschlossenen Augen atme ich mehrmals tief in meinen Bauch ein und aus und schaffe es, mich wieder etwas zu zentrieren.

»Hältst du Lydias Aufzeichnungen für echt?«

»Wenn ich es nicht in Lydias Handschrift selbst gelesen hätte, würde ich bis heute denken, es sei eine Lüge. Doch das war es wohl leider nicht.«

»Und was ist mit dem Geständnis passiert?«

»Frederike hat darauf bestanden, es verschwinden zu lassen. Es sollte niemals auftauchen. Es hätte den Namen von Odenfeldt für alle Zeiten beschmutzt. Den Ruf, den Alexander und Lydia an vielen Orten dieser Welt genossen.«

»Meinst du, sie hat es noch in Verwahrung?«

Fela zuckt mit den Schultern: »Keine Ahnung, ich denke, sie hat es mit nach Korfu genommen, als sie nach der Beisetzung von Lydia zurückgeflogen ist. Ich habe mich aber freilich nicht völlig unterworfen. Ohne, dass sie es bemerkt hat, konnte ich es im Hotelbüro noch fotokopieren.«

»Du ... du ... hast es also?«

Stumm nickt Fela und da ich nun wirklich nicht mehr sitzen kann, erhebe ich mich.

»Entschuldige«, sage ich und gehe ein Stück weit hinaus in den Garten. Die Sonne steht schon tiefer und ein kühler Wind bewegt die Bäume. Ihre Blätter sehen wie silbern schillerndes Konfetti aus, ähnlich dem, was bei Siegesparaden auf die strahlenden Helden hinabflattert. Doch gebe ich ein komplett anderes Bild als das eines Helden ab, als ich zurück zu Fela schlurfe.

»Was wurde denn aus Youma?«, frage ich. »Man konnte sie und das Kind doch nicht so einfach in die Wüste schicken?«

»Nein, das haben sie auch nicht. Lydia hatte Gott sei Dank eine Freundin aus Amsterdamer Tagen in Kapstadt. Sie hat sich meiner Schwester angenommen. Es wurde regelmäßig Geld geschickt und es ging ihr relativ gut. Je nachdem, was man als gut bezeichnet. Als die Jahre vergingen, haben Reinhard und ich mehrfach versucht, sie zurückzuholen. Doch sie kam nie mehr.«

»Stimmt es, dass sie Heilerin geworden ist?«

»Man sagte es zumindest.«

»Wie konntest du nur so lange mit diesen Geheimnissen leben?«, frage ich.

»Was sollte ich tun? Ich war hier auf mich allein gestellt. Ein adoptierter schwarzer Boy, der von Glück sagen konnte, in einer solch privilegierten Position wie im Waterberg-Hotel arbeiten und leben zu dürfen. Und der sogar noch einen gewissen Erbanspruch hatte. Niemand würde von mir irgendwelche Familiengeschichten hören wollen, die am Bild von Weißen kratzten. Aber ich habe die Hoffnung nie aufgegeben, dass mein Wissen eines Tages einen Sinn haben würde. Nachdem Youma nicht mehr zurückkam, habe ich auf Malu gewartet. Sie kam auch nie, aber jetzt bist du hier.«

Ich gehe auf ihn zu, bücke mich zu ihm hinab und umarme ihn.

»Danke, Fela«, flüstere ich in sein Ohr. »Danke, dass du auf mich gewartet hast.«

Meine Tränen tropfen auf seine Schulter, während er die Umarmung mit einem kräftigen Druck erwidert. Wir lassen voneinander und ich gehe zurück zum Korbsessel. Auch seine Augen sind nun feucht.

»Wir haben zu viel über Weiße gesprochen«, sage ich. »Was ist aus deiner, unserer Familie geworden?«

»Jeboah und Kimara wurden von Carlo kurz nach der Geburt von Youmas Tochter entlassen. Man könnte auch sagen fortgejagt. Ohne etwas zu besitzen, ohne Geld.«

»Und das habt ihr alles zugelassen?«

»Nun, wir haben natürlich etwas getan. Lydia hat ihnen Geld gegeben, aber viel war es nicht, da sie ja gerade selbst um ihr Hotel gekämpft hat.«

»Konntet ihr sie nicht bei euch aufnehmen?«, frage ich und Fela lacht auf.

»Im Hotel? Das hätte Alexander niemals zugelassen. Ihm waren ja schon meine Schwester und ich manchmal zu viel. Er wurde immer eigensinniger.«

»Und was wurde dann?«

»Sie sind Richtung Swakopmund gezogen, wo sie hofften, Arbeit zu bekommen. Was wohl auch geschah. Aber sie haben sich nie mehr erholt. Mein Vater verfiel dem Alkohol und starb 1950, meine Mutter zwei Jahre später in einer Armenunterkunft an Krebs.«

»Und du hast sie nie mehr gesehen?«

»Nein, wie denn? Mir fehlten die Mittel, mal eben dorthin zu fahren. Und der Mut, ich gebe es zu. Ich wollte es einfach nicht mitansehen müssen.«

Obwohl ich merke, dass ich nicht mehr kann, frage ich dennoch weiter: »Was wurde aus deinen anderen Geschwistern?«

»Genau wissen wir es nicht. Wir haben gehört, dass mein Bruder Sekou in einer Diamantenmine in Südafrika ums Leben gekommen sein soll. Lamina, meine zweite Schwester, hat die van der Meer Mine angeblich mit unseren Eltern verlassen, um dann aber in Richtung Kapstadt aufzubrechen. Zu Youma, hieß es, doch sie kam nie dort an. Irgendjemand erzählte uns, dass sie mit Prostitution und Drogen zu tun gehabt hätte. Aber dann verliert sich ihre Spur.«

Erschöpft schauen wir zum Horizont, der sich blutrot gefärbt hat. Eine kühle Abendbrise weht zu uns herauf und drei große Vögel lassen sich schreiend auf den Bäumen von Felas Grundstück nieder.

»Was wirst du nun tun?«, fragt er, aber außer einem Schulterzucken bringe ich keine Antwort zustande.

»Mein Kopf ist so leer, wie ein hohler Kürbis«, sage ich stattdessen und versuche zu lächeln.

»Du wirst das Richtige tun«, tröstet er mich mit sanftem Blick. »Dass du eine Okoye bist, eine von uns, das wusstest du doch schon.«

»Erst seit kurzem. Meine Mutter war beim Thema Familie immer sehr geheimnisvoll.«

»Vielleicht, weil sie es selbst nicht genau wusste?«

»Möglicherweise«, erwidere ich seufzend. »Ich denke, das könnte der Grund gewesen sein.«

»Wie geht es dir jetzt mit dem, was du weißt?«

»Was meinst du genau«, frage ich zögerlich.

»Nun, Carlo van der Meer ist dein Großvater, Sally. Und damit ...« Fela hält inne und sein unvermittelt durchdringender Blick lässt mir das Herz bis zum Hals schlagen.

»... und damit was?«

»... damit hast du ein Erbrecht ...«

42

Eric, Windhoek, September 2010

Fritjofs Tod begleitete mich auf dem gesamten Flug nach Windhoek. Die aufreibenden Befragungen durch die Polizei wechselten sich mit täglichen Schlagzeilen in den Zeitungen und Sitzungen mit dem Finanzvorstand ab. Es galt Rangeleien um Kompetenzen und Entscheidungsfragen für unsere Projekte zu klären. Dazwischen schlug Frederike vor, die Vorstandssitzung von Berlin nach Windhoek zu verlegen, nachdem ich ihr mitgeteilt hatte, am Wochenende dorthin zu fliegen.

»Es sind jetzt die von Odenfeldts, die die Zügel in der Minotaurus-Goup in der Hand haben«, hatte sie gesagt. »Was wäre da geeigneter, als dass wir uns in meinem und deinem Elternhaus versammeln?«

In Windhoek angekommen, treffe ich Sally zum Frühstück im Hotelrestaurant. Stumm beobachte ich sie dabei, wie sie vom mit Honig bestrichenen Brötchen abbeißt. Sie nippt an ihrer Kaffeetasse und schenkt mir vertrauensvolle Blicke, während ich immer wieder auf ihr Amulett schaue.

»Wann wird Frederike hier sein?«, holt sie mich ins Hier und Jetzt.

»Um die Mittagszeit«, antworte ich.

»Dann wird es Zeit, dass ich dir jetzt von meiner Begegnung mit Fela erzähle.«

Langsam und mit Tränen in den Augen erzählt sie mir von Carlos unglaublichen Vergehen. Schweigend und wie gelähmt sitze ich am Tisch, als sie mir behutsam die Hand auf den Arm legt.

»Jetzt weißt du, wer ich bin«, sagt sie. »Mein Großvater Carlo und deine Großmutter Lydia waren Geschwister«, legt sie nach und je mehr ich darüber nachdenke, desto ungeheuerlicher erscheint es mir.

»Das ... das übersteigt im Moment meine Vorstellungen, Sally«, sage ich mit brüchiger Stimme. »Es tut mir leid, aber ich muss das erst verdauen.«

Von all dem hatte mir nie jemand erzählt. Wer denn auch? Lydia? Niemals im Leben. Es ging letztlich immer um den guten Ruf, und da war es besser, wenn die nächste Generation gar nichts von den Missetaten der vorigen erfuhr.

»Alles, was heute existiert, vom Waterberg-Hotel bis zu sämtlichen Hotels der Minotaurus-Gruppe, steht auf einem schrecklichen Fundament, Eric.«

Sallys Worte spülen die Wahrheit über mich hinweg. Wie konnte ich mein Leben lang so unsagbar ignorant sein? Wie konnte ich das Wissen von den grausamen Bedingungen in den Diamantenminen immer wieder auf die Seite schieben? Genauso wie die Kenntnis über Carlos fragwürdige Beteiligungen im Dritten Reich? Und an der griechischen Militärdiktatur? Doch so hatte ich es von der Familie gelernt. Wenn einer von uns darauf angesprochen wurde, antwortete man stets mit Entschuldigungen, dass die Zeiten damals nun einmal so waren. Sally steht auf, um mich von hinten zu umarmen. Es ist wohltuend, ihre Wärme zu spüren, in einem Augenblick, der droht, mich in eine Eissäule zu verwandeln. Und mit einem Mal empfinde ich tiefe Dankbarkeit. Dafür, dass sie in mein Leben getreten und mich in ihren Bann gezogen hat. Der es mir ermöglichte, ihr zu vertrauen. Dank ihr habe ich zugelassen, dass Verdrängungen aufgebrochen wurden, an denen ich eines Tages vielleicht erstickt wäre. Spätestens mit dem Wissen über Fritjof.

»Was machen wir jetzt?«, fragt sie und ich benötige eine Weile, um meine Gedanken wieder auf eine klare Linie zu bringen.

»Wir sollten Schritt für Schritt vorgehen«, empfehle ich. »Das Wichtigste zuerst.«

»Und das ist?«

»Wir werden uns auf Frederike vorbereiten. Das, was wir jetzt wissen, verändert alles, Sally. Du bist unversehens zu einer Person in der Erbfolge geworden.«

Ich gehe an mein vibrierendes Handy und vernehme Helens Stimme.

»Eric, Frederike ist gerade eingetroffen.«

»Okay, danke«, antworte ich. »Bring sie auf ihr Zimmer.«

»Schon geschehen. Es ist nur so ...«

Einige Sekunden bleibt es still.

»Was ist?«, hake ich nach.

»Sie ist nicht alleine. Eleni ist ebenfalls dabei.«

*

Wir treffen meine Tante und Eleni in dem kleinen Meetingraum neben der Rezeption. Er trägt den Namen Taifun, was ich in diesem Moment nicht als Omen werten möchte. Alle Konferenzräume wurden von meinen Großeltern nach Unwettern benannt – warum, konnte mir bisher niemand genau erklären. Das Erste, was Frederike von sich gibt, ist ein Aufschrei der Empörung.

»Was will die denn hier?«

Dabei deutet sie mit dem Finger auf Sally wie ein Staatsanwalt, der gerade zum entscheidenden Schlag ausholt.

»Sei gegrüßt, Frederike. Hallo, Eleni«, sage ich sachlich und nicke beiden zu. Auch Sally begrüßt sie höflich.

»Also was ist?«, fragt meine Tante schneidend. »Spreche ich Chinesisch?«

»Was hatten wir abgesprochen, Mama?«, wirft Eleni stattdessen ein. Ihre Gesichtsfarbe ist fahl und ihre Augen blitzen auf, während sie sich ihr zuwendet. »Dass du erst einmal mich sprechen lässt.«

»Ich muss dich ebenfalls bitten, nicht deine gute Erziehung zu vergessen, Frederike«, sage ich in ruhigem Ton und sehe sie fest an. »Du wirst dich ab heute an Sallys Anwesenheit gewöhnen müssen.«

»Ach, wirklich? Was hat sie mit dir gemacht? Ist sie dir genauso auf die Pelle gerückt wie Eleni?«

Mit offenem Mund und kopfschüttelnd lässt Eleni sich zurück gegen ihre Stuhllehne fallen, derweil Frederike mit zu Schlitzen geformten Augen auf Sallys Halskette deutet.

»Schau an ... woher hast du diese Kette? Sie hat also schon angefangen, sich die kleinen Sachen einzustecken, diese Diebin.«

In dem Augenblick in dem Eleni wütend aufspringt, erschrecke ich, so wie alle Anwesenden, durch einen harten Knall. Sally hat mit der Faust so fest auf die Tischplatte geschlagen, dass die Löffel der Kaffeetassen von den Untertellern springen.

»Schluss mit dem Theater«, ruft sie, vorgebeugt wie eine Wildkatze kurz vor dem Sprung. »Und zwar jetzt, bevor das hier richtig losgeht. Ich werde nicht dulden, so weiterzumachen, wie seit hundert Jahren üblich. Mit Intrigen, Verleumdungen, Hass und Verunglimpfung.«

Mit ihrem Zeigefinger berührt sie wie in Zeitlupe das Medaillon.

»Diese Kette habe ich von meiner Mutter, Frederike. Die sie einst von ihrer Mutter bekam. Von Youma, deiner Stiefschwester, die brutal missbraucht und verstoßen wurde. Sie ist ein Symbol der Gerechtigkeit.«

Gebannt schaue ich zwischen Sally und Eleni hin und her, der Tränen über die Wangen laufen als sie sich wieder hinsetzt.

»Was erlaubt sich diese …«, setzt Frederike zum Gegenangriff an, den ich jedoch mit einer Handbewegung abwürge.

»Hör sofort damit auf, Frederike. Sally hat recht. Es wird Zeit, dass wir uns der Realität stellen«, schneide ich ihr das Wort ab und bemerke, wie sie kurz innehält.

»Falls du vorhast, sie zu heiraten, sage ich dir schon jetzt, dass ich das nicht zulassen werden«, greift sie dennoch erneut an.

»Wie kommst du denn darauf? Heiraten? Davon kann keine Rede sein, liebe Tante«, reagiere ich so jovial wie möglich.

»Hier und bei dem, was wir zu besprechen haben, ist es nicht nötig, dass irgendwer irgendjemanden heiratet.«

Als wäre sie zutiefst angewidert, schüttelt sie ihren Kopf.

»Ich hätte sie niemals empfangen und ihr auch noch Dinge erzählen dürfen«, sagt sie in gespielt resigniertem Tonfall.

»Und verhindern sollen, dass meine Tochter sich von ihr einnebeln lässt.«

Dabei schaut sie mit giftigem Blick zur Seite in das versteinerte Gesicht Elenis. Ich bemerke Sallys Hand auf meinem Unterarm und sehe sie an. Sie hat sich zurückgelehnt und beginnt in erstaunlich ruhigen Worten zu sprechen.

»Das, was ich herausgefunden habe, ist das Heilsamste, was dieser Familie passieren konnte. Weil wir endlich die Wahrheit kennen. Die Wahrheit über Carlo und über meine Herkunft.«

Sally holt tief Luft und beugt sich nach vorne.

»Fela hat mir von Youmas Vergewaltigung durch Carlo erzählt. Von der Vergewaltigung meiner Großmutter, bei der meine Mutter Malu gezeugt wurde. Durch jenen Mann, den ich von heute an Großvater nennen muss. Der seine Macht dazu nutzte, seine Schwester Lydia in tiefe Schuld zu stürzen. Was sie genauso bereitwillig tat, wie Sie, Frederike. Indem Sie keine Skrupel hatten, mit ihm, dem Menschenschinder und brutalen Vergewaltiger, eine lukrative Hotelkette zu gründen. Weil Ihnen allen Geld und Gewinn stets wichtiger waren als Achtsamkeit und Menschenrechte.«

Als wäre Frederike eine Maske vom Gesicht gefallen, blicken wir in die blassen Züge einer kurzatmigen, alten Frau. Nichts von ihrer vorherigen Kraft und Aggression ist noch vorhanden. Für eine Weile schweigen alle.

»Wir werden uns dem stellen müssen, was vor uns liegt«, wiederhole ich mich um Entspannung bemüht und spüre, wie wenig Energie mir auf der anderen Seite des Tisches noch gegenüberzusitzen scheint.

»Wir werden klären, wie es mit der Minotaurus Group weitergeht. Jetzt, mit Sally als erbberechtigter Nichte von Fritjof, die vor seiner Cousine an der Reihe sein wird, vor dir Frederike.«

Als hätte sie eine Energiespritze mit Sofortwirkung erhalten, richtet Frederike sich nun doch jäh wieder auf. »Soso, vor mir an der Reihe«, stößt sie in bitterem Ton hervor. »Falls du mir sagen willst, dass diese Person irgendwelche Ansprüche hat, dann werden wir das sehen. Nichts ist gescheitert, außer dem Versuch, sich in unsere Familie einzuschleichen. Schau sie dir an, wie überheblich und von sich selbst überzeugt sie neben dir sitzt ... ein einziger Schwindel, nichts als Schwindel.«

43

Sally, Windhoek, Oktober 2010

Die Konturen, die das Mondlicht kreiert sind scharfkantig und tiefenfrei. Wie Scherenschnitte wirken Möbel, Gegenstände und die Silhouette von Eleni, die ruhig atmend neben mir liegt. Zärtlich streiche ich ihr durchs Haar, woraufhin sie sich sanft bewegt, ohne wach zu werden. Gleich nach dem entwürdigenden Auftritt ihrer Mutter hatte sie mit ihrem Koffer in meinem Zimmer in Erics ehemaligem Haus gestanden. Heulend wie ein Kind hatte sie mich umarmt und so verharrten wir eine gefühlte kleine Ewigkeit.

»Alles wird gut, meine Liebe«, hatte ich geflüstert. »Nichts kann uns mehr trennen. Ich will dich für den Rest meines Lebens nie wieder loslassen. Verzeih mir mein Zögern ...«

Wie ausgehungert liebten wir uns eng umschlungen, vertraut und fast schon wie alten Gewohnheiten folgend. Um das Zimmer nicht verlassen zu müssen, war uns das Dinner in der Wohnung serviert worden, das wir schweigend verspeisten, ohne die Blicke voneinander zu lassen. Erneut hatten wir uns die Kleider von den Körpern gestreift, unsere Lippen rot gefärbt vom Wein und begehrlich atmend bereit zur abermaligen Verschmelzung.

Beim ersten Licht des neuen Tages schlafe ich ein und werde von Elenis Mund behutsam wachgeküsst. Ich benötige einen Moment der Orientierung. Ja, ich bin tatsächlich dort, im schillernden und geheimnisvoll tönenden Namibia. Meinem Geburtsland. Meinem Schicksalsland. Seite an Seite mit der Liebe meines Lebens ...

»Komm mit«, flüstert sie und greift nach meiner Hand. Während ich noch schlief, hat sie mir das Amulett umgelegt und wie zwei Kinder tapsen wir ins Bad, wo wir uns unter dem lauwarmen Wasser der Regendusche umarmen. Abermals bewundere ich ihre Schönheit. Wie sie mit geschlossenen

Augen und zurückgelegtem Kopf die warmen Rinnsale genießt, die von ihrem schwarzen Haar über ihre Schultern an ihr hinabfließen. Über die weichen Formen ihrer gebräunten Haut, die mich so erregend berühren. In große dunkelgrüne Frotteetücher gehüllt, gehen wir zurück ins Schlafzimmer.

»Frühstück?«, frage ich und sie nickt.

»Unbedingt ...«

Während wir hinuntergehen, hören wir aus dem Wohnzimmer Erics sonore Stimme. Mit großartiger Selbstverständlichkeit hatte er mich umarmt, als ich ihm in wenigen Sätzen von Eleni und mir erzählte.

»Ich gönne euch alles Glück dieser Erde«, hatte er mir ins Ohr geflüstert. »Da wir ja nun alle irgendwie verwandt sind, werden wir von nun gemeinsam in eine bessere Zukunft gehen können.«

Dann versprach er mir, umgehend einen ihm bekannten Anwalt für Erbrecht einzuschalten und sich um alles weitere zu kümmern. Sanft klopfe ich an die Tür und öffne sie. Den Telefonhörer ans Ohr haltend, dreht Eric sich lächelnd zu uns um.

»Ihr seht bezaubernd aus, meine Lieben«, sagt er und verdeckt mit der Hand dabei die Sprechmuschel. »Ich habe mir ein Frühstück heraufbringen lassen.«

»Wir gehen ins Restaurant«, erwidere ich und stumm nickend spricht er weiter in sein Telefon.

Warme Luft, vermischt mit dem Blütenduft exotischer Pflanzen, begleitet uns unter schattigen Bäumen hindurch auf dem Weg zum Empfangsgebäude. In der Lobby sind Hotelgäste dabei, ein- und auszuchecken. Unter ihnen erspähen wir Frederike und bevor ich etwas sagen kann, zieht Eleni mich sanft in Richtung Frühstücksraum.

*

Da mein Frühstück nur aus einem Cappuccino und einem Bagel besteht, bitte ich Eleni kurz darauf, mich zu entschuldigen und gehe in Richtung Rezeption. Alle Koffer sind verschwunden, und mit ihnen auch Elenis Mutter. Helen gibt mir einen Schlüssel.

»Du hast Glück«, sagt sie lächelnd. »Die Suite wird erst morgen wieder belegt sein.«

»Danke, Helen. Sag mir nur noch, dass Frederike die Nacht nicht dort verbracht hat.«

»Aber wo denkst du hin, Sally,« erwidert sie lachend. »Es ist das Hochzeitszimmer. Das wird nie an jemand anderes als an Brautpaare vermietet.«

Froh darüber, dass Eric mich aus diesem Grund wohl ebenfalls nicht dort eingebucht hatte, steige ich die Treppen hinauf und gehe den kurzen Gang entlang bis zur Tür. Dabei rattert mein Herz wie ein Maschinengewehr.

»Vor genau achtzig Jahren ist Carlo van der Meer den gleichen Weg gegangen«, geht es mir durch den Sinn und eine Gänsehaut überzieht mich. »Um auf meine Großmutter zu warten ... auf Youma ...«

Mit zitternden Fingern schließe ich die Tür auf und öffne sie. Ein weitläufiger Raum liegt vor mir, mit einem breiten Bett, einer Sitzlounge und einem Esstisch mit vier Stühlen. Alles im Safaristil gehalten, mit Holzfiguren, Fellen an den Wänden und üppig glänzenden Grünpflanzen an der Terrassentür. Gemütlich und attraktiv. Langsam gehe ich hinein in Richtung der offenstehenden Badezimmertür. Wo ebenfalls Holz, Bambus und schwarzer Stein bei den Sanitärmöbeln dominieren. Durch ein Dachfenster sticht die Sonne auf den Diamanten an meiner Kette und lässt ihn im Spiegel vor mir aufblitzen. Ein Schauder durchfährt mich und vor meinem geistigen Auge sehe ich Carlo in der Wanne stehen. Feist grinsend in seiner wabernden Fettmasse. Ich gehe zurück und bleibe kaum atmend vor dem großen Bett stehen. Es dürfte schon damals an gleicher Stelle gestanden haben. Und wenn es seitdem mit Sicherheit schon mehrere Male ausgetauscht wurde, traue ich mich minutenlang nicht, es zu berühren. Bis ich behutsam schließlich doch sanft darüberstreiche, die schlanken Umrisse Youmas vor meinen geschlossenen Augen. Sie ist gesichtslos, da ich nur wenige Fotos von ihr kenne, auf denen sie entweder alt ist oder noch ein Kind. Weil sie, alle Wurzeln abschneidend, nach Kapstadt flüchtete, um dem Fluch der van der Meers zu entrinnen. Dort entfaltete sie ihre Energien und Kräfte, lernte, die alten Traditionen zu ehren und Geister anzurufen. Sie änderte ihren Nachnamen, ohne sich jemals wieder bei ihrer Familie zu melden. Mit einer Tochter an der Seite, die ebenfalls niemals frei von der Last der Ereignisse werden sollte. Bis auch sie eines Tages davonrannte. Zurück nach Windhoek, um dort von Stanley Brooks schwanger zu werden. Der starb, bevor ich das Licht der Welt erblickte, uns aber genug hinterließ, damit wir nach Liverpool ziehen konnten. Ohne, dass auch sie je versucht hätte, in Windhoek noch einmal mit ihrer Familie in Kontakt zu treten. Aber mit der Chance, wenigstens mir ein losgelöstes Leben zu garantieren. Obwohl sie mir häufig dennoch in geheimnisvollen Worten von den Ritualen und Gelübden meiner Großmutter erzählte. Die ich nie verstand einzuordnen, da sie niemals konkret wurde. Bis zu ihrem Ende nicht, als sie mich in ihren letzten Atemzügen aufforderte, mich auf zu den Altären der Gerechtigkeit zu machen, nicht um zu richten, sondern um zu reinigen, nicht um zu rächen, sondern um zu erfüllen.

Kryptische Bitten, die ich am Ende meiner Reise endlich begreife. Denn was gäbe es zu richten? Und was zu rächen? Alle, die das Leben von Youma und Malu so beklemmend beeinflusst haben, sind nicht mehr auf dieser Welt. Weder Alexander noch Lydia. Weder Carlo noch seine Teufelsbrut Fritjof. Auch Frederike, der man vieles vorzuwerfen hat, wird niemals ein diesbezügliches Ziel sein. Also bleiben mir nur das Reinigen und das Erfüllen. Indem ich den immensen finanziellen Lohn aus all den blutigen Geschäften, Intrigen und Verbrechen der mir nun zufließen wird, umwandele in Akte der Liberalität und Humanität. Mit der Liebe zwischen Eleni und mir als Leitbild. In der Hoffnung, dass unsere Vorhaben erfolgreicher sein werden, als es ihren Großeltern Lydia und Alexander vor hundert Jahren vergönnt gewesen war ...

44

Sally, Lüderitz, September 2010

»So könnten die ersten amerikanischen Astronauten die Mondlandschaft erlebt haben«, sagt Eleni, als wir in gleichmäßigem Tempo durch eine fast unwirklich anmutende Gesteinswüste fahren. Ich habe das bizarre Gefühl von Fremdheit und Endzeitstimmung. Einige Stunden sind vergangen, seit wir am frühen Morgen das grüne Windhoek und die Zivilisation verlassen haben. Es war Elenis Wunsch, dass wir nicht sofort wieder in gegensätzliche Richtungen entschwinden, sondern noch einmal zu den Wurzeln zurückzukehren. Dorthin, wo es mit Lydia und Alexander einst begann und alles seinen Lauf nahm. Ein Wunsch, dem ich nur allzu gern nachgekommen bin.

»Für die Astronauten sah es allerdings nach dem Anfang von etwas Neuem aus«, ergänzt Eleni, während sie sich eine Zigarette anzündet und das abgebrannte Streichholz aus dem kleinen Fensterspalt wirft. Obwohl ich Rauchen im Auto nicht ausstehen kann, lasse ich es zu, da es wahrlich kein Vergnügen ist, bei flirrender Hitze mitten in der Wüste Rauchpausen einzulegen.

»Noch 350 Kilometer«, lese ich irgendwann von dem Hinweisschild ab, an dem wir bei Keetmanshoop von der B1 Richtung Westen auf die B4 abbiegen, die uns als in der Sonnenglut flirrende Teerpiste weitertragen soll. Nach Lüderitz, jenem Schnittpunkt zwischen der Eiseskälte des Atlantiks und der extremen Hitze einer erbarmungslosen Wüste. Von nun an wechseln die Szenerien am laufenden Band. Von glatten Ödflächen hin zu kegelförmigen Bergen, die wie riesige Schachfiguren auf der Ebene stehen. Dazwischen gestreckte Tafelberge, durchsetzt von Buschland. Und immer wieder fahren wir in Sichtweite der von Deutschen gebauten Bahntrasse, mit der einst die Schiffsladungen aus Lüderitz ins Landesinnere transportiert wurden. Und als würde jeden Moment einer dieser Züge eintreffen, stehen noch immer Haltestellen mit Bahnhäuschen an der Strecke.

»Wer zur Hölle ist denn hier in dieser gottverlassenen Gegend jemals aus- oder eingestiegen?«, fragt Eleni mit ungläubigem Gesichtsausdruck und ich muss lachen. An einer schäbigen Holzhütte, die hinter zwei Benzin-Zapfsäulen einen kleinen Laden mit Erfrischungen und Lebensmitteln verbirgt, stoppe ich. Wir tanken, lassen uns Wasser über die Arme laufen und bestellen eiskaltes Coca Cola.

»Es sollte nicht mehr weit sein«, behaupte ich und fahre ihr mit der Hand durchs Haar, während sie am Trinkhalm saugt. Außer dem alten Betreiberpaar sind wir alleine hier, umgeben von knallbunt gefüllten Regalen im monotonen Brummen einer Tiefkühltruhe. »Wie wunderschön sie ist«, denke ich. Sie trägt ein mit weißen Punkten gesprenkeltes rotes Stirnband, eine hellrote Bluse auf hautengen Jeans und Flipflops an den Füßen. Und trotz der Hitze glänzt ihr hellbrauner Teint kein bisschen, so wie auch das Make-up um ihre Augen unverändert makellos ist. Ja, ich werde sie nicht mehr loslassen. Egal, was war und was sein wird. Mit warmem Blick sieht Eleni mich an. »Ich liebe dich«, haucht sie und küsst mich zart auf die Wange.

»Noch eine Stunde«, zeigt die Kilometeranzeige an, als wir zurück auf die Fahrbahn rollen, an deren Flanken es von nun

an immer trockener wird. Bis es hinter der Bahnstation von Aus nur noch Sand gibt. Denn hier beginnt die Namib, die Wüste mit den höchsten Dünen der Welt, die oft bis zur Trasse heranreichen, wo Schilder vor Sandverwehungen warnen. Schließlich taucht Kolmanskop vor uns auf und gebannt schauen wir auf die näherkommenden stattlichen Villen, die bizarr am Hang einer riesigen Sanddüne liegen. Bis wir in langsamem Tempo mittendrin sind, in der Geisterstadt Kolmanskuppe. Unterhalb eines langgezogenen Gebäudes halten wir an und werden beim Aussteigen fast weggefegt. Heftiger Wind weht uns Sandkörner ins Gesicht, während wir durch zum Teil knöcheltiefen Quarz eine Anhöhe hinaufstapfen, bis hin zum Rand einer abstrus anmutenden Kulisse. Hier schlugen deutsche Glücksritter und neureiche Bürger einst Wurzeln, um der Quelle des schnellen Geldes nahe zu sein.
Wir waten weiter, vorbei an der ehemaligen Bäckerei, am Metzgerladen und der Eisfabrik sowie an der Schule und den schlichten Arbeiterhäusern. Wir betreten einen Ballsaal mit großer Empore und Holzvertäfelung. Durch einen offenen Türrahmen schreiten wir auf eine ausladende Terrasse.

»In welcher Richtung mag die Diamantenmine der van der Meers liegen?«, frage ich als wir in die flirrende Wüste schauen, doch Eleni schüttelt den Kopf.

»Ich glaube nicht, dass das noch wichtig ist«, sagt sie. »Es wird dort genauso aussehen wie hier, nach Friedhofsruhe.« Bestätigend nicke ich.

»Trotzdem ist alles hier irgendwie mehr als eine touristische Geisterstadt«, sage ich. »Für mich ist es ... eine ... ja, eine zeitlose und gruselige Parabel von Aufstieg und Fall. Von Macht, Gier, Imponiergehabe und deren Vergänglichkeit.«

Eine halbe Stunde später schauen wir von einer Anhöhe hinab nach Lüderitz und auf den Turm der hoch liegenden Felsenkirche. Über die Bismarckstraße fahren wir in die kleine Kolonialstadt hinein, die im Gegensatz zu anderen Boom-

Städten der damaligen Zeit, dank der Fischerei einigermaßen überlebt zu haben scheint. Zwischen Atlantik, schwarzen Felsen, dem weißen Sand der Namibwüste und einem ewig wehenden scharfen Wind.

Nach dem Einchecken im Atlantic View Hotel machen wir uns auf zu einem kleinen Rundgang durch den afrikanischen Ort mit deutscher Baugeschichte. Wir schlendern vorbei an restaurierten Gebäuden, die ihren Charme nicht verloren haben und zum großen Teil sogar unter Denkmalschutz stehen. So wie das Rathaus, der Bahnhof, die Alte Post oder die Reichsapotheke. Eine Reihe von Geschäftshäusern und Gewerbebetrieben tragen deutsche Namen, aber wir sehen nur wenige Weiße in der Stadt. Obwohl rund 120 direkte Nachkommen der damaligen Südwester hier angeblich noch leben. Das Zuhause der meisten Schwarzen ist jedoch ein Township am Stadtrand, in einer Ansammlung von Blech- und Holzhütten. Es ist zum mutlos werden. Als wir zurückkehren, haben die Straßenlaternen damit begonnen, ihr fahles Licht auf die Wege zu werfen. Der Wind weht salzige Seeluft vom Hafen herauf, den wir aufgrund der vorgerückten Stunde ausgelassen haben.

Im Gegensatz zu unserem recht passablen Zimmer macht das Restaurant einen entmutigenden Eindruck. Die Plastikblumen auf den abgeschabten Tischen, die Plastikstühle und eine bruchstückhafte Beleuchtung verdienen weniger das Prädikat »veraltet«, sondern eher das Wort »heruntergekommen«. Womit sich die auffällige Leere und Abwesenheit anderer Gäste erklärt. Nachdem wir die Speisekarten auf die Seite gelegt haben, tritt eine junge Kellnerin an unseren Tisch. Bedauernd erklärt sie uns, dass es heute keine der darin aufgelisteten Speisen gäbe, dafür allerdings den »Catch of the day«, den wir in Ermangelung einer Alternative bestellen.

»Ich habe gelesen, dass auch jede Menge Bewohner von Lüderitz abwandern, was ihre Bedeutung in Sachen Wirtschaftskraft immer weiter abnehmen lässt«, sagt Eleni, nachdem wir den ersten Schluck des eiskalten Bieres getrunken haben. »Vor wenigen Jahren lebten hier angeblich noch 32.0000 Menschen, heute noch rund 23.000. Mit einer Arbeitslosenquote von 60 Prozent.«

»Ja, das sieht man beispielhaft hier im Hotel, das ja mal sowas wie eine erste Adresse gewesen sein soll«, antworte ich. Die Kellnerin serviert uns den Fang des Tages, der nicht nur appetitlich duftet und ausschaut, sondern genauso hervorragend schmeckt.

»Es mag stimmen«, sagt Eleni nachdenklich, während wir essen. »Möglicherweise verschwindet das alles hier. Die Geisterstadt Kolmanskop und die ehemaligen Diamantenminen im endgültigen Nichts. Aber womöglich erblüht hier eines Tages ganz plötzlich doch etwas vollkommen Neues? Etwas, von dem wir im Moment so wenige Vorstellungen haben, wie die Menschen vor hundert Jahren von dem, was heute geschieht?«

*

Die Uhr schlägt zwei, als wir erschöpft voneinander lassen. Ich stehe auf, um ins Bad zu gehen, derweil Eleni zwei Flaschen eiskaltes Bier aus der kleinen Bar unter dem Schreibtisch entnimmt. Eine eigenartige Stimmung ergreift uns, als wir vom Fenster unseres Zimmers hinausschauen auf die Lichter der Stadt. Denn wir sind in jener Herberge, in der Elenis Großeltern Alexander und Lydia einst den Jahreswechsel 1923 auf 1924 verbrachten.

»Jene bedeutungsvolle Nacht, in der mein Großvater meine Großmutter nicht nur bat, sie zu heiraten, sondern in der auch die Idee des Hochzeitszimmers geboren wurde«, sagt Eleni ergriffen, wobei der hell durchs Fenster scheinenden Vollmond einen nebulösen Schatten aufs Bett wirft. Eng umschlungen schauen wir uns im diffus erleuchteten Zimmer um.

»Meinst du, dass wir jemals wieder hierherkommen werden?«, frage ich. »Wenn das alles hier so wenig Zukunft hat?« Eleni zuckt mit den Schultern. »Vielleicht. Aber Ich glaube es nicht. Alles wird einiges an Zeit brauchen. An erster Stelle das, was deine künftige Position angeht. Du wirst in der Familienhierarchie ganz nach vorne rücken, Sally.«

Mit geschlossenen Augen kuschele ich mich noch dichter an sie heran.

»Das ... das ist mir nicht wichtig, Eleni«, raune ich. »Alles was mit der Hotelkette zusammenhängt, wird von mir in keiner Weise beeinflusst werden. Diese Businesswelt ist nicht die meine. Eric erwähnte, dass du in den Vorstand aufrücken könntest, was ich toll finden würde. Aber droht uns nicht zunächst noch einiges an Widerstand aus Korfu, von deiner Mutter?«

Einige Sekunden lang starrt Eleni regungslos in Richtung Fenster.

»Sie wird sich wieder fangen«, sagt sie schließlich. »Sie ist immer schon ähnlichen Ausbrüchen erlegen wie dem vor zwei Tagen. Je älter sie wird, desto schwerer wird es mit neuen Entwicklungen, die sie nicht mehr in der Hand hat. Aber sie ist im Grunde ein guter Mensch. Der zwar stets harte und oft auch umstrittene Wege gegangen ist, zuletzt aber immer im Sinne des Guten gehandelt hat.«

Obwohl mir langsam die Augen zufallen, richte ich mich auf und setze mich neben sie, indem ich mir das Kopfkissen hinter den Rücken schiebe.

»Genau das ist es, was auch unseren Weg von heute an bestimmen wird, Eleni«, sage ich und trinke den letzten Schluck aus meiner Flasche.

»Schau dir die Dinge an: Diejenigen, die aus den Familien von Odenfeldt und van der Meer die heutige Generation abbilden, also du und Eric, sind kinderlos. Und da sich das kaum noch ändern dürfte, heißt das, eure beiden Familiennamen werden aussterben. Es tut mir leid, aber so ist es. Nur die Familie Okoye hat das Zepter an die Kinder von Tyron und Helen weitergegeben. Wenn das kein gigantisches Symbol für Gerechtigkeit an einem ausgebeuteten Volk ist.«

Für eine Weile liegt Eleni bewegungslos und mit geschlossenen Augen neben mir.

»Eine interessante Erkenntnis, Sally«, sagt sie nach einer Weile mit schwacher Stimme. »Du bist eine ganz besondere Frau ...«

»Sehen wir es so«, fahre ich mit fester Stimme fort, »ich, als ebenfalls kinderlose Okoyefrau und du, wir können mit unserer Liebe das Bindeglied sein, das die Familien versöhnt und erhält. Über Rassengrenzen, gesellschaftliche Vorurteile und alles andere Leid hinweg. Wie fühlt sich das an?«

»Das ... das fühlt sich unwiderstehlich an ...«, flüstert sie. Ich gleite zurück ins Bett, wobei die Decke herunterrutscht und meine Brust freilegt. Woraufhin Eleni sich zu mir dreht und ihren Kopf an selbige schmiegt.

»Du bist so unglaublich schön«, sagt sie, während ich die sanfte Berührung ihrer Zungenspitze an meiner Brustwarze spüre. Wie ein elektrischer Strom durchfährt es mich und ich schließe die Augen. Wie in einer Vision sehe ich Umrisse vor mir, die ich als Alexander und Lydia zu erkennen glaube. Sie stehen vor Jugend und Zuversicht strahlend am Fenster.

»Ich liebe dich«, höre ich Lydia flüstern. Sie schließt die Augen, während Alexander ihr mit der Hand zärtlich durchs Haar fährt und sein Mund sich ihrem Ohr nähert.

»Willst du meine Frau werden ...?«, flüstert Eleni und ich öffne die Augen, um meinen Tränen freien Lauf zu lassen.

»Ja, Eleni, nichts auf der Welt will ich lieber als das ...«

Epilog

Sally, New York, Oktober 2012

Wenn ich in diesem Augenblick von den riesigen Panoramafenstern aus hinab auf das Wolkenkratzermeer des Big Apple schaue, liegen unsere letzten Tage in Namibia genau zwei Jahre hinter uns. Jahre, in denen so viel geschehen ist, dass ich überlegen muss, mit was ich diese Zeilen überhaupt anfangen soll. Hier im New Yorker Hotel, in dessen Honeymoon-Suite ich sitze, nachdem das Haus endlich fertig geworden ist? Nach etlichen Verzögerungen, die viele Gründe hatten, begonnen mit dem Tauziehen um meine Person?

Die zentrale Frage nach unserer Rückkehr aus Windhoek, wo so vieles an den Tag gekommen war, lautete: Bin ich tatsächlich die Enkelin von Carlo van der Meer? Und damit die Nichte von Fritjof, der ein hunderte Millionen schweres Erbe hinterlassen hatte? Mir, Sally Wheeler, der laut Frederike dahergelaufenen Betrügerin? Es brauchte genetische Gutachten am Erbmaterial meiner Mutter und an dem von Carlo. Das erforderte Obduktionen und löste viele tragische Momente aus. Ich wurde von heute auf morgen in die Schlagzeilen der Yellow Press katapultiert. Mit Überschriften wie »Angebliche Millionenerbin gesteht: Ich wollte von Anfang an nur das Geld« oder »Diamanten-Sallys schwarze Rache an der weißen Gesellschaft«. Aussagen und Unterstellungen, die so weit hergeholt erschienen, als kämen sie aus einer fernen Galaxis. Ich war ständig begleitet von Paparazzi-Fotos in allen möglichen Lebenslagen, außer auf dem Klo.

Alles wurde an jenem Tag noch einmal überboten, an dem die Gerichte entschieden hatten: Ja. Sally Wheeler ist die rechtmäßige Erbin des van der Meer-Vermögens. Jetzt beginnt für sie und ihre Geliebte ein sorgenfreies Leben. Peng. Das war der Zeitpunkt für mich, genauer hinzuschauen. Davor hatte ich alles Eric überlassen, der mit Anwälten daran arbeitete, nicht nur mir gerecht zu werden, sondern auch dem gesamten Rest der noch lebenden Familie.

In zwei Tagen, am 12. Oktober 2012 werden Eleni und ich hier in New York heiraten, nachdem ihre Scheidung von Manolis endlich über die Bühne gegangen ist. Um dann für die kommenden Tage das Zimmer zu beziehen, in dem ich in diesem Moment aus dem Fenster schaue. Es gleicht eher einer Wohnlandschaft, in der man sich bei Nacht zwischen Schlaf-, Wohn- und Badbereich schon mal verlaufen kann. Wir haben lange darüber nachgedacht, ob wir wirklich in einem Hochzeitszimmer der Minotaurus Group unsere Hochzeitsnacht verbringen wollen. Schließlich sind die Hochzeitszimmer scheinbar mit einem gewissen Bann belegt. Doch sahen wir es als symbolischen Akt, diesen Bann mit der Kraft unserer Liebe zu brechen. So wie in den anderen Hotels die Zimmernamen bereits durch neue Begriffe wie Romantic-, Love- oder Honeymoon-Suite ersetzt wurden. Für alle Verliebten, die nicht zwangsläufig heiraten müssen, um darin zu übernachten. Weiterhin wurde den Häusern ihre alte Bezeichnung zurückzugeben, die sie im Sprachgebrauch genaugenommen niemals verloren hatten. Der Schriftzug Van der Meer Minotaurus Resort verschwand von allen Hotelfassaden und wurde durch The Wingfield, Les Dames de Belleville oder Haus Deutscher Falke ersetzt. Nur die Namen Minotaurus Resort auf Korfu und Waterberg-Hotel in Windhoek blieben erhalten. Von Letzterem wurden die mehrheitlichen Anteile auf Tyron und Helen übertragen, bei gleichzeitiger Integration des namibischen Gründungshauses in die Minotaurus-Resort-Dachgesellschaft. Dies war Eleni, Eric und mir aus Gründen der Dankbarkeit heraus wichtig, obwohl ich mich ansonsten aus den Hotelangelegenheiten herausgehalten habe und dies auch in Zukunft nicht gedenke zu ändern.

Und was gibt es sonst? Die Idee eines Museums in Kolmanskop wurde beerdigt. Zumindest für absehbare Zeit. Denn für das, was da noch kommen könnte, wollen wir offenbleiben. Und Ben hat, nachdem wir geschieden waren, wie vorgesehen seine Miss Presley im Wingfield geheiratet. Und beide sind, ich glaube es immer noch nicht, vor ein paar Monaten sogar Eltern eines Jungen geworden. Was ich seiner Frau mit knapp vierzig Jahren und ihm herzlich gönne. Trotzdem ließ dies den Gedanken in mir reifen, dem Baby einen Strampelanzug im Design von Elvis' Bühnenoutfit zu schenken. Man kann sowas im Internet tatsächlich bestellen, doch habe ich diese Idee rasch wieder verworfen. Einmal sollte auch der lustigste Witz zu Ende erzählt sein.

Nachdem alle rechtlichen Fragen um mein Erbe geklärt waren, gab es eine Reihe von Verlagen, die vorhatten, unsere Familiengeschichte herauszubringen. Obwohl sie mit stattlichen Geldangeboten verbunden waren, schlug ich aus. Zum einen, weil Geld für mich nun wirklich keine Rolle mehr spielt. Und zum anderen, weil ich mir die Zeit nehmen wollte, es ohne Zwang aufzuschreiben. In einem Buch, das jetzt fertig vor mir liegt. Die Position, aus der heraus Eric unsere Geschichte erlebte, hat er mir unter Offenlegung seiner Gedanken- und Gefühlswelt freimütig geschildert. Somit konnte ich sie in meine Erzählung so authentisch wie möglich und in seinen eigenen Worten einweben.

Natürlich stellte sich uns die Frage, was man mit 380 Millionen Euro anfängt. Um der Welt so viel wie möglich zurückzugeben, stehen wir in enger Verbindung mit der »Bill & Melinda Gates Foundation«, die sich den ganz großen Themen widmet: der Bekämpfung von Armut, Hunger und globalen Krankheiten wie Malaria, Polio oder Aids. Aber auch mein persönlichster Wunsch, die Eindämmung des weltweit wieder zunehmenden Rassismus, soll in Erfüllung gehen. Etliche sich in diesen Tagen formierende Bewegungen sind aktuell dabei, in den sozialen Medien aktiv gegen Gewalt an Schwarzen vorzugehen. Sie zu unterstützen wird eine meiner Aufgaben der kommenden Jahre sein.

Und wie geht es in New York weiter? Zurzeit gilt der Minotaurus Tower als das modernste Hotelprojekt, nicht nur in der Minotaurus Group, sondern auch hier im Big Apple. So gelungen, dass selbst Donald Trump, der ein Gast bei der Eröffnungsfeier war, Eric spontan ein Übernahmeangebot machte: »It will be a very fair deal ...«, sagte er, während er ihm auf die Schulter klopfte und Eleni und mir ein feistes Grinsen schenkte.

»Irgendwie glaube ich, dass er sich mit Carlo gut verstanden hätte«, flüsterte ich Eric und Eleni zu, nachdem er weitergegangen war.

»Dieses Jahr wird Obama hoffentlich noch einmal die Präsidentschaft gewinnen«, erklärte Eric. »Aber man munkelt, dass Trump sich 2016 zur Wahl stellen will.«

»Dieser Hasardeur und Bankrotteur?«, erwiderte Eleni. »Wer soll den denn wählen?«

»Diesem Mann ist alles zuzutrauen«, gab Eric zu bedenken. »Auch, dass er sowas hinbekommt.«

»Und dann?«

»Na ja, dann wird es vier schwere Jahre geben.«

»Nur vier?«

»Höchstens!«, lachte Eric. »Dann werden die Amerikaner ihn wieder davonjagen.«

»Und wenn nicht?«, fragte ich nachdenklich.

»Nun ... dann, tja ... keine Ahnung ... dann wird Gott vielleicht eine biblische Plage schicken, die ihn hinwegfegt ...«

»Solange Gott dir deinen Optimismus lässt, bin ich beruhigt, Eric«, antwortete ich lachend.

Nachwort

Fast alle beschriebenen historischen Be- und Gegebenheiten beruhen auf Tatsachen, recherchiert in einer Vielzahl von Berichten und Beschreibungen von Zeitzeugen oder Historikern. Erschienen sind diese unter anderem in themenbezogenen Publikationen mit historischen Schwerpunkten, beispielsweise in DER SPIEGEL oder DIE ZEIT. Wichtige Erkenntnisse zogen wir aus Internetplattformen, wie etwa der Bundeszentrale für politische Bildung (www.bpb.de), des NZZ Folio (folio.nzz.ch) oder der Österreichischen Nationalbibliothek (anno.onb.ac.at).

Eingeflossen sind Gespräche im Familien- und Freundeskreis, die zum Teil auf persönlichen Erlebnissen oder auf weitergegebenen Erzählungen beruhen. Die beschriebenen Familien, deren Protagonisten sowie deren Schicksale sind frei erfunden. Etwaige Ähnlichkeiten mit lebenden oder verstorbenen Personen wären rein zufällig. Rassistische Beleidigungen im Verlauf des Romans stehen ausschließlich im Kontext mit den fiktiven Personen. Sie spiegeln nicht die Meinung der Autoren wider.

Allen Menschen, ohne die dieses Buch nicht das wäre, was es jetzt ist, sagen wir daher

DANKE!

Im Besonderen gilt dies für Angelika Herburger von der Edition Mokka, Wien, die diesem Roman vom ersten Moment an Vertrauen und Zuversicht schenkte. Genauso wie für unsere Lektorin Christine Schäffer, die es verstanden hat, mit viel Empathie und Fingerspitzengefühl das Beste aus unserem Manuskript herauszuholen. Danke auch an Ulrike Arnold, die uns alle zusammengebracht hat.

Zu guter Letzt ein großes Dankeschön an unsere wichtigsten Menschen – an Sie, dafür, dass Sie das Buch offensichtlich bis zur letzten Seite gelesen haben.

Von Herzen

Rüdiger und Sonja Lehmann

Mehr Informationen zum Roman

und zu den Autoren finden Sie unter
https://www.facebook.com/storypaintingautoren
https://storypaintingblog.com

Rüdiger und Sonja Lehmann
... haben in den zurückliegenden Jahren als freie Journalisten und Autoren eine Vielzahl kreativer Projekte in unterschiedlichen Print- und Webmedien generiert. Neben eigenen fiktionalen und nonfiktionalen Manuskriptproduktionen ist *Das Hochzeitszimmer* ihr erster gemeinsamer Roman als Autorenpaar. Mit ihrer Familie leben und arbeiten sie im oberbayrischen Rosenheim – und von Zeit zu Zeit auch dort, wo aktuelle Projekte sie hinführen.